Llora por el amor 6

Cicatriz

von

Jaliah J.

1

Impressum

Alle Rechte am Werk liegen beim Autor
J., Jaliah
Llora por el amor 6
Cicatriz

Berlin, Dezember 2015
Erstauflage
Lektorat: Günter Bast, Natalja
Cover/Bildgestaltung: Klaud Design – Marie Wölk

Herstellung und Verlag:
BoD - Books on Demand, Norderstedt

ISBN: 978-3-7392-0700-1

Angefangen hat alles bei Paco und Bella, die ich für immer tief in meinem Herzen trage werde.

Aus dieser Liebe ist eine kleine Welt entstanden, in die ich mich immer wieder gern zurückziehe und euch nur allzu gern mitnehme.

LES SURENAS

LA S

† Ramon & Jennifer	Rodriguez & Melissa	Paco
Miguel	Dilara	
Sami	Damian	

Chico & Adriana	Ramos & Juana	Mano & Gabriella	Hernandez & Elena	Jos
Jesus	Adora	Nesto	Kasim	
Omar			Marina	

RRA

TREZ PUNTOS

	&	Bella		Juan & Sara
	Leandro			Sanchez
	Latizia			Ciro
	Lando			

Miko & Sam	Raul & Eva	Pepo & Danijela	Tito & Lucia
Enrique (Rico)	Estefania	Saul	Prince (PJ)
Abelia		Yara	

Kapitel 1

»Was meinst du damit?« Bella will nicht darüber reden, sie hätte dieses Thema gar nicht erst beginnen sollen. »Vergiss es, ist nicht wichtig. Ich analysiere nur zu viel, bringt das Studium mit sich«, versucht sie es geschickt herunterzuspielen. Doch Paco grinst nur breit dieses Grinsen, was sich tief in ihrem Herzen festgesetzt hat.

»Nein nein, vergesse ich nicht, sag mir, was du meinst.« Bella zuckt die Schultern. »Bist du sicher? Das kann hart werden, ich bin gut in so etwas.« Er lehnt sich zurück. »Cariño ... Ich bin mir sicher, ich hab schon Härteres gehört.« Bella kann es nicht glauben, dies war das erste Mal, dass er sie seine Liebste genannt hat. Ermutigt davon, dass ihre Theorie sich bestätigt hat, beginnt sie sich zu erklären.

»Du bist so unterschiedlich zu mir. Ich weiß nicht mal, ob du das selber merkst. Einerseits bist du so lieb und aufmerksam wie jetzt oder als wir essen waren oder bei dem Konzert ... Und dann meldest du dich nicht mal. Es vergehen Tage, wo es scheint, als gäbe es mich gar nicht für dich, als wäre das alles nie passiert. Und wenn es so weit ist, dass ich denke ... 'Okay, ich hab mir das alles nur eingebildet' ... tauchst du wieder auf und machst solche lieben Sachen. Wenn du bei mir bist, denke ich, dir liegt etwas an mir und dann schwups, ist es vorbei und du denkst nicht mal mehr an mich. Es ist wie eine Berg- und Talfahrt mit dir, ich wundere mich, dass du noch kein Schleudertrauma hast. Das meinte ich mit Gummibärchen und der Waffe.«

Bella erinnert sich, wie sehr sie sich damals darüber geärgert hat, es angesprochen zu haben und ihn nicht ansehen konnte, doch als sie sich von ihm entfernen wollte, ließ Paco es nicht zu.

»Nein ... Bella.« Er brachte sie dazu ihn anzusehen.

»Bella, mache nie den Fehler zu denken, ich würde nicht an dich denken, ich denke ständig an dich, viel zu viel, als dass es für uns beide gut ist.«

Bella muss trotz all der Sorgen, die auf ihr lasten, lächeln, als sie an diesen Moment denkt. Sie setzt sich auf den Schornstein auf dem Dach der Uni, vor dem sie es sich damals mit Paco hier gemütlich gemacht hat. Es war ein genauso heißer Tag wie heute und hier, und jetzt sind die Erinnerungen wieder so nah und erdrückend, wie an keinem der anderen Tage, die sie in New York verbracht haben.

Der Geruch, die Luft, die Geräusche, ihre Stadt Sierra, und doch ist nichts wie es einmal war. Sie sind zurück und es fühlt sich gut an, doch es ist nicht das Gleiche. Bella erkennt, dass es nicht Sierra ist, die alle Wunden heilen kann, es muss erst wieder alles beim Alten sein. Ihr Mann, ihr Sohn, ihre Brüder, ihre Cousins, sie alle müssen hier sein, zurückkehren, damit es sich wieder wie früher anfühlt.

Sie ist überwältigt von der Freude, die ihnen bei ihrer Ankunft entgegenkam, gerade war sie in ihrer alten Kita, wo sie nicht nur liebevoll begrüßt, sondern auch gleich gefragt wurde, ob sie wieder dort arbeiten möchte. Allerdings hat Bella vorerst gesagt, es muss erst wieder alles in Ordnung kommen, bevor sie so weit ist, um wieder arbeiten zu können. Als sie die Kinder gesehen hat, die bei ihrer Flucht noch in den Windeln steckten und nun bereits schon auf dem Spielplatz herumtoben, hat sie gespürt, wie viel Zeit vergangen ist.

Sie sieht noch einmal wehmütig vom Dach, bevor sie zurück zu ihrem Haus fährt. Wem sie auch bei ihrem Einkauf getroffen hat, alle haben gefragt, wann Paco, Juan und alle anderen wiederkommen und alles was sie antworten konnte, war, dass sie es nicht weiß, doch sie hofft, dass sie bald wieder da sind. Sie lächelt, doch innerlich stirbt sie jede Minute einen qualvollen Tod.

Sie vermisst Paco, jeden von ihnen. Dazu kommt die Sorge um Leandro und die anderen Jungs, die alle seit zwei Tagen in Kolumbien sind. Sie haben sie nur um einige Stunden verpasst und sie hätte sich so sehr gewünscht, sie wenigstens alle noch einmal umarmen zu können.

Bella weiß nicht, ob sie sie davon abgehalten hätte zu fliegen, aufgehalten hätte, beim Versuch die Männer zu befreien. Es ist ihre einzige Chance. Auch wenn sich alles in Bella dagegen sträubt, sie sind am Ende dazu geboren in dieser Familia zu sein, sie könnte sie eh niemals davon abhalten, egal was sich für ein schlechtes Gefühl in ihrem Magen ausbreitet, wenn sie an die Gefahr denkt, der sie alle gerade ausgesetzt sind. Noch nicht einmal anrufen können sie ihre Söhne und Neffen, um kein Risiko einzugehen, sie bei einer Befreiungsaktion zu verraten.

Bella fährt zurück zu ihrem Haus. Als sie in die Einfahrt ihres Grundstückes fährt, trifft sie gleich auf Jennifer, die den Arbeitern, die ihre Häuser wieder in den Normalzustand bringen, Anweisungen für ihr Haus gibt. Melissas und Bellas Häuser sind so gut wie fertig, es erinnert kaum etwas daran, dass sie weg waren, es fehlen lediglich einige Bilder und es riecht nach frischer Farbe. Bella hat einige Möbel entsorgen lassen und die Tage kommen neue, doch ansonsten ist fast alles beim Alten, nur dass die Personen fehlen, die das Leben in die Häuser gebracht haben.

Bella gibt Jennifer einen Kuss und sagt ihr, dass sie gleich etwas kochen wird. Sie will die Haushälterinnen, die seit heute früh wieder bei ihnen sind und ihnen helfen, ein wenig entlasten. Genau in dem Moment kommen Dilara und Latizia mit Ciro aus dem Haus. »Wir haben alles abgesucht, es ist keine Spur von ihnen zu finden.« Ihre zarte Tochter hat Tränen in ihren großen braunen Mandelaugen, die die gleiche Farbe wie die ihres Vaters aufweisen. Bella seufzt und stellt die Einkäufe ab.

Latizia ist sensibler und empfindlicher als ihre Cousinen, sie erinnert Bella sehr an sich selbst, als sie gerade siebzehn war. Sie hatte vor einigen Tagen Geburtstag und hat fast den ganzen Tag nur geweint, egal wie sehr jeder versucht hat sie abzulenken. Sie war schon immer zierlich, doch sie hat durch all ihre Sorgen noch mehr abgenommen und mit ihrer hellen Haut und den gleichen langen, hellbraunen Haaren wie sie Bella trägt, wirkt sie neben der dunklen Dilara und dem noch dunkleren Ciro, als würde sie hier nicht hingehören. Doch genau wie Bella, die ebenso immer aus allen hervorsticht, ist sie nicht nur ein Teil der Familie, sondern auch der Liebling von jedem.

»Schatz, ich hatte dir gesagt, es ist unwahrscheinlich, dass deine Tiere noch hier sind. Sie sind sicherlich geflüchtet und haben mittlerweile ein neues Zuhause.« Latizia sieht ihre Mutter traurig an. »Bestimmt haben die Männer der Familia, die hier gelebt hat, sie getötet.« Bella schüttelt den Kopf, während Ciro den Einkauf ins Haus trägt. »Nein, vertrau mir, Tiere sind viel zu feinfühlig, sie werden davongelaufen sein, bevor etwas passieren konnte.« Latizia kaut auf ihrer Unterlippe. »Vielleicht sind sie in dem Tierheim, ganz im Süden von Sierra, das alte … La Hondez Gebiet …. vielleicht sind sie dort hingekommen, ich muss da unbedingt vorbeifahren.«

Bella registriert, wie leise ihre Tochter die Familia erwähnt, die es in Sierra schon lange nicht mehr gibt, die sie damals entführt haben und die danach bis auf den letzten Mann vernichtet wurde. Es war eine der ersten gemeinsamen Aktionen beider Familias, die nur durch die Liebe zwischen Paco und ihr zusammengefunden haben. All das liegt so lange zurück und seitdem brauchen sie dieses Gebiet nicht mehr zu fürchten. Bella hat nicht die Kraft dazu, Latizia ihr letztes bisschen Hoffnung zu nehmen. Sie hat diese Tiere sehr geliebt.

Auch wenn sie weiß, dass es unwahrscheinlich ist, dass ihre Tochter ihre geliebten Vierbeiner dort findet, da sich in Puerto Rico kaum jemand erbarmt, die vielen Straßentiere aufzunehmen, nickt sie. »Tu das, Schatz!«

Dilara schüttelt den Kopf und zieht ihre Autoschlüssel aus der Tasche. »Ok, wir fahren in ein paar Tagen dahin, wenn du mir jetzt endlich hilfst, ein neues Bett auszusuchen. Ich schlafe keinen Tag länger in dem alten, du brauchst auch ein neues, also komm schon.« Latizia lächelt und Bella bittet die beiden, noch nach einem neuen Kleiderschrank für Lando zu sehen. Sein Zimmer wird natürlich komplett neu eingerichtet. Als sie aus Sierra geflüchtet sind, wusste Bella nicht einmal, dass er bereits in ihrem Bauch war. Ihr kleiner Sohn ist ohne das Wissen von Paco in New York zur Welt gekommen.

Bella verdrängt diese Gedanken sofort wieder, bis jetzt weiß sie nicht, ob es richtig war, all das vor Paco zu verheimlichen, doch sie wollte sein Gewissen nicht noch mehr belasten.

Während Latizia und Dilara in Leandros Wagen losfahren, geht Bella ins Haus und will sich gleich ans Kochen machen, bis sie bemerkt, dass einige Töpfe fehlen, an solche Kleinigkeiten denkt man natürlich als letztes.

Sie schreibt sie auf die Liste der Sachen, die sie morgen mit Melissa, Sara und Jennifer einkaufen will, dann fährt sie mit Ciro ins Punto-

10

Gebiet, um bei Sara oder im Haus ihrer Mutter nach Töpfen zu suchen und gleichzeitig die Liste zu vervollständigen. Wenn ihre Mutter und ihre Tanten nach Sierra zurückkommen, muss alles beim Alten sein.

Ihr fällt es schon schwer. Ihrer Mutter würde dies alles das Herz brechen. Ciro ist ruhig geworden seit sein Bruder Sanchez weg ist, um seinen Vater zu befreien. Bella weiß, dass er gerne dabei wäre, aber die älteren Jungs haben entschieden, dass die Jüngeren bei den Frauen bleiben sollen. Doch sie brauchen das Gefühl etwas tun zu können, deshalb ignoriert Bella seine Waffe im Hosenbund und lässt ihn vorgehen ins Cielo, wo sie als Erstes halten.

Im Cielo ist niemand. Bella weiß, dass die Männer, die hier in Sierra geblieben sind, ihre Häuser ebenso wieder herrichten wie sie. Zwei von ihnen sind mit PJ und Saul losgefahren, um die restlichen Waren, die hier und da noch in den Häusern waren, wegzubringen. Sie entdecken nur diesen neuen Mann Dine, wie alle ihn nennen, der auf einem Teppich im Garten sitzt und betet. Ciro schnalzt die Zunge und in diesem Moment erinnert er Bella so sehr an ihren Bruder Juan, seinen Vater.

»Ich traue dem Kerl nicht, er hat zu der Familia gehört, die sich Sierra unter den Nagel gerissen hat, als wir nicht da waren. Ich verstehe nicht, was Sanchez und die anderen sich denken ihn hier zu lassen.« Bella muss sich zurückhalten, ihn nicht einfach in die Wange zu kneifen und lächelt nur. »Wenn sie ihm eine Chance geben und ihm Vertrauen, sollten wir das auch tun, es wird schon seinen Grund haben.«

Ciro geht vor zum Haus von Sara und Juan, Bella sagt ihm, dass sie gleich nachkommen wird. Sie geht in den Garten und sieht Dine dabei zu, wie er sein Gebet verrichtet. Es ist faszinierend, mit was für einer Inbrunst er sich dem hingibt. Als er das Gebet beendet und sich zu ihr umwendet, ist es Bella etwas unangenehm, sie fühlt sich, als hätte sie ihn bei etwas sehr Privatem gestört, doch sein Lächeln nimmt ihr dieses klamme Gefühl.

»Es tut mir leid, ich wollte dich nicht stören.« Dine setzt sich an den Tisch auf einen der Stühle und beginnt geduldig seinen Teppich aufzurollen. »Kein Problem, ich fühle mich nicht gestört, im Gegenteil, ich habe eher das Gefühl, dass ich hier nicht erwünscht bin.« Bella setzt sich zu ihm, die Traurigkeit in seiner Stimme lässt sie sofort mitfühlen. »Nein, so ist das nicht, nur hat niemand von uns genau mitbekommen, was hier passiert ist und jetzt sind alle etwas misstrauisch, das darfst du nicht falsch verstehen. Wenn mein Sohn und die anderen dir aber so vertrauen wie die Männer, die hiergeblieben sind, werden wir das auch probieren.« Sie schenkt ihm ein ehrliches Lächeln.

»Leandro ist ein guter Mensch, du hast einen guten Sohn.« Bella lächelt mild. »Dankeschön, er fehlt mir sehr, ich mache mir große Sorgen, sie alle fehlen mir. Normalerweise ist es hier immer laut, wild, es ist immer jemand da.« Dine sieht sie zuversichtlich an. »Ich bin mir ganz sicher, dass alles wie früher sein wird, bald schon werden alle zurückkommen. Ich kenne zwar nicht viele der Männer, aber wenn sie nur halb so entschlossen wie Leandro, Sanchez und Damian sind, kann gar nichts schief gehen.«

»Ich hoffe es wirklich sehr, Dine.« Der Mann, der – wie sie es erfahren hat – aus dem Libanon stammt und sicherlich nur etwas jünger als Bella selbst ist, wird ernst. »Ich hoffe, dass Leandro seinen Vater befreien kann, ich denke, wenn er hierher zurückkommt, wird er sehr enttäuscht sein, dass Dania gegangen ist, er wusste es offenbar nicht.«

Bella weiß nicht, wovon er spricht. »Wer ist Dania?« Dine verzieht kurz sein Gesicht, er hatte anscheinend angenommen, sie wüsste darüber Bescheid. »Dania ist mit mir zusammen die Einzige, die von den Mara Nuestra noch in Sierra geblieben ist. Sie ist die Tochter des Anführers, aber bitte, versteh' das jetzt nicht falsch, sie ist ein sehr sehr gutes Mädchen. Dania wurde von ihrer Familie sehr schlecht behandelt, sie und Leandro sind sich denke ich etwas näher gekommen und ich glaube, ihm liegt viel an ihr. Als er nach Kolumbien gegangen ist, hat sie Sierra verlassen, ich habe ihr Handy gefunden und gesehen, dass Leandro probiert hat sie zu erreichen, deshalb glaube ich, er weiß nicht, dass sie jetzt weg ist.«

Bella weiß natürlich, dass ihr Sohn schon einige Frauen kennengelernt hat, doch bisher war das für ihn immer alles nur ein Zeitvertreib gewesen, nichts Ernstes. Sie kann sich kaum vorstellen, dass ihm eine Frau mehr bedeutet, wenn es aber so ist, wird es ihn wirklich enttäuschen. »Weisst du denn, wo diese Dania hingegangen ist?« Dine schüttelt den Kopf. »Nein, aber ich bin mir sicher, sie wird sich bei mir melden, dann rede ich mit ihr. Leandro war sehr gütig zu mir und hat mich nicht wie die anderen verjagt, das schulde ich ihm.« Bella lächelt, es tut gut zu hören, dass ihr Sohn bei all dem, was er in den letzten Wochen mitmachen musste, sein Mitgefühl nicht verloren hat.

»Was ist mit dir? Gibt es denn keine Familie oder eine Frau, die auf dich wartet?« Dine sieht weg, Bella spürt sofort, dass sie das falsche Thema angefangen hat. »Nein, ich habe keine Familie mehr, es gab eine Frau, die ich heiraten wollte, damals als ich noch im Libanon gewohnt habe. Sie ist sehr hübsch, wir kennen uns, seit wir klein sind. Ihre Eltern wollten unsere Hochzeit, unsere Liebe aber nicht, sie haben es nicht akzeptiert, als ich um ihre Hand angehalten habe. Ich hatte ihr nichts zu bieten, keine Familie, kein Geld, nichts. Damit sie ihre Familie nicht verliert, hat sie sich gegen mich entschieden und einen anderen Mann geheiratet. So ist wohl das Leben.«

Es liegt Bitterkeit und eine große Verletztheit in den Worten des großen Mannes, der Locken hat und dem man sofort ansieht, dass er aus einem arabischen Land stammt. Bella klopft ihm aufmunternd auf die Schultern, als sie sich erhebt. »Wer weiß, warum das Leben dich zu uns geführt hat. Wenn du sagst, ich soll daran glauben, dass alles gut wird, glaub du auch daran.«

Er lächelt. Und als Bella gehen möchte, um endlich mit dem Kochen beginnen zu können, erhebt er noch einmal leise seine Stimme. »Ähmm, Mutter von Leandro ...« Nun muss sie lachen, sie hat schon so viel von ihm gehört, die anderen Männer haben es ihr erzählt, doch er weiß nicht einmal ihren Namen. »Bella.« Er nickt dankbar.

»Glaubst du, wenn dein Mann und all die anderen wiederkommen, dass sie mich hier akzeptieren werden?« Bellas Magen zieht sich allein beim Gedanken daran, dass wirklich alle bald zurückkommen, zusammen. Doch sie weiß, wie schwer Paco, ihr Bruder, jeder einzelne der Männer, die gefangengenommen wurden, Fremden vertrauen. Das war schon immer so und Bella hat noch keine Vorstellung, was die eineinhalb Jahre Gefangenschaft für Auswirkungen auf sie hatte, doch sie lächelt zuversichtlich.

»Es wird sicherlich alles gut werden. Im übrigen habe ich gleich vor etwas zu kochen bei mir zuhause, hast du Lust auch zu kommen? Ich sage den Jungs, sie sollen dich mitbringen, du wirst es nicht bereuen, ich werde mir viel Mühe geben.« Bella versucht die angespannten Themen zu überdecken und sie hinter sich zu lassen.

Dine lächelt dankbar. »Das ist nett, ich bin auch nicht wählerisch, ich esse nur kein Fleisch, da es hier nicht nach meiner Religion geschlachtet ist, nicht dass ich dir deswegen unhöflich vorkomme.« Er sieht sie entschuldigend an und Bella zuckt die Schultern.

»Das ist kein Problem, ich halte noch einmal beim Fleischer, es gibt hier in Sierra einige Muslime und er hat immer extra für sie zubereitetes Fleisch, wusstest du das nicht?« Dine schüttelt verwundert den Kopf. »Vielen Dank, das ist sehr großzügig, ich weiß gar nicht, wie ich mich jemals für all die Freundlichkeit bedanken soll.« Bella winkt ab und lächelt. »So ist das in einer Familia und wie gesagt, wenn mein Sohn dir vertraut, machen wir das auch!«

Bella beeilt sich jetzt aber wirklich, sie holt sich Töpfe von Sara und sagt allen Bescheid, dass sie später vorbeikommen sollen, das Gespräch mit Dine hat sie hoffnungsvoll gemacht, sie müssen aufhören alles schwarz zu sehen und fest daran glauben, dass alles gut wird. Bella bekommt das Fleisch für Dine und macht sich an die Zubereitung des Essens. Es ist ihre Aufgabe, die Familia, zumindest diejenigen, die gerade hier sind, zusammenzuhalten.

Auch Latizia und Dilara helfen ihr, als sie vom Einkaufen wieder zurück sind. Bella nimmt sich fest vor, jetzt krampfhaft daran zu glauben, dass sich ihre Situation verbessert, zuversichtlich zu sein, doch diese Gedanken zerschlagen sich schnell wieder, als Jennifer blass in ihre Küche kommt und ihr Handy in der Hand hat. »Ich habe es nicht ausgehalten, ich spüre mit jeder Minute mehr, dass etwas nicht stimmt, ich kann mir das doch nicht einbilden! Keiner der Jungs geht an sein Handy, es ist zum Verrücktwerden.«

Bella geht zu ihrer Schwägerin, die sich verzweifelt auf einen Küchenstuhl setzt und ihre langen blonden Haare zusammenknotet.

14

Sie hat keine passenden Worte für ihre Angst und umarmt sie einfach fest. Bella kann nur beten, dass sich das schlimme Gefühl von Jennifer, was offenbar immer stärker wird, nicht bewahrheitet.

Paco muss sich zusammenreißen. Seine Augen brennen, als sie Ramon in Laken wickeln, die Tito und Pepo aus dem Gebäude geholt haben, was so lange ihr Gefängnis war. Es halten mehrere Geländewagen und er atmet tief durch. Als er zurück auf die Straße tritt, trifft ihn die Trauer aller mit voller Wucht, jedem Einzelnen ist der Schock ins Gesicht geschrieben. Sami sitzt wie ein Häufchen Elend am Straßenrand, über ihm steht Leandro.

Paco musste zweimal hinsehen, als Leandro bei der Befreiung plötzlich vor ihm stand, sein Sohn ist schon lange erwachsen geworden, doch vor ihm stand plötzlich ein breitgebauter Mann mit den Wunden seiner ersten Kämpfe. Und wenn nicht Bellas Augen ihn angestrahlt hätten, hätte er gedacht, er würde ein Bild von sich in dem Alter vor sich haben.

Sie alle, die ganze jüngere Generation, sind richtige Männer geworden, die ihren Familias alle Ehre machen, doch jetzt sieht er wieder die Kinder in ihren Gesichtern, die wütend und traurig zugleich sind, ihren Onkel verloren zu haben. Paco geht an Leandro vorbei und setzt sich zu Sami, er spürt, wie auch Rodriguez sich hinter sie stellt. Sie haben ihren ältesten Bruder verloren und Paco hat das Gefühl, keine Luft mehr zu bekommen, so sehr schnürt ihm der Schmerz die Kehle zu, doch wie muss sich erst Sami fühlen, der gerade seinen erschossenen Vater gesehen hat? Er ist es Ramon schuldig, jetzt stark für ihn zu sein und vor allen Dingen Miguel zu finden.

»Meine Mutter ruft die ganze Zeit an, was soll ich ihr sagen?« Sami hält sein Handy hoch, wobei er krampfhaft seine Tränen zu verbergen versucht. Paco legt den Arm um ihn, nimmt sein Handy und schaltet es aus. »Bei mir ruft sie auch an.« Damian meldet sich zu Wort, auch Leandro hinter ihnen sieht auf sein Handy. »Schaltet alle eure Handys aus, keiner von euch wird das erklären müssen, ich mache das, wenn wir im Haus von Garcias waren und hoffentlich eine Antwort auf Miguels Verschwinden haben. Ich kümmere mich darum. Sami, fahr mit einigen Männern zurück zu dem Haus, was ihr gemietet habt und ruhe dich aus.«

Juan sieht zu ihnen, auch er ist tief getroffen, doch er weiß, dass er jetzt handeln muss, da Rodriguez und Paco noch nicht richtig in der Lage sind zu handeln. Er weist viele Männer an, zum Haus zu fahren und dafür zu sorgen, dass Ramon richtig aufbewahrt wird, bis sie ihn in Puerto Rico begraben können. »Er wird niemals in diesem verfluchten Land bleiben!«

Paco bekommt eine Gänsehaut, als er die Worte hört, er könnte losschreien vor Wut, was seinem Bruder angetan wurde.

»Komm!« Er hilft Sami auf und dann steht Rodriguez vor ihnen und nimmt seinen Neffen in den Arm. Er verhindert so, dass Sami sieht, wie Ramon zu einem der Autos getragen wird. Paco hat keine Vorstellung, wie er das den Frauen beibringen soll. Er hat sich immer vorgestellt, wie er sofort Bella anruft, wieder frei mit ihr reden kann, doch jetzt schiebt er das weit von sich. Wie soll er es ihnen sagen? Er muss diese Last tragen, er kann sie keinem Anderen aufbürden. Er kann nur hoffen, dass sie Miguel finden und er Jennifer nicht sagen muss, dass ihr Mann tot und ihr Sohn verschwunden ist. Ihn macht das fast unfähig zu atmen, wie soll sie das verkraften?

Als Juan den Jungs sagt, sie sollen auch zurück zum Haus fahren und sich ausruhen, wischt sich Leandro eine Träne aus dem Gesicht. Pacos Blick fällt wieder auf seine Wunde. »Nein, wir kommen mit, das ist nicht nur eure Rache.« Juan nickt, auch Paco kann dagegen nichts sagen. Samis Hand zittert, als er sich aus Rodriguez' Armen befreit, noch immer hält er verkrampft seine Waffe fest. »Ich komme auch mit, ich muss meinen Bruder holen, wo auch immer dieser Hund ihn hingebracht hat und ich werde meinen Vater rächen, davon kann mich niemand abhalten.«

Rodriguez nickt, auch wenn es keinem von ihnen leicht fällt, doch die Jungs haben sie herausgeholt und sind zu so viel mehr in der Lage, als sie ihnen zugetraut hätten. Es bleiben Paco, Rodriguez, Juan, Chico, Mano, Hernandez, Ramos, Josir, Miko, Raul, Pepo, Tito, Santana, Leandro, Sami, Sanchez, Kasim, Damian, Nesto und Rico zurück und sehen zu, wie die anderen Männer losfahren, zu dem Haus, dass die junge Generation gemietet hat.

Paco weiß, dass sie sich um Ramon kümmern werden und dass er aufbewahrt wird, doch es fühlt sich falsch an, er müsste das tun, er müsste an der Seite seines Bruders sein, er war es nicht in der Minute seines Todes und das wird er sich nicht verzeihen. Alles was er jetzt noch tun kann, ist, seinen Sohn und Pacos Neffen zu retten und Ramon und alles anderen zu rächen.

Er will nicht darüber nachdenken, was für qualvolle Schmerzen die Frauen später ertragen müssen, wenn er ihnen alles erzählen muss.

Er flucht und sieht noch einmal zu dem Gefängnis, zu Sami, in Leandros Augen und zu allen anderen, bevor er zu den noch verbleibenden Autos geht und dabei seine Waffe an den Kopf der Wache hält, die als Einziges noch am Leben ist und sie zu Garcias führen soll.

»Dann los, soll Garcias die komplette Macht der Familias spüren, und wenn es das Letzte ist, was wir tun werden, ich will, dass er jede Sekunde von seinem Plan bereut!«

Kapitel 2

Paco kann sich kaum konzentrieren, doch er weiß, er muss sich jetzt zusammenreißen. Rodriguez sitzt neben ihm, Leandro, Sami und Damian hinten. Da sie nicht genug Autos haben, sitzen Pepo und Miko noch im geöffneten Heck des Autos. Sie folgen dem Wagen, in dem die einzige Wache ist, die ihnen den Weg zu einem von Garcias Häusern zeigen kann. Die Wache hat ihnen noch gesagt, dass er mehrere Häuser hat und sich selten längere Zeit an einem Ort aufhält. Die Handynummer, die in allen Handys der Wachen gespeichert war, funktioniert aber.

Sie wollten wissen, wie schnell Garcias merken kann, dass etwas nicht stimmt und die Wache hat erklärt, dass sie den Auftrag haben, zweimal am Tag anzurufen und ihm zu sagen, dass alles in Ordnung ist. Solange er diesen Anruf bekommt, wird er keinen Verdacht schöpfen. Es war Garcias Auftrag, die Wachen haben ihn angerufen und ihm gesagt, Ramon hätte sich den Arm gebrochen, woraufhin er ihnen den Auftrag gegeben hat, Ramon aus dem Gefängnis zu holen und zu töten.

Das Geschäft wurde ihm langsam zu wenig lukrativ, er hatte vor, nach und nach die besten Männer an Drogenfarmen zu verkaufen und danach den Rest einfach in Flammen aufgehen zu lassen. Hätten Leandro und die anderen nicht jetzt reagiert, wäre es vielleicht zu spät gewesen. Paco kann nur beten, dass sie Garcias antreffen, er will Rache und er will seinen Neffen Miguel, Soran und Jakup sofort herausholen, wo auch immer sie gerade gefangengehalten werden.

Sie halten vor einer Art Farm. Dafür, dass er an ihnen Geld verdient hat, sieht es nicht sehr luxuriös aus. Keiner von ihnen wartet ab, sie verteilen sich sofort auf dem Gelände und rennen zum Haus. Paco hat immer wieder den Drang sich nach Leandro umzublicken, doch er zwingt sich, dies nicht zu tun. Sie haben sie befreit, sie haben dieses Vertrauen auf ihr Können mehr als verdient.

Paco läuft direkt zur Veranda, es gibt nur eine morsche Holztür, die ins Haus führt und schon als er diese mit einem Tritt aufmacht, weiß er, dass dies nicht Garcias richtiges Haus sein kann. Sie verteilen sich und es dauert keine zwei Minuten um zu bemerken, dass hier niemand ist. Frustriert sieht sich Paco im Haus um, ihm hätte klar sein müssen, dass es nicht so einfach wird. Das ist kein Haus, in dem Garcias wirklich lebt, es gibt kaum Möbel hier, nicht einmal die Küche ist richtig eingerichtet.

Er wird das Haus nur zum Schlafen genutzt haben, wenn er zum Gefängnis gekommen ist. Raul ruft aus einem der Zimmer, dass dort vielleicht etwas Brauchbares ist. Er zeigt zu einem Schreibtisch in einer Ecke, auf dem einige leere Bierdosen herumstehen. Sie finden ein paar Notizen zu Terminen, die aber alle schon einige Zeit zurückliegen und eine verschlossene Schublade. Miko öffnet sie und holt mehrere Stapel Papiere heraus. Hernandez und Santana machen sich daran die Papiere durchzugehen, während sich Paco auf ein Sofa neben Rodriguez setzt.

»Ich hätte mir so gewünscht, Garcias jetzt sofort zur Rechenschaft zu ziehen!« Paco sieht zu seinem jüngeren Bruder. Ramon hatte immer ein Auge auf sie beide, nun ist er der Älteste, nie hätte er sich vorgestellt, dass all das mal so enden würde. »Er wird dafür büßen, früher oder später werden wir ihn finden. Jetzt müssen wir uns darauf konzentrieren, Miguel und die anderen Jungs zu befreien. Wir können nicht ohne sie zurückkehren. Ramon wusste, dass etwas nicht stimmt, als sie Miguel geholt haben. Er hat es gespürt, doch ich hätte nicht gedacht, dass er wirklich recht hat.«

Rodriguez legt den Kopf in den Nacken und kämpft erneut gegen die Tränen um ihren ältesten Bruder. »Wie sollen wir das Jennifer sagen, wie sollen wir ihr erklären, dass Ramon tot und Miguel verschwunden ist?« Paco weiß es nicht. »Ich werde die Frauen später anrufen und auch unsere Eltern.« Rodriguez senkt den Blick.

Sie haben ihren Bruder verloren, Sami und Miguel ihren Vater, Jennifer ihren Mann und ihre Eltern einen Sohn, diese Wunde wird niemals verheilen.

Juan ist dabei, dem Wachmann das Handy zu reichen, damit er Garcias in der Gewissheit lassen soll, es sei alles in Ordnung. Es klappt auch, Garcias fragt auch nicht weiter nach und beendet das Gespräch schnell wieder. Hätte der Mann Garcias nach seinem Aufenthaltsort gefragt, wäre es nur zu auffällig gewesen. Als sie Garcias' Stimme hören, ist es still, keiner sagt ein Wort, jeder hält in seiner Bewegung ein, Paco erkennt den Durst nach Rache in allen Augen.

»Wozu die Mühe? Vielleicht fällt es Garcias nicht sofort auf, doch die Wachen werden vermisst werden. Es wird eh bald zu ihm durchdringen.« Damian stellt sich zu Juan und der nimmt der Wache das Handy weg. »Aber das kann ein paar Tage dauern, ich gebe die Nummer einem alten Freund durch, wenn wir Glück haben, können wir ihn orten und aufspüren, bevor er etwas merkt.«

Hernandez hält einige Papiere hoch. »Seht mal her!« Sie alle versammeln sich um ihn. Er zeigt ihnen einige Papiere mit Namen und Geldbeträgen aus Puerto Rico. »Das scheinen einige zu sein, die dafür gezahlt haben, dass wir weggesperrt sind, die Beträge werden immer seltener und weniger. Die letzten Monate hat kaum noch einer gezahlt, weshalb er uns wohl loswerden wollte.« Tito spuckt auf den Boden. »Jeder einzelne von ihnen wird sich dafür verantworten müssen!« Santana zeigt ihnen weitere Papiere.

»Hier sind einige Adressen aus Kolumbien, auch da stehen Geldbeträge, aber meistens nur einer pro Adresse, einmalige Zahlungen. Ich weiß nicht, ob das etwas mit Miguel zu tun hat, doch mehr haben wir nicht.« Juan zwingt die Wache sich die Adressen anzusehen, doch er beschwört nichts zu wissen. Paco glaubt ihm auch, es ist unwahrscheinlich, dass Garcias viele in seine kranken Pläne eingeweiht hat.

»Lasst uns zum Haus fahren, wir gucken, wie wir die Orte am schnellsten erreichen. Morgen teilen wir uns auf und suchen nach Miguel, während Juans Freund versucht, Garcias ausfindig zu machen.« Alle stimmen zu und sie verlassen mit den Papieren und der Wache Garcias' Haus wieder. Juan will den Mann bei sich behalten und ihnen so noch einige Stunden – wenn sie Glück haben, Tage – Aufschub zu verschaffen.

Chico nimmt eine alte Zeitung, zündet sie an und lässt das Haus komplett in Flammen aufgehen. Paco lächelt matt, als er aus dem Auto zurück auf das Haus sieht, was nun bis auf die Grundmauern abbrennen wird, so wie Garcias sie hat brennen lassen wollen. Er wird dafür sorgen, dass alles von Garcias brennt, wirklich alles.

Als das Auto startet, weiß er allerdings genau, dass ihm jetzt die allerschwerste Aufgabe bevorsteht. Er muss den Frauen und seinen Eltern mitteilen, das Ramon tot und Miguel verschwunden ist. Paco sieht auf das verfluchte Land, in dem gerade die Sonne untergeht, sie können sich wieder frei bewegen. Paco hat die letzten achtzehn Monate jeden Tag davon geträumt, doch jetzt, wo es soweit ist, fühlt sich sein Herz so schwer und eingeengt an, wie noch niemals zuvor.

Die Jungs haben zum Glück ein sehr großes Haus gemietet. Nachdem sie angekommen sind, haben sie erfahren, dass Ramon zu einem Bestatter gebracht wurde, der ihn bis zu ihrem Rückflug aufbewahrt. Bei ihnen darf man mit der Beerdigung aber nicht lange warten und sie müssen sich um seinen Rücktransport kümmern. Paco geht erst einmal duschen, in der Stille fühlt er sich schwindelig bei all den Gefühlen, die ihn übermannen.

Er hat seinen Bruder verloren, die Sorge um Miguel und die anderen Jungs, gleichzeitig ist er endlich frei. Es ist ein unbeschreibliches Gefühl, seinen Sohn und seine Neffen wiederzusehen.

Als sie gerade das Haus betreten haben, kam ein kleiner Welpe angerannt und das erste Mal hat Leandro leicht gelacht bei seiner stürmischen Begrüßung. Paco hätte einfach nur Stunden stehen bleiben und seinen Sohn beobachten können.

Auch wenn sie alle immer versucht haben, die Hoffnung nicht aufzugeben, musste er sich genau in diesem Moment eingestehen, dass er es über die vielen Monate doch getan hat. Er hatte die Hoffnung aufgegeben, jemals wieder aus diesem Gefängnis zu entkommen. Er dankt Gott dafür, dass er seine Familie wiedersehen darf, dass er wieder frei ist, dazu kommt der unglaubliche Hass auf Garcias und die Wut, die ihm wie Säure in den Adern brennt. All diese Gefühle auf einmal sind zu viel, er weiß nicht, wie er all das bewältigen soll. Und sein Herz führt ihn schnell wieder aus der Dusche, um endlich mit dem Menschen zu reden, der immer sein Halt war, sein Herz, sein Leben, er muss endlich mit Bella reden.

Paco zieht sich eine Boxershorts über. Es ist ruhig im Haus, jeder wird für sich versuchen, die Geschehnisse zu verarbeiten und seine Gefühle in den Griff zu bekommen. Einige der Männer, die schon länger im Haus waren, sind losgefahren, um etwas zum Essen zu besorgen und jeder weiß, dass Paco jetzt die schwerste Aufgabe hat. Sie alle verzichten auf den erlösenden Anruf an ihre Familien, damit Paco die Frauen auf alles vorbereiten kann.

Als er aus dem Bad tritt, sitzt Leandro in ihrem gemeinsamen Zimmer auf einem der Betten. Pacos Herz schlägt schneller und stolz breitet sich Wärme in seiner Brust aus, als er auf seinen Sohn hinunterblickt. Der Welpe hat sich neben ihn gelegt, er dachte nur Latizia hätte diese Schwäche für Tiere.

Paco setzt sich zu seinem Sohn und legt seine Hand in seinen Nacken. »Ich fühle mich beschissen.« Paco muss über den erschöpften Gesichtsausdruck seines Sohnes lächeln. »Das geht uns allen so. Er war dein Onkel.«

Leandro sieht seinem Vater in die Augen. »Aber nicht nur deshalb, sondern weil ich gleichzeitig auch so erleichtert bin, dass ihr alle wieder draußen seid, dass wir es geschafft haben. Dass Mama aufhört jede Nacht zu weinen und Latizia wieder richtig lacht. Dass La ...« Er stockt kurz. »Dass wir alle zurück nach Sierra gehen, ich kann doch nicht so froh sein, wenn gerade Ramon getötet wurde!«

Paco weiß was er meint, er hat genau das gleiche Gefühlschaos in sich. »Ich denke, es ist ok, ich denke, es ist in Ordnung, traurig und wütend wegen Ramon zu sein und sich gleichzeitig zu freuen, dass alles wieder wie früher wird ... zumindest etwas. Ich bin mir sogar ziemlich sicher, dass er vom Himmel auf uns sieht und uns am liebsten einen gehörigen Arschtritt verpassen würde, dass wir unsere Befreiung nicht richtig feiern.«

Leandro lacht leise, auch Paco muss lächeln. »Aber er wird auch wollen, dass wir Miguel finden.« Paco nickt. »Das werden wir!«

Erst nachdem Leandro das Zimmer verlassen hat und zu den anderen in den Garten gegangen ist, greift Paco zum Handy. Er wählt die Nummer, die Leandro ihm gegeben hat, er kennt nicht einmal die neue Handynummer seiner eigenen Frau. Es tutet zweimal, bis er endlich die Stimme seines Herzens hört, und Paco muss sich zusammenreißen, jetzt nicht die Fassung zu verlieren. »Leandro, was ist los bei euch? Wieso meldet ihr euch nicht?«

Paco muss lächeln, wie sehr er sie liebt. »Bella.« Stille, dann ein verzweifeltes Schluchzen, das Paco durch den ganzen Körper geht. »Bitte, sag mir, dass du frei bist.« Sie fleht ihn an und Paco nickt, er ringt mit seinen Gefühlen und kann kaum klar denken, bis er bemerkt, dass sie sein Nicken nicht hören kann. »Ja Cariño, wir sind frei, unser Sohn, Sanchez, Damian, sie alle haben es geschafft.« Bella jauchzt laut auf, Paco müsste sich das Handy vom Ohr halten, tut er aber nicht, er kann nicht genug von ihrer Stimme hören.

»Sie sind frei!« Bella ist nicht alleine, er hört viele Stimmen um sie herum und schließt die Augen, wie soll er ihnen allen diese Nachricht übermitteln. »Wo seid ihr gerade, noch in New York?« Bella lacht ausgelassen. »Wir sind zurück in Sierra, Schatz, zumindest die meisten, die anderen kommen bald nach. Wie geht es euch, ist jemand verletzt, seid ihr schon unterwegs nach Sierra, wann können wir euch abholen?«

Paco streicht sich verzweifelt über das Gesicht, er sucht nach den richtigen Worten, doch er findet sie nicht. Auch wenn es immer noch laut im Hintergrund ist, Bella kennt ihn besser als sonst ein Mensch und sie wird ruhig. »Paco? Was ist los? Irgendetwas stimmt doch nicht.« Jetzt wird es leiser im Hintergrund und Paco muss nun mit der Wahrheit herausrücken, doch er muss es Bella alleine sagen, sie ist von allen die Sensibelste und wird die richtigen Worte an die Frauen finden, die Worte, die ihm fehlen. »Bella, kannst du alleine in ein Zimmer gehen?«

Es wird ganz ruhig, er hört Bellas unruhigen Atem und wie sich eine Tür öffnet und dann schließt. »Ich bin allein, sag mir jetzt bitte was los ist, Schatz, es macht mich krank, dich so zu hören und nicht bei dir sein zu können.« Paco schließt die Augen. »Ich würde töten um dich jetzt bei mir zu haben. Du bist mein Leben, Cariño, du hast keine Vorstellung, wie sehr du, Latizia und Leandro mir gefehlt habt. Ihr wart der einzige Grund, dass ich das überstehe.«

Er hört die Tränen seiner Frau. »Du fehlst mir auch so sehr, ich konnte kaum atmen ohne dich, aber bitte sage mir, wieso du dann nicht glücklich bist? Ich höre doch wie sehr du leidest.« Paco weiß nicht wie er es ihr sagen soll, deswegen beschreibt er ihr einfach die letzte Zeit, er erzählt ihr, wie sie Miguel, Soran und Jakup geholt haben, was mit Ramon passiert ist. Als er ihr berichtet, wie die Jungs sie befreit haben und sie dann erst erfahren haben, dass Miguel nirgends angekommen ist, beginnt Bella schon bitterlich zu weinen. Ihm selbst kommen erneut die Tränen, als er ihr dann verzweifelt erzählt, wie sie Ramon gefunden haben.

Sie weinen beide, es dauert lange, bis Paco seine Frau etwas beruhigen kann, auch wenn er selbst so aufgewühlt ist. Er sagt ihr, was sie in dem Haus gefunden haben und dass sie morgen losfahren werden um Miguel zu suchen. Bella ist verzweifelt und Paco versucht sie ganz zu erreichen. »Bella, du musst jetzt stark sein, du musst jetzt für Jennifer da sein, du bist die Einzige, die ihr Halt gibt. Sami geht es gut und sage ihr, dass ich alles tun werde um ihr Miguel wiederzubringen.«

Er hört, wie seine Frau versucht wieder ihre Fassung zu finden. »Sie wusste es, Paco, sie hatte schon die ganze Zeit so ein schlechtes Gefühl, es wird sie zerstören.« Paco nickt. »Ihr müsst für sie da sein, sie muss für Sami stark sein und für Miguel, wenn wir ihn wiederbringen.« Bella hört auf zu weinen. »Das heißt, ihr kommt noch nicht alle wieder?« Paco zerreißt es, er würde sie so gerne in den Arm nehmen. »Noch nicht, ich schicke morgen einige Männer mit Ramon nach Hause, ihr müsst ihn beerdigen und ich werde erst an sein Grab treten, wenn ich seinen Sohn nach Hause gebracht habe.«

Auch wenn Bella schweigt, weiß er, dass sie nickt, sie versteht die Situation, in der er sich befindet. »Ich werde jetzt mit den anderen reden.« Paco weiß, dass es für Bella auch die Hölle sein wird. »Ich liebe dich, Schatz, ich rufe dich später an. Ich muss jetzt meine Eltern anrufen.« Bella schluchzt erneut auf. »Oh Gott!« Paco schließt die Augen. »Ich liebe dich, Paco, bis später.« Bella legt auf. Egal wie verzweifelt sie selbst sind, sie müssen versuchen so stark wie möglich zu sein. Paco schließt die Augen, als es bei seinen Eltern zuhause klingelt. Wie auch bei Bella ist die Freude unendlich groß, bis er ihnen alles erzählt.

Er schließt die Augen, als er das laute verzweifelte Weinen und die Schreie seiner Mutter hört und weiß, dass genau in diesem Moment auch Jennifer diese Laute von sich geben wird.

Alle trauern um Ramon und es zerreißt ihm noch einmal sein Herz, diese verzweifelte Trauer erneut zu hören.

Miguel versucht sich aufzusetzen, er spuckt Blut aus, sein ganzer Körper tut ihm weh und es macht ihn wütend, dass er all das noch spürt. Als er dieses Mal seine Augen geschlossen hat, dachte er, dass er endlich erlöst würde. Er hatte die Hoffnung, dass all die Schmerzen und Qualen der letzten Tage endlich zu Ende wären, doch nun hat er seine Augen wieder geöffnet. Seit Roan mit den Männern gekommen ist, gab es keine Sekunde, wo er sich nicht den Tod gewünscht hat.

Bitter sieht er auf das Wasser und das Brot, was vor seiner Zelle liegt. Noch immer liegen die toten Körper von Jakup und den anderen beiden Männern, die an dem Schlangengift gestorben und hier zum Sterben und nun zum Verwesen hergebracht wurden, in der anderen Zelle, der Gestank ist unerträglich und immer wieder sieht er Ratten in die Zelle rennen. Er ist in der lebendigen Hölle, er weiß nicht einmal, wie lange es her ist, seit er beim Fluchtversuch geschnappt wurde, seit vor seinen Augen Sarita erschossen und er hergebracht wurde. Vielleicht sind es zwei Tage, vielleicht drei, doch jede Sekunde ist eine reine Folter.

Sie hätten ihn auch einfach erschießen können, doch Roan hatte etwas anderes vor. Er hat ihm gesagt, dass er es büßen wird, dass sich Sarita nicht nur ihren Spaß mit Miguel geholt hat, sondern dass sie auch Gefühle für ihn aufgebaut hat. Etwas was er nie geschafft hat, es hat ihn in seiner Ehre gekränkt und das lässt er Miguel spüren. Ein wenig Tageslicht scheint durch ein kleines Gitter an der Decke und Miguel weiß, dass in dem Moment viele Männer bis zum Blut auf Roans Drogenplantage arbeiten, dass ihre Frauen und Kinder getötet oder verkauft wurden und keiner von ihnen hier lebendig herauskommen wird.

Langsam wird sein Verstand wieder klar und er erinnert sich, dass er von seinem Vater geträumt hat. Miguel weiß keine Einzelheiten mehr, doch er weiß, dass sein Vater um ihn geweint hat als er mitansehen musste, wie sehr er hier gebrochen wurde. Keine der zahlreichen Verletzungen an seinem Körper hat Miguel zerstört, nein, Roan hat ihn komplett gebrochen und Miguel ist plötzlich froh, dass keiner der anderen jemals erfahren wird, was mit ihm passiert ist. Niemand wird ihn hier finden und sehen was aus ihm geworden ist, er muss nur noch die Augen schließen und endlich fort von hier.

Mit seiner letzten Kraft spricht er ein Gebet, er bettelt Gott an, ihn zu erlösen und zu befreien. Genau in dem Moment hört er, wie sich schwere Schritte die Kellertreppe herunter bewegen.

Miguel sieht sich panisch um, er sucht etwas, irgendetwas um sich zu verteidigen oder um sich zu erlösen, doch es gibt nichts. Bis auf seine dreckige, blutige Boxershorts ist hier nichts. Ein Mann tritt an die Zelle, er sieht auf Miguel, hebt den Becher mit Wasser und spritzt ihn in sein Gesicht. »Wach auf, Roan will dich sehen!« Als er die Waffe hochhält, breitet Miguel die Arme aus. »Tue es!«

Der Mann lacht und pfeift, sodass ein weiterer Mann zu ihm tritt. »So einfach wird dir das nicht gemacht.« Zusammen schleifen sie ihn aus dem Keller, hoch in das Spielzimmer, in dem einige Tage zuvor noch Sarita und er seinen Spaß hatten. Roan sitzt allein auf einem Sessel und rümpft die Nase. »Stellt ihn unter die Dusche!« Miguel sackt auf den kalten Fliesen zusammen, er schreit auf, als das eiskalte Wasser auf ihn niederprasselt. »Werde wach, Miguel, du bist doch so ein wahrer Mann!«

Miguel weiß, dass Roans Hass weiter geht, Sarita hat ihm erzählt das Roan selbst keinen Sex mehr haben kann und sich die Befriedigung holt, indem er andere dabei beobachtet. Es geht nicht nur um Sarita, es geht darum, dass Miguel etwas kann, was er nicht mehr kann, dass Miguel sich als einziger von all den Männern hier gegen ihn aufgelehnt hat und er lässt ihn all das büßen.

Es schmerzt, sogar das Wasser auf seiner Haut schmerzt. »Na los, öffne die Augen, werde wach, sieh an, was ich dir heute schönes mitgebracht habe.« Miguel öffnet die Augen, sieht das Lachen von Roan, wie sich die Tür öffnet und er weiß, seine Qualen sind noch lange nicht vorbei.

»Dann wäre das geklärt, wir werden morgen alle Adressen abfahren, hat das mit den Flugzeugen geklappt?« Paco sieht zu Pepo, der gerade wieder ins Zimmer kommt, in dem sie sich alle versammelt haben, essen und genau planen wie sie vorgehen. Pepo nickt. »Ich konnte zwei Privatflugzeuge organisieren, in einem wird auch alles für Ramon vorbereitet.« Paco nickt, sie schicken fast alle Männer zurück, nur der engste Kreis wird hierbleiben.

Sie alle sind mehr als nervös, keiner hat sich bei den Frauen gemeldet, es ist jetzt einige Zeit her, seit er mit Bella geredet hat, doch er wird gleich noch einmal anrufen. Paco sieht zu Sami, der blass neben Leandro sitzt. »Sami, du wirst deinen Vater morgen mit zurückbringen und den Frauen mit der Beerdigung helfen.« Sami springt förmlich auf und schüttelt den Kopf. »Nein, auf keinen Fall, ich werde nicht gehen, solange ich Miguel nicht gefunden habe und Garcias noch atmet.«

Paco nickt zu den anderen und deutet ihnen an, sie allein zu lassen. Alle außer Rodriguez verlassen den Raum und Sami beginnt wie ein wilder Tiger hin- und herzulaufen. »Sami, ich weiß, dass du das tun willst, doch es geht nicht. Ich kann das deiner Mutter nicht antun. Sie braucht dich jetzt, Sami.« Sein Neffe bleibt stehen und Paco muss daran denken, wie er als kleiner Junge ständig an ihm herumgeklettert ist. »Deine Mutter hat jetzt nur noch dich, du musst zu ihr zurück!«

Sami senkt den Kopf und Rodriguez geht zu ihm. Er legt seine Hand in den Nacken seines Neffen und sieht ihm in die Augen. »Sieh uns an, Sami, wir werden Miguel nach Hause bringen, das schwören wir dir! Aber du musst jetzt für deine Mutter da sein.« Sami nickt und sie spüren genau, wie viel Überwindung ihn das kostet. Paco will gerade noch etwas sagen, da klingelt Leandros Handy, das auf dem Tisch liegt. Es ist Bella,

Paco geht ran, doch er hört nur eine gebrochene heisere Stimme. Paco schließt die Augen, als er Jennifers verzweifeltes Schluchzen hört. Wenn ihre Stimme nur einen Teil ihrer Schmerzen ausdrückt, muss sie komplett zerstört sein.

»Jennifer, es tut mir so leid.« Auch er kämpft mit den Tränen und Jennifer bringt nicht mehr als ein zitterndes Schluchzen hervor.

Es ist komplett still, bei ihnen und auch in Sierra. Doch dann findet Jennifer mit all ihrer letzten Kraft noch Worte. »Paco … bitte. Ich flehe dich an, du musst Miguel retten, ich will nicht auch noch einen meiner Söhne verlieren, bitte Paco, du musst ihn retten!«

Paco atmet tief ein, auch Rodriguez und Sami haben es gehört, da das Handy sehr laut gestellt ist. Noch nie hat Paco etwas ernster gemeint.

»Das schwöre ich dir, ich werde ihn zu dir zurück bringen!«

Kapitel 3

Keiner von ihnen hat in dieser Nacht geschlafen, die Schreie ihrer Tante Jennifer hallen noch immer in Latizias Ohren nach. Sie alle haben geweint, als sie von Ramons Tod erfahren haben, doch noch nie, niemals hat Latizia einen Menschen derart verzweifelt gesehen wie Jennifer in der letzten Nacht. Sie waren alle wach und bei ihr. Ihre Mutter Bella ist nicht eine Minute von Jennifers Seite gewichen. Sie selbst waren stundenlang im Nebenzimmer.

Latizia muss die ganze Zeit daran denken, wie sie noch zwei Tage bevor die Männer nach Kolumbien gefahren sind, mit Miguel unterwegs war. Er hat ihr geholfen, einige Kisten mit alten Klamotten zu einer Hilfsstation zu bringen, danach hat sie mit Sami und ihm im Garten gesessen und ist nach dem Essen auf der Couch eingeschlafen. Irgendwann muss Ramon nach Hause gekommen sein. Sie hat gespürt, wie ihr Onkel sie auf die Wange geküsst hat. Als sie wach wurde und ihm von ihrer Sorge wegen der Reise erzählt hat, hat er sie in den Arm genommen, wo sie erneut eingeschlafen ist.

Egal wie schwer die letzten Jahre waren, sie hätte niemals gedacht, dass dies der letzte Augenblick war, an dem sie ihrem Onkel so nah war. Jetzt weiß sie, dass es den Anderen gut geht, sie hat gestern einige Minuten mit ihrem Vater reden können und es hat ihr so gut getan, doch der Gedanke, dass niemand weiß wo Miguel ist und wie es ihm geht, macht sie nervös. Sie hat heute morgen gebetet, seit langer Zeit das erste Mal wieder, in New York hat sie aufgehört, es kam ihr so vor, als wolle Gott ihre ganze Familie bestrafen und sie war wütend.

Latizia weiß, dass es falsch war und hat sich in ihrem Gebet dafür entschuldigt. Sie hat darum gebetet, dass sich Gott der Seele ihres Onkels annimmt und dass er über Miguel wacht, solange bis er wieder bei ihnen ist.

Vor einer Stunde ist dann endlich Frau Anoltzas gekommen, die Ärztin ihrer Familia, und hat Jennifer starke Beruhigungsmittel gegeben. Ihre Tochter Celestine und sie bleiben bei ihr, Melissa und die anderen Frauen sind ebenfalls dort geblieben. Die Jungs und Dine sind zum Padre gefahren, um alles für die Beerdigung vorbereiten zu lassen. Latizias Mutter und Sara sind mit ihr, Dilara und Abelia ins Punto-Gebiet gefahren.

Sie verteilen noch einige Sachen, die heute Morgen geliefert wurden, da bald schon die ersten Männer nach Hause kommen. Latizias Tante Sara und ihre Mutter sind ganz still, beide haben dunkle Ränder unter den Augen. Auch wenn Latizia selbst viel um ihren Onkel geweint hat, macht es ihr Angst. Ihre Mutter gibt ihr einige Unterlagen und Bettwaren und bittet Latizia und ihre Cousinen diese ins Cielo zu bringen, doch Latizia hält ein.

»Mama, denkst du, dass Jennifer das überstehen wird, ich mache mir wirklich Sorgen, ich meine, wird sie eines Tages wieder lachen können?« Sara beginnt zu lächeln und streichelt Latizia über die Wange, während ihre Mutter auch Abelia eine Kiste gibt. »Ich weiß es nicht, Schatz, ich weiß es wirklich nicht.« Dilara zieht Latizia mit zum Cielo, sie würde am liebsten bei ihrer Mutter bleiben, sie macht sich Sorgen. »Wir müssen jetzt helfen wo wir können!«

Dilara weist sie an, wo was hinkommt. Ihre älteste Cousine ist sehr nervös. Latizia weiß, dass es nicht nur am Tod von Ramon liegt, Miguel und Dilara hatten immer ein enges Verhältnis. Für Dilara war Miguel immer mehr als nur ein Cousin. Latizia weiß, wie sehr sie sich jetzt um ihn sorgt.

Latizia findet in einem der Räume ein Shirt ihres Bruders Leandro und riecht daran. Ihnen allen geht es gut und sie werden bald wiederkommen, alle, bis auf ihren Onkel Ramon, Latizia kann es immer noch nicht begreifen. Wenn sie daran denkt, dass ihr Vater bald wieder da ist, treten ihr erneut Tränen in die Augen. Er hat ihr so sehr gefehlt und doch hat sie es nie wirklich gezeigt, um es ihrer Mutter nicht noch schwerer zu machen.

Latizia legt Handtücher ins Bad und sieht in den Spiegel. Sie hat rote Wangen von der Sonne, noch nie hatte sie einen Sonnenbrand, doch ihre Haut war die Sonne Puerto Ricos nicht mehr gewöhnt. Sie versucht sich daran zu erinnern wie sie aussah, als ihr Vater sie das letzte Mal gesehen hat, ob sie sich sehr verändert hat? Hat er sich verändert? So lange Zeit eingesperrt zu sein, wird sicherlich Spuren hinterlassen haben.

»Ich bin fertig, ich finde, es sieht alles aus wie früher.« Abelia tritt zu ihr und sieht ebenfalls in den Spiegel. »Ich wünschte, ich hätte deine Haare.« Latizia lacht und zieht an einer der kurzen Strähnen ihrer Cousine. Sie hat sich vor einigen Wochen ihre langen Haare zu einem kurzen Bob geschnitten, wie ihn ihre Mutter Sam immer trägt, jetzt bereut sie es. »Das steht dir viel besser.« Dilara kommt nun ebenfalls zu ihnen. Sie ist die älteste von ihnen und alle bewundern sie.

Dilara ist wunderschön, jeder Junge ist verrückt nach ihr. Sie trägt Klamotten, die sich Latizia nie trauen würde zu tragen und schminkt sich genauso gekonnt wie ihre Mutter. Obwohl Latizia bereits siebzehn ist, kommt sie sich neben ihr immer noch wie ein kleines Kind vor. »Dilara, meinst du, es ist sehr falsch, dass ich mich so freue meinen Vater wiederzusehen, auch wenn ich trauere wegen Onkel Ramon?«

Abelia bringt Latizias Gefühle auf den Punkt. »Nein, ich denke, dass es völlig in Ordnung ist, ich kann es selbst nicht erwarten, dass mein Vater wieder da ist. Gleichzeitig kann ich nicht glauben, dass Ramon nicht wiederkommen wird. Alles was wir jetzt tun können, ist unseren Müttern zu helfen und zu beten, dass Miguel gefunden wird.«

Es tut gut zu wissen, dass nicht nur sie allein in diesem Gefühlskonflikt steckt. Als sie zum Punto-Haus kommen, sehen sie gerade noch ein Auto halten, sie gehen schnell durch den Hintereingang ins Haus. Sara entdeckt sie und deutet ihnen an, im anderen Zimmer zu bleiben. Die Tür ist angelehnt und durch einen Spalt können sie genau sehen, wie drei Männer mit gezogenen Waffen das Haus betreten. Latizia kennt niemanden von ihnen und ihr Herz schlägt augenblicklich schneller, als die Männer sich vor ihrer Mutter und Sara aufbauen. »Wer seid ihr und was habt ihr in unserem Gebiet zu suchen?«

Latizia schluckt schwer, als sich ihre Mutter sehr selbstsicher an die Männer wendet. »Wir haben gerade erfahren, dass angeblich die Trez Puntos und die Les Surenas zurück sein sollen und wollten uns versichern, dass dies nicht der Fall ist. Seitdem die Familias weg sind, laufen unsere Geschäfte besser und wir wollen doch nicht, dass sich das ändert. Also meine Hübschen, wer seid ihr und was macht ihr hier?«

Der Mann hält ihrer Mutter die Waffe an die Wange und fasst ihr ins Haar, Latizia schluckt schwer und will gerade aus der Tür raus um ihrer Mutter zu helfen, doch Sara blickt in ihre Richtung und deutet den Mädchen an, versteckt zu bleiben. Latizia beginnt zu weinen und Dilara, die ebenso wie Abelia alles beobachtet, hält ihre Hand und drückt sie. Weder ihre Mutter noch Sara zeigen den Männern gegenüber Angst. »Wir sind die Frauen der Familias und ja, die Trez Puntos und die Les Surenas sind zurück, damit müssen dann wohl alle leben!«

Latizia schluckt schwer, wieso hat ihre Mutter nicht einfach gesagt, sie habe nichts mit den Familias zu tun? Dilara neben ihr nimmt leise ihr Handy heraus und entfernt sich einige Schritte, Latizia kann das Geschehen draußen nicht aus den Augen lassen. »Ob wir damit leben müssen oder nicht wird sich noch zeigen, Süße! Wo sind eure Männer? Seid ihr alleine?« Jetzt wird ihre Mutter das erste Mal unsicher und sieht kurz in ihre Richtung.

»Wir sind alleine, am besten fahrt ihr einfach wieder und wir vergessen euren Besuch, es muss niemand erfahren, dass ihr hier wart. Ihr kennt ja die Trez Puntos und die Surenas offenbar genug um zu wissen, dass es nicht gut wäre, wenn sie erfahren, das ihr hier wart und ihre Frauen bedroht habt.«

Sara lenkt ein und Latizias ungutes Bauchgefühl wird immer stärker, noch immer hält einer der Männer seine Waffe bedrohlich hoch. Dilara tritt wieder zu ihr und deutet ihnen, dass sie keinen der Männer die hier in Sierra sind, erreichen kann, sie sind bei dem Padre.

»Was gut ist und was nicht, entscheiden immer noch wir, setzt euch!« Er wedelt mit der Waffe herum und holt sein Handy heraus, Sara und Latizias Mutter setzen sich auf eine Couch, wo sie genau auf die Tür gucken können, wohinter sie sich verstecken. Der Mann ruft jemanden an, dem er erklärt, was sie vorgefunden haben und fragt nach, was sie jetzt tun sollen Gleichzeitig weist er seine Männer an, sich im Haus umzusehen. Da springt Bella auf.

»Nein, das geht nicht! Ihr verschwindet hier jetzt sofort, ich werde sonst dafür sorgen ...« Latizia will eingreifen, als der Mann schnell zu ihrer Mutter geht und es so aussieht, als würde er ausholen um sie zu schlagen, doch sie hören, wie weitere Autos halten und genau das lässt alle einhalten. Der Mann, der gerade noch dabei war auf Latizias Mutter loszugehen, will gerade zum Fenster, da geht die Tür schon auf.

Dilara zieht Latizia wieder richtig in den Raum, in dem sie sich verstecken, doch trotzdem erkennt Latizia, dass einige andere Männer ins Punto-Haus treten und keinen einzigen von ihnen kennt sie. Verdammt, es wird immer schlimmer, auch Dilara bemerkt das und versucht erneut die Männer zu erreichen. »Adán? Was hast du hier zu suchen?«

Der Mann, der die ganze Zeit mit seiner Waffe herumgefuchtelt hat, lässt diese jetzt sinken und sieht den neuen Männern entgegen. »Dachtest du ich merke es nicht, wenn du mein Gebiet durchquerst? Auch wenn ihr ziemlich schnell gefahren seid, wirst du mich nicht für so dumm halten.« Latizia sieht an Sara und Bellas Gesichtern, dass auch sie nicht wissen, was hier los ist. Der angesprochene Mann, Adán, kommt langsam und gelassen ins Haus herein.

Er ist etwas jünger als der Mann, der ihre Mutter und Sara bedroht, vielleicht Anfang zwanzig, trotzdem haben die Männer Angst vor ihm, das spürt man sofort. Latizia betrachtet den Mann genauer, er sticht unter allen heraus, er hat kurze schwarze Haare, genauso kurz trägt er einen gepflegten Dreitagebart. Als er sich im Raum genauer umsieht, kann Latizia ihm ins Gesicht sehen und erschreckt.

Er ist hübsch, ohne Zweifel, dunkle Augen stechen aus seinem Gesicht hervor, er hat eine feine Nase und schön geschwungene Lippen, doch über seine rechte Gesichtshälfte verläuft eine helle feine Narbe. Vom Haaransatz bis zur Nase, sie verläuft nur so knapp am Auge vorbei, dass dieser Mann sicherlich sehr glücklich sein kann, noch sehen zu können.

Allerdings macht ihn diese Narbe nicht hässlich, er wirkt gefährlich, so beängstigend und doch schön zugleich, dass Latizia die Luft anhält, als er zu Sara und ihrer Mutter tritt. »Wieso legt ihr euch mit Frauen an? Wo sind eure Männer?« Er spricht alle im Raum gleichzeitig an. Offenbar ist er mächtig genug, überhaupt keine Bedenken zu haben hier zu sein. »Sie kommen bald, wir bereiten alles dafür vor!«

Ihre Mutter bemerkt ebenso, dieser Mann ist etwas ganz anderes als die Männer, die zuerst hier eingedrungen sind. Der Mann mustert sie und wendet sich dann zu den anderen. »Verschwindet hier und habt genug Eier in der Hose, wiederzukommen, wenn ihre Männer wieder da sind.« Ohne ein Widerwort drehen sich die angesprochenen Männer um und verlassen das Haus.

Latizia könnte erleichtert durchatmen, wenn die anderen Männer nicht viel gefährlicher wirken würden. Dieser Adán dreht sich noch einmal zu den Männern, die das Haus verlassen, um. »Und Emilio, das nächste Mal, wenn ihr den Trez Puntos und den Les Surenas einen Besuch abstatten wollt, fahrt nicht durch unser Gebiet, sonst werdet ihr nicht weit kommen!«

Nun sind nur noch vier Männer im Haus und sie alle stellen sich vor Bella und Sara auf. Dilara kommt zu Latizia und Abelia, ihr Akku ist leer, sie will Latizias Handy nehmen, doch dann hält sie ein und sieht ebenso auf die neuen Männer.

»Ihr könnt euch entspannen, wir tun Frauen nichts, wir haben gesehen, dass sie zu euch unterwegs sind und da wir eh etwas mit den Familias zu klären haben, dachten wir, wir schauen mal was los ist. Offenbar hat euch das gerettet.«

Sara strafft sich leicht. »Danke, wir wissen das zu schätzen und werden unseren Männern von eurer Hilfe erzählen, wenn sie wieder da sind.« Latizia erkennt ein fieses Lächeln, das sich auf das Gesicht von Adán legt.

»Scheiße, ist der sexy!« Latizia dreht sich zu Dilara um, die sich schnell die Hand vor den Mund hält. Ihre Cousine ist unmöglich. Zum Glück hat sie keiner bemerkt.

»Es ist mir egal, ob eure Männer das wissen oder nicht, ihr solltet ihnen aber etwas ausrichten. Meine Familia, die Tijuas, leben jetzt im südlichen Teil von Sierra. Mir ist es relativ egal, was ihr davon haltet oder ob es euch passt, ihr sollt nur wissen, dass wir keine Probleme damit haben, dass die Trez Puntos und die Les Surenas zurückkommen, dieser Teil der Stadt ist für uns uninteressant, allerdings dulden wir niemand aus anderen Familias in unserem Gebiet. Richtet das euren Männern aus, sobald sie zurück sind, damit keine … Unfälle passieren.«

Eiskalt zwinkert Adán ihrer Mutter und Sara zu und verlässt das Haus wieder, ohne eine Antwort abzuwarten.

Latizia lehnt sich zurück. Sie schließt einen Augenblick die Augen und atmet wieder richtig durch. So schön es ist wieder in Sierra zu sein, das hat sie nicht vermisst. Die Feindschaften unter den Familias und sie stecken sofort wieder mitten drin. Es war das einzig positive an New York, sie waren keine Familia, die über Puerto Rico herrscht und genauso viele Freunde wie Feinde hat, sie waren eine ganz normale Familie, doch spätestens jetzt ist klar, dass das hier in Sierra nicht möglich ist.

Das Gesicht von Adán kommt ihr wieder in die Gedanken, sie hat noch nie jemanden erlebt, der so überhaupt keine Angst oder Respekt vor ihrer Familia hat, doch dann öffnet sie die Augen wieder, als Dilara den Raum verlässt. Sie folgt ihr und umarmt schnell ihre Mutter.

Auch Bellas Herz schlägt schneller, sie streicht sich einige Strähnen aus dem Gesicht, um Latizia auf die Wangen zu küssen. »Ich konnte die Jungs nicht erreichen, soll ich noch einmal …«, setzt Dilara an, doch Sara schüttelt den Kopf und holt etwas zu trinken. Sie haben sich nicht anmerken lassen wie ängstlich sie waren, doch jetzt sieht man es ihnen an. »Nein, wir belassen es dabei, wir dürfen hier jetzt keinen Streit verursachen, es ist ja nichts passiert. Wenn eure Väter da sind, erzählen wir ihnen in Ruhe von der neuen Familia in Sierra.«

Latiza nimmt ihrer Tante ein Glas ab und reicht es ihrer Mutter. »Tijuas … mir kommt das bekannt vor. Was soll das bedeuten, Sierra ist doch eine Stadt?« Ihre Mutter trinkt und sieht dann Sara in die Augen. »Ihr kennt es nicht anders, aber wie ihr wisst, war es nicht immer so. Die Stadt war geteilt, diese Grenzen gelten schon lange nicht mehr, doch jetzt leben die Tijuas in dem Gebiet, wo früher die La Hondez gelebt haben.

Ich habe auch schon einiges von den Tijuas gehört, wir sollten sie in Ruhe lassen, dieser Teil der Stadt wird von uns eh so gut wie nie genutzt. Wenn ihr die Landstraße nach dem Einkaufszentrum herausfahrt, nach einigen Minuten kommen die beiden großen Sträucher am Straßenrand ...« Dilara und Latizia nicken, sie kennen Sierra in- und auswendig. »Da fängt ihr Gebiet an, ab jetzt meidet es und sagt auch den anderen Bescheid. Sobald die Männer da sind, werden sie sich darum kümmern. Solange bleibt ihr davon weg!«

Dilara nickt und auch Abelia gibt ihre Zustimmung. Latizia sieht zur Tür, durch die die Männer verschwunden sind und fragt sich, ob sie jemals in Ruhe leben werden. Ist ein friedliches Leben hier in Sierra als Familia überhaupt jemals möglich?

Leandros Arm schmerzt, sein Vater hat ihm heute morgen einen Verband umgelegt und die Wunde gereinigt, jetzt brennt es ohne Unterbrechung, doch er versucht den Schmerz zu ignorieren und konzentriert sich auf die Straße vor ihnen. Sie haben heute Morgen die Männer, Sami und den Sarg mit Ramon in zwei Flugzeuge verteilt und zugesehen, wie sie in Richtung Sierra losgeflogen sind. Die Wache haben sie im Haus gelassen, sie wissen noch nicht, ob sie ihn weiter gebrauchen können, deshalb bleibt Santana bei ihm.

Leandro fühlt sich beschissen, Sami in dieser Zeit alleine zu lassen, doch sie müssen Miguel finden, deswegen haben sie auch keine weiteren Minuten vergeudet und sich aufgeteilt. Leandro, sein Vater, Damian, Rodriguez, Mano und Nesto fahren in zwei Autos zu der am weitesten entfernten Adresse. Sie haben keine Vorstellung was sie erwartet, sie können nur hoffen, endlich auf Miguel oder zumindest auf eine Spur zu treffen.

Die anderen haben zum größten Teil ihre Ziele schon erreicht, als sie sich langsam ihrem Ziel nähern. Bislang waren die aufgeschriebenen Adressen ein Restaurant und ein Bordell, nirgends gab es auch nur eine Spur von Miguel oder Garcias. Juan hat herausbekommen, dass Garcias an das Bordell Frauen verkauft und das Restaurant soll laut Tito eine Zwischenstation sein, um Frauen in größere Städte zu bringen, sie alle haben aber schon eine Weile nichts mehr von Garcias gehört oder etwas von Miguel, Jakup oder Soran.

Leandro ist sich sicher, dass seine Onkel genau nachgefragt haben, es gab nicht mehr herauszufinden, als das was sie schon wissen und sie können nur hoffen, dass sie eine Spur entdecken. Sein Vater spricht mit Hernandez am Handy, während er das Steuer lenkt. Sie sind auf einer Drogenfarm gelandet, dort gab es zwar viele Männer, aber keine Spur von ihren. Paco sagt ihm, sie sollen ihre Spuren soweit verwischen, dass Garcias nicht gleich herausbekommt, dass sie da waren und dann zurück zum Haus fahren.

Sie haben nur noch die Adresse von sich und das, wohin Chico unterwegs ist. Leandros Herz schlägt schneller, als sie auf eine abgelegene Farm zufahren. Es ist ein riesiges Grundstück, das von einigen Zäunen umgeben ist, von außen erkennt man nicht viel. Sie halten an einem großen schwarzen Eisentor, da sehen sie, dass es einige Wachen auf dem Grundstück gibt, sie wurden gleich bemerkt und zwei kommen mit Maschinenpistolen zum Tor und sehen fragend auf ihre zwei Autos.

Leandro fasst sicherheitshalber noch einmal an seine Waffe im Hosenbund und steigt aus, wobei er bemerkt, dass sein Vater kurz davor ist etwas zu sagen, es dann aber sein lässt. Er wird sich daran gewöhnen müssen, ihn ranzulassen und sich nicht mehr schützend vor ihn stellen zu können.

Rodriguez steigt ebenfalls aus dem anderen Wagen aus, die anderen bleiben zuerst einmal sitzen, um die Wachen nicht sofort in Alarmbereitschaft zu versetzen.

»Könnt ihr uns verraten, wo wir hier sind?« Leandro tritt näher an die Wachen heran, auch Rodriguez nähert sich. »Das ist ein Privatgrundstück, also was sucht ihr hier?« Leandro sieht, dass auf dem Grundstück neben einem alten großen Haus viele Holzbaracken stehen, weitere Wachen schleifen gerade einen Mann in eine von diesen Baracken.

Leandro lächelt die Wachen an, in der nächsten Sekunde zieht er seine Waffe, schießt der einen Wache ins Bein, wobei der Mann seine Maschinenpistole fallen lässt, in der nächsten Sekunde fällt die andere Wache in sich zusammen, getroffen von Rodriguez hinter ihm. Leandro lächelt immer noch.

»Wir sind hier, um euch einen ganz privaten Besuch abzustatten. Also öffne das Tor oder du liegst gleich neben deinem Kollegen!«

Kapitel 4

Die Wache zögert kurz, dann öffnet er das Tor, was die anderen bewaffneten Männer sofort mitbekommen und zu ihnen kommen. Nun steigen alle aus und ziehen ihre Waffen, während sie durch das Tor auf das große Grundstück gehen. Es sind viele Wachleute, die ihnen nun gegenüberstehen. Jedoch haben sie einen Vorteil, sie würden für ihre Sache sterben, während die Männer ihnen gegenüber nicht den Eindruck machen, als wollten sie sich mit ihnen anlegen.

»Was ist hier los?« Ein älterer Mann tritt aus dem Haus zu ihnen und sieht auf den erschossenen Mann. Rodriguez tritt vor und an den Wachen vorbei, wobei er zwei von ihnen zur Seite stößt. »Wir suchen etwas und werden uns auf diesem Grundstück umsehen. Entweder ihr lasst uns von alleine und es gibt keine Verletzten oder nicht, uns ist das egal.« Der Mann sieht empört zu ihnen. »Dürfte ich erfahren, wer ihr seid und was ihr sucht?«

Leandro sieht sich währenddessen schon um, sie müssen die Baracken und das Feld, das von hier zu sehen ist, durchsuchen, Damian und Nesto gehen schon in Richtung der einfachen Holzhäuser. »Die Trez Puntos und die Les Surenas.« Das plötzliche Lächeln des Mannes verrät, dass er genau weiß wer sie sind. »Bitte schön, seht euch um, wir haben nichts zu verbergen. Ich bin Roan und es ist mir eine Ehre, euch begrüßen zu dürfen.«

Leandro geht neben Rodriguez zum Feld, während Paco ins Haus geht. Der Mann und einige Wachen eilen ihnen hinterher. Leandro ist schockiert, als er sieht, wie viele Männer hier in der prallen Sonne stehen und arbeiten, sie gehen durch die Reihen und sehen allen ins Gesicht. Jeder von ihnen hat blutige Hände und wirkt extrem geschwächt. Roan folgt ihnen und erzählt gleichzeitig, wie effektiv er hier Drogen anbaut. Er beschwört, dass von seinem Hof die allerbesten Drogen kommen. Sie ignorieren ihn. Das Feld ist riesig, als es Rodriguez zu viel wird, nimmt er seine Waffe und hält sie Roan unvermittelt an den Kopf. Die Wachen, die ihnen gefolgt sind stocken, aber reagieren nicht.

»Hör zu, falls du denkst, dass wir mit Dreckskerlen wie dir Geschäfte machen, hast du dich schwer getäuscht.« Er sieht zu den Arbeitern. »Geht dort drüben in den Schatten, alle, bringt den Männern etwas zu trinken.« Er wendet sich an die Wachen und lässt die Waffe von Roans Kopf sinken.

»Den Männern hier geht es gut, sie sind dankbar für die Arbeit ...«, versucht Roan sich zu rechtfertigen, doch auch Leandro hört ihm nicht mehr zu. Sie warten, bis alle Männer, die auf den Feldern gearbeitet haben, zusammengekommen sind. In dem Moment kommen auch Paco, Damian, Mano und Nesto zurück.

»Nichts, wir haben sie nicht gefunden. In den Baracken liegen zwei kranke Männer, aber keine Spur von Miguel oder einem der anderen.« Leandro hatte die ganze Zeit Roan im Blick und konnte sehen, wie er bei dem Namen von Miguel zusammengezuckt ist. Er holt sein Handy heraus.

»Im Haus ist auch keine Spur, in einem Zimmer war allerdings frisches Blut an den Wänden. Als wäre dort jemand erschossen worden.« Leandros Vater reibt sich die Augen, während Leandro zu Roan geht und ihm auf dem Handy Bilder von Miguel zeigt.

»Hast du diesen Mann hier gesehen? Er ist mit zwei anderen zusammen, wir suchen drei unserer Männer, Miguel, Soran und Jakup, sieh genau hin!« Roan sieht auf das Bild, dieses Mal zeigt er keine Reaktion, er schüttelt den Kopf. »Nein, das sagt mir nichts.«

Damian sieht sich auch genau die Arbeiter vom Feld an. »Wir haben deine Adresse von Garcias. Du machst doch Geschäfte mit ihm, was verkauft er dir?« Roan lächelt wieder sehr selbstsicher, es scheint so, als habe er wirklich nichts mit Miguels Verschwinden zu tun.

»Ach daher weht der Wind, Geschäftspartner kann man nicht sagen, ich muss hin und wieder Geld bezahlen, damit Garcias dafür sorgt, dass ich unbehelligt Grenzen passieren kann mit meiner Ware und meinen Männern, Kleinigkeiten, nichts Wichtiges, aber jetzt habe ich ihn auch schon eine Weile nicht mehr gesehen oder gehört, es heißt, er ist zur Zeit gar nicht in Kolumbien.«

Leandro ist frustriert, auch in den Gesichtern der Anderen zeigt sich Enttäuschung, sie müssen die drei finden, doch es gibt keine Spur von ihnen. Damian und Mano gehen schon vor zum Auto. »Du solltest die Männer, die für dich arbeiten, besser behandeln!« Leandros Vater wendet sich noch einmal an Roan. »Sie kriegen hier alles was sie brauchen und können ihre Familien ernähren.«

Leandro sieht zu den Arbeitern vom Feld, die ihre Köpfe hängen lassen und schweigen, nur einer sieht ihm in die Augen. Er ist älter und wirkt nicht ganz so ausgemergelt wie die anderen.

Als sein Vater dann losgeht um zum Auto zu kommen, wendet auch Leandro sich ab, er hat ein komisches Gefühl im Bauch, doch sie werden einfach weitersuchen müssen. »Señores…..« Es ist nur eine Millisekunde, fast hätten sie den alten Mann überhört, doch die Reaktion Roans lässt sie aufhorchen.

»Monkey, überlege dir gut was du jetzt tust!« Leandro reagiert schnell und stellt sich zwischen Roan und den Mann, um Roans drohenden Blick zu unterbrechen. Alle halten ein und kommen die paar Schritte zurück.

»Sie waren hier, diese Männer waren hier!«

Es muss den Mann sehr viel Mut gekostet haben sich zu Wort zu melden, Roan flucht und Leandro braucht sich nicht umzudrehen um zu wissen, dass er bereits wieder eine Waffe am Kopf hat. »Wo sind sie?« Der Mann kommt näher zu ihnen. »Ich weiß es nicht, es waren auch nur zwei, einen dritten Mann habe ich nie gesehen, dieser Jakup und Miguel. Sie haben beide hier gearbeitet, Miguel hat uns sehr geholfen, dann wurde Jakup von einer Schlange gebissen, danach habe ich ihn nicht mehr gesehen. Miguel hat sich sehr um ihn gesorgt. Ich habe gehört, dass er flüchten wollte, aber ich weiß nicht, ob das stimmt. Ich habe ihn danach auch nicht mehr gesehen.«

Leandro hört einen dumpfen Schlag und dreht sich wieder zu Roan und den anderen um, der liegt am Boden und sein Vater steht über ihm. »Wo ist er?« Roan wischt sich das Blut vom Mund.

»Wie er es gesagt hat, er ist geflüchtet.« Sein Vater schlägt noch einmal zu. »Du bist ein verdammter Lügner!« Leandro ist selbst wütend, aber sein Vater rastet gerade aus. Er hält die Waffe den Wachen vor die Nase, die zwar selbst bewaffnet, doch offenbar so durcheinander sind, dass sie gar nicht wissen, was sie tun sollen.

»Legt die Waffen auf den Boden und zwar alle!«

Sie kommen der Aufforderung nach. »Verdammte Idioten ihr seid zu nichts zu gebrauchen.« Roan spürt, dass sich das Blatt gegen ihn wendet. Das Blut, was ihm aus dem Mund und der Nase kommt, hätte ihn das schon vorher begreifen lassen sollen. Rodriguez deutet den Männern, die alle geschwächt vom Feld gekommen sind, sich eine Waffe zu nehmen.

Leandros Vater hält noch immer die Waffe an den Kopf der Wachen. »Hat irgendeiner von euch vor, die nächste Stunde zu überleben oder ist es das wert zu sterben? Sagt mir sofort, was mit meinem Neffen und den anderen Jungs passiert ist!«

Der Mann mit der Waffe am Kopf schließt die Augen. »Wir führen nur die Befehle aus, wenn wir nicht tun was Roan sagt, sind wir selbst tot. Einer der Jungs ist gleich am ersten Tag erschossen worden ...«

Leandro schließt die Augen, der Mann stockt. »Wir sollten ihn dann den Hunden vorwerfen, damit es nicht zu stinken anfängt.« Leandro öffnet die Augen wieder, es hilft nichts, sie müssen jetzt erfahren was passiert ist, alle sind ruhig, er sieht wie die Hand seines Vaters, mit der er die Waffe hält, zittert. »Weiter!«

Nun meldet sich eine andere Wache. »Der andere Mann, dieser Jakup, wurde wirklich von einer Schlange gebissen, wir sollten ihn und die anderen Männer, die gebissen worden sind, wegbringen. Ich kann sie dorthin bringen, er lebt nicht mehr. Dort ist auch der Mann vom Foto, er lebt noch.«

Leandros Herz schlägt augenblicklich schneller. »Bring uns sofort dahin!« Es vergehen keine drei Sekunden zwischen dem Zeitpunkt, wo die Wache gesagt hat, sie kennt den Aufenthaltsort von Miguel und dem Moment, wo sie mit der Wache das Haus betreten.

Mano und Nesto bleiben draußen bei Roan und den restlichen Männern.

Während der Mann sie zur Küche bringt, beschwört er sie immer wieder, dass er damit nichts zu tun hat. »Ich habe hier schon nachgesehen, wo bringst du uns hin?« Leandro erkennt die angespannte Stimme seines Vaters kaum wieder. »Seit ein paar Tagen müssen wir das vormachen, wegen dem Geruch.«

Der Mann geht zu einer der weißen Wände und schiebt eine weiße Platte beiseite. Mit dem bloßen Auge ist die alte Kellertür hinter der Platte, die aus irgendeinem Dämmmaterial besteht, nicht zu erkennen. Ihnen schlägt auch ohne dass der Mann die Kellertür öffnet ein widerwärtiger Geruch entgegen und sie stocken kurz.

Rodriguez flucht, als der Mann die Tür öffnet, sie müssen sich alle die Shirts vor die Nase halten. Leandro wird übel. Der Mann schaltet das Licht ein und sie laufen eine alte Steintreppe in eine Art Kellerverlies hinunter.

Der Geruch wird immer unerträglicher, Leandro läuft direkt hinter Rodriguez und seinem Vater, Damian ist hinter ihm. Er will nicht glauben, dass hier jemand aus seiner Familie gefangengehalten wird. Bis jetzt wissen sie immer noch nicht, was genau mit jedem passiert ist. Sie sagen Jakup und Soran sind tot, was ist mit Miguel?

Sie stehen vor drei Zellen, der Wachmann zeigt zu einer. »Dort sind die Männer mit dem Schlangenbiss.« Rodriguez und sein Vater sehen kurz hinein, Leandro erfasst nur einen kurzen Blick. Es ist zu viel, der Geruch, dieser Anblick. Er geht in eine Ecke und übergibt sich. Leandro spürt die Hände seines Vaters an seinem Rücken, doch nur kurz, er zeigt an, dass es geht, er soll Miguel finden.

»Hier ist der ...« Das laute Auffluchen seines Vaters lässt Leandro sich wieder zum Geschehen umdrehen. Rodriguez und sein Vater blockieren den Eingang, sie haben sich hingehockt. »Was habt ihr elenden Hunde getan?« Leandro sieht nun ebenfalls in den kleinen Raum. Miguel liegt am Boden, er ist nackt, man kann ihn kaum erkennen, so grün und blau geschlagen ist er, er ist zu dünn, seine Augen sind geschlossen.

Leandros Vater bettet Miguels Kopf auf seinen Schoß und streicht seine Haare zur Seite. »Lebt er?« Leandro schafft es gerade noch die Worte herauszubringen, das Gesicht von Miguel sieht genauso aus wie das von Ramon, als sie ihn gefunden haben. Rodriguez geht in die Zelle, Ratten laufen an ihren Füßen entlang. Er hebt vorsichtig Miguels Arm an. »Er hat einen Puls, wir müssen ihn hier sofort herausbringen.« Paco schlägt leicht auf Miguels Wangen. »Miguel, wach auf, wir sind hier, hörst du mich?«

Rodriguez flucht ebenso laut auf wie sein Vater und als Leandro seinem Blick folgt, wendet er sich ab. Miguel ist nackt und sein gesamter Unterkörper ist wund. Die Wut in ihm ist kaum noch zu bremsen, was haben sie hier mit ihm getan? »Geh und hole sofort Handtücher!« Er schreit die Wache an, neben der Wache steht Damian blass und regungslos und sieht auf das Geschehen am Boden. Paco bekreuzigt sich und holt sein Handy hervor.

»Erschießt diesen gottverdammten Bastard, er soll nicht eine Sekunde länger atmen!«

Als sie von oben einen gedämpften Schuss hören, bringt ihnen das trotzdem kein befreiendes Gefühl, nicht wenn sie Miguel so am Boden sehen. Der Mann kommt wieder und reicht ihnen mit zittrigen Fingern Handtücher. »Es tut mir so leid, wir haben damit nichts zu tun, wir mussten ihm nur Wasser und Brot ...« Paco unterbricht ihn.

»Hol einige der anderen Wachen, bringt wenigstens die Überreste der Männer aus der anderen Zelle heraus und begrabt sie anständig, wenigstens so viel Würde solltet ihr beweisen. Danach verschwindet von hier, sollte ich noch einen von euch sehen, werde ich euch erschießen, comprende?!«

Der Mann ist schnell weg, während sie überlegen, wie sie Miguel hier herausschaffen, sein ganzer Körper ist verletzt, man weiß nicht, wo man ihn anfassen kann. Hin und wieder öffnet Miguel kurz seine Augen, doch nur Millisekunden. Als Rodriguez und Paco ihn dann endlich auf die Beine gebracht haben, stützen sie ihn. Leandro bindet ihm ein Handtuch um seine Hüften und Damian sieht zu Boden.

Sobald Rodriguez und Paco einen Schritt mit Miguel in Richtung Treppe gehen, wird er wach und schreit vor Schmerzen auf. Leandro geht voran und sein Vater weist ihm den Weg zu einem Zimmer, wo er vorhin eine Dusche entdeckt hat. »Wir müssen das ganze Blut von ihm herunterbekommen um seine Verletzungen zu erkennen.«

Die Treppen sind das Schlimmste, Miguel wimmert vor Schmerzen und Paco redet ihm leise gut zu, dass sie jetzt da sind und ihn hier herausholen. Als sie endlich wieder oben aus dem Horrorkeller am Tageslicht sind, sieht Leandro, wie blass sein Vater und auch Rodriguez sind.

»Ich soll fragen, was wir mit den Männern vom Feld machen sollen?« Nesto kommt gerade von draußen und hält ein, als er Miguel in ihrer Mitte sieht. Er öffnet den Mund, schließt ihn wieder und bekreuzigt sich, Tränen schießen in seine Augen, doch Paco und Rodriguez gehen weiter zu dem Zimmer.

»Lasst sie alle gehen, sie sollen sich aus dem Haus nehmen was sie wollen und ruft Juan und die anderen an, dass wir ihn haben. Wir brauchen dringend ein Auto, worin wir Miguel liegend transportieren können.«

Nesto nickt und stürmt geschockt raus, Leandro hält die Tür zu einem Raum auf, sie setzen Miguel vorsichtig in die große Dusche, er ist zu schwach, um sich selbst auf den Beinen zu halten. Leandro lässt das Handtuch um Miguels Hüften gebunden und stellt das Wasser auf warm, dann ziehen sie sich zurück.

Während das Wasser das getrocknete Blut von Miguels Körper spült, atmen sie alle einmal durch. Leandro würde am liebsten auch duschen, der Geruch hängt noch immer wie eine dunkle Wolke auf ihnen, doch er will Miguel nicht aus den Augen lassen.

»Was wir gesehen haben ...«, Paco wendet sich an Damian und Leandro und deutet auf das Handtuch von Miguel, was seinen wunden Unterkörper verdeckt. »Bleibt unter uns. Wir sind seine direkte Familie, das geht erst einmal niemanden sonst etwas an.«

Leandro und Damian nicken, während Rodriguez ins Nebenzimmer geht und nach irgendwelchen Klamotten für Miguel sucht. Unter dem warmen Wasser öffnet Miguel seine Augen immer mehr, er scheint sie jetzt endlich zu sehen und zu erkennen, doch er sagt kein Wort. Stumm sieht er zu ihnen. Je mehr sich das Blut von seinem Körper wäscht, desto deutlicher werden seine Verletzungen.

Er ist grün und blau, hat sicherlich einige Brüche, doch er hat kaum Schnittwunden. Seine Arme zeigen, dass er gefesselt wurde und sich gewehrt hat, aber kaum offene Stellen. Ihnen wird bewusst, dass das ganze getrocknete Blut nicht von Miguel stammen kann. Miguel beginnt plötzlich schneller zu atmen. Ohne eine Sekunde zu zögern geht Leandros Vater zu ihm in die Dusche. Er kümmert sich nicht darum, wie nass er wird, als er seinen Neffen umarmt und dieser an der Schulter seines Onkels sehr heftig atmet, als würde er aus einem Alptraum erwachen.

Paco flüstert leise Worte und Miguel scheint sich zu beruhigen, sie sind ganz still. Rodriguez kommt zurück mit einer Jogginghose und einem Shirt in der Hand und sieht zu wie Paco seinen Neffen beruhigt. Es dauert eine Weile, dann stellt Paco das Wasser ab und hilft Miguel vorsichtig auf die Beine. Miguel muss sich auch an der Wand abstützen, Leandro geht schnell dazu und hilft ihm, als er seinem Cousin dann in die Augen sieht, rumort sein Magen erneut.

Miguels sonst immer so lebendige und freche Augen wirken schwarz und tot. Leandro kann noch immer nicht einschätzen, ob er wirklich klar im Kopf ist, sie helfen ihm aus der Dusche, doch plötzlich hält Miguel ein. Es fällt ihm schwer und seine Stimme ist rau und heiser, doch sie hören seine leisen, gebrochenen Worte. »Wo ist mein Vater?«

Latizia greift die Autoschlüssel von der Anrichte im Flur und verlässt ihr Haus. Es ist totenstill. Auch wenn das Surena-Gebiet wieder belebt ist, liegt die Trauer über Ramons Tod über allen. Sie war mit ihrer Mutter die ganze Zeit bei Jennifer, sie hat nur im Wohnzimmer gewartet, während ihre Mutter sich mit Sam, Sara, Melissa, allen abgewechselt hat, sie lassen ihre Tante keine Sekunde allein. Jetzt sind sie wieder bei ihr, doch Latizia muss hier raus und wenn es auch nur kurz ist.

Es dauert nur noch ein paar Stunden, bis die ersten Männer zurückkommen und sie weiß ganz genau, dass, wenn die Männer da sind, spätestens wenn ihr Vater zurück ist, sie dazu keine Chance mehr hat.

»Wo willst du hin?« Latizia zuckt zusammen und hätte fast laut losgeschrien, als plötzlich Dilara hinter ihr am Auto steht. Sie wohnen nebeneinander und sie muss sich angeschlichen haben. Dilara grinst sie frech an. Sie spürt, dass sie Latizia bei etwas Verbotenem erwischt hat, Dilara und sie sind wie Schwestern, sie würde sie nie anlügen. »Ich fahre kurz ins Tierheim, vielleicht finde ich wirklich meine Tiere dort.«

Latizia will die Fahrertür öffnen, doch Dilara stellt sich in den Weg. »Du hast keinen Führerschein, Süße.« Latizia spürt, dass sich ihre ältere Cousine nur schwer ein Lachen verkneifen kann. »Ich kann Auto fahren, das weißt du und wir sind nicht mehr in New York, ich habe dir nicht Bescheid gesagt, weil ich dich da nicht mit hineinziehen wollte.«

Dilara legt den Kopf schief. »Weil du weißt, dass wir das nicht dürfen, das Tierheim liegt in dem Gebiet, welches wir nicht mehr betreten dürfen. Du erinnerst dich? Und da heißt es immer, ich wäre das böse Mädchen der Familie.« Dilara lacht leise, nun muss auch Latizia lächeln. »Ich will nur schnell ins Tierheim uns hat keiner gesehen, sie wissen nicht, dass wir dazugehören und …«

Dilara nimmt die Schlüssel aus Latizias Hand und steigt auf den Fahrersitz.

»Wenn du das nächste Mal etwas Verbotenes tun willst, komm nicht auf die Idee, es ohne mich zu tun!«

Paco geht geschafft aus dem Haus, sie haben Miguel geholfen etwas anzuziehen, seine schlimmsten Wunden verbunden und ihm etwas zu essen und zu trinken zu gegeben. Er ist so wütend, er würde am liebsten etwas zerschlagen, sich rächen, irgendetwas tun, doch es würde nichts bringen, diese Wut über Ramons Tod und Miguels Verletzungen, über die Qualen, die er hier durchmachen musste und der Tod von Jakup und Soran, diese Wut wird nicht vergehen.

Sie haben Miguel in ein Bett gelegt, immer wieder hat er nach seinem Vater gefragt, keiner hat ihm darauf geantwortet, sie konnten es nicht. Er ist sofort eingeschlafen, Damian und Leandro sind bei ihm geblieben. Er sieht zu den kleinen Hügeln, die die wenigen Wachen, die noch da sind, gerade zuschütten.

Paco wünschte, er könnte mehr für Soran und Jakup tun, doch das kann er momentan nicht. Er bekreuzigt sich über dem Grab und spricht ein leises Gebet. Mano tritt zu Paco. »Juan und die anderen müssten bald da sein. Sie wollten sofort in Sierra Bescheid geben, dass Miguel zwar verletzt ist aber noch lebt. Das wird gut für Jennifer sein. Sie kümmern sich um das Auto.«

Paco sieht nicht vom Grab hoch.

»Es wird alles mit der Zeit gut werden, Miguels Verletzungen werden heilen und auch alle anderen werden sich mit der Zeit wieder fangen.« Mano versucht, ihm gut zuzusprechen, offenbar sieht man Paco an, wie sehr ihn das alles mitnimmt. Er denkt an Ramon, Miguels Wunden, an Jennifer, die ganzen Sachen, die passiert sind und schüttelt den Kopf. »Ich denke nicht, dass all das wieder heilen wird!«

Es ist kurz still, doch dann fällt Mano noch etwas ein. »Juan meinte, es gibt Neuigkeiten zu Garcias.«

Kapitel 5

Paco sieht sich unruhig um, sie sind mit Miguel in das nächste Krankenhaus gefahren. Auch wenn die Ärzte sich sofort um ihn gekümmert haben ohne Fragen zu stellen, ist er unruhig. Sie sind immerhin noch in Kolumbien und er traut keiner Seele hier. Ein Arzt hat sich auch gleich um Leandros Arm gekümmert und der sitzt jetzt müde neben ihm im Wartebereich wie alle anderen.

Sie haben mit den Frauen geredet, mit Jennifer konnte er selbst nicht sprechen, da sie unter zu vielen Beruhigungsmitteln steht, doch allen anderen ist ein Stein vom Herzen gefallen, dass Miguel lebt. Er hat ihnen gesagt, dass er verletzt ist, aber wie sehr er verletzt ist, hat er nicht erwähnt. Sie müssen jetzt selbst erst einmal abwarten, was die Ärzte sagen.

Chico setzt sich zu ihm und atmet tief ein. »Es ist merkwürdig, sich wieder so frei bewegen zu können, ich muss mich erst wieder daran gewöhnen.« Paco nickt und lehnt sich an die Wand. Auch für ihn ist es jetzt in so einem ruhigen Moment, wo sie alle etwas runterkommen, ein komisches Gefühl, die vielen Geräusche, alles, sie waren zu lange eingesperrt. Paco verdrängt diese aufkommenden Gefühle schnell wieder.

»Denkst du, das stimmt, was ihr herausbekommen habt?« Chico will sich eine Zigarette anzünden, doch wird gleich von einer Krankenschwester, die sie alle die ganze Zeit beobachtet, ermahnt.

»Die Frau war eiskalt, sie hat kein Interesse gehabt uns anzulügen. Sie führt ein Bordell, Garcias hat ihr hin und wieder Frauen aus Venezuela gebracht, für die sie bezahlt hat. Sie meinte, er hätte ihr vor ungefähr zwei Wochen gesagt, dass die nächste Lieferung dauern wird, da er nach Puerto Rico fliegt.

Dass er gesundheitliche Probleme hat, wusste wohl jeder und nur in Puerto Rico soll es die beste Klinik geben, um sich am Herzen operieren zu lassen. Wir können das ja überprüfen, wenn wir zurück sind. Die Flugzeuge, die gerade die Männer zurückbringen, landen in ein paar Stunden und kommen direkt wieder her. Morgen Abend sitzen wir darin, zurück nach Puerto Rico. Egal was ist, Paco, wir müssen zurück. Willst du mir erzählen, dass du nur um Spuren zu suchen weiter von deiner Familie weg sein willst? Ich sehe doch wie fertig du bist, wenn du mit Bella redest.«

Natürlich will Paco sofort zurück, doch es fällt ihm schwer zu glauben, dass Garcias wirklich in Puerto Rico ist, es wäre zu einfach und nichts ist einfach. Wenn er eines die letzten Jahre gelernt hat, dann das. »Wir fliegen zurück, ich hoffe, dass es stimmt und wir Garcias finden, ich kann es mir nur nicht vorstellen.«

Der Arzt kommt aus dem Behandlungsraum von Miguel und alle stehen auf. Es hat jeden getroffen Miguel so zu sehen, auch wenn sie sich gleichzeitig gefreut haben, dass er lebt.

Sie, die später gekommen sind, haben nicht das Loch gesehen, aus dem sie Miguel geholt haben und nicht die schlimmsten Verletzungen gesehen. Weder Paco noch Rodriguez oder ihre beiden Söhne haben es erwähnt. Miguel muss später selbst entscheiden, wem er was genau erzählen möchte. Paco selbst weiß noch nicht, wie er damit umgehen soll, wenn er ehrlich ist, weiß er nicht, wie er mit all diesem verdammten Wahnsinn umgehen soll.

»Kann ich mit einem Angehörigen von dem Mann sprechen?«

Paco tritt vor. Als ihm Leandro folgen will, deutet er an, dass alle warten sollen, er folgt dem Arzt allein ins Zimmer. Miguel ist nicht da, der Arzt erklärt Paco, dass er im Nebenraum einige Verbände erhält. Es war sehr schwer ihn zu untersuchen, da er immer wieder gesagt hat, niemand solle ihn anfassen. »Hören sie, der Mann, ihr Neffe, wie sie sagen, ist schwer gefoltert worden. Er hat einige Brüche, Prellungen, sein Trommelfell ist so stark beschädigt, dass er auf dem rechten Ohr nie wieder ganz hören wird.

Sein Magen ist sehr empfindlich, er hat ganz klar eine Weile kein richtiges Essen zu sich genommen. Wir haben ihm eine Infusion gegeben, er muss ganz langsam wieder anfangen normales Essen zu sich zu nehmen, ansonsten wird sein Magen es nicht verarbeiten können.« Paco nickt, das haben sie gemerkt, als sie ihn sofort etwas essen haben lassen.

»Wer war das? Wir sind verpflichtet die Polizei einzuschalten, er sollte in ärztlicher Behandlung bleiben.« Paco lacht bitter auf. »Das alles hat einer ihrer beschissenen kolumbianischen Polizisten zu verantworten. Wir nehmen ihn sofort wieder mit nach Puerto Rico, dort wird er weiterbehandelt. Verstehen sie mich nicht falsch, wir sind ihnen dankbar für ihre Hilfe und werden alles bezahlen, aber Miguel wird keinen Tag länger als nötig in diesem Land bleiben.«

Der Arzt mustert ihn, ·er wird sein Land und die Polizei hier gut genug kennen, deswegen nickt er schließlich nur. »Da ist noch etwas. Ihr Neffe scheint auch … sexuell …« Paco unterbricht ihn, er kann es nicht einmal hören. »Das haben wir bemerkt.« Der Arzt räuspert sich. »Er sollte eine Therapie machen, er muss darüber reden, alle Wunden können heilen, aber solche Wunden können schwerwiegende Narben hinterlassen.«

Paco steht auf und schüttelt dem Mann die Hand. »Er braucht keine Therapie, er hat eine Familie und eine Familia.«

Als er dann in den Nebenraum zu Miguel geht, sitzt dieser erschöpft auf einer Behandlungsbank und lässt den Kopf hängen. Er trägt nur die graue Jogginghose und fast sein ganzer Oberkörper ist verbunden. Paco setzt sich zu ihm, Miguel ist erst hier im Krankenhaus richtig wach geworden, die Infusion und die Schmerzmittel haben ihn wieder ins Hier und Jetzt gebracht.

»Ich dachte, dass ihr mich niemals finden werdet.« Paco schließt einen Moment die Augen. Er ist sein Neffe, er hat ihn von klein auf wie einen eigenen Sohn geliebt und tut es immer noch. »Sobald wir draußen waren, haben wir dich gesucht. Ich bin sehr stolz auf dich, dass du es geschafft hast dort zu überleben.« Miguel sieht nicht hoch. »Ich schäme mich, dass ihr mich so gesehen habt, ich habe Gott so oft gebeten mich zu erlösen.« Pacos Herz verkrampft sich, er sieht seinen Neffen an.

»Du musst dich für gar nichts schämen, hörst du? Damian, Leandro, Rodriguez und ich haben alles gesehen und wir sind dein Fleisch und Blut. Es gibt nichts, was du vor uns verheimlichen musst und schon gar nicht etwas, was du nicht hättest verhindern können.« Miguel hebt die Hand. »Ich will niemals mehr etwas davon hören.«

Paco nickt und legt den Arm um ihn. Kurz zuckt Miguel zurück, doch dann lässt er die Nähe seines Onkels zu. »Wir fliegen morgen zurück nach Puerto Rico, Miguel, all das hier ist vorbei. Du wirst deine Zeit brauchen, aber egal was ist, wir alle werden immer für dich da sein.«

Miguel atmet schwer durch. »Wieso sagt mir niemand wo mein Vater ist, denkt ihr ich halte das nicht aus? Du hast die Hölle gesehen, in der ich war und ich habe selbst da gemerkt, dass ihr mir verheimlichen wollt, was mit ihm geschehen ist. Er lebt nicht mehr, oder?« Paco wollte es ihm nicht sofort sagen, doch was hat es jetzt noch für einen Sinn. »Nein, er ist tot. Die Wachen haben ihn erschossen und keiner konnte es verhindern, es tut mir leid, Miguel.«

Jetzt hebt sein Neffe das erste Mal seinen Kopf und Paco bekommt eine Gänsehaut. »Wie du gesagt hast, es gibt Sachen, die kann man einfach nicht verhindern. Was ist mit Mama?« Paco weiß nicht, was er erwartet hat, aber nach seiner Reaktion und der von Jennifer und Sami, sieht er nun in Miguels Augen, ohne eine Regung zu erkennen. »Ihr geht es sehr schlecht, obwohl ich hoffe, dass die Nachricht, dass wir dich gefunden haben, ihren Zustand verbessern wird. Sie braucht dich und Sami jetzt mehr als jemals zuvor.«

Miguel nickt ernst und steht auf, wobei er schmerzhaft sein Gesicht verzieht. »Dann lass uns von hier verschwinden. Ich brauche eine Waffe!« Paco stockt. »Wir sind alle da, niemand kommt mehr an dich heran.« Miguel hält trotzdem seine Hand auf. »Ich brauche sie trotzdem.« Paco sieht in die dunklen gefühllosen Augen von Miguel und legt ihm seine Waffe in die Hand.

Als sich Miguel auf ihn stützt und sie zu den anderen gehen, spürt Paco zwar, dass neben ihm der Junge ist, dem er als kleines Kind jeden Wunsch von den Augen abgelesen hat, doch er weiß auch ganz genau, dass er nicht einmal eine Vorstellung davon hat, wie schlimm diese Hölle, die Miguel mitgemacht hat, wirklich war.

Latizia wird immer nervöser, je näher sie den beiden Sträuchern am Straßenrand kommen, die das Gebiet der Tijuas anzeigen. Nach den Sträuchern beginnt der Teil von Sierra, der jetzt von ihnen nicht mehr zu betreten ist. Latizia kann sich das gar nicht vorstellen, sie kennt keine Grenzen innerhalb der Stadt, ihre Mutter hat ihr aber oft erzählt, wie es vor ihrer Geburt war, dass die Stadt sogar noch viel mehr Grenzen hatte, die zwar nicht ersichtlich waren, aber die jeder kannte.

Es gab das Gebiet der La Hondez, der Trez Puntos, der Les Surenas und sogar eine neutrale Zone. Mit der Liebe ihrer Mutter und ihres Vaters sind diese Grenzen gefallen und nachdem die La Hondez ihre Mutter und ihre Tante Sara entführt hatten, gab es diese Familia nach der Befreiung der Frauen nicht mehr. Dass dies jetzt wieder beginnen soll, kann sie sich nicht vorstellen und auch nicht, was ihr Vater, ihre Onkel und die anderen dazu sagen werden. Ihre Mutter hat aber recht, sie sollten sich solange ruhig verhalten. Deswegen dürfen Latizia und Dilara nicht auffallen.

»Da kommen mal endlich einige heiße Männer in unsere Stadt und sie sind für uns tabu.« Latizia lacht leise über den verärgerten Blick von Dilara, ihre Cousine hatte schon einige Freunde in der Schule. Jedes Mal heimlich, Latizia war mehr als einmal ihr falsches Alibi, es ist für alle Mädchen der Familia nicht so leicht jemanden kennenzulernen. Die meisten machen einen großen Bogen um sie, da keiner Ärger mit ihren Familien haben möchte. Einige Mutige gibt es schon, doch bei Dilara hat so etwas immer nur einige Wochen gehalten.

Die Männer sind verrückt nach Dilara. Latizia selbst findet sie wunderschön und sie hat das Selbstbewusstsein, was ihr gänzlich fehlt. Latizia ist zu dünn, sie schminkt sich fast nie. Ihre Haare sind zwar ebenso lang wie die von Dilara, aber hat sie keine schönen, glänzenden schwarzen Locken, sondern hellbraunes, leicht gewelltes Haar, sie ist viel heller und ja ... sie könnte Stunden so weitermachen und wäre damit wieder beim größten Problem, ihrem quasi nicht vorhandenen Selbstbewusstsein.

Sie ist siebzehn und hat erst einen Mann geküsst, einen Mann und das war der Tiefpunkt von allem, was sie bis dahin erlebt hatte. Sie waren auf der Geburtstagsfeier einer ihrer Freundinnen, Dilara war gerade beim Tanzen, als sich ein Junge zu Latizia gesetzt hat, den sie schon länger in der Schule beobachtet hatte. Er ist zwei Jahre älter als sie und hat sie nie wirklich beachtet, aber als er sich da zu ihr gesetzt hat, konnte sie ihr Glück kaum glauben.

Nach wenigen Sekunden war dieses Hochgefühl allerdings schon wieder weg, als er anfing Latizia über Dilara auszufragen. Sie ist es gewohnt, Latizia liebt Dilara wie eine Schwester, alle ihre Cousinen und würde niemals einer von ihnen etwas nicht gönnen, deshalb beantwortete sie die Fragen, auch wenn sie traurig war, dass er es wieder nur auf Dilara abgesehen hatte. Als er genug Informationen gesammelt hatte, beugte er sich schließlich vor und überraschte Latizia, indem er sie küsste.

Erst war es ein kurzer Kuss, doch dann entfernte er sich mit seinen Lippen und Latizia, die noch immer ganz überrumpelt war, konnte gar nicht so schnell reagieren, wie seine Lippen wieder auf ihren lagen. Er war nicht vorsichtig, Latizia weiß noch bis heute, wie seltsam es für sie war, als er plötzlich anfing sie ganz intensiv zu küssen. Seine Zunge erforschte ihren Mund und Latizia gab sich diesem aufregenden neuen Gefühl hin, er zog sie näher an sich und entfernte seine Lippen wieder abrupt von ihren.

»Du bist aber auch nicht zu verachten.« Diese Worte und seine Hände an ihrem Hinterteil brachten sie allerdings wieder auf den Boden der Realität zurück und dieses Mal schob sie ihn von sich. »Kann sein, aber ich bin garantiert kein Lückenbüßer.«

Das war ihr erster und einziger Kuss. Der Junge hat danach noch zwei weitere Male probiert sie anzusprechen. Als es anfing sie zu nerven, hat sie Sanchez gebeten, ihn ihr vom Leib zu halten. Leandro würde sie so etwas nie sagen, er würde sofort austicken.

Latizia schüttelt ihren Kopf und ist wieder im Hier und Jetzt. »So sexy waren die finde ich nicht und es gibt genug Männer in Sierra, du wirst schon deinen Mister Right finden.«

Dilara schüttelt sich. »Wir kennen hier alle fast von klein auf und jeder hat Angst vor unserer Familia. Wenn sich alles etwas beruhigt hat, werden wir öfter in die Nachbarstadt zum Feiern und Shoppen fahren, es wird Zeit mal ein paar neue Männer kennenzulernen, die sich nicht in die Hose machen, wenn sie unsere Brüder oder Väter sehen.« Latizia lacht und nickt. In dem Moment fahren sie an den Sträuchern vorbei, die das Gebiet der Tijuas einleiten.

Vor ihnen sind keine Autos und sie bemerken sofort einen Wagen am Straßenrand, vor dem zwei Männer stehen und ihnen andeuten zu halten.

»Ach du Scheiße, die nehmen es aber genau mit den Grenzen, sie haben hier Wachposten. Ich glaube es war keine gute Idee herzukommen.« Dilara hält den Wagen an und Latizia blickt den Männern entgegen, die zu ihnen kommen. »Wir müssen ganz ruhig bleiben, denk daran, sie kennen uns nicht!« Auch wenn es ihre eigenen Worte waren, schlägt Latizias Herz so schnell, dass sie Angst hat, es könnte sie verraten. Trotzdem lässt sie ihr Fenster herunterfahren.

»Was treibt ihr hier?« Dilara beugt sich zu Latizia hinüber und sieht dem Mann in die Augen, der von oben durch Latizias Fenster zu ihnen ins Auto hineinsieht. Keiner der beiden Männer, die hier am Auto stehen, war mit im Cielo.

»Wir wussten nicht, dass es verboten ist hier zu sein, es gibt nirgendwo Schilder. Wir wollen zum Tierheim. Wohnt hier der Präsident?« Dilara kann auch in so einer Situation nicht ihren vorlauten Mund halten, was den Mann allerdings lächeln lässt. »So ähnlich, das ist unser Gebiet und wir wollen nur wissen, wer es betritt und was diejenigen wollen. Besonders wenn es zwei so hübsche Besucher sind.«

Latizia atmet erleichtert aus, er hat wirklich keine Ahnung wer sie sind. »Was wollt ihr im Tierheim?« Dilara lacht und Latizia sieht den Mann verdutzt an. »Wir wollten einen neuen Kühlschrank kaufen.« Der Mann hat kein Shirt an, er trägt seine Haare sehr kurz und hat so strahlend blaue Augen, dass es fast schon schwerfällt hineinzusehen, so sehr strahlen sie aus seinem dunklen Gesicht. Er spürt, dass die Frage nicht sehr sinnvoll war und sieht zu Dilara, der Blick erklärt seine Verwirrtheit und Latizia lächelt.

»Woher kommt ihr genau?« Dilara wird ungeduldig. »Wird das ein Verhör?« Latizia reagiert schnell um die Situation zu retten. »Wir leben in der Nähe von Sevilla.« Das ist nicht mal gelogen, Sevilla ist die nächste Stadt nahe am Punto-Haus, wie es noch immer genannt wird, auch wenn mittlerweile jeder es nutzt.

»Ok, ich gebe Bescheid, dass ihr ins Tierheim fahrt.« Der Mann tritt vom Auto weg und holt sein Handy heraus. Nachdem Dilara Gas gegeben hat, holt Latizia tief Luft. »Ich hoffe, er hat es uns abgekauft.« Dilara schüttelt den Kopf. »Es sah nicht so aus, also lass uns schnell die Tiere einladen und wieder verschwinden, das war keine gute Idee.«

Sie sind in fünf Minuten am Tierheim. Latizia war früher oft hier, sie hat irgendwann eingesehen, dass sie nicht alle Tiere bei sich zu Hause aufnehmen kann und wenn sie wieder welche gefunden hat, immer hierher gebracht, wo sie weiß, dass sie gut behandelt werden, eine Seltenheit in Puerto Rico. Die Menschen in ihrem Land kümmern sich eher weniger um herumstreunende Tiere.

Sie erklären der Besitzerin, eine Österreicherin, die das alles hier mit Spendengeldern finanziert, worum es geht. Latizia beschreibt die Tiere, die damals bei ihr gewohnt haben, doch sie müssen zusammen mit ihr durch die riesige Anlage gehen und selbst nachsehen. Es sind zu viele Tiere hier und Latizia blutet das Herz, all diese traurigen Augen zu sehen. Sie hat die Hoffnung schon fast aufgegeben, da sieht sie auf einmal, in einer Ecke eines Käfigs mit drei weiteren Hunden, Sena.

Auch Dilara erkennt sie und sobald sie das Tier rufen, springt die dunkle Hündin mit den drei Beinen auf. »Sena!« Die Tierschützerin lacht, als sie den Käfig öffnet und Sena sich auf Latizia stürzt und sie abschleckt. »Meine Süße, es tut mir so leid, dass wir dich zurücklassen mussten.«

Dilara wird danach ebenfalls begrüßt. »Eigentlich brauchen wir einige Unterlagen, Fotos oder Sonstiges zum Beweis, dass es euer Hund ist, aber bei der Begrüßung hat sich das denke ich erledigt. Es freut mich, dass sie endlich wieder fröhlich ist, Sena war die ganze Zeit sehr traurig, als sie hier war.«

Latizia sieht, dass Sena abgenommen hat und dass sie nicht mehr so gut die Balance auf ihren drei Beinen halten kann, was sie mit ihrem ständigen Training so gut im Griff hatte, doch sie streichelt zufrieden das Fell der jungen Hündin. Sie wird wieder, genau wie alle anderen Wunden heilen werden, die die letzten Jahre entstanden sind.

Die Tierheimbesitzerin lässt sich noch einmal die anderen Tiere beschreiben, eine Freundin von ihr wohnt in der Nähe und hat einige Tiere bei sich aufgenommen, da dieses Tierheim restlos überfüllt ist. Sie wird nächste Woche bei ihr sein, sollte eines der anderen Tiere von Latizia bei ihr sein, wird sie Bescheid geben. Sie verlassen zusammen mit der Besitzerin das Tierheim wieder in Richtung Parkplatz, Sena hüpft zufrieden zwischen ihnen hin und her.

Die Freude, die Latizia gerade noch verspürt, ist allerdings augenblicklich verschwunden, sobald sie aus dem Hauptgebäude in die Sonne auf den Parkplatz treten. Es hält, genau in diesem Augenblick, ein silberner Mercedes, in dem mehrere Männer sitzen.

Der Mann mit den stechend blauen Augen, der sie angehalten hat, steigt aus und dieser Adán, der schon bei ihnen im Punto-Haus war.

Latizias Herz beginnt augenblicklich zu rasen.

Kapitel 6

Als sie auf sie zukommen, stockt Latizia erneut der Atem. Und das nicht nur, weil sie jetzt weiß, dass der Mann ihr und Dilara nicht geglaubt hat und sie nur hoffen kann, die Männer wissen nicht, zu welcher Familia sie gehören. Jetzt, hier, sieht Adán noch viel schöner aus, als sie es aus ihrem Versteck im Punto-Haus sehen konnte und gleichzeitig noch gefährlicher.

Er trägt ein Cap, eine dunkelblaue Jeans mit einigen Rissen und ein weißes Shirt. Seine dunklen Augen liegen abschätzend auf ihnen. Auch wenn sie seine helle Narbe nun noch besser erkennen kann, schreckt es sie nicht ab, sie weiß nicht, ob sie ihn fasziniert weiter anstarren oder ins Auto springen und flüchten soll.

»Ist das immer so?« Dilara sieht genervt zu der Tierheimbesitzerin und zeigt auf die Männer, die nun vor ihnen stehen bleiben, doch die lächelt nur mild. Latizia wollte ihr gerade ihre Nummer und Adresse geben, damit sie erreicht werden kann, sollte sich eines ihrer Tiere anfinden, nun dankt sie innerlich Gott dafür, es noch nicht getan zu haben. Die Tierbesitzerin erklärt das Auftreten der Männer, die abschätzig zu ihrem Auto sehen.

»Ihnen gehört dieser Stadtteil und sie sehen es nicht gern, wenn Fremde hier sind. Uns ist das nur recht, die letzten Monate haben sich so viele Verbrecher hier herumgetrieben, das war nicht mehr zum Aushalten, die Tijuas kümmern sich sehr gut um alle die hier leben.« Sie lächelt den Mann an, bei dem Latizia nicht weiß, ob sie ihm mit Angst oder Bewunderung entgegentreten soll.

»Adán, wie schön dich zu sehen, ich dachte ihr wüsstet Bescheid. Die Beiden haben nur ihren Hund abgeholt.«

Der Mann nickt der Österreicherin kurz zu und dann zu ihnen. Latizia bekommt ein merkwürdiges Gefühl im Magen, als er ihr in die Augen sieht, es ist eine Mischung aus Angst und Neugierde. Noch nie hat sie so zwiegespalten auf einen anderen Menschen reagiert.

»Ich habe es gehört und wollte aber selbst noch einmal nachsehen, besonders im Moment müssen wir sehr vorsichtig sein, wer hier ein-

und ausgeht.« Natürlich müssen sie das, sie wissen ja nun, dass die Familias zurück nach Sierra kommen. Latizia versucht sich zu beruhigen und deutet Dilara mitzukommen, die bisher ganz ruhig neben ihr gestanden ist.

»Wir haben ja jetzt, was wir gesucht haben und ihr braucht euch keine weiteren Gedanken um euer Gebiet zu machen.« Latizia versucht so lässig wie es nur geht zu wirken. Sie öffnet die hintere Autotür und lässt Sena hinein, die sich noch immer vor Freude gar nicht einkriegt und Latizia noch einmal abschleckt.

»Ihr kommt also aus Sevilla? Wieso ist euer Kennzeichen dann aus Sierra?« Latizia, die noch mit dem Rücken zu den Männern steht, schließt die Augen, verdammt, daran hat sie überhaupt nicht gedacht.

»Weil wir das Auto in Sierra gekauft haben und es über unseren Onkel angemeldet ist, der dort einen Laden besitzt, damit er es von der Steuer absetzen kann. Wieso seid ihr so misstrauisch? Schlechte Erfahrungen gemacht?«

Latizia könnte Dilara dafür abknutschen, dass sie so gut darin ist, schnell und ohne zu zögern Ausreden zu erfinden. Sie dreht sich wieder zu allen um und sieht direkt in Adáns dunkle Augen, die auf ihr ruhen. Als sich ihre Blicke treffen, wirkt es so, als erwarte er von ihr eine Bestätigung des Ganzen, doch dann blickt er zu Dilara und lächelt, was erneut ein komisches Gefühl in Latizias Magen aufkommen lässt.

Sie sieht zu ihrer Cousine, die noch immer neben der Tierheimbesitzerin steht. Dilara trägt eine enge Jeans und ein Bauchfreies weißes Top, auch wenn sie nicht sonderlich zurecht gemacht ist, wirkt sie perfekt. Sie hingegen mit ihrem langen schwarzen Rock und rosa Top, die Haare einfach nach oben zu einem Knoten gebunden und nicht einmal einen Hauch von Schminke auf dem Gesicht, wirkt wie gerade aus dem Bett gefallen.

»Nein, wir sind wie gesagt nur vorsichtig. Wie heißt ihr?« Latizia drängt ihre Gedanken weg und konzentriert sich wieder auf die Unterhaltung von Adán und Dilara, der offenbar noch mehr erfahren möchte.

Dilara überlegt einen Augenblick und lächelt dann zufrieden. Lieber flirten als verdächtigt zu werden, Latizia kennt ihre Cousine genau und lehnt sich, mit verschränkten Armen, ans Auto. Da kann sie nicht mitmachen, sie hat keinerlei Erfahrungen und überlässt Dilara die Sache.

»Latizia und Dilara und wer sind die Herren?« Der Mann neben Adán tritt vor. »Musa und Adán. Adán ist der Anführer der Tijuas und ich seine rechte Hand, wenn man das so sagen kann. Kennt ihr unsere Familia? Schon von uns gehört?« Latizia zieht die Augenbrauen hoch, es kann einem fast schon leid tun, wie dieser Musa vor Dilara Eindruck zu schinden versucht und kläglich scheitert.

Wieder spürt sie den Blick von Adán auf sich, doch sie begegnet dem Blick nicht, auch wenn sie ihn gerne noch einmal ansehen würde, doch die Gefahr, dass man ihr ihre Nervösität ansehen könnte, ist zu groß.

Dilara übernimmt wieder. »Nein, um ehrlich zu sein haben wir noch nichts von den Tijuas gehört, es ist aber auch nicht so, dass uns so etwas groß interessiert oder beeindruckt. Besonders nicht, wenn man alleine beim Betreten einer Gegend schon ein Schwerverbrechen begeht und wir wie Kriminelle überprüft werden.«

Adán lacht und nun kann es sich Latizia doch nicht verkneifen und sieht zu ihm, er hat ein schönes Lachen. Latizia würde sich am liebsten selbst ohrfeigen, wie kann sie ihn so anhimmeln, sie kennt den Mann nicht einmal.

»Sie hat es dir gegeben, Musa.« Der Mann mit den blauen Augen lächelt ebenfalls und sieht Dilara die ganze Zeit dabei an. »Wir sind normalerweise nicht so unhöflich, besonders nicht zu so schönen Frauen. Was haltet ihr davon, wenn wir uns mit einem Essen dafür entschuldigen, zwei Häuser weiter ist ein gutes Restaurant, es wäre uns eine Ehre.« Latizia sieht, wie Dilara darüber nachdenkt und dieses Mal greift sie schnell ein.

»Nein, tut uns leid, wir müssen Sena nach Hause bringen und haben noch etwas vor, beim nächsten Mal vielleicht.«

Das war wohl das Stichwort für die Tierheimbesitzerin, die das alles amüsiert betrachtet, sie denkt offenbar, sie sieht einem niedlichen

Flirt zu und hat keine Vorstellungen, was sich hier gerade wirklich abspielt. Wer sie wirklich sind und was passieren würde, wenn die Männer das herausfinden.

»Latizia, du musst mir noch deine Nummer geben, ich sage dir Bescheid, wenn eines deiner Tiere bei meiner Freundin ist.« Latizia stockt, daran hat sie gar nicht mehr gedacht. Zum Glück will sie nicht mehr die ganze Adresse wie vorhin. Sie will gerade antworten, da kommt Adán die drei Schritte zu Latizia ans Auto. »Am besten gibst du mir deine Nummer, Beate sagt mir dann Bescheid und ich rufe dich an, so weiß ich gleich, dass du kommst und du wirst nicht mehr angehalten.«

Latizia sieht Adán in die Augen, der zu ihr gesprochen hat und sie jetzt abwartend mustert. So nah riecht sie einen leichten Parfümduft an ihm, der sie an etwas wildes, freies … Latizia schließt wieder die Augen und versetzt sich gedanklich einen Arschtritt. »Du hast da was.« Latizia sieht perplex auf ihren Rock, der staubig von Senas stürmischer Begrüßung ist.

Während sie sich den Staub von ihrer Kleidung klopft, gibt sie Adán ihre Handynummer, nachdem Beate fröhlich verkündet, dass dies die beste Lösung ist. Als er sie in sein Handy eingespeichert hat, lächelt er sie zufrieden an. Flirtet er mit ihr? Mit ihr, während Dilara hier ist? Noch vollkommen von all den Geschehnissen eingenommen sieht sie Adán hinterher, als er wieder zu Musa zurückgeht.

Dilara, die nun neben Adán und Musa steht, zieht die Augenbrauen hoch und sieht Latizia mahnend an. »Wir müssen jetzt wirklich los, vielen Dank noch mal.«

Schneller als Latizia reagieren kann sitzen sie im Auto und Dilara gibt Gas. Erst als sie aus dem Tijuas-Gebiet heraus sind, atmen beide aus und Dilara kneift Latizia in den Arm. »Du hast ihm deine richtige Nummer gegeben? Bist du wahnsinnig?« Latizia streicht über ihren Arm und seufzt auf. »Natürlich, ich will doch wissen, ob sie noch eines von den Tieren …«

Dilara schüttelt den Kopf und lenkt ihr Auto schnell in Richtung ihres Zuhauses.

»Latizia, nein, weißt du was für ein Glück wir hatten, dass wir nicht aufgeflogen sind. Man kann etwas mit seinem Glück spielen, aber man darf es nicht zu sehr reizen. Wir können da nie wieder hin! Du hast selbst gesehen wie gefährlich das ist. Dieser Adán konnte seine Augen gar nicht von dir nehmen. Endlich flirtet meine Cousine mal mit einem Kerl und dann mit dem Anführer einer anderen Familia, die sich gerade mit unserer angelegt hat.«

Latizia überhört den letzten Kommentar, sie hat nicht geflirtet, sie war überrumpelt und hat sich zum Idioten gemacht, aber sie hat nicht geflirtet. »Darf ich dich daran erinnern, dass du gezögert hast und noch mit ihnen essen gehen wolltest.«

Dilara lacht leise. »Wir waren eh schon da und dieser Musa hat wirklich wahnsinnige Augen, aber ich hätte soviel mitgedacht und ihnen nicht meine richtige Nummer gegeben. Weißt du, was der Reiz am verbotenen ist? Einmal und nie wieder! Ich muss dir noch viel beibringen. Zum Glück ist die Wahrscheinlichkeit, dass die Frau noch eines deiner Tiere hat bei 0,0 %, also lass uns diesen Wahnsinn vergessen.«

Latizia verschränkt die Arme vor der Brust, auch sie spürt wie knapp das war, trotzdem hat sie ein kleines Glücksgefühl im Bauch, als sie zu sich nach Hause fahren. Sena kommt immer wieder zu ihnen nach vorne und schleckt sie beide ab, sodass auch Dilara bald wieder lacht, bis sie auf ihr Grundstück fahren und ihre Mutter, Sara, Jennifer, Melissa, Sam und Gabriella vor einigen schwarzen Geländewagen stehen sehen.

Latizia vergeht das Lachen, als sie Jennifer sieht und wie fertig sie ist, das ist nicht mehr ihre Tante, die sie so sehr liebt, sie wirkt wie eine leere Hülle, die sich kaum mehr auf den Beinen halten kann. Ciro und Dine sitzen am Steuer der Wagen. Dilara und sie sind kurz in eine andere Welt eingetaucht und haben die Trauer hier vergessen, Latiza bekommt sofort ein schlechtes Gewissen.

»Wo wart ihr? Wir fahren zum Flughafen, die Männer kommen an.« Latizias Herz schlägt schneller, sie hatte es vergessen. Doch sie braucht nicht zu antworten, denn Sena hüpft aus dem geöffneten Fenster und springt alle freudig an.

»Sena, du Süße, hast du den Weg nach Hause gefunden?« Bei aller Trauer zaubert Sena jedem ein Lächeln ins Gesicht, auch Jennifer bückt sich und gibt Sena ein Kuss auf ihr schwarzes Fell. »Wir haben eine Frau getroffen aus dem Tierheim, sie war so nett und hat uns Sena gebracht.« Latizias Magen dreht sich um, sie hat ihre Familie noch nie angelogen und es erschreckt sie, wie gut sie es plötzlich kann.

Dilara lächelt wissend und steigt gleich zu Ciro ins Auto, während Latizia ihrem Herzen folgt und zu Jennifer geht.

Sie konnte sie noch nicht alleine sprechen und jetzt umarmt sie ihre Tante einfach, wie früher. Jennifer und sie standen sich immer sehr nahe. »Geht es dir besser?« Jennifer drückt Latizia fest an sich und küsst ihre Wangen, dabei treten ihr wieder Tränen in die Augen. »Nein, mein Engel, aber ich habe dich sehr lieb.« Latizia küsst sie ebenfalls. »Ich dich auch.« Ihre Mutter kommt dazu und lächelt mild. »Na los, wir müssen langsam ...«

Latizia ruft Sena. »Eine Minute, ich stelle ihr nur Wasser und Essen hin, bin ...« Ihr Handy klingelt und als Latizia sieht, dass es eine unbekannte Nummer ist, schlägt ihr Herz schneller. Unter dem mahnenden Blick von Dilara geht sie blitzschnell mit Sena in ihr Haus und erst da nimmt sie das Gespräch an.

»Hallo?«

»Latizia? Hier ist Adán.« Das hätte er nicht erwähnen müssen, sie hätte ihn an seiner unverwechselbaren rauen Stimme erkannt und an dem Herzrasen, das dieser Anruf bei ihr verursacht.

»Hi.« Latizia schlägt sich vor die Stirn, sie sieht schnell aus dem Fenster, wo alle auf sie warten und eilt mit Sena in die Küche, wieso ruft er sie an?

»Ich wollte euch noch sagen, dass ihr besser einen anderen Weg hättet nehmen sollen, ihr solltet nicht durch ganz Sierra fahren, die anderen Gebiete dort sind nicht sehr sicher, aber ihr wart so schnell weg und ich wollte gucken, ob ihr es gut aus Sierra herausgeschafft habt?«

Latizia hätte am liebsten laut losgelacht, wie grotesk ist diese Situation. Im selben Augenblick findet sie es unheimlich süß, was für Gedanken er sich macht, sie kennen sich doch gar nicht.

»Danke, es ist alles in Ordnung, nur dass ich gleich los muss und nicht telefonieren kann, meine Familie wartet draußen auf mich.« Endlich mal etwas, was nicht gelogen ist.

»Okay, ich wollte nur sichergehen, wir hören uns, und Latizia, pass auf dich auf!«

Latizia sieht auf das Handy, nachdem sie sich verabschiedet haben. Ist das gerade wirklich passiert? Sie streichelt Sena schnell, die sich aber sofort auf ihren alten Stammplatz zum Schlafen zurückzieht und geht aus dem Haus. Gerade als sie die Tür schließt und alle ungeduldig zu ihr gucken, hält sie noch einmal ein.

»Ich habe noch etwas vergessen!«

Sie geht zurück, schließt die Tür und schreibt eine Nachricht an die Nummer, die ihr nun nicht mehr unbekannt ist.

»Vielen Dank, dass du extra noch einmal angerufen hast!«

Latizia schickt die Nachricht ab, lehnt sich zurück gegen die Haustür und schließt die Augen. Was zur Hölle tut sie da gerade und wieso fühlt es sich so gut an, wo es doch so verboten ist?

Leandro kann nicht einschlafen, er sieht auf sein Handy und legt es dann zurück auf den Nachttisch. Vor einigen Stunden hat er mit Dine geredet, nachdem er die ganzen Tage, seit er hier in Kolumbien ist, vergeblich versucht hat Dania zu erreichen. Ihm war es klar, er hat gespürt, dass sie weg ist, doch als Dine ihm dann die Gewissheit gegeben hat, dass sie, sobald Leandro weg war, Sierra verlassen hat, war es trotzdem wie ein Messerstich für ihn.

Er weiß nicht wieso, er kennt Dania noch nicht sehr lange, doch in dieser kurzen Zeit mit ihr zusammen, ist sie ihm trotzdem schon so sehr ans Herz gewachsen, dass ihn ihr Weggehen kränkt und er versteht auch nicht, warum sie gegangen ist. Er denkt an ihre letzten Momente zusammen, die letzte Nacht, die sie zusammen verbracht haben. Leandro ist selten etwas so schwer gefallen, wie in dieser Nacht die Kontrolle zu behalten.

Dania hat sich ihm das erste Mal komplett geöffnet, sie war so schön. Wenn er jetzt daran denkt, wie sie auf ihm gesessen hat, wie ihre Lippen zwar fordernd doch auch sehr unerfahren und scheu das erste Mal seine Haut berührt haben, reagiert sein Körper sofort. Er hat gedacht, er tut das Richtige, als er sich selbst gezwungen hat zu warten.

Er wollte, dass sie ein ganz besonderes erstes Mal hat, nach allem was sie erlebt hat, wie unsicher sie sich wegen all ihrer Narben ist, wollte er doch nur etwas ganz Besonderes für sie.

Er war die gesamte Zeit nicht mit seinem ganzen Herzen und mit allen Gedanken bei ihr, daran kann er nichts ändern. Ihm stand diese schwere Aufgabe bevor, die sie zum Glück geschafft haben, doch wirft sie ihm das vor? Sie wusste doch, womit er alles zu kämpfen hatte, wie viel Bedeutung diese Tage für ihn haben, hat sie doch der Anruf von Gwen gestört, oder dass sie im Striplokal waren?

Sie hat ihn deswegen nicht angesprochen und Leandro war froh darüber, vielleicht hätte er es einfach erklären sollen. Vielleicht hätte er ihr einfach in dem Moment, wo er sie an der Uni verabschiedet hat, sagen sollen, dass all das mehr für ihn bedeutet. Wenn er jetzt an Dania denkt, an ihr wunderschönes Gesicht und ihr süßes Lachen, worum er hart kämpfen musste, um es ihr zu entlocken, spürt er, dass er sich selbst etwas vormacht, sie bedeutet ihm nicht mehr, er hat sich voll und ganz in sie verliebt.

Das erste Mal passiert es ihm, dass eine Frau sein Herz wirklich erobert und sie verschwindet einfach, irgendwie ist es passend zu allem, was in letzter Zeit passiert ist. Er versucht die ganze Zeit all das zu verdrängen. Er war noch nie ein Mensch, der so etwas zu nah an sich herangelassen hat. Soll er einer Frau nachtrauern, wo er gerade seinen Onkel verloren und seinen Cousin aus der Hölle befreit hat? Wo sein Vater im anderen Bett schläft, den er seit so langer Zeit erst jetzt wieder bei sich hat?

Leandro spürt, dass vor allem das der Grund ist, wieso er am Telefon so aggressiv reagiert hat, als Dine gespürt hat, wie Leandro die Nachricht getroffen hat, dass Dania weg ist und ihm versprochen hat, ihm sofort Bescheid zu geben, sobald sie sich meldet. Er hat Dine gesagt, dass er das nicht braucht, es ist ihm egal. Was gelogen ist, doch er wird alles daran setzen, dass es ihm gleichgültig wird.

Es macht ihn traurig und zugleich wütend, weil er sich nichts mehr gewünscht hat, als dass sie da gewesen wäre, wenn er morgen zurück nach Puerto Rico fliegt.

Er ist immer für jeden da, er war für sie da, als all das mit ihrer Familie der Mara Nuestra passiert ist. Er hat sie nicht verurteilt, weil Gallardo ihr Vater ist, hat ihr bei allem geholfen wo er konnte, hat sich all ihre Geschichten angehört und war für sie da. Er hat ihre Wunden gesehen, ihre seelischen und körperlichen und es wäre ihm nicht im Traum eingefallen einfach zu gehen. Und jetzt, wo er zurückkommt und das erste Mal jemanden gebrauchen könnte, der wenigstens einmal für ihn da ist, auf den er sich freuen kann, ist sie weg, es ist eine bittere Enttäuschung, die an ihm nagt.

Leandro streicht sich müde über die Augen, er wird nicht mehr schlafen können. Sein Vater hingegen schläft ruhig und Leandro muss lächeln. Sie alle sind fix und fertig, aber sie sind wieder zusammen, allein das zählt. Seine Eltern haben miteinander telefoniert, noch immer weiß sein Vater nicht, dass er noch einen Sohn hat, nichts von seinem kleinen Bruder Lando, der erst in einer Woche mit dem ganzen Rest nach Puerto Rico zurückkehren wird, da dort noch alle Sachen verpackt und verschickt werden müssen.

Er kann seine Mutter verstehen, dass sie ihm das von Angesicht zu Angesicht sagen will, nicht am Telefon, doch Leandro weiß nicht, wie sein Vater reagieren wird. Irgendwann war der Zeitpunkt, wo er davon hätte erfahren müssen und sie haben ihn verpasst, das spürt Leandro genau. Als sie mit Miguel hergekommen sind, haben sie noch alle zusammen eine Weile im Garten gesessen.

Es war das erste Mal, dass sie die Zeit hatten zu erzählen was passiert war, seit die Männer Puerto Rico verlassen haben und in Kolumbien von Garcias hereingelegt wurden. Sie haben ihnen alles von New York erzählt und wie Leandro, Sami, Sanchez, Kasim, Damian, Nesto und Rico zurück nach Sierra sind.

Sie haben einfach alles erzählt, wer noch da war, wie die Stadt aussah, von den Mara Nuestra, wie sie sie vertrieben haben, von dem Geld, von der Hilfe von Gabo, wie sie die beiden Polizisten beseitigt haben, die ihnen in Puerto Rico die Falle gestellt haben, in die sie in

Kolumbien getappt sind. Leandro hat sogar kurz Dania erwähnt, dass sie und Dine die Einzigen sind, die von den Mara Nuestra in Sierra geblieben sind.

Sie haben von ihren ersten Kämpfen erzählt und welche Männer sie verloren haben, was mit der Kirche ist und was sie jetzt erwartet, wenn sie alle zusammen zurückkehren und alles, was er in den Blicken seiner Onkel und seines Vaters gesehen hat, war Stolz. Auch die neue Plaka finden alle richtig und genau wie es die anderen Männer der Trez Puntos und der Les Surenas, die mit ihnen zusammen Sierra wieder befreit haben, gemacht haben, wollen sie sich diese auch stechen lassen.

Sie werden in Sierra viel Arbeit vor sich haben und es wird dauern, all das wieder hinzubekommen, aber genau in dem Moment wusste Leandro, dass sie das ohne Probleme schaffen werden. Sie haben viel verloren, der größte und niemals ersetzbare Verlust ist Ramon, der gerade jetzt in Puerto Rico beerdigt wird. Sie können nicht dabei sein, man konnte damit nicht länger warten, sie werden darüber niemals hinwegkommen.

Auch Miguel wird vielleicht nie wieder der Gleiche. Seitdem sie aus dem Krankenhaus heraus sind, schweigt er, er antwortet nur kurz und knapp, wenn man ihn direkt anspricht, trotzdem bleibt er in ihrer Nähe, sie müssen ihm Zeit geben und Leandro kann nur hoffen, dass er eines Tages der alte wird.

Als Leandro aus dem Zimmer geht, verwundert es ihn nicht, dass Miguel auf der Couch sitzt und in den Garten blickt, es ist alles dunkel, nur in der Küche brennt Licht, doch Miguel starrt auf die Terrassentür aus Glas, dabei krault er Tenaz, der neben ihm liegt. Das schwarze Wollknäuel hat sich schon komplett eingelebt und trottet hinter jedem her, vorhin ist er bei Juan auf dem Bauch eingeschlafen und jetzt liegt er neben Miguel, als könnte er spüren wie unruhig dieser ist.

Leandro setzt sich zu seinem Cousin, es ist egal, wie lange sie sich nicht gesehen haben und was Miguel angetan wurde, dieses feste Band, was immer zwischen ihnen allen war, kann so etwas nicht zertrennen. »Wieso schläfst du nicht?« Leandro sieht verwundert zu Miguel, doch dann lächelt er.

»Schlaf bringt zu viel Zeit zum Nachdenken.« Miguel nickt und Leandro legt ebenso wie er die Füße auf den kleinen Couchtisch und lehnt sich entspannt zurück. Er weiß, dass er Miguel nicht überfordern darf, doch er wagt sich langsam heran.

»Morgen geht es zurück nach Sierra, Miguel, es ist viel passiert, ich weiß nicht, ob du mir jemals alles erzählen wirst und dass der Tod von deinem Vater, auch wenn er gerächt wird, wehtut, es wird alles seine Zeit brauchen, aber du weißt doch, dass du immer auf mich zählen kannst, oder? Wenn du reden willst, ich bin da, wenn du jemanden erschießen willst, gebe ich dir die Kugel. Wenn du deine Wut rauslassen willst, mach es, aber bitte tu mir den Gefallen und hab Vertrauen in unsere Familia, in uns alle.«

Miguel wendet das erste Mal seinen Blick von der Scheibe ab und sieht Leandro in die Augen. Leandro erkennt nichts darin, keine Regung, kein Gefühl, doch als er genau hinsieht, hinter all dem stummen Schmerz sieht er Tränen und als Miguel dann gar nichts sagt aber ganz leicht nickt, fallen tausend Felsbrocken von Leandros Herzen.

Das alles hat ihnen viele Wunden und Narben zugefügt, aber er ist sich ganz sicher, dass es die Familien und Familias nicht gebrochen hat, er wird niemals zulassen, dass es so weit kommt!

Kapitel 7

Bella kann sich nicht erinnern, dass sie jemals so nervös wie jetzt war, als sie immer wieder aus dem Fenster guckt. Es ist soweit, heute kommen sie alle zurück und sie weiß nicht, wohin mit all diesen Gefühlen. Vor zwei Tagen kamen die ersten Männer an, das war schon das reinste Gefühlschaos.

Es war so eine Freude sie alle wiederzusehen, zu umarmen, doch als dann Sami und drei weitere Männer den Sarg aus dem Flugzeug gebracht haben, sind sie alle noch einmal zusammengebrochen. Jennifer hat diese Stunden nur mit der Hilfe von Beruhigungsmitteln und im Arm von Sami überstanden.

Sie sind direkt zum Padre gefahren und haben die Zeremonie abgehalten, sie konnten Ramon nicht noch einmal sehen und sich nicht genügend von ihm verabschieden. Bella zerreißt es schon das Herz und sie kann sich nicht einmal vorstellen, wie es Jennifer geht, sie wüsste nicht, ob sie so stark wäre, dies alles zu überstehen und ist sich absolut sicher, dass Jennifer nur noch das Wissen auf den Beinen hält, dass ihre beiden Söhne sie jetzt brauchen.

Jennifer und Sami waren noch mehrere Stunden alleine am Grab von Ramon und sie haben sie in Ruhe gelassen, seitdem warten alle auf die Rückkehr der restlichen Männer, der inneren Kreise. Sie warten dieses Mal zuhause, am Punto-Haus. Jeder wollte zum Flughafen, doch es wären zu viele gewesen also haben sie entschieden hier zu warten, diese Minuten länger werden sie noch aushalten, dachten sie, doch jetzt ist jede weitere Minute eine Qual.

Es ist für Bella unerträglich zu wissen, dass Paco bereits wieder in Puerto Rico, aber noch nicht bei ihr ist, gleichzeitig ist sie aber auch dankbar, dass sie ihn gleich wiedersieht. Pepo, Tito, Raul, Ramos, Chico und ein paar andere müssen sich noch vier weitere Tage gedulden, bis ihre Frauen und Kinder da sind und auch sie muss noch weiter auf Lando und ihre Mutter warten, die erst dann aus New York angereist kommen.

Sie vermisst ihr kleines Baby wie wahnsinnig und sie muss Paco sagen das er noch einen weiteren Sohn hat, Bella hat sich heute morgen vor Aufregung mehrmals übergeben.

Wie wird es sein, ihn nach so langer Zeit, nachdem so viel passiert ist, wieder zu sehen? Wie wird er die Nachricht aufnehmen, dass er einen weiteren Sohn hat? Die vielen Telefonate der letzten Tage haben sich schon wieder so vertraut und gut angefühlt, doch ihn jetzt zu sehen ist etwas ganz anderes. Was ist, wenn sie sich fremd geworden sind, wenn zu viel passiert ist?

Bella muss auf alles gefasst sein, sie alle haben sich verändert, das bleibt bei solch einer langen Trennung und so vielen Ereignissen, die passiert sind, einfach nicht aus.

Sie hat vorhin alles in ihrem Haus zurechtgemacht, gefühlte hundert Mal die Decke im Schlafzimmer glatt gestrichen. Nachgesehen, ob auch alles an seinem Platz ist und es so wirkt wie früher. Ihr Haus gehört wieder ihnen, es fühlt sich nicht mehr fremd an, wie frisch renoviert, aber nicht mehr fremd.

Sie hört Latizia und Dilara nebenan leise lachen. Auch wenn sie alle trauern, spürt man, wie gut es jedem Einzelnen tut, dass sie bald wieder vereint sind mit der kompletten Familie. Selbst Jennifer hat sich gestern mit Sami zu ihnen allen an den Tisch gesetzt und eine Kleinigkeit gegessen, ob sie jemals ihr Lächeln wiederfinden wird, weiß Bella nicht, aber solange sie wenigstens ab und zu aufhört zu weinen, erweckt es eine kleine Hoffnung.

Sie geht ins Badezimmer, weiß nicht, wohin mit ihrer Ungeduld. Bella kommt sich bescheuert vor, sie konnte nicht schlafen, hat angefangen sich Locken ins Haar zu machen, sich geschminkt, einen schönen Rock und ein passendes Oberteil herausgesucht, alles für zu viel befunden, geduscht und noch einmal von vorne begonnen.

Es fühlt sich an, als würde sie zu einem langersehnten Date gehen, was vollkommener Unsinn ist. Jetzt trägt Bella ein rotes Sommerkleid, hat ihre Haare offen und nur ihre Augen leicht geschminkt. Sie betrachtet sich im Spiegel, versucht sich in Erinnerung zu rufen, wie sie aussah, als Paco gegangen ist. Seitdem ist viel Zeit vergangen, sie hat eine Schwangerschaft durchgemacht, viel geweint, hatte einige schlaflose Nächte und keinen Tag, der nicht von Sorgen überschattet war.

Wenn sie jetzt die dunklen Ränder unter ihren Augen sieht, ihr erschöpfter Blick, sie ist nicht mehr die Gleiche. Doch wie sollte sie auch, nach allem was passiert ist? Wieder kommen die Zweifel, ob alles wie früher wird in ihr auf, die Angst ob Paco ihr fremd geworden ist und Bella hat das Gefühl durchzudrehen, da hört sie einen Wagen anfahren und Latizia und Dilara laut aufjauchzen.

Plötzlich wird sie starr. Bellas Herz klopft wie verrückt, ihre Beine bringen sie nur bis zum Fenster, wo sie einen silbernen Geländewagen sieht, aus dem Rodriguez, Damian, Sanchez und ihr Bruder Juan steigen. Bella schlägt sich die Hand vor den Mund um nicht loszuschluchzen, als die ersten Tränen in ihre Augen schießen.

Rodriguez steigt aus, wendet sich zum Haus und hat schon Melissa im Arm. Bella beginnt zu weinen als sie sieht, wie fest Rodriguez seine Frau an sich drückt, wie stark Melissa in seinen Armen vor Tränen zittert und im selben Moment ist Sara bei Juan. Bella lacht vor Freude, auch wenn ihre Tränen nicht aufhören, an ihren Wangen herunter zu kullern.

Man kann nicht beschreiben, was sie sich vorgestellt hat, doch sie dachte, dass die lange Zeit, in der sie alle eingesperrt waren, Spuren hinterlassen haben, wenn sie jetzt aber auf Rodriguez und Juan sieht, erkennt man nichts davon. Sie sehen etwas geschafft aus, doch scheinen sie sich im Gefängnis fit gehalten zu haben, sie wirken durchtrainierter als vorher, bei ihrem Bruder ist kein Bauch mehr zu erkennen.

Bella greift an die Scheibe, als sie das liebevolle Lächeln von Juan sieht, während er immer wieder die Wangen von Sara küsst, auch Rodriguez lässt Melissa nicht los, obwohl jetzt Dilara aus dem Haus gerannt kommt und ihrem Vater auch in die Arme läuft. Endlich löst sich Bella aus der Starre und läuft so schnell wie sie kann aus den Haus.

»Princesa!« Juan hat gerade Ciro im Arm, der stark mit seinen Tränen kämpft, aber sicherlich verhindern möchte, dass diese fließen. Er hat sehr unter der Zeit ohne seinen Vater gelitten und es war schwer für ihn, dass die Jungs ihn nicht zu der Befreiungsaktion mitgenommen haben. Seitdem versucht er verzweifelt, allen zu zeigen wie erwachsen er schon ist, aber als Bella ihrem Bruder um den Hals fällt, sieht sie, wie Ciro sich verstohlen ein paar Tränen wegwischt.

Es tut so gut, als Bella in den Armen von Juan liegt, atmet sie tief durch. Er ist es, ihr Bruder, sein Geruch, seine Wärme. Juan küsst Bellas Scheitel und schiebt sie etwas von sich, um ihr in die Augen sehen zu können. »Meine wunderschöne Princesa.« Bella lacht. Juan wischt ihr die Tränen weg und nimmt noch einmal sie und Sara zusammen in den Arm.

Bella sieht, dass Rodriguez sich kurz von Melissa getrennt hat, aber nur, um Latizia und Gabriella, die nun alle aus dem Haus kommen, zu umarmen. Bella kommt nicht einmal dazu, ihrem Bruder noch etwas zu sagen, da kommt das nächste Auto angefahren. Gabriella stößt einen lauten Dank an die heilige Jungfrau Maria aus, als aus dem Auto Chico, Ramos, Mano und Hernandez steigen und Bella wird in der nächsten Sekunde erst von Rodriguez dann von Chico fest umarmt.

Sie alle halten ein, als Jennifer aus dem Haus kommt und Bella hält verlegen die Luft an. Wie können sie sich alle freuen, wenn Jennifer nicht mehr auf die Heimkehr ihres Mannes warten kann, doch als Rodriguez dann vortritt und seine Schwägerin fest im Arm hält, sieht sie ein leichtes Lächeln auf ihren Lippen dank der Worte, die der Bruder ihres verstorbenen Mannes ihr zuflüstert.

Plötzlich geht alles zu schnell, Latizia und Marina werden beide von Hernandez umarmt, sie begrüßt Ramos, da tauchen hintereinander drei weitere Autos auf. Wie muss sich das für die Männer anfühlen, nach all der Zeit wieder in Sierra einzufahren? Josir steigt aus, Bella läuft zu Pepo, während Sam lachend und weinend zugleich bei Miko im Arm liegt. Aus dem anderen Auto steigen die Jungs. Bella küsst Sanchez, Kasim, Damian, Nesto, es ist so voll und es fühlt sich so richtig und gut an, sie alle wieder da zuhaben.

Bella hält erst ein, als Rico und Rodriguez an ein Auto gehen und ganz vorsichtig jemandem beim Auszusteigen helfen. Sie rufen Tito dazu und Bella traut ihren Augen nicht, als sie Miguel aus dem Auto holen. Von ihrem geliebten Neffen ist kaum mehr etwas zu erkennen, er ist in viele Verbände gewickelt, ist abgemagert, seine dunklen Augen blicken ihnen leer entgegen. Bellas Tränen halten nicht mehr ein, doch dieses Mal nicht aus Freude.

Dilara schluchzt laut auf und geht zu Miguel, der vorsichtig den Arm hochhält, auch wenn er große Schmerzen dabei hat, umarmt er Dilara, die schon immer extrem an Miguel gehangen hat. Jeder der Jüngeren hat Miguel sehr bewundert und geliebt als Ältesten von ihnen, doch Dilara war eine Zeitlang kaum von seiner Seite zu bekommen. Rodriguez, der neben Bella steht, lässt den Kopf hängen, da entdeckt auch Jennifer ihren Sohn.

Es ist ganz still, als sie zu ihrem Sohn rennt. Dilara geht zur Seite und Jennifer bricht an Miguels Brust zusammen. Man sieht, wie schmerzhaft es für Miguel ist, als seine Mutter vor ihm auf den Boden geht und all die schlimmen Sachen beweint, die Ramon und ihm angetan wurden, er will ebenfalls auf die Knie und seiner Mutter aufhelfen, doch Rodriguez und Juan treten vor und helfen Jennifer auf die Beine.

Bella kommt gerade dazu Miguel kurz zu umarmen und einen Kuss auf die Wange zu geben, da bringen sie ihn und Jennifer ins Haus. »Er muss sich hinlegen, wir müssen die Ärztin gleich dazu holen.« Bella nimmt Dilara in ihre Arme, die ganz außer sich ist, doch sie folgt gleich ihrem Vater ins Haus. Bella dreht sich genau in dem Moment um, als ein weiteres Auto hält. Leandro steigt grinsend aus und eine Sekunde später steigt der Mann aus, der von der ersten Sekunde, als er in ihr Leben gekommen ist, alles verändert hat.

Plötzlich ist alles andere um sie herum verschwommen und wie in Zeitlupe, sie bleibt stehen. Paco steigt aus, er trägt eine dunkelblaue Jeans, ein weißes Shirt und eine schwarze Lederjacke. Er lächelt und gibt Abelia einen Kuss, die gerade bei ihnen steht. Wie konnte sie nur denken, dass sich etwas geändert hat? Als sie ihn anblickt, springt ihr Herz förmlich aus der Brust vor Liebe und sie muss sich beherrschen, nicht laut seinen Namen zu schreien, doch das braucht sie nicht. Im selben Moment, wo er seine Sonnenbrille abnimmt, findet sein Blick ihren und nicht einmal eine Sekunde später liegt sie in seinen Armen.

»Bella ...« Die Stimme ihres Mannes ist nur ein erstickter Laut, während ihr alles von den Schultern fällt, die ganzen Sorgen, die Ängste, seine Anwesenheit nimmt ihr all das sofort ab. Bella merkt gar nicht wie sehr sie weint, bis er sie so fest an sich drückt, dass sie fast keine Luft mehr bekommt. Nichts hat sich geändert, sie inhaliert den ihr so vertrauten Geruch und endlich nach all den Monaten findet ihr Herz wieder Ruhe.

Aber auch er zittert, als er ihr Gesicht in seine Hände nimmt. Seine Augen verfangen sich in ihren. Bella lächelt, weil es sich so vertraut anfühlt. Seine Lippen küssen die Spuren ihrer Tränen nach. »Ich finde nicht einmal die richtigen Worte um dir zu sagen, wie sehr ich dich liebe. Es ist unmöglich, es mit Worten zu beschreiben.« Bella küsst ihn, sie ist momentan nicht fähig zu sprechen und als sie ihn wieder so vertraut und nah spürt, fallen ihr tausend Steine vom Herzen.

»Papa!« Paco trennt sich erst von seiner Frau, als Latizia zu ihnen gerannt kommt, Bella weiß, wie sehr ihre Tochter ihren Vater vermisst hat. »Mein Herz.« Paco behält Bella im Arm und umarmt gleichzeitig seine Tochter. Er lacht leise, als er sie sich beide ansieht. »Meine beiden hübschen Frauen. Latizia, als ich gegangen bin, warst du noch ein Mädchen und jetzt bist du eine wunderschöne Frau geworden, ich glaube nicht, dass ich damit einverstanden bin.«

Sie alle müssen lachen, auch wenn Paco Bella und Latizia noch die Tränen wegwischen muss. »Ich habe dir doch gesagt, dass alles gut wird.« Leandro steht plötzlich bei ihnen und Bella umarmt ihren Sohn, um den sie sich ebenfalls so sehr gesorgt hast. Es winselt und Leandro holt einen kleinen Hundewelpen aus seiner Jacke. Paco hält Bellas Hand fest in seiner und küsst seiner Tochter auf die Stirn, bevor sich Latizia den Hund genauer ansieht. »Das ist Tenaz, irgendwie gehört er jetzt zu uns.«

Leandro grinst Latizia frech an und sie umarmt ihren Bruder, so oft die beiden auch Streit haben, weiß Bella, wie sehr sie aneinanderhängen. »Jetzt sind wir fast wieder komplett.« Latizia strahlt über das ganze Gesicht und Paco zieht Bella wieder an sich. »Wieso fast?« Sie spürt wie sie sich versteift, sie muss es ihm sagen, doch Tito kommt genau in diesem Moment zu ihnen und umarmt Latizia.

»Meine Güte, was bist du für eine hübsche Lady geworden, jetzt wird dein Vater ja komplett durchdrehen, ich wette die Männer stehen Schlange.« Latizia lacht und küsst Tito auf die Wange. Bella muss mit Paco reden und am liebsten würde sie gar nicht mehr aus seinen Armen entweichen, doch es ist zuviel auf einmal, jeder begrüßt sich und auch wenn Paco Bellas Hand nicht loslässt, müssen sie sich auch den anderen widmen.

»Wir sind wieder zuhause!« Juan hält seine Waffe in die Luft und schießt mehrmals in die Luft.

Am liebsten würde sich Bella sofort mit ihrer kleinen Familie abseilen, sie brauchen jetzt Zeit für sich, doch es ist nicht möglich bei so vielen Personen, auf die jetzt zu achten ist. Paco will zu Jennifer und als er sich mit ihr alleine in ein Zimmer zurückzieht, hofft Bella, dass er die richtigen Worte findet. Sie setzt sich solange zu Miguel, der sehr müde wirkt und Schmerzen zu haben scheint.

Als Latizia sich zu ihnen setzt, lächelt Miguel und küsst ihre Wange, doch trotzdem wirkt er anders. Sie alle waren lange weg, doch ein Blick in die Augen der Männer und Bella hat sie alle darin wiedererkannt, nur bei Miguel hat sich etwas verändert, was sie nicht beschreiben kann, doch man spürt, dass er etwas Schreckliches erlebt haben muss.

Juan setzt sich zu Bella und sie muss sich gleich an ihren Bruder lehnen. Egal wie alt sie werden, dafür wird sie nie zu alt sein.

»Du hast mir gefehlt, Schwesterherz.«

»Du mir auch, ihr alle ... es war sehr schwer.« Juan nickt.

»Geht es euch allen gut? Ich meine, es ist sicher nicht einfach so lange eingesperrt zu sein und jetzt wieder selber über alles zu bestimmen.« Juan lacht.

»Da ist meine kleine Psychologiestudentin wieder, wir kommen alle klar, unsere größte Sorge war um euch und der Rest wird wieder.« Bella weiß nicht, ob ihr Bruder sich da nicht etwas vormacht, doch sie hat keine Gelegenheit ihm zu antworten, da Frau Anoltzas hereinkommt. Auch sie freut sich die Männer wiederzusehen, doch sie eilt gleich zu Miguel. Bella muss lächeln, sie ist durch und durch eine Ärztin.

Paco und Jennifer kommen wieder aus dem Zimmer und Paco stellt sich zu Rodriguez, um mit ihm leise zu reden, während alle anderen sich um Miguel versammeln, in dem Augenblick kommen auch die Männer herein, die schon ein paar Tage länger wieder da sind. Es wird immer voller und lauter. Als Sami seinen Bruder das erste Mal wiedersieht, schlägt die Stimmung um, sie regen sich auf, wollen zu Garcias, Rache nehmen für Ramon und Miguel. Bella schließt die Augen. Wird all das jemals enden?

Es wird immer lauter und noch voller, plötzlich taucht die Tochter von Frau Anoltzas auf, sie sieht verwirrt zwischen allen hin und her, bis sie zu Sara und ihrer Familie blickt. »Sanchez!« Ohne auf irgendjemanden zu achten, umarmt sie ihn freudig und ihre Mutter unterbricht augenblicklich die Untersuchung. Auch Juan, der danebensteht und sich gerade mit Santana unterhält, stoppt.

Sanchez und die anderen Jungs waren bisher im Umgang mit Frauen immer sehr entspannt, umso verwunderter blicken alle, als er die Arzttochter hochhebt und ihr einen Kuss auf die Wange gibt. Da erst bemerkt die Tochter von Frau Anoltzas, dass sie alle beobachten und bekommt rote Wangen. Schnell macht sie sich von Sanchez los, der zufrieden grinst. »Tut mir leid, ich hatte mir nur solche Sorgen gemacht, ich wusste nicht, dass du auch wieder da bist.«

Sara zieht die Augenbrauen hoch und sieht Bella fragend an, doch die kann nur leise lachen und die Schultern zucken. »Kein Problem, Rotbäckchen, hier ist nur meine Familie, du musst dich hier vor nichts schämen.« Frau Anoltzas räuspert sich. »Celestine, würdest du mir hier bitte helfen!« Der Ton in ihrer Stimme verrät, dass sie das alles nicht so entspannt sieht wie Sanchez, der seinen Blick gar nicht von Celestine nehmen kann.

Dine kommt ins Punto-Haus, er war wahrscheinlich die ganze Zeit im Cielo, wo er ein Zimmer bekommen hat. Leandro und Damian begrüßen den Mann, den Bella mittlerweile auch sehr gut leiden kann, unter dem vernichtenden Blick von Paco. Bella wusste es, Juan stellt sich dazu. »Papa, das ist Dine, von dem ich dir erzählt habe.« Auch wenn Bella Paco lange nicht gesehen hat, kennt sie ihn gut genug um zu wissen, dass er dem Mann nur die Hand gibt und es fürs erste dabei belässt, weil es gerade eine schwierige Situation ist, ein Blick auf Paco und auch auf Juan und sie weiß, hier ist noch nicht das letzte Wort gesprochen.

Es ist das reinste Chaos, aber was hatte sich Bella vorgestellt, wie die erste Wiedervereinigung ablaufen würde? Dine sieht zu Celestine. »Hallo, schön dich zu sehen, hast du etwas von Dania gehört, sie hatte mir versprochen sich zu melden und ich habe noch nichts gehört, ich mache mir langsam Sorgen.«

Celestine eilt gerade zu ihrer Mutter und hält ein. Bei dem Namen Dania wird Bella sofort hellhörig und sieht zu Leandro, der ebenfalls aufhorcht.

»Wirklich nicht? Dania hat mich vorgestern angerufen, nur kurz, ihr geht es gut, sie ist in Safia, arbeitet in der Kirche und alles ist in Ordnung.« Celestine sieht unsicher zu Leandro. »Ich dachte, ihr wüsstet es.« Frau Anoltzas sieht genervt zu ihrer Tochter und Bella, die ja von Leandro und Dania erfahren hat, sucht den Blick ihres Sohnes, doch der steht neben Dine und sieht wütend zu Boden.

Es ist alles ein verdammtes Chaos. Wie naiv waren sie zu denken, dass all das hier bewältigt werden kann, ohne dass sie über die Tausende von Scherben stolpern?

Als ihre Tochter endlich bei ihr ist, wendet sich die Ärztin an sie alle, sie hat sich gerade Röntgenbilder angesehen, die Paco mitgebracht hat. »Er muss liegen, die Brüche und alles andere wurden behandelt, es muss aber regelmäßig alles kontrolliert werden. Bringt ihn bitte jetzt wohin, wo er die nächsten Tage liegen bleiben kann, er braucht absolute Ruhe und ich muss ihm einige Infusionen geben.«

Jennifer steht sofort auf den Beinen, sie hat wieder Farbe im Gesicht, die Sorge um ihren Sohn lässt sie erst einmal den Verlust von Ramon verdrängen. »Wir bringen ihn nach Hause, sein Zimmer ist bereits fertig.« Die Ärztin steht auf. »In meinem Auto kann man jemanden liegend transportieren, er sollte so wenig wie möglich sitzen.«

Rodriguez nickt und gibt Melissa, die in seinen Armen ist, einen Kuss. » Wir kommen mit.« Sie alle helfen Miguel ins Auto zu bringen, Damian, Dilara, Sami, Sanchez und Nesto fahren auch gleich los. Besorgt blickt Bella ihnen hinterher, bis sie vertraute Arme um sich spürt.

»Komm mit mir, Cariño!«

Kapitel 8

»Bist du dir sicher, dass wir alle sich selbst überlassen können?« Bella muss lachen als Paco sie nicht loslässt und fast schon zu einem der Autos zieht. »Es ist mir egal, sie müssen zurechtkommen.« Er setzt sich auf die Fahrerseite, doch anstatt Bella loszulassen, zieht er sie auf seinen Schoß, sodass sie ihn ansehen kann und schließt die Tür.

Bella lächelt, es ist schon etwas komisch, ihm jetzt wieder so nah zu sein, unvorstellbar schön merkwürdig. Ihre Hand verselbstständigt sich und fährt über seine leichten Bartstoppeln. Paco schließt kurz die Augen und küsst ihre Handinnenfläche. »Bella, wir haben viel zu besprechen, es ist viel zu tun, es ist viel passiert, es ist von allem viel ... Aber ich möchte, bevor all das auf uns zukommt, eine Sache wissen.

Egal was war, egal was gerade alles passiert, egal was kommen wird, du weißt, dass ich dich mehr als mein eigenes Leben liebe, das tust du doch oder?«

Bella kommen die Tränen, sie will nicken, doch Paco hält ihr Gesicht in seinen großen Händen und dieses Mal schließt sie die Augen. Endlich spürt sie ihn wieder, wie oft hat sie sich jeden einzelnen Tag nach ihm gesehnt. »Guck mich an, Cariño, ich meine das ernst? Weißt du, wie sehr ich dich liebe?« Bella atmet tief ein. »Ich weiß es und ich liebe dich auch so sehr, ich bin verrückt geworden ohne dich, Paco mein Herz hat gefehlt, ich kann das nie wieder ...«

Paco küsst sie und Bella erwidert seinen Kuss sofort, ihre Hände fahren über seine Brust in seine Haare, sie kann immer noch nicht glauben, dass er da ist. Als er sich löst, legt er seine Stirn an ihre und atmet schwerer. »Nie wieder, Bella!« Liebevoll streicht er ihre Tränen weg. »Es gibt etwas, Paco, was ich dir sagen muss ...« Plötzlich hupt es hinter ihnen, Mano versucht aus der Ausfahrt zu fahren, die sie blockieren. Sie waren so vertieft miteinander, dass sie gar nichts mitbekommen haben.

»Sollen wir Latizia und Leandro nicht mitnehmen?« Bella rutscht von seinem Schoß auf den Beifahrersitz. »Die kommen schon nach, mach dir keine Gedanken. Latizia ist so erwachsen geworden, ich hätte meine kleine Prinzessin kaum wiedererkannt. Ich wette, in New York hatte sie sehr viele Verehrer.« Bella verschränkt ihre Finger mit seinen, während sie aus dem Punto-Gebiet fahren. »Du weißt wie sie ist, sie ist so ruhig und lieb, ich glaube, sie denkt noch nicht wirklich daran einen Freund zu haben.« Paco küsst den Ehering an ihrem Finger. »Das ist gut so!«

Mano holt sie ein und lässt die Scheibe herunter. »Weißt du eigentlich, dass dies die erste Nacht seit anderthalb Jahren ist, die wir nicht alle zusammen in einem Gebäude verbringen. Ich hoffe, du kannst ohne mich schlafen.« Paco muss lachen, auch Gabrielle und Bella lachen erleichtert mit. Bella kann nur hoffen, dass sie weiterhin so gut mit alldem fertig werden, wie es momentan den Anschein hat.

Sie folgen Mano, aber nicht ins Surena-Gebiet. »Es ist merkwürdig wieder hier zu sein«, murmelt Paco leise, als sie durch Sierra fahren, er hält vor dem Friedhof. Bella hat sich schon gedacht, dass dies sein erster Weg sein wird. Ohne viel dazu zu sagen nimmt sie seine Hand und zeigt ihm den Weg zu Ramons Grab.

Sie haben sich viel Mühe gegeben, er liegt neben all den anderen, die schon aus ihrer Familia getötet wurden, sie haben eine Marmorbank davor aufstellen lassen, auf die sie sich jetzt setzen. Der Grabstein ist noch nicht da, doch Bella und Sam haben einen wunderschönen bestellt und sie ist sich sicher, dass er vor allem Jennifer gefallen wird.

»Wann kommen deine Eltern?« Paco sieht auf das Grab. »Vielleicht in zwei Wochen, meiner Mutter geht es zu schlecht, sie kann gerade nicht fliegen. Wenn es nicht besser wird, müssen wir zu ihr, ich wollte aber erst einmal herkommen.« Bella nickt und drückt Pacos Hand.

Sie beide schweigen für eine Weile, Bella denkt darüber nach, dass es auch anders hätte sein können, es hätte auch Paco, Rodriguez, Juan, jeden anderen treffen können. Sie bekommt eine Gänsehaut und rückt noch näher an ihren Mann heran.

Es geht gerade die Sonne unter und doch erkennt Bella Tränen in den Augen von Paco, auch wenn er sie nicht ansieht. »Ich konnte nichts für ihn tun, verstehst du? Mein ganzes Leben hat Ramon immer auf uns aufgepasst und dann wird er erschossen, nur wenige Meter von mir entfernt und ich kriege es nicht einmal mit.«

Bella küsst Pacos Wange. »Du warst genauso für ihn da wie er für dich, ihr habt immer alle zusammengehalten. Keinen von euch trifft dafür die Schuld, du darfst dir dafür nicht die Schuld geben, versprich es mir, Paco.« Er streicht sich über das Gesicht und sieht dann, seit sie auf dem Friedhof sind, das erste Mal Bella in die Augen.

Jetzt erkennt sie, wie sehr ihn der Tod seines Bruders trifft. »Das einzige was ich tun konnte war es seinen Sohn zu finden ...« Er will den Augenkontakt abbrechen, doch sie lässt es nicht zu. »Und das hast du. Miguel ist verletzt, doch er ist wieder zuhause und bei Jennifer. Ramon würde ...« Paco steht auf.

»Das ist nicht Miguel, Bella, du hast keine Vorstellungen, wo wir ihn da herausgeholt haben, was sie alles mit ihm gemacht haben. Hast du ihm in die Augen gesehen? Das ist nicht mehr der Junge, den wir mit nach Kolumbien genommen haben und er wird es auch nie wieder werden, nicht nach all dem, was ich gesehen habe, was ihm passiert ist.«

Bella schluckt schwer über Pacos Wut, er scheint noch mehr zu wissen als sie. Als er sich dann an das Grab von Ramon kniet, atmet sie tief ein. Sie hat die Verletzungen von Miguel gesehen und auch die Leere in seinen Augen. Doch sie kennt Paco, niemand wird erfahren, was genau passiert ist, wenn Miguel es nicht selbst erzählen will.

Sie steht auf und stellt sich hinter Paco. »Das alles braucht Zeit, Schatz, jeder wird seine Zeit brauchen, doch ich denke, dass Miguel sich erholen wird, du darfst die Hoffnung nicht aufgeben, dass alles wie früher wird.«

Paco sagt nichts dazu, er starrt auf das Grab, Bella bleibt hinter ihm. Es dauert eine ganze Weile, bis er sich erhebt und zu ihr kommt. »Es gibt keine Hoffnung dafür, dass alles wie früher wird, nicht nach allem was passiert ist. Lass uns gehen.«

Bella ist sprachlos. Es ist nicht so, dass sie darüber nicht schon selbst nachgedacht hat, doch es ist hart es aus Pacos Mund zu hören, so kurz nachdem er wieder da ist, trifft es sie sehr. Sie schweigt die Fahrt ins Surena-Gebiet über, während Paco schockiert feststellt, was alles kaputt und verändert ist. Die Jungs und sie konnten viel wieder herstellen, doch natürlich ist nicht alles wie es damals war. Bella versucht ihre Unsicherheit herunterzuschlucken als sie in ihre Einfahrt hineinfahren und Paco hält.

Bevor sie ins Haus gehen, hält er sie an ihrer Hand zurück. »Ist alles ok?« Bella lächelt und nickt, doch bevor Paco sich richtig umsehen kann, warnt sie ihn schon vor. »Es ist alles frisch gestrichen, ich werde mich nächste Woche um einige Bilder kümmern und dann, denke ich, wird es wieder fast wie vorher.« Paco sieht in das Wohnzimmer, in ihre Küche und kommt zu ihr. »Leandro hat mir erzählt wie zerstört die Häuser waren, ich hatte es mir schlimmer vorgestellt, es sieht gut aus.«

Bella ist nervös, es ist alles so merkwürdig. Plötzlich ist Paco wieder da, dass was sie sich so sehr gewünscht hat, doch es kommt ihr alles so angespannt vor. »Ich gucke noch schnell im Rest des Hauses nach, sind alle Betten ausgetauscht worden?« Bella ist froh, als er die Treppen hinaufgeht. »Ja, es sind alle neu.« Sie sieht in den Spiegel im Eingangsbereich.

Ok, sie muss jetzt wieder runterkommen, das ist ihr Ehemann, den sie über alles liebt, es war klar, dass es eine komische Situation ist, doch die Liebe, die sie tief in sich spürt, sollte ihr doch Kraft für all das geben. Sie hat doch die letzten Monate jeden Tag auf diesen Moment gewartet und jetzt stellt sie sich so an?

»Bella, was ist das?« Paco reißt sie aus ihren Gedanken und im nächsten Moment weiß sie was er meint, verflucht. Sie eilt die Treppen hinauf, in das Zimmer, direkt neben ihrem Schlafzimmer, was liebevoll zu Landos neuem Reich geworden ist, auch wenn er noch niemals hier war. »Das ist es, worüber ich noch mit dir sprechen wollte.«

Auf der Kommode steht schon ein Bild mit Latizia, Leandro und Lando, der fröhlich in die Kamera grinst. Paco starrt auf das Bild. »Als ich in New York angekommen bin, habe ich gemerkt, dass ich schwanger bin.« Paco sieht vom Bild zu ihr, wieder auf das Bild und scheint zu verstehen. »Ich habe einen Sohn und weiß nichts davon?«

Paco wird laut und Bella muss sich zusammenreißen, um nicht wieder zu weinen anzufangen. »Ich konnte es dir nicht sagen, Paco, denkst du für mich war das leicht? Erstens wurden unsere Gespräche sicherlich mitgehört und wie hättest du denn reagiert? Es gab keine Chance, dass du da herauskannst und ich wusste, du wärst ausgerastet, hättest du davon erfahren, dass ich unser Baby ohne dich zur Welt bringe. Ich wollte es dir nicht noch schwerer machen.«

Bella macht sich auf einen noch größeren Ausraster gefasst, sie kann ihren Mann verstehen, doch er wird ruhig. »Ich kenne ihn überhaupt nicht und er mich nicht.« Bella geht zu Paco und küsst seine Schulter, als sie auch auf das Bild guckt. »Ich habe ihm immer deine Fotos gezeigt und wenn ich ihm jetzt eines zeige, sagt er immer Pa … pa.«

Ein müdes Lächeln legt sich auf Pacos Gesicht. »Er sieht aus wie Leandro … er hat aber auch viel von Latizia.« Bella schließt die Augen, ihr wird bewusst, wie endlos schmerzhaft diese Situation ist. »Er heißt Lando.« Er kennt nicht einmal seinen Namen.

Paco setzt sich auf die Couch, die neben der Kommode steht, sieht auf das Bild und senkt den Kopf.

Sie würde so gern mit Paco reden, er ist neben ihr, sie will ihn berühren und ihn wieder bei sich haben, aber sie spürt, dass er jetzt Zeit braucht, Zeit, um all das auf sich wirken zu lassen. Sie lehnt sich zurück und gibt ihm diese Zeit, ihre Augen liegen fest auf dem Mann, der alles für sie ist und sie kann nur hoffen, dass all das, sie nicht entzweit hat. Momentan fühlt es sich fast so an.

Als Bella die Augen wieder öffnet, scheint ihr die Sonne ins Gesicht. Sie liegt noch immer auf der Couch, sie muss eingeschlafen sein, eine dünne Decke liegt auf ihr. Ihr fällt alles wieder ein, ganz besonders die komische Spannung zwischen Paco und ihr. Bellas Magen rumort, schnell eilt sie die Treppe hinunter, wo Leandro und Paco am Frühstückstisch sitzen. Latizia sitzt auf Pacos Schoß und gibt ihm einen Kuss, sie ist offenbar auch gerade erst wach geworden, während Leandro nicht so wirkt, als hätte er besonders viel geschlafen.

»Da ist ja meine zweite Hübsche.« Paco lächelt ihr entgegen und sie sieht an sich herunter, sie wird sicherlich gerade alles andere als hübsch aussehen. »Was macht ihr alle hier schon so …« Bella stoppt, als sie auf die Uhr sieht, es ist bereits mittags, die vielen Nächte ohne

Schlaf hat sie offenbar schnell nachgeholt, nachdem Paco wieder an ihrer Seite war. Obwohl, war er es überhaupt? Wieso hat er sie nicht geweckt?

»Ich bin weg, ich muss etwas erledigen!« Leandro steht auf, schon gestern hat Bella bemerkt, dass etwas mit ihm nicht stimmt. »Wohin gehst du? Ich dachte wir ...« Leandro ist schon halb aus dem Haus. Er steckt sich eine Waffe in die Hose und nimmt seinen Autoschlüssel. Bella traut ihren Augen nicht, es ist das erste Mal, dass sie ihren Sohn eine Waffe tragen sieht, auch wenn ihr natürlich bewusst ist, dass er die Familie wieder zusammengeführt und Sierra zurück in ihre Hände gebracht hat und er dafür einiges tun musste, doch es jetzt so zu sehen, erschreckt sie.

»Tut mir leid Mama, ich muss etwas klären, es kann sein, dass ich heute nicht nach Hause komme, ich melde mich!« Mit diesen Worten ist er aus dem Haus. Bella will ihm nach, doch Paco ist schon bei ihr. »Lass ihn, Bella, er ist kein kleiner Junge mehr, ich weiß, dass unser Sohn für sich allein sorgen kann, du musst dir keine Sorgen machen.«

Die Haustür geht auf und Rodriguez tritt ein. »Kommst du endlich? Wo ist Leandro hin?« Bella sieht verwirrt von Paco zu Rodriguez. Ihr Mann hat noch ein Brötchen in der Hand, beißt ab und gibt Bella einen Kuss auf die Wange. »Wir müssen kurz die Sache mit unseren Konten klären, ich bin bald wieder da!« Auch Rodriguez gibt ihr einen Kuss ebenso wie Latizia, die jetzt zu ihnen kommt und dann sind sie weg.

Bella ist nicht einmal dazu gekommen irgendetwas zu sagen, sie sieht zu, wie die Beiden von ihrem Grundstück fahren und geht dann zu Melissa hinüber. »Mama, ist alles ok? Du siehst so blass aus?« Sie reagiert nicht auf ihre Tochter, sondern geht direkt zu ihrer Schwägerin, die mit Dilara am Tisch sitzt. »Ist Damian auch weg?« Melissa sieht auf. »Nein, der schläft oben, ist alles in Ordnung? Willst du einen Kaffee?«

Bella hat jetzt keine Geduld für so etwas und zieht Melissa zur Seite. Dilara beobachtet das alles nur kopfschüttelnd. »Und ihr sagt immer, wir verhalten uns komisch!« Melissa lächelt über ihre Tochter, bis sie Bella genau ins Gesicht sieht. »Was ist los?« Bella sieht wie Melissa strahlt. »War es schön gestern, ich meine mit Rodriguez, hat er sich anders verhalten? Seid ihr euch fremd geworden?«

Melissa scheint sie nicht ganz zu verstehen, auch wenn sie leicht rote Wangen bekommt. »Natürlich war es schön, Bella, wir haben uns die ganze Nacht nicht losgelassen, er kommt auch gleich wieder, was ist denn passiert? Stimmt etwas mit Paco nicht?« Bella schüttelt den Kopf. »Ich weiß es nicht, wir … er hat von Lando erfahren … es war alles so komisch, ich weiß einfach nicht …«

Dilara geht an ihnen vorbei. »Ich gehe zu Jennifer und frage, ob wir ihnen etwas vom Einkaufen mitbringen sollen.« Melissa dreht Bella wieder zu sich. »Bella, beruhige dich, setzt dich erst einmal, es ist doch ganz normal, dass Paco das nicht so einfach wegsteckt, nichts von seinem Sohn gewusst zu haben.« Bella kann das alles jetzt nicht, sie hat das Gefühl keine Luft mehr zu bekommen. »Ich komme später noch einmal, ich muss erst einmal … weg.«

»Bella …« Sie will jetzt mit niemandem reden, sie kann ihre Gefühle selbst nicht einordnen. Latizia sitzt in der Küche und starrt auf ihr Handy, Bella sagt ihr nur schnell, dass sie duschen ist und Latizia fragt, ob sie zu Sara und Juan gehen kann. Bella nickt nur und geht direkt in die Dusche, sie bleibt lange unter den warmen Strahlen stehen, versucht all das was gestern war einzuordnen, doch sie schafft es nicht.

Sie geht danach nur mit einem Slip in ihr Schlafzimmer und sieht das Shirt, was Paco gestern an hatte, auf dem Boden. Als sie es aufhebt, riecht sie ihn darin und zieht es einfach über, so wie früher und da realisiert sie es.

Bellas Herz schnürt sich zu und sie braucht Luft, sie tritt auf den Balkon und sieht auf Sierra. Sie ist wieder da, sie alle sind nun zurück, Paco ist da und doch fühlt sie sich leer, weil sie spürt, dass es nicht mehr ist wie vorher. Sie werden das nicht schaffen.

Bella kann ihre Tränen nicht mehr zurückhalten, sie setzt sich müde auf die Fliesen und lässt alles heraus. Vor allem schmerzt es sie, dass sie sich gar nicht so fühlen darf, Jennifer darf trauern, sie muss glücklich sein, strahlen wie Melissa, doch es fühlt sich so an als wäre auch ihre Familie, alles was sie hatten, in dieser langen Zeit, die sie sich nicht gesehen haben, gestorben.

»Bella?«

Sie hört wie Paco die Treppen heraufkommt, versucht sich die Tränen wegzuwischen, doch sie dreht sich nicht zu ihm um. »Bella, was tust du hier?« Erst als er ganz nah bei ihr steht, wendet sie sich zu ihm. Er hat eine Tüte mit Essen in der Hand und einen riesigen Strauß Gladiolen. Als er ihr Gesicht sieht, legt er aber beides beiseite und kommt zu ihr.

»Was ist passiert?« Bella kann nicht mehr. »Wir haben es nicht geschafft, Paco, das alles ist zu viel, die Zeit, die uns gestohlen wurde, hat alles kaputt gemacht, es hat uns zerstört. Ich habe das Gefühl, dass ich meine Familie verloren habe. Selbst Leandro ist nicht mehr der Gleiche.« Paco hat sie schon längst in seine Arme gezogen und sie weint an seiner breiten Brust.

»Du redest Blödsinn, Bella, du hast gar nichts verloren, es tut mir leid, mein Schatz, es tut mir so leid, gestern konnte ich dich kaum ansehen, weil ich so ein schlechtes Gewissen hatte, du wolltest nicht, dass ich gehe, doch ich habe nicht auf dich gehört, wegen mir ist all das passiert, ich war nicht bei dir während der Schwangerschaft, ich kenne meinen eigenen Sohn nicht.

Ich werde nicht zulassen, das irgendetwas uns zerstört, niemals wieder. Leandro ist jetzt ein Mann, Bella, er musste schnell erwachsen werden und ich bin sehr stolz auf ihn. Wir müssen ihm vertrauen und seinen Weg gehen lassen, ich habe ihn die letzten Tage genau beobachtet, wir brauchen uns keine Sorgen zu machen. Vertrau mir in dieser Sache einfach.«

Er sieht ihr ins Gesicht. »Komm, guck, was ich gekauft habe.«

Paco lässt sie kurz los und holt aus der Tüte ein paar kleine Turnschuhe für Lando. »Ich kann es nicht erwarten, endlich meinen Sohn zu sehen, es wird schwer, Bella, es ist viel passiert, aber wir beide haben schon so viel zusammen durchgemacht, du willst mir doch jetzt nicht sagen, dass du aufgibst?« Paco hält ihr die Hand hin und sie kommt zu ihm ins Zimmer.

»Nein, aber ich habe Angst, dass es nie mehr wird wie früher, du hast es gestern selbst gesagt.« Paco lächelt und Bella wird sauer, sie meint das alles verdammt ernst. Als er ihren Gesichtsausdruck sieht, schenkt er ihr sein schiefes Grinsen, was sie schon immer hat schmelzen lassen.

»Das wird es auch nicht, Schatz, es ist viel kaputt gegangen, aber das zwischen uns Beiden ...« Er zeigt zwischen ihnen hin und her, »wird niemals enden. Niemals, hörst du? Es wird nur noch schöner werden, es sei denn ...«, Paco sieht sie von oben bis unten an, »Du sagst mir, dass du mich nicht mehr liebst, was etwas unglaubwürdig wäre, wenn du hier stehst, in meinen Shirt, so wie früher.«

Bella lässt sich von seiner zuversichtlichen guten Laune anstecken und wischt sich ihre letzten Tränen weg. »Natürlich liebe ich dich ... Mehr als das, aber ...« Paco stoppt sie, seine Hand umfasst ihren Nacken, seine andere Hand schlüpft unter ihr T-Shirt und streicht über ihren Bauch. »Kein aber mehr, gestern bist du eingeschlafen, ich wollte dich wecken, aber ich habe es nicht geschafft, damit aufzuhören dich anzusehen, du weißt gar nicht, wie sehr ich dich liebe.«

Seine Lippen nehmen ihr die Luft zum Antworten und Bella zieht Paco so eng es geht an sich. Sie hat Angst, immer noch, doch er hat recht, sie dürfen nicht aufgeben. Bella stöhnt leise auf, als er sich von ihr trennt und ihren Hals entlangfährt, alleine diese Berührung bringt ihren Körper schon zum Zittern, viel zu lange musste sie auf seine Nähe verzichten.

»Du hast mir so gefehlt.« Paco flüstert die Worte an ihren Bauch, als er sie aufs Bett legt und ihr sein Shirt auszieht. Bella zieht ihm ebenfalls das Shirt aus und fährt seine Muskeln nach. Als Paco an ihrem Slip ankommt, stockt er und fährt über die kleine helle Narbe. »Was ist das?« Er erhebt sich und sieht sie besorgt an.

»Die Schwangerschaft mit Lando war nicht leicht, ich war zu geschwächt, sie mussten einen Kaiserschnitt machen.« Paco schließt kurz die Augen und Bella fährt mit ihrem Finger das B und die Narbe an seinem Herzen nach. »Es tut ...« Als Paco ihr in die Augen sieht, stoppt sie ihn dieses Mal.

»Schwöre mir einfach, dass alles wieder gut wird, Paco, es gibt nichts, was dir leid tun muss.« Paco lächelt und küsst ihre Nase. »Ich schwöre es, ich liebe dich, Cariño.« Bella lächelt, als sie in seinen Augen die Liebe zu ihr sieht, das Sanfte, was er nur bei ihr in den Augen trägt und ihr Herz schlägt hoffnungsvoll. »Ich dich auch!«

Kapitel 9

Leandro fährt die kurvigen Straßen nach Safia ohne der vorbeiziehenden Landschaft Beachtung zu schenken. Er weiß, dass diese Strecke eine der schönsten Puerto Ricos ist und es hier viele kleine Verstecke und Buchten gibt, die seine Cousins und er oft genug benutzt haben, um mit Mädchen ungestört zu sein.

Gestern erst ist er mit seinem Vater und allen anderen zurück nach Puerto Rico geflogen, er hat sich seit knapp zwei Jahren nichts anderes gewünscht, als zusammen mit ihnen das Flugzeug zu verlassen und es fühlt sich zwar befreiend an alle wieder um sich herum zu haben, doch als er mit Sanchez, Juan und Rico gestern Nacht noch auf dem Friedhof war, konnte er genau spüren, dass die Trauer um Ramon ihre Freude zu sehr überschattet, es wird sich niemals so anfühlen, wie er es sich immer ausgemalt hat.

Nach dem Friedhof ist er direkt zu Sami und Miguel gefahren. Die Ärztin war noch da und hat sich nach Miguel noch Jennifer angesehen. Leandro weiß nicht was er sich vorgestellt hat, in welchem Zustand er seine Tante hätte vorfinden sollen, doch das Strahlen in ihren blauen Augen ist weg. Tiefe dunkle Schatten treffen unter ihren Augen auf rote Wangen und ihr Blick zeigt pure Sorge. Sie hat verzweifelt zu Miguels Zimmer gesehen, während die Ärztin auf sie eingeredet hat, dass sie versuchen muss zu schlafen, damit sie Kraft für ihre Söhne hat.

Sami saß mit hängendem Kopf an Miguels Bett. Leandro kann seinem Cousin nicht richtig in die Augen sehen, besonders nicht, wenn er fragt was Miguel alles passiert ist. Sami ist nicht dumm, er weiß, dass neben all den vielen äußeren Verletzungen noch mehr sein muss, doch Leandro wird dazu nichts sagen. Niemals! Nicht solange Miguel es nicht selbst sagen möchte. Das würde er für jeden seiner Cousins tun. Also hat er nichts zu Samis Fragen gesagt, ihm fehlen die Worte in dem Haus, das so voller Schmerzen ist.

Leandro hat die halbe Nacht am Bett von Miguel verbracht, neben Sami. Miguel hat tief und fest geschlafen, es wird ihm gut tun, endlich wieder in absoluter Sicherheit schlafen zu können. Es ist ein unwirkliches Bild, Miguel in diesem großen Bett so gebrochen zu sehen, er war immer der Älteste, Klügste, Mutigste.

Mit all den Verbänden, seinem unruhigen Gemurmel im Schlaf und seinem viel zu ausgehungerten Körper erinnert kaum noch etwas an den Miguel, der sie alle noch in der Nacht, bevor er mit den Vätern und Onkels nach Kolumbien geflogen ist, so stolz angewiesen hat, hier in Sierra auf die Familien aufzupassen.

Leandro hätte damals alles dafür getan mit ihm tauschen zu können und doch war es Miguel, der in Garcias Falle geflogen ist und durch die Hölle gehen musste. Das Einzige was in diesem Zimmer noch vertraut gewirkt hat, war Dilara, die irgendwann hereingekommen ist, sich neben Miguel gelegt hat und eingeschlafen ist.

Weder Leandro noch Sami haben etwas dazu gesagt, für sie ist es ein vertrautes Bild, Dilara hat schon immer sehr an Miguel gehangen und er hat immer besonders viel auf sie aufgepasst, deswegen hat es auch keinen von ihnen verwundert, als Miguel seinen Kopf zu ihr gedreht und schnell ruhiger geschlafen hat. Er spürt sie, egal wie fest er schläft.

Leandro kann nur hoffen, dass es hilft, die Familie ist hoffentlich der richtige Halt für Jennifer, Miguel und Sami. Als sich Leandro dann aufgerafft hat und nach Hause gegangen ist, hat er seinen Vater und seine Mutter in Landos Zimmer schlafend vorgefunden. Dieser Anblick hat ihm einen schweren Stein vom Herzen genommen, es wurde Zeit, dass sein Vater von Lando erfährt.

Latizia schlief ebenfalls bereits und Tenaz hat sich gleich an Sena gekuschelt. Egal wie friedlich der Augenblick gewirkt hat, Leandro hat keinen Schlaf gefunden, es gibt zuviel was ihn beschäftigt, bedrückt, durch den Kopf geht. Jeder zweite Gedanke handelt von Dania.

Er kann an allem nichts ändern, doch wenigstens kann er sie zur Rede stellen. Leandro ist so wütend, nichts hätte er sich mehr gewünscht, als dass sie da ist wenn er kommt und er versteht nicht, wieso sie einfach so, ohne ein Wort zu verlieren, abgehauen ist. Er muss wieder klar denken können und wenn er Dania zur Rede gestellt hat, wird er einen Schritt weiter sein, deswegen gibt er auch mehr Gas, als er die ersten Schilder von Safia sieht.

Leandro war schon öfter in Safia, trotzdem muss er sich erst einmal den Weg durch die vielen kleinen Gassen bis hin zur Kirche zurechtfinden. Als er sie dann endlich erreicht, ist es bereits mittags und es verwundert ihn nicht sonderlich, sie geschlossen vorzufinden. Bei dieser Hitze macht selbst ein Haus Gottes Pause. Ihm bleibt nichts anderes übrig, als sich an einer Tankstelle etwas zu trinken und zu essen zu besorgen und sich auf einer Bank in einem Park vor der Sonne zu schützen.

Leandro ist ungeduldig und spürt, wie sehr er nach allem was die letzten Wochen geschehen ist noch immer unter Strom steht, er kann nicht zur Ruhe kommen. Kaum hat er Zeit wie jetzt über alles nachzudenken, würde er am liebsten sofort wieder aufspringen, um irgendetwas tun zu können, alles, nur nicht an all das denken, was passiert ist und was er gesehen hat.

Deswegen ruft er Sami an, der allerdings schläft und ihm nur kurz versichert, dass es Miguel und Jennifer gut geht. Als er dann mit Latizia redet, versucht ihn seine jüngere Schwester auszufragen, wo er ist und was los ist. Ihre Mutter macht sich Sorgen, doch Leandro geht nicht weiter darauf ein.

Wenn sie nach den letzten Wochen noch nicht bemerkt haben, dass er kein Kind mehr ist und man sich um ihn keine Gedanken zu machen braucht, weiß er auch nicht weiter. Die Minuten gehen schleppend und Leandro ist froh, als er das nächste mal zur Kirche geht, diese endlich offen vorzufinden. Ein älterer Padre mit weißem Haar und vielen kleinen Fältchen um seinen freundlichen Augen steht auf einem Podest und bereitet offenbar die nächste Messe vor.

Als Leandro ihn direkt nach Dania fragt, sieht er ihn zwar verwundert an, doch er erklärt ihm schließlich, dass sie mit einem Alberto auf dem Marktplatz ist und sich dort um den Stand der Kirche kümmert. Leandro ist immer genervter, als er wieder ins Auto steigt und durch die ganze Stadt zurück zum Markt fährt, der nah am Stadteingang aufgebaut ist. Seine Geduld reicht nicht mehr aus, sich einen Parkplatz zu suchen und er lässt seinen Wagen einfach unter dem Gemeckere der Leute mitten auf dem Platz stehen. Ein Blick genügt und sie schweigen. Leandro drängelt sich durch die Menge, an Obst und Gemüseständen vorbei, bis er auf der anderen Seite einen Stand entdeckt, an dem Kerzen und Flyer ausliegen.

Auch wenn er wütend ist, kann Leandro nicht verhindern, dass sein Herz schneller schlägt, als er dahinter Dania entdeckt, die sich gerade mit zwei älteren Frauen unterhält, die vor dem Stand stehen. Er bleibt stehen, es ist knapp zwei Wochen her, dass er Sierra und Dania verlassen hat, um in Kolumbien seinen Vater zu befreien. Normalerweise ändert sich in zwei Wochen nicht allzu viel, doch zwischen ihnen ist nun alles anders.

Er blickt auf ihr wunderschönes Gesicht, hält einen Moment selbst seinen Atem an. Ihre langen dunklen Locken hat sie zu einem festen Zopf nach oben gebunden, doch was ihn wirklich fesselt, sind ihre strahlenden Augen und das echte Lächeln, welches sie den Frauen schenkt. Wie lange musste Leandro auf solch ein Lächeln von ihr warten? Hier scheint es ihr so leicht zu fallen, aber noch etwas fällt ihm sofort auf.

Sie trägt zwar wieder einen langen Rock, der ihre Beine versteckt, doch trägt sie ein kurzes weißes T-Shirt dazu, das ihre Arme zeigt, ihre vernarbten Arme, die sie sonst immer versteckt hat. Sie sieht zufrieden und glücklich aus. Für einen Moment denkt er daran, sich einfach umzudrehen und zu gehen, doch genau da taucht hinter Dania ein Mann auf, er ist etwas älter als Leandro, hat hellbraune längere Haare und hat offenbar gerade etwas unter dem Tisch gemacht. Jetzt reicht er Dania die Hand und lässt sich aufhelfen.

Als würde sie diesen Kerl schon ewig kennen, hilft Dania ihm lachend auf die Beine. Das unübersehbare Vertraute zwischen den beiden lässt Leandros Wut augenblicklich hochkochen. Er geht direkt auf den Stand zu und in diesem Augenblick sieht auch Dania von dem Mann weg und zu ihm. Es ist schwer zu sagen, was Leandro in dem Moment, wo Dania ihn entdeckt, in ihrem Gesicht erkennen kann, Verwunderung? Sie bleibt wie eingefroren stehen und sieht ihm in die Augen.

Erst als er ihren Stand erreicht, bewegt sie sich und reagiert ganz anders als er es sich gedacht hat. Sie kommt hinter dem Stand hervor und umarmt ihn erleichtert. »Leandro, mir fällt ein Stein vom Herzen, dass es dir gut geht und du zurück bist.« Ihre Worte klingen aufrichtig, ihr süßer Geruch erinnert ihn sofort an die Nähe, die sie schon geteilt haben, ihre Locken kitzeln seine Schulter, doch seine Wut ist zu groß.

Nichts würde Leandro lieber tun, als sie fest an sich zu drücken und sie wieder ganz bei sich haben, doch er schiebt sie von sich und ignoriert die Tränen in ihren Augen. »Willst du jetzt so tun, als hättest du dir Gedanken um mich gemacht? Ich habe dich nirgends gesehen um dich zu vergewissern, dass es mir gut geht, du hast keinen Anruf von mir entgegengenommen, nichts! Wieso tust du jetzt so als wäre es dir wichtig, ob ich noch am Leben bin?«

Dania weicht erschrocken zurück. Leandro weiß nicht, wie scharf die Worte aus seinem Mund gekommen sind, doch wenn es nur halb so wütend war wie er sich fühlt, versteht er ihren Blick. »Dania? Ist alles in Ordnung?« Der Mann blickt zu ihnen, es wirkt so, als würde er an ihnen vorbeisehen. Bevor Dania etwas antworten kann, reagiert Leandro. »Halt dich da raus!«

Da wird Dania wieder zu der Alten, ihr so freudig strahlendes Gesicht wird hart, ihr Blick wütend, die alte Dania, die nichts und niemanden an sich heranlässt und die Leandros Herz von der ersten Sekunde an für sich gewonnen hat, wie er jetzt sauer feststellen muss. »Es ist nichts, Alberto, ich bin gleich wieder da.«

Im gleichen Moment, als sie dem Mann die beruhigenden Worte zuruft, zieht sie Leandro etwas zur Seite, wo sie beide ungestört sind. »Was soll das, Leandro? Weshalb bist du so wütend, denkst du ich lüge, wenn ich dir sage, dass ich mir Sorgen um dich gemacht habe? Ich habe Celestine nach dir gefragt und ich bin das nächste Wochenende mit dem Stand in Sierra und hätte spätestens da alles erfahren. Wieso bist du so sauer?« Ihre schönen Augen funkeln ihm wieder wütend entgegen, doch dieses Mal lässt es Leandro nicht lächeln, wie so oft davor. Es stachelt ihn nur weiter an.

»Wieso bist du einfach gegangen? Habe ich dich gefangengehalten, dass du, sobald ich weg war, wie eine Wahnsinnige flüchten musstest?« Er erkennt den Augenblick, wo das Funkeln in ihren Augen aufhört und sie zumacht. Dania blickt auf den Boden. »Ich wollte dir nicht mehr zur Last fallen, ich konnte dein Mitleid nicht mehr ausnutzen. Du bist ein guter Mensch, Leandro, du hättest mich niemals von allein abgewiesen, aber ich habe gespürt, dass ich dich ... dass du mich nicht wolltest. Ich wollte dir diese Entscheidung ersparen und bin selbst gegangen.«

Leandro schließt einen Augenblick die Augen, er hat geahnt, dass sie einiges falsch verstanden hat, sie hätte mit ihm reden können statt zu fliehen. »Ich habe nicht eine Sekunde zwischen uns aus falschem Mitleid entstehen lassen, Dania. Und ich habe dich mehrmals gefragt, ob du mit mir reden willst und ob alles in Ordnung ist, da hättest du einfach mal deinen Mund aufmachen können, statt wie eine zehnjährige abzuhauen.« Dania stemmt die Arme in ihre Hüften.

»Aber das meine ich doch, Leandro, du hättest mich nie verletzen können, du hättest nie zugegeben, dass ich, mein Körper, meine Narben dich abstoßen, du nichts für mich empfindest ... Ich wollte dir das abnehmen, weil du einfach ein zu guter Mensch bist, und ...« Leandro hält die Hand hoch und stoppt sie somit, er kann es nicht mehr hören. »Ich bin kein guter Mensch, Dania, ich war einfach nur für dich da und hatte gehofft, dass du mir das Gleiche zurückgibst, nachdem ich durch so einen verfickten Scheiß gegangen bin in Kolumbien. Das war der einzige Fehler, den ich gemacht hatte, darauf zu hoffen, dass du da sein wirst, aber so was wird mir nicht nochmal passieren!

Vielleicht hättest du einfach deinen Mund aufmachen sollen, statt für mich zu denken ... Scheiß drauf, ich wollte es nur wissen, wie ich sehe, geht es dir ja hier bestens. Alberto hat es ja schnell geschafft, deine harte Schale zu knacken.«

Dania zuckt zusammen, Leandro sieht, dass all seine Worte sie getroffen haben. »So ist das nicht, Alberto ist fast blind, er sieht mit dem Herzen statt mit den Augen ...« Die Art, wie sie sich dabei unbewusst über ihre vernarbten Arme streicht, lässt Leandro verstehen und erneut unterbricht er sie. Er hat genug gehört und gesehen. »Wie praktisch für ihn, so braucht er sich keine Gedanken zu machen, dass du deine Narben als Vorwand nimmst und einfach verschwindest!«

Leandro lässt sie stehen und geht zu seinem Auto zurück. »Was ist in Kolumbien passiert, dass du so geworden bist?« Er ignoriert die Worte, die Dania ihm nachruft, wäre sie nicht abgehauen, wüsste sie es.

Als er an seinem Auto ankommt, fühlt er sich noch beschissener als vorher, es war eine dumme Idee zu denken, diese Aussprache würde ihm eine Last abnehmen. Ein Polizist klemmt Leandro gerade ein Papier an die Scheibenwischer. Leandro reißt es raus, zerknüllt es und wirft es dem verdutzten Beamten vor die Füße. Er spürt alle Blicke auf sich, doch es interessiert ihn nicht. Der Polizist denkt kurz darüber nach seine Waffe zu ziehen, doch dann erkennt er Leandro offenbar.

»Ich wusste nicht, dass die Familias zurück sind!« Leandro lächelt müde und steigt ins Auto. »Sind wir, komplett und ihr werdet noch von uns hören, alle die etwas mit der Sache in Kolumbien zu tun hatten.« Leandro gibt Gas und verlässt so schnell er kann Safia.

Er fährt erst langsamer, als er Dania weit hinter sich gelassen hat.

»Bist du auch geflüchtet?« Sanchez grinst seinem jüngeren Bruder Ciro entgegen, der gerade zu ihm und Damian ins Cielo kommt. Ciro hebt die Augenbrauen, sagt aber nichts dazu, sondern setzt sich neben Dine, der verzweifelt versucht Damian an der Playstation zu schlagen. Sanchez ist direkt nach dem Frühstück abgehauen, seine Eltern können momentan nicht die Finger voneinander lassen, was verständlich ist nach der langen Zeit, die sie getrennt wurden.

Ciro hilft Dine und während er seinen Bruder beobachtet, muss Sanchez feststellen, dass der wirklich kein kleiner Junge mehr ist. Trotzdem ist er froh, dass er ihn in New York gelassen hat und er nicht all das mitansehen musste, was er erlebt hat. Ciro hat versucht sauer auf Sanchez zu sein, doch schon eine Stunde, nachdem sie alle wieder Zuhause waren, hat er sich wieder eingekriegt.

Jetzt ruhen sie sich aus. Einige Verletzungen müssen heilen, sie trauern um Ramon und warten noch auf die restlichen Frauen und Kinder, die noch in New York sind, es kehrt Ruhe ein. Sanchez beobachtet das Spiel von Damian und Dine noch eine halbe Stunde, dann rafft er sich auf und fährt zum Surena-Anwesen. Sie sind nun eine neue Generation und beide Familias sind vereint, trotzdem wird es immer das Surena-Anwesen sein, da kann sich Leandro von ihm aus auf den Kopf stellen.

Sie haben in zwei Tagen das erste richtige Familiatreffen, dann wird entschieden wie es weitergeht, bis dahin halten alle ihre Füße still, was ihm ganz besonders schwerfällt. Jedes Mal wenn er Miguel, Sami oder Jennifer sieht, schreit alles in ihm nach Rache. Als er in die Einfahrt fährt, steht sein Onkel Paco mit dem Autohändler vor allen Autos, die aufgereiht nebeneinander geparkt sind. Er bekommt mit wie sie besprechen, die fehlenden Wagen zu ersetzen und die, welche nicht zu ihnen gehören, zu verkaufen.

Sanchez hat bereits mitbekommen, dass sie keines der neuen Autos behalten wollen. Wer weiß, wer davor darin gesessen hat. Als Sanchez zu seinem Onkel geht, kommt seine Tante Bella aus dem Haus von Jennifer. »Denkt daran, dass bald der gesamte Parkplatz leer sein muss, es kommt unsere restliche Familie aus New York an und wir wollen hier ein großes Essen vorbereiten für die gesamte Familia.« Sie erklärt sich dem Verkäufer und erinnert ihren Mann gleichzeitig.

Paco legt den Arm um Sanchez, als Bella ihm zur Begrüßung einen Kuss auf die Wange gibt. »Das ist schon geklärt, die Jungs werden die Autos alle außerhalb abstellen.« Sanchez lacht. »Wenn ich danach deinen Lamborghini behalten darf.« Sein Onkel lacht auf. »Immer noch so scharf darauf?«

Sanchez sieht auf das schwarze Schmuckstück. »Das wird sich niemals ändern, kann ich ihn heute Abend haben?« Der Verkäufer geht die Reihe der Autos entlang, während Paco einen Schlüssel aus seinem Schlüsselbund sucht. »Hast du etwas Besonderes vor?« Sanchez nimmt den Wagenschlüssel und grinst. »Ich habe noch ein Versprechen einzulösen!«

Als er anschließend zu Jennifer hinübergeht, fühlt es sich merkwürdig an, nie wieder wird Ramon hier im Haus sein wenn er kommt, das große Bild von Ramon und Jennifer bei ihrer Hochzeit scheint jeden zu erschlagen, der jetzt dieses Haus betritt. Sanchez bezweifelt, dass Jennifer jemals wieder so glücklich strahlen wird wie an diesem Tag. »Es war so ein schöner Tag, es hat geregnet, doch trotzdem war es die schönste Hochzeit, die man sich nur wünschen konnte.« Jennifer tritt zu Sanchez und er lächelt das Bild an.

»Ramon würde nicht wollen, dass du jetzt so leidest.« Er sieht auf die tiefen Ränder unter ihren Augen. »Ich weiß, ich muss mich einfach daran gewöhnen, dass er nicht wiederkommt. Jetzt wo Paco und Rodriguez wieder da sind, begreife ich es wirklich.« Sanchez nickt und sieht die Treppe hinauf. »Wie macht sich Miguel?« Jennifers Stirn wird sofort mit Sorgenfalten bedeckt.

»Er redet kaum, eigentlich gar nicht, außer man fragt ihn etwas … Seine Wunden heilen langsam, doch ich weiß nicht wie es in seinem Inneren aussieht. Frau Anoltzas muss bald da sein, sie wird seine Verbände wechseln. Ich wünschte nur, ich könnte mehr für ihn tun, momentan lässt er niemanden an sich heran.«

Sanchez gibt seiner Tante einen Kuss auf die Wange. »Wir werden ihn schon wieder auf die Beine stellen!« Das Lächeln, das sie ihm schenkt, als er nach oben zu Miguels Zimmer geht, bedeutet Sanchez viel, er weiß, dass es momentan sehr kostbar ist.

Jeder hier ist übervorsichtig mit Miguel, Jennifer und Sami. Sanchez hat das Gefühl, es ginge ihnen besser, wenn nicht alle sie wie rohe Eier behandeln würden, ihn würde das zumindest nerven. Rodriguez sitzt bei Miguel am Kopf des Bettes und Rico am Bettende. Miguel ist wach und doch wirkt er nicht wirklich anwesend, als Sanchez sich neben ihn setzt und Miguels Arm hebt.

»Sieh an, sieh an, langsam kommt wieder Fleisch auf deine Rippen, werd mal langsam fit, damit wir im Cielo an unseren Traumkörpern arbeiten können.« Sanchez ignoriert Rodriguez' warnenden Blick, bei ihnen in der Familie ist es egal wie man miteinander verwandt ist, eine Familie ist eine Familie, mehr als einmal hat ihm Rodriguez schon die

Ohren langgezogen, doch Miguel lacht leise auf und auch Rico muss grinsen.

»Da meldet sich gerade der Richtige!« Miguel hebt seinen Arm und klopft Sanchez leicht auf den Bauch. Sie haben ihn immer damit aufgezogen, dass er etwas kräftiger war, mittlerweile ist alles an ihm durchtrainiert, doch seine Cousins können es immer noch nicht lassen. Das Lachen von Miguel ist es wert, über die Anspielung hinwegzusehen und sie unterhalten sich so lange, bis Frau Anoltzas anklopft.

»Miguel, ich würde gerne deine Verbände wechseln, bevor ich nach deiner Mutter sehe.« Sanchez sieht, dass Celestine nicht dabei ist und verabschiedet sich schnell von allen anderen. Er verspricht morgen wiederzukommen. Als er aus dem Haus zum Lamborghini von Paco geht, hält gerade Leandro und steigt aus seinem Wagen.

»Was ist passiert? Soll ich jemanden für dich verprügeln?« Leandro wirft ihm einen Blick zu, der Sanchez grinsen lässt. »So hat dich bisher nur eine Frau gucken lassen, wie geht es Dania?« Leandro hebt seinen Mittelfinger und Sanchez steigt lachend in sein Auto. Seinen Cousin hat es schwer erwischt, er ist vollkommen durch den Wind wegen Dania, momentan sollte ihm besser keiner über den Weg laufen.

Sanchez macht sich auf den direkten Weg zum Haus der Ärztin, da Celestine nicht mit ihrer Mutter bei Jennifer zuhause ist, hofft er sie hier anzutreffen. Als er an das Haus heranfährt, sieht er Celi im Gärten Wäsche aufhängen, Sanchez hupt, doch sie blickt zwar kurz auf, reagiert aber zunächst nicht.

Erst als er aussteigt, bemerkt sie ihn, blickt sich um, ob auch niemand in der Nähe ist und kommt dann zu ihm zum Gartenzaun. Wieder färben sich ihre Wangen ein wenig, als er ihr entgegenlächelt, Sanchez wird nie genug davon bekommen. »Hey, was machst du hier?« Das erneute umherblicken von ihr zeigt Sanchez, dass es einen Grund gibt, weshalb sie hier ist und nicht mit ihrer Mutter bei seiner Familie.

»Ich wollte dich zu unserem Date abholen, erinnerst du dich noch? Nach deiner Begrüßung gestern dachte ich, du könntest es kaum erwarten.« Wieder errötet sie und richtet ihren Dutt auf dem Kopf.

Celestine trägt eine kurze Shorts und ein weites Shirt auf dem 'too sexy for you' draufsteht. Sie trägt kein bisschen Make-up, es wirkt fast so, als wäre sie gerade aus dem Bett gekommen, doch auch wenn sie ganz anders ist als der Typ von Frau, auf den er für gewöhnlich steht, will er unbedingt mit ihr ausgehen.

Dass mehr hinter der einfachen Fassade steckt, hat er schon bemerkt, bevor er nach Kolumbien aufgebrochen ist. »Es tut mir leid, dass ich dich dort förmlich angesprungen bin, mir war es hinterher so peinlich, deine ganze Familie war da, es war nur ... Ich hatte nur gehört, ihr kommt zurück, getrennt, es gibt Tote und Verletzte und ich hatte nicht erwartet, dich schon dort zu sehen und hab in dem Moment nicht nachgedacht ... Ich war nur erleichtert ... Ich meine jetzt nicht, weil ich dachte du und ich .... Du bist nur ein netter Mensch und ich hatte mir Sorgen gemacht, also nicht Sorgen, ich meine, denk jetzt nicht falsch ... Also, was ich eigentlich sagen wollte ...«

Sanchez unterbricht sie, bevor sie sich um Kopf und Kragen redet. »Mach dir keine Gedanken, vor meiner Familie braucht dir nichts peinlich sein. Also hast du dir Sorgen gemacht um mich?« Celi sieht zu Boden, Sanchez sollte sie damit nicht aufziehen, doch er mag es zu sehr. »Na ja, wie gesagt, nicht direkt Sorgen, aber ... Du bist ein feiner Kerl und ich bin froh, dass dir nichts passiert ist.« Sanchez lacht. »Ein feiner Kerl? Okay, da du auch ... ganz ok ... bist, dachte ich, wir machen heute etwas zusammen, wie sieht es aus?« Celestine schmunzelt und sieht auf die Straße.

»Deine Familie ist vielleicht sehr entspannt, aber meine Mutter na ja ...« Sanchez merkt, dass etwas nicht stimmt, doch er will dieses Date. »Komm schon, Celi, wirst du dich nicht rausschleichen können? Letztens hast du es doch auch geschafft, stockbetrunken nach Hause zu kommen.«

Er erinnert sie beide an ihren heißen Kuss vor der Haustür und Sanchez würde das nur zu gerne wiederholen. Celestines Wangen nehmen wieder einen leichten Rotton an und er weiß, sie denkt auch daran. »Ok, so gegen 22 Uhr?« Sanchez kann sich ein Grinsen nicht verkneifen, als die Tür bei den Nachbarn aufgeht und Celi aufgeschreckt zusammenzuckt.

»Ich warte da vorne auf dich!« Sanchez zwinkert ihr zu und zeigt zum Anfang der Straße, bevor er zum Auto zurückgeht, damit die liebe Arzttochter nicht mit einem bösen Gangster gesehen wird.

Auch so freut er sich bereits auf heute Abend, aber das offenbar zwischen ihnen stehende Verbot reizt ihn noch mehr.

Sanchez hat schon immer auf verbotene Sachen gestanden, es liegt ihm einfach im Blut.

Kapitel 10

Latizia klopft gegen die Badezimmertür hinter der ihr Bruder gerade verschwunden ist.

»Mama und Papa sind mit Rodriguez und Melissa einige Sachen in San Juan erledigen gefahren, danach holen sie Oma und Opa vom Flughafen ab, sie werden erst spät nachts zurück sein. Soll ich dir Essen warmmachen, ich wollte gleich zu Sara rübergehen?« Latizia macht sich Sorgen um ihren Bruder, irgendetwas stimmt mit ihm nicht.

»Nein, ich geh direkt schlafen, ich bin totmüde.« Latizia will noch einmal klopfen um nachzufragen was los ist, da hört sie wie die Dusche angestellt wird. Genau in dem Moment klingelt auch ihr Handy. Ohne auf die Nummer zu achten geht sie ran, erst als sie Adán am Telefon hört, springt sie förmlich von der Badezimmertür weg, damit Leandro nichts mitbekommt.

»Latizia?« sie geht schnell in ihr Zimmer und schließt die Tür. An dem Tag ihres Besuches im Tierheim war das einzige Mal, dass er angerufen hat, danach nicht mehr und sie hatte all das schon wieder fast vergessen. »Ja ... Adán hi, ich bin dran, hatte gerade nur keinen Empfang.«

Latizia versucht ruhig zu reden, sich nicht anmerken zu lassen wie schnell ihr Herz plötzlich schlägt ... Gut, fast vergessen war etwas übertrieben, an Adán musste sie öfter denken als ihr lieb war, sie versucht es sich nicht anmerken zu lassen. »Okay, Beate, die Tierheimbesitzerin, hat mich gerade angerufen, sie ist seit zwei Tagen in Deutschland wegen einem Notfall und konnte sich nicht melden.

Ihre Freundin hat sich aber gemeldet und gesagt, dass sie eine Katze hat, auf die deine Beschreibung passt, du kannst sie dir gerne heute angucken kommen.« Nun schlägt Latizias Herz noch schneller, vielleicht hat sie wirklich Glück und sie findet neben Sena noch ein weiteres ihrer Tiere.

»Danke, hast du die Adresse der Freundin?« Latizia hört, dass Adán nicht alleine ist. »Ja, sie lebt am Ende unseres Gebietes, ich denke es ist am besten, ich fahre euch, nicht dass ihr alle zehn Minuten angehalten werdet.« Latizia darf nicht in das Gebiet und sie darf erst recht nicht Kontakt zu Adán haben. Sie sollte nein sagen, sie muss nein sagen, sie ist doch immer die Vernünftige, doch sie hört sich selbst zustimmen.

Latizia schüttelt im gleichen Moment den Kopf über ihren Leichtsinn. »Ok, ich bin in einer Stunde am Tierheim, du musst mich aber nicht fahren, es reicht, wenn du mir die Adresse gibst.« Es hört sich so an als würde er lächeln. »Ok, in einer Stunde am Tierheim, kommst du alleine oder mit deiner Cousine?«

Latizia sieht zu Boden. Hatte sie eine Sekunde das Gefühl, Adán wollte sie wiedersehen? Natürlich will er über sie nur an Dilara rankommen, sie ist daran gewöhnt. »Nein, ich komme alleine, deswegen brauchst du dir auch keine Umstände zu machen und kannst mir ...« Er unterbricht sie. »Ok, bis in einer Stunde.«

Adán legt auf, Latizia schmeißt frustriert ihr Handy aufs Bett. Sie braucht nur zwanzig Minuten bis dahin, doch sie tun ja so, als würden sie in Sevilla leben. Also lässt sich Latizia Zeit beim Fertigmachen. Sie hat noch nie besonders viel Zeit damit verschwendet, doch heute gibt sie sich Mühe. Es hat sie noch nie gestört, dass die Jungs und Männer mehr auf Dilara stehen, doch irgendwie kränkt es sie bei Adán schon, vielleicht weil Dilara ihr gesagt hat, dass Adán damals seine Augen nicht von ihr nehmen konnte und sie wirklich daran geglaubt hat.

Latizia zieht eine kurze Jeansshorts und ein weißes Shirt an, sie will auch nicht zu zurechtgemacht wirken, ihre Haare lässt sie offen auf ihren Rücken fallen. Als sie sich an den Schminktisch setzt, stöhnt sie leise auf, sie hat mehr als genug von dem Zeug, doch nutzt selten etwas, sie sollte sich nicht verstellen. Wozu?

Latizia legt Wimperntusche auf, benutzt einen Lipgloss und etwas Rouge und geht aus dem Zimmer. Bei Leandros Raum öffnet sie leise die Tür, bis sie ihn schlafend auf dem Bett entdeckt. Leise geht sie in die Küche, Leandro schläft, ihre Eltern sind weg, Dilara ist bei Miguel, sie muss sich nicht einmal eine Ausrede einfallen lassen.

In einem Schubfach im Eingangsbereich sucht sie nach den Ersatzschlüsseln der Autos, sie sucht sich den des schwarzen Mercedes heraus, der bereits draußen geparkt ist, so fällt das fehlende Auto nicht zu schnell auf. Als Latizia losfährt, hat sie noch immer Zeit und fährt langsam in die Richtung des Gebietes der Tijuas.

Bis jetzt wissen ihr Vater und die anderen noch nicht alles darüber, dass die Tijuas jetzt das Gebiet der La Hondez bewohnen und ihnen den Zutritt verboten haben.

Latizia will sich gar nicht vorstellen, was sie dazu sagen werden, was Adán mit ihr machen würde, wüsste er, dass sie zu den Familias der Trez Puntos und der Les Surenas gehört, doch sobald sich ihre Gedanken anfangen darum zu drehen, schiebt sie alles weit von sich. Sie fährt jetzt zu der Frau, holt ihre Katze und wird nie wieder in die Nähe von Adán kommen, so ist ihr fester Plan, als sie in das Gebiet einfährt.

Wieder steht ein Auto am Gebietseingang, doch Latizia wird nicht angehalten. Sie fährt zum Tierheim und sieht schon von Weitem Adán an einem Auto stehen. Er wirkt bereits aus dieser Entfernung mächtig, er muss nicht einmal viel dafür tun. Allein wie er dasteht in seiner schwarzen Shorts, die ihm bis zu den Knien geht, dem weißen T-Shirt, was auch ohne enganliegend zu sein, seine Muskeln zeigt. Er wirkt, als wäre er in jeder Sekunde bereit für Ärger.

Als Latizia neben seinem Auto hält, bleibt sie sitzen und sieht zu ihm. Auch sein Blick liegt auf ihr, ohne die kleinste Regung im Gesicht. Er ist mächtig und angsteinflößend, seine dunklen Augen fixieren sie, doch gleichzeitig findet Latizia ihn einfach nur wunderschön, zu schön, absolut tabu und einer der vielen, die auf Dilara scharf sind, erinnert sie sich selbst und steigt endlich aus.

»Nettes Auto, bist du geflogen?« Auch er hat ein teures Auto, doch es ist nicht ganz so auffällig wie der Mercedes den sie sich genommen hat. Sie sieht auf ihre Armbanduhr, sie hätte sich mehr Zeit lassen müssen, Latizia ist eine absolute Niete in verbotenen Missionen.

»Danke, gehört meinem Onkel und ich war nicht so weit weg.« Adán mustert sie von oben bis unten, bis Latizia unsicher die Arme vor ihrem Oberkörper verschränkt. Als er das bemerkt, lächelt er.

Wenn er lächelt, wirkt sein sonst so schönes und aufgrund der hellen Narbe gefährlich aussehendes Gesicht viel weicher. Adán tritt vom Auto weg und öffnet die Beifahrertür.

»Na gut, dann lass uns losfahren.« Latizia tritt einen Schritt zurück. »Es reicht auch, wenn du mir die Adresse gibst, wie schon gesagt, Dilara ist nicht dabei ...«

Adán hält ihr immer noch die Tür auf und zieht eine Augenbraue hoch. »Deswegen ist Musa ja auch nicht mitgekommen, ich fahre dich oder hast du Angst vor mir?« Latizia ist nicht so taff wie der Rest ihrer Familie, sie sieht etwas unschlüssig zu ihm. »Sollte ich? Ich meine, ich kenne dich überhaupt nicht.« Adán lacht leise, doch er nickt. »Du hast recht, aber glaube mir, hätte ich dir etwas tun wollen, hätte ich es schon getan. Ich verspreche dir, dich zu der Frau zu bringen, sodass du deine Katze suchen kannst und ich halte meine Versprechen.« Er zwinkert und irgendetwas in ihr glaubt ihm.

Latizia gibt sich selbst einen Ruck und setzt sich unsicher auf den Beifahrersitz. Zufrieden schließt Adán die Tür und setzt sich dann neben sie, er fährt sofort los. Latizia weiß nicht wohin sie gucken soll, Adáns Präzenz ist zu mächtig, so nah bei ihr. Sie versucht sich auf die Straße zu konzentrieren, doch erwischt sich selbst dabei, wie sie auf seine Hände sieht, die das Auto gekonnt über die holprigen Straßen lenkt.

Er hat große Hände und jetzt neben ihr wirkt seine Haut viel dunkler als ihre, ein Umstand den Latizia nur zu gut kennt, ihre Mutter und sie sind neben ihrer Oma, Jennifer und Lucia die hellsten aus der Familie.

»Wie alt bist du, Latizia?« Adán holt sie aus den Gedanken. Sie sieht wieder auf die Straße. Da sie eh nicht sagen kann wer sie wirklich ist, wird eine weitere kleine Schummelei mit dem Alter auch nichts mehr ausmachen, sie hat ja in Wahrheit nicht einmal den Führerschein.

»Neunzehn und du?« Adán blickt etwas forschend zu ihr, sein Blick verschafft ihr eine Gänsehaut. »Ich werde nächste Woche zweiundzwanzig.« Latizia sieht auf die Straße, versucht sich seinen Blicken und den Auswirkungen davon zu entziehen.

Sie kennt das Gebiet, doch es hat sich einiges hier getan. Es ist bei Weitem nicht so gut ausgebaut wie ihr Teil der Stadt, doch es gibt einige neue Läden hier. »Ihr sagt, dass euch dieser Teil von Sierra gehört? Was bedeutet das genau? Wieviele Männer seid ihr?«

Adán lächelt. »Es sind ungefähr fünfzig Männer in meiner Familia und zehn Frauen, doch das Wichtigste ist, dass sie alle für die Tijuas ihr Leben geben würden, jeder kann sich zu 100% auf den anderen verlassen.«

Latizia würde am liebsten die Augenbrauen hochziehen, doch sie beherrscht sich. fünfzig Männer? Wie können sie dann so verrückt sein und sich mit ihrer Familia anlegen? Da sie das nicht fragen kann, forscht sie anders weiter nach.

»Bist du der Anführer und was heißt Frauen? Du meinst die Frauen der Männer damit, oder?« Adán fährt einen kleinen Hügel hoch. Sie sind jetzt in einer ziemlich abgelegenen Gegend, doch Adán wirkt so sicher, dass niemand an seinem Wissen zweifeln würde. »Nein, ich meine nicht Frauen, die mit Männern von uns zusammen sind, sondern Frauen die Waffen tragen und bis aufs Blut für unsere Familia kämpfen.«

Latizia hat davon gehört, dass es so etwas wirklich geben soll, doch bisher hat sie noch nie eine Familia gesehen, wo wirklich solche Frauen kämpfen. Ihr Gesichtsausdruck muss Bände sprechen, denn wieder lächelt Adán, als er dieses Mal das Auto vor einer gemütlichen kleinen Farm hält. Kaum stoppt das Auto, ertönt lautes Gebell und Adán sieht zu ihr.

»Bist du sicher, dass du da rein willst?« Latizia öffnet die Beifahrertür und steigt aus. »Hunde die bellen, beißen nicht!« Adán steigt ebenfalls aus, dabei richtet er sich seine Waffe wieder richtig im Hosenbund. »Wir sind hier in Puerto Rico, hier beißen die bellenden Hunde auch.« Latizia lacht und zuckt die Schultern, als sie sich zusammen vor dem Eisentor aufbauen und Adán klingelt. »Ich habe keine Angst vor Hunden.« Adán lacht nun ebenfalls und es wird ihnen das Tor geöffnet.

Natürlich hat keiner der vielen Hunde zugeschnappt, allerdings muss Latizia ziemlich schnell feststellen, dass eine der Katzen ihrer sehr ähnlich sieht, sie ist es aber nicht. Enttäuscht setzt sie das kleine rote Wollknäuel wieder ab. »Nein, das ist sie nicht, leider.« Sie setzt sich auf und sieht zu Adán, der hinter ihr steht, er scheint schon etwas ganz anderes auf den Lippen zu haben, doch dann sieht er ihr in die Augen und Latizia weiß, dass er darin Tränen sehen wird. Latizia weint nicht, niemals würde sie sich hier vor zwei Fremden diese Blöße geben, doch sie kann diese Tränen nicht verhindern, sie hatte sich so gewünscht, hier ihre Katze zu finden.

»Wenn wir jetzt eh schon einmal hier sind, guck dir alle Katzen an, vielleicht hast du doch noch Glück.« Latizia ist etwas verblüfft über Adáns Verständnis, er hält ihr seine große Hand hin und hilft ihr auf die Beine. »Danke.«

Ihr Glück bleibt aus, hier gibt es keines ihrer Tiere. Als die Besitzerin sie später wieder hinausbegleitet, erklärt sie ihr, warum sie so nach dieser Katze sucht. »Sie hat Krebs, keiner weiß, wann es soweit ist, doch ich weiß auch nicht, es ist nur ein Gefühl in mir, aber ich hatte mir immer so sehr gewünscht, dass sie nicht alleine ist, wenn sie stirbt.«

Adán hält ihr wieder die Beifahrerseite auf und die Frau hält ihre Hände einen Moment länger als nötig. »Das verstehe ich zu gut, sollte ich etwas hören und sehen, werde ich sofort Bescheid geben.« Latizia bedankt sich und als Adán losfährt, seufzt sie enttäuscht auf. »Ich kenne niemanden, dem das Schicksal von Tieren so nah geht wie dir.« Latizia lächelt. »Doch die beiden Frauen opfern ihr ganzes Leben, um Tieren zu helfen, ich hoffe, dass ich später auch so etwas auf die Beine stellen kann.«

Als sie sieht, dass er einen anderen Weg einschlägt als vorhin, guckt sie sich panisch um. »Wohin fährst du?« Adán zeigt zu einigen Häusern, die bewacht sind. »Mein Shirt ist voll von Katzenhaaren, ich wechsle es und dann gehen wir essen. Schon vergessen? Ihr hattet es beim letzten Mal versprochen.« Dilara war das, nicht Latizia, aber sie erinnert sich genau. Adán blickt zu ihr.

»Oder bist du nicht hungrig? Willst du nicht?« Latizia wüsste nicht was dagegensprechen sollte, sie hat noch genug Zeit, niemand wartet auf sie und sie ist zugegebenermaßen neugierig. Latizia fühlt sich wohl in seiner Nähe und denkt nicht, dass sie irgendetwas zu befürchten hat, also steigt sie neben ihm aus, als sie anhalten.

»Doch, ich habe Hunger, es ist alles in Ordnung.« Diese Worte bereut Latizia aber schnell, als sie sieht, wo sie gelandet sind. Neben mehreren einfachen Steinhäusern sitzen mindestens zehn Männer und alle sehen sie fragend an. Latizia ist richtig froh das Gesicht von Musa zu sehen, der sie auch gleich fragt wo Dilara ist.

Adán holt etwas aus dem Kofferraum und scheint zu spüren, dass sich Latizia näher zu ihm stellt. Am liebsten würde sie sich ins Auto zurücksetzen, die Augen schließen und erst wieder öffnen, wenn sie hier weg sind, doch wenn sie die dumme Idee hat Abenteuer zu erleben, muss sie da auch durch. Adán lächelt und schließt den Kofferraum, er legt wie selbstverständlich seine Hand in ihren Rücken.

»Leute, das ist Latizia, seid nett zu ihr und ich bin nett zu euch.« Er zwinkert in die Runde, Latizia hat es erst für einen Scherz gehalten, doch offenbar meinte er das ernst. Er führt sie in ein Haus in der Mitte, es ist das größte und hat als einziges zwei Stockwerke, doch es ist nicht einmal ansatzweise wie eines ihrer Häuser. Latizia spürt einmal mehr wie gut es ihrer Famila geht und wie mächtig sie im Gegensatz zu anderen sind.

Vielleicht ist es auch das, was sie bei Adán bleiben lässt. Wie kann er den Trez Puntos und den Surenas so offenbar unterliegen und ihnen trotzdem ohne zu zögern die Stirn bieten? Latizia fasziniert es, gleichzeitig macht es sie neugierig.

Sie sieht sich in dem Raum um, den sie zuerst betreten, da zieht Adán sein Shirt aus und geht in das Nebenzimmer. »Sieh dich ruhig um, wenn du Durst hast, dahinten ist die Küche, ich brauche nur zwei Minuten.«

Latizia schluckt schwer, sie schließt ihren Mund wieder, sie wird sicherlich einige Minuten brauchen, um diesen Anblick zu verarbeiten. Adán hat einen traumhaften Oberkörper, der nur aus Muskeln besteht und das nicht zu knapp. Seine Haut spannt sich wie seidenes dunkles Gold darüber, sie findet ihn wunderschön. Latizia riskiert einen Blick auf den kleinen schwarzen behaarten Strich, der vom Bauchnabel in seine Hose führt.

In der kurzen Zeit, die sie seinen Oberkörper sehen konnte, konnte sie zwei Tattoos entdecken. Auf seiner Brust bei seinem Herzen steht der Satz 'ICH WERDE NIE VERGESSEN' und auf seinem rechten Unterarm steht verschnörkelt Tijuas. Latizia fängt sich langsam wieder, es sollte vielleicht an der Zeit sein sich einzugestehen, dass sie Adán mehr als nur sexy findet. Wüsste sie nicht genau, dass es unmöglich geht, würde sie vielleicht so langsam anfangen sich Hoffnungen zu machen, doch so schiebt sie all das beiseite.

Trotzdem sieht sie sich neugierig um, es gibt allerdings nicht viel zu entdecken. Keine Bilder, keine privaten Sachen, im Wohnzimmer steht eine Couch, ein größerer Fernseher hängt an der Wand, Spielekonsolen, ein Tisch mit Süßigkeiten, das war es. Im Zimmer daneben scheint ein Schlafzimmer zu sein, aber wieder das gleiche, keine Bilder, nicht einmal Notizen, nicht der Hauch einer persönlichen Note.

»Hallo.« Latizia dreht sich erschrocken zu der exotischen Schönheit um, die lächelnd auf sie zukommt. »Da hat sich Adán ja ein nettes Spielzeug mitgebracht.« Sie kommt nah an Latizia heran, sehr nah. Latizia muss schlucken, ihr Mund wirkt plötzlich so trocken.

Sie ist wie eingefroren und nicht in der Lage sich zu bewegen. »Was hat Adán?«, ist alles, was sie herausbekommt. Die Frau ist hübsch, sehr sexy, sie scheint etwas asiatisches in sich zu haben, zumindest verraten ihre Augen das, die tiefschwarz umrandet sind. Nur ihre knallroten Lippen bilden einen extremen Kontrast dazu. Ihre langen Locken schiebt sie zur Seite, sodass ihre sehr große Oberweite über Latizias zarte Rundungen streicht.

»Komm schon, Süße, ich kenne ihn, ich zeige dir was er will, er hat mir heute morgen schon gesagt, ich soll später zu ihm kommen, da wusste ich aber noch nicht, dass er sich so einen Spaß hat einfallen lassen. Ich kann es kaum erwarten.« Die Frau öffnet ihr Kleid, es geht so schnell, dass Latizia nicht einmal blinzeln kann, da steht sie in roter Unterwäsche vor Latizia.

»Was soll das, Bara? Was tust du hier?« Latizia kann ihren Blick nicht von der hübschen Asiatin wenden. Es würde sie keine Sekunde verwundern, wenn Adán ihr zu Füßen liegt, sie ist sehr hübsch und der pure Sex. Ihr Körper ist ein Traum. Entlang ihres Armes, über ihrem Bauch, bis in ihr knappes rotes Höschen erstreckt sich ein Schlangentattoo. Um zu wissen wo es endet, muss man sie entkleiden. »Ich habe gesehen, dass du Besuch hast und dachte wir haben etwas Spaß, so wie du es magst.«

Adán zeigt zu seiner Haustür. »Ja, aber das hier ist nicht so, also los.« Die Frau sieht zwischen Latizia und Adán hin und her, dann lacht sie. »Was soll das heißen, das ist nicht so, bist du krank?« Adán verliert seine Geduld, das spürt nicht nur Latizia und diese Bara geht schnell aus dem Haus. Dabei sieht Latizia noch, dass auf ihrer linken Hüfte groß und schnörkelig 'Tijuas' steht. »Ist das eine deiner Kämpferinnen?«

Erst jetzt sieht sie ihn an und das erste Mal wirkt Adán etwas unsicher. Das gerade war ihm wirklich unangenehm. »Ja, aber vergiss sie einfach, das bedeutet nichts.« Er hat ein neues dunkles Shirt an und steckt sich eine Waffe in den Hosenbund. Latizia legt ihren Kopf schief, sie kann nicht glauben, dass ihm das gerade wirklich unangenehm vor ihr war. Sie will es testen.

»Ich wusste nicht, dass du noch etwas vorhast heute, wenn du lieber mit dieser Bara etwas … unternehmen möchtest?« Adán ist nicht so leicht hereinzulegen, er durchschaut ihren Plan und lächelt schief, während er an ihr vorbei zur Haustür geht. »Nee, alles bestens, ich möchte jetzt mit dir essen gehen, nicht mit Bara und auch nicht mit Dilara, wie du vorhin angenommen hast, nur mit dir, also wie sieht es aus?«

Er lächelt immer noch und hält ihr seine Hand hin. Dieses Mal hilft er ihr nicht auf, es gibt keine Stolpersteine, nein, er greift einfach nur so nach ihrer Hand und Latizia legt ihre Hand in seine, als sie sein Haus wieder verlassen und zu seinem Auto gehen.

Adán redet kurz mit Musa und Latizia bemerkt, dass diese Bara bereits bei jemand anderem auf dem Schoß sitzt und schwer beschäftigt ist. Sie belässt es dabei und sie fahren zu einem netten kleinen Restaurant, indem man Adán schon sehr gut kennt. Bevor sie überhaupt etwas bestellen können, wird ihr Tisch schon vollgestellt.

Wenn Latizia vergessen könnte, dass Adán der Anführer der Tijuas ist, ihre Familie öffentlich herausgefordert hat und sie überhaupt nicht hier sein dürfte, wäre der Abend perfekt. Adán ist mehr als süß zu Latizia, er kümmert sich darum, dass es ihr an nichts fehlt, fragt sie über ihre Familie aus, was sie so gut es geht beantwortet, ohne zu verraten, welche Familie dahintersteckt. Sie sprechen lange über ihren Wunsch, später Tieren zu helfen und dass sie nur deshalb studieren will, um später auch in der Lage zu sein, den Tieren medizinisch sofort helfen zu können.

Sie sind schon mehr als satt und es wird immer vertrauter zwischen ihnen, da wagt sich Latizia das erste Mal bei ihm nachzufragen. Sie fragt ihn, was mit seiner Familie ist, wieso sein Haus keine Bilder hat, nichts. »Weil es da nichts gibt. Ich habe keine Familie.«

Latizia hebt die Augenbrauen. »Habt ihr euch verstritten?« Adán lächelt und sieht ihr lange in die Augen. Hier bei Kerzenschein könnte sie sich so leicht einbilden, dass mehr passieren kann. »Ich würde mich nie mit meiner Familie streiten, ich … Keine Ahnung, wie ich das erklären soll, Latizia, ich rede nicht darüber, es gibt sie nicht mehr. Als ich zwölf Jahre alt war, wurden alle vor meinen Augen getötet.«

Latizia holt tief Luft, damit hat sie nicht gerechnet. »Alle, du hattest niemanden mehr?« Adán lächelt. »Nein, erst nicht. Ich hatte eine ganz normale Kindheit, bin zur Schule gegangen, wollte Pilot werden, dann sind eines Abends die Männer zu uns nach Hause gekommen. Es waren drei, zuerst haben sie meinen Bruder getötet, er war sechzehn, dann meine Mutter und meine Schwester, einer der Männer hat mich getroffen«, er fasst an seine Narbe.

»Ich muss stark geblutet haben, er dachte ich wäre tot und hat mich auf meinen Bruder geschmissen. Ich weiß nicht wie lange ich da lag, vielleicht einen Tag, bis ich es gewagt habe mich zu bewegen. Alle waren tot und ich allein, ich hatte nichts mehr, ich bin zu einem Straßenkind geworden, da habe ich Musa und die anderen kennengelernt.

Wir sind nie an einem Ort geblieben, wir waren immer überall gefürchtet, doch nie hat es uns lange an einem Ort gehalten.« Latizia erinnert sich gehört zu haben, die Tijuas würden umherwandern. »Wieso habt ihr euch hier niedergelassen?« Adán lächelt bitter. »Es hat lange gedauert, bis ich die Wahrheit herausbekommen habe. Der

114

Mann, der meine Familie getötet hat, war der ehemalige Anführer der La Hondez. Als ich es erfahren habe, waren sie alle schon tot, vernichtet von den Les Surenas und den Trez Puntos. Irgendwie habe ich das Gefühl, ich schulde ihnen dafür etwas, deswegen verschone ich sie auch, wenn sie uns in Ruhe lassen.«

Latizia fragt sich, ob Adán wirklich weiß von wem er da redet, aber sie sagt dazu nichts. »Ich musste trotzdem kommen, ganz sicher sein, dass sie alle tot sind und dann sind wir geblieben. Ich weiß nicht, ob wir immer hier bleiben, aber jetzt im Moment ist es gut.«

Latizia schüttelt den Kopf, sie hat sein Schicksal schwer getroffen. »Es tut mir so leid was dir passiert ist. Ich ...« Latizia fehlen die Worte, Adán sieht ihr ernst in die Augen.

»Ich rede fast nie darüber, Musa und die anderen kennen die Geschichte im Groben, aber noch niemals habe ich einem Menschen das alles so genau erzählt wie dir.« Latizia muss lächeln, sie greift über den Tisch und seine Hand umfasst ihre sofort.

Latizia muss unbedingt einen klaren Kopf behalten, um nicht schon hier und jetzt ihr Herz zu verlieren, sie spürt, dass ihr das ganz leicht passieren kann. Deswegen entschuldigt sie sich auch schnell auf die Toilette und danach verlassen sie das Restaurant. Adán fährt sie zu ihrem Auto, dabei fragt sie ihn nach seinem ersten Berufswunsch, dem Piloten, aus. Sie fühlt sich sehr wohl bei Adán.

Bei ihrem Auto steigt er mit ihr zusammen aus. Latizia rechnet vielleicht mit einem kleinen Kuss, sie sollte dem aus dem Weg gehen, doch verbrannt hat sie sich schon, wieso es nicht ganz auskosten? Als er sich ihr nähert, ist sie bereit. »Vielen Dank für das Essen, der Abend war wunderschön.« Adán lächelt, er beugt sich zu ihr hinunter und Latizia bekommt eine Gänsehaut, als er sich ihrem Ohr nähert.

»Der Abend muss noch nicht vorbei sein ...« Latizia schreckt auf, als er ihr mit der Hand über ihren Po streicht und sie eng an sich sieht. »Komm noch mit zu mir, wir können ...« Ungläubig schubst Latizia ihn von sich. Innerhalb einer Sekunde hat er alles versaut.

»Dachtest du etwa, ich bin eine von diesen Frauen?« Geschockt sieht Latizia ihn an, sie hätte alles erwartet, aber nicht das. »Nein, so meinte ich es ...« Latizia hat genug gehört und vor allem gespürt. Ihr

Po scheint zu brennen nach seiner Berührung, eine heiße bittere Flamme hat sie noch gerade rechtzeitig als Warnung verbrannt. »Fahr nach Hause, Adán, du weißt genau, wo du solche Frauen findest, wie kannst du es wagen zu denken, ich wäre eine von ihnen?«

Noch ehe Adán reagieren kann, steigt sie in ihr Auto und fährt los,. Wütend verlässt sie die Gegend und schwört sich, nie wieder hierher zurückzukommen.

Kapitel 11

Sanchez hält pünktlich unten am Hügel der Straße, wo Celestine mit ihrer Mutter lebt. Er hat extra in einem sehr guten Restaurant einen Tisch bestellt, sich eine feine Hose und sogar ein Hemd angezogen. Es ist selten, dass er sich für eine Frau so viel Mühe macht, deshalb ist er auch froh nicht lange warten zu müssen.

Nach einigen Minuten raschelt es beim Grundstück der Ärztin, dann hört Sanchez ein lautes Plumpsen und plötzlich sitzt Celestine laut atmend und mit Blättern in den Haaren neben ihm. »Fahr los!« Sanchez gibt Gas, damit Celestine sich beruhigt. Als er dann aber an ihr herunter guckt, muss er loslachen. » Du hast das mit dem Davonschleichen falsch verstanden, du hättest dich auch aus der Haustür schleichen können.«

Sanchez nimmt ein paar Blätter von ihrem weißen Kleid. »Sehr lustig, es ging nicht, ich musste durch die Hecke, jetzt ist das Kleid kaputt und mein Knie aufgeschlagen.« Celestine sieht wütend an sich herunter, erst da entdeckt Sanchez das Blut und das kaputte Kleid. »Ich bin einfach nur ein Tollpatsch, es tut mir leid.«

Celestine ist wirklich geknickt, Sanchez kann sich nicht beherrschen und legt seine Hand auf ihr Bein, als sie ihn dann anblickt, lächelt er. »Du bist wunderschön.« Sanchez meint das aus ganzem Herzen, in seinen Augen ist sie wunderschön. Celestine glaubt ihm nicht, sie senkt nicht nur ihren Blick, sondern wendet sich auch etwas ab. »Ich denke es ist besser, wenn wir das Date ... verschieben, so kann ich nirgendwo hingehen.«

Er denkt nicht daran, zwar muss er im Restaurant anrufen und absagen, doch danach fragt er, die immer noch über sich selbst wütende Celestine aus, was sie am allerliebsten isst. Es dauert eine Weile, doch dann besorgt er ihnen einfach das Essen bei dem Chinesischen Restaurant. Als sie dann zu den Felsen fahren, hebt sich Celestines Stimmung langsam.

Das Meer ist wild heute und peitscht immer wieder gegen die Felsen, doch Sanachez kennt es hier gut genug. Sie finden schnell einen

Weg auf die Felsen und Celestine ist sprachlos über den Anblick, der sich ihr nun bietet. »Ich denke, so ist das Date eh besser.« Sanchez deutet ihr an, sich neben ihn zu setzen.

Er breitet die Schachteln aus und hält ihr ein Getränk hin, es könnte bequemer sein, aber ihm gefällt es. »Zeig mal her.« Als Celi sich neben ihn setzt, nimmt er ihr Bein in seine Hand und sieht sich ihr Knie an. Es ist nur aufgeschürft, nichts Ernstes, doch er ist sich sicher, dass diese neue Verletzung ihrer Mutter nicht entgehen wird. »Was hat deine Mutter zu dir gesagt, nach deiner Begrüßung?« Celestine sieht auf das Meer, Sanchez studiert ihr feines Profil. Hatte er wirklich irgendwann gedacht, an ihr wäre nichts Besonderes?

Wenn er sie jetzt ansieht, kann er es nicht mehr glauben, jedes Mal wenn er sie jetzt ansieht, entdeckt er etwas Neues, ganz Besonderes an ihr. Ihre Gesichtszüge sind so fein, dass sie garantiert von einer ganz adeligen Familie abstammt. Sanchez ist sich sicher, dass Frauen früher für ihr Gesicht getötet hätten. Celestine ringt mit sich und Sanchez macht es ihnen beiden leichter, es ist ja nicht so, als wären sie sich noch nicht nah gekommen.

Er öffnet seine Beine und winkelt sie an, dann zieht er sie in seine Mitte. Als sie sich zufrieden mit ihrem Rücken an seine Brust lehnt, spürt er, dass sie sich wohl bei ihm fühlt. »Ich möchte nicht, dass du es falsch verstehst oder schlecht von meiner Mutter denkst.« Celestine stochert in ihren Nudeln herum. »Tue ich nicht«, versichert er ihr.

»Meine Mutter mag deine Familie, ich denke, das weißt du, sie hat euch schon immer geholfen und urteilt auch nicht über das Leben, was ihr führt und was für Geschäfte ihr macht ...« Sanchez muss lächeln, so wie sie um den heißen Brei herumredet.

»Aber?« Nun dreht sie sich so zu ihm, dass sie ihn anblicken kann. »Sie verurteilt euer Leben nicht, aber sie hat mir mehr als klar gemacht, dass sie dieses Leben nicht für ihre Tochter möchte.« Sanchez war klar, dass dies kommen wird, mehr als klar, trotzdem trifft es ihn merkwürdigerweise. »Was hast du gesagt?« Celestine sieht wieder auf das Meer. »Dass sie vollkommen übertreibt, ich habe ihr gesagt, dass wir nichts miteinander haben, dass ich niemals dein Typ bin und sie sich ganz umsonst Gedanken um so etwas macht. Sie hat es sich aber nicht nehmen lassen, mir noch einmal zu sagen, dass es vielleicht doch besser für mich ist, wenn ich mein Studium weiter weg von Sierra machen würde.«

Trotz ihrer Worte bleibt Celestine in Sanchez' Armen. »Das heißt, wir sollten besser keinen Kontakt haben?« Sie nickt. »Das bedeutet es wohl.« Sanchez muss an ihren Hinterkopf lächeln, trotz ihrer Worte weicht sie nicht einen Millimeter von ihm, deswegen lässt er erst einmal das Thema und antwortet ihr auf die Fragen, die sie wegen Kolumbien hat. Celestine lebt zwar in einer ganz anderen Familie, doch trotzdem versteht sie sehr viel über ihre Familias, durch ihre Mutter.

Sanchez fühlt sich wohl mit Celestine und umso mehr Zeit sie miteinander verbringen, je mehr er sie beobachtet, desto klarer wird ihm, dass sie etwas an sich hat, was er bisher noch bei keinem anderen Mädchen erlebt hat. Sie reizt ihn nicht wegen ihrer Oberweite, ihres Körpers, ihres Aussehens, es ist sie, ihre ganze Person, die ihn fasziniert und wo er sich einfach wohlfühlt.

Sie reden viel. Als sie über ihre Familie erzählt, spürt er, dass sie zwar sehr an ihr hängt, Celestine aber krampfhaft versucht, all ihre Erwartungen zu erfüllen. Sanchez verkneift sich einen Kommentar dazu. Als sie beide schweigen und auf das Meer hinabsehen, bricht er schließlich das Schweigen.

»Hmm, also bedeutet es, das hier wird unser einziges Date bleiben?« Celestine dreht sich leicht und sieht zu ihm hoch. »Ich denke ja, hattest du vor, mich um noch ein Date zu bitten?« Sanchez lächelt und streicht eine Haarsträhne aus ihrem Gesicht, er liebt es wenn sie ihre Haare offen trägt und nicht zu einem strengen Dutt gesteckt hat wie sonst immer.

»Ich weiß nicht genau, wir halten uns eh nicht so ganz an die normale Reihenfolge, normalerweise müsste jetzt unser erster Kuss kommen.« Celestine wendet ihren Blick schnell ab und Sanchez lacht, hält ihr Gesicht aber bei sich. »Zu schade, dass ich jetzt nicht die Farbe deiner Wangen sehen kann.« Auch er muss jetzt an ihren ersten Kuss denken, da hat Celestine durch den Alkohol eine ganz andere Seite an sich gezeigt, auch als sie sich danach noch einmal geküsst haben, hat Sanchez gespürt, dass er sie will, das ist immer noch so.

»Du findest das echt lustig oder? Ich hasse es, wenn man all meine Gefühle in meinem Gesicht ablesen kann.« Sanchez beugt sich zu ihr hinunter und gibt ihr einen Kuss auf die Wangen. »Ich mag es.« Celestine setzt sich etwas auf, nun dreht sie sich so, dass sie ihn richtig anblicken kann. »Das macht mich jetzt wirklich neugierig, hättest du mich noch einmal sehen wollen?«

Sanchez zuckt die Schultern. »Auf jeden Fall und ich will es auch jetzt noch. Du denkst, es ist besser, wenn wir uns nicht sehen, ich bin da relativ entspannt.« Celestine schnauft leicht auf. »Weil deine Eltern ja auch nichts dazu sagen, doch wenn meine Mutter ... belassen wir es dabei, es ist besser für alle.«

Sanchez ist nicht der Meinung, sagt aber erst einmal nichts dazu. »Aber wieso mich? Ich meine, es ist ja offensichtlich, dass ich nicht ... du weißt schon.« Sanchez legt seine Hand in ihren Nacken und verwirrt sie damit. »Nein, weiß ich nicht, dass du nicht was?« Auch wenn es dunkel ist, gibt der Mond über ihnen genug Licht ab, um ihr in die Augen sehen zu können.

»Ach komm schon, ich bin nicht so hübsch, guck dir deine Cousinen an, Dania, ich falle da ziemlich aus der Reihe, da mache ich mir erst gar nichts vor und sehr interessant bin ich auch nicht, also wieso sitzt du hier mit mir?« Ihre Aussage macht Sanchez etwas wütend, vielleicht, weil es genau das ist, was er selbst am Anfang gedacht hat und wovon er jetzt weiß, dass es absolut nicht so ist.

»Du unterschätzt dich sehr, Celi«, er beugt sich vor und küsst sie. Sanchez musste oft an ihre Küsse denken, auch wenn er es kaum erwarten konnte, Celestine endlich wieder so nah bei sich zu haben, lässt er sich jetzt viel Zeit. Er küsst sie zärtlich, hofft, sie dadurch spüren zu lassen, wie wichtig sie ihm ist und er etwas in ihr sieht, woran sie selbst offenbar nicht glaubt.

Celestine rückt enger an ihn, ihre Hände gleiten in seine Haare und sie setzt sich auf seinen Schoß. Egal wie zurückhaltend Sanchez sein wollte, in dem Moment, wo er sich kurz von ihr trennt und ihr ein leises Stöhnen entlockt, sind all seine Vorhaben vergessen. Sein Kuss wird fordernder, er will sie unbedingt ganz spüren. Als seine Hand unter ihr weißes Kleid fährt und ihre Schenkel entlang, rückt sie noch enger an ihn. Sanchez könnte weitergehen, würde nicht genau in diesem Moment sein Handy klingeln.

Sanchez sieht, dass es sein Vater ist und legt es beiseite, um sich wieder Celestine zu widmen. Doch es hat sie unterbrochen und Celestine sieht in ihrer Handtasche nach ihrem Handy. »Ich habe es vergessen.« Sanchez zieht sie zurück auf seinen Schoß. »Es werden schon alle schlafen, sie sollen doch nicht wissen wo du bist.« Celestine lächelt, doch Sanchez' Handy klingelt immer wieder.

»Vielleicht solltest du rangehen, nach allem was passiert ist, könnte es wichtig sein, oder?« Sanchez befürchtet, dass sie recht hat, sein Vater versteht es, wenn er nicht rangeht und dass er zurückruft, sobald er kann. Dass er so oft anruft, ist selten. Als es wieder klingelt, nimmt er das Gespräch an. »Was gibt es, was nicht warten kann?« Er ist gereizt, das kann sein Vater ruhig hören.

»Du solltest nach Hause kommen, mit Celestine! Ihre Familie sucht sie die ganze Zeit und sie denken sich, dass sie bei dir sein könnte.« Sanchez flucht auf und sein Vater seufzt laut, vielleicht hatte er die Hoffnung, sein Sohn würde ihm sagen, dass Celestine nicht bei ihm ist.

»Wir sind gleich da.«

Fünfzehn Minuten später halten sie bei Sanchez vor der Haustür. Es brennt überall noch Licht, Sanchez sieht noch einmal zu Celestine. Seit er ihr gesagt hat, was sie zuhause erwartet, ist sie ganz still und blass geworden. »Hey, mach dir keine Sorgen, deine Mutter wird dir schon nicht den Kopf abreißen und ich bin auch noch da.« Sie schenkt ihm ein unechtes Lächeln und steigt aus, doch bevor sie zur Haustür gehen kann, hält er sie am Arm zurück. »Ich meinte das ernst, Celi, ich bin bei dir!« Sie braucht nicht zu antworten, er sieht ihre Antwort in ihrem Gesicht.

'Das ist ja das Problem.'

Sanchez gibt ihr einen Kuss auf den Mund im selben Augenblick, wo die Tür aufgeht und seine Mutter Sara sie ansieht. »Da seid ihr ja.

Celestine, deine Mutter hat sich wahnsinnige Sorgen gemacht.« Sie treten ein und Sanchez kommt sich vor, als wäre er im falschen Film, als sie ins Wohnzimmer kommen. Celestines Mutter und ihr Vater sitzen auf der Couch. Sein Vater und sein Onkel Tito daneben. Alle blicken zu ihnen, Celestine eilt sofort an ihm vorbei zu ihrer Mutter, die nun aufsteht.

»Mama, es tut mir so leid, ich wollte euch nicht erschrecken, ich … wir waren nur etwas essen …« Die Mutter bleibt steif stehen und sieht vernichtend von Celestine auf Sanchez, an ihr herunter, auf ihr verschmutztes Kleid und das zerschrammte Knie. Sanchez kann sich vorstellen, dass es einen falschen Eindruck vermittelt. Er will gerade etwas sagen, da steht der Vater von Celestine ebenfalls auf. Bevor Sanchez reagieren kann, geht er zu seiner Tochter und gibt ihr laut eine Ohrfeige.

»Was soll …« Sanchez Vater steht auf und deutet seinem Sohn ruhig zu sein, doch er denkt nicht daran. »Wie kannst du es wagen, deiner Mutter und …« Sanchez unterbricht Celestines Vater, als er beginnt seine Tochter anzuschreien. »Sie hat doch kein Schwerverbrechen begangen, was soll das Ganze? Ich habe sie dazu überredet, wenn, dann müsst ihr euch bei mir beschweren.« Er will zu Celestine, die sich still ihre Wange hält und zu Boden sieht, doch ihre Mutter kommt ihm zuvor. Sie zieht Celestine am Arm heraus und blickt noch einmal zu Sanchez' Vater. Ihn beachtet sie nicht eine Sekunde.

»Danke Juan, für dein Verständnis, rede bitte mit deinem Sohn.« Sanchez sieht ungläubig zu seinem Vater und Tito, die jedoch nicken nur zu der Ärztin, seine Mutter steht am Eingang im Wohnzimmer und sieht traurig Celestine und ihrer Mutter hinterher. Der Vater sieht sich noch einmal um, dann geht auch er.

Sanchez will Ihnen folgen, auch wenn es Celestines Familie ist, kann er nicht zulassen, dass sie dafür bestraft wird. Doch als er ihnen hinterher will, steht sein Vater auf. »Lass sie, Sanchez!« Er denkt gar nicht daran. »Einen Scheißdreck werde ich.« Sein Vater wird lauter und Sanchez stockt, sein Vater war nie sonderlich streng zu ihm, deswegen sieht er sich auch verwundert zu ihm um, als er ihn ermahnt

122

stehenzubleiben. »Denkst du, ich lasse es zu, dass sie jetzt solchen Ärger bekommt, was fällt ihm ein sie zu schlagen?«

Sanchez ist außer sich, sein Vater spürt das. Er tritt vor ihn und knallt die Tür zu, sodass er Celestine und ihren Eltern nicht folgen kann. »Es ist seine Tochter, hätte ich eine Tochter und sie hätte so etwas abgezogen, hätte ich vielleicht genau das Gleiche getan. Setz dich, wir haben zu reden!« Sanchez denkt nicht daran, er merkt aber auch, dass sein Vater sauer ist.

»Papa, falls du irgendetwas nicht mitbekommen hast, ich bin nicht mehr zwölf Jahre alt, lass mich das klären!« Dieses Mal tritt Tito neben ihn und legt ihm den Arm um die Schultern. »Setz dich Sanchez, hör erst einmal zu, was dein Vater dir zu sagen hat.« Die Tür geht auf und seine Mutter Sara kommt zurück in den Raum, sicherlich hat sie Celestine und ihre Familie noch nach draußen begleitet.

Sanchez setzt sich, wenn auch widerwillig, er möchte aber auch erfahren, was die Eltern von Celestine seinen Eltern zu sagen hatten. »Celestines Eltern haben sich Sorgen gemacht und das zurecht, sie ist ein liebes Mädchen und plötzlich haut sie nachts mit dir ab, was soll das, Sanchez? Musst du genau mit ihr deinen Spaß haben? Es gibt 1000 andere Frauen für dich.«

Sanchez legt seinen Kopf in den Nacken, er glaubt nicht, dass er jetzt solch ein Gespräch mit seinem Vater führen muss. »Wie gesagt, Papa, ich bin alt genug, ich treffe mich mit wem ich möchte und da ihre Eltern etwas dagegen haben, dass sie mich sieht, hat sie es heimlich getan. Das ist aber noch kein Grund so auszuflippen.«

Tito setzt sich neben ihn, sein Vater tigert im Raum herum. »Guck mal, Sanchez, Celestines Mutter wusste sofort, dass sie mit dir unterwegs ist, sie merkt, dass Celestine sich verändert und macht sich Sorgen, du solltest vielleicht einfach besser die Finger davon lassen. Such dir eine andere und lass die Tochter von unserer Ärztin in Ruhe.« Sanchez sieht seinen Onkel an. »Wieso sollte ich? Wer will es mir verbieten? Wieso denkt ihr eigentlich, dass es irgendjemand etwas angeht?«

Sein Vater bleibt stehen. »Sanchez, übertreib es nicht, du willst nur deinen Spaß und das ist ok, aber lass Celestine da heraus. Ihre Mutter ist schon lange mit uns befreundet, sie weiß genau wie es hier in unserer Familia läuft und wenn sie das für ihre Tochter nicht möchte, ist das ihre Sache. Geh ihr einfach aus dem Weg, wieso machst du so einen Aufstand wegen ihr?«

Sanchez stört es, dass jeder annimmt, er würde es mit Celi nicht ernst meinen. Er weiß es selbst noch nicht, aber sie gehen sofort davon aus, dass er nur seinen Spaß haben möchte. »Ich denke, Celestine ist langsam alt genug, um ihre Entscheidungen selbst zu treffen und ich bin es schon lange!« Er will aufstehen, doch sein Vater baut sich vor ihm auf.

»Bedeutet sie dir etwas, Sanchez?« Ok, nun reicht es Sanchez, er will weiter, doch sein Vater hält ihn auf. »Ihre Mutter wird es nicht zulassen, ich rede jetzt nicht als Vater mit dir sondern als Anführer der Familia, also höre mir genau zu.« Sanchez' Mutter räuspert sich, doch sein Vater fährt fort. »Wir sind eine große Familia, auch wenn es in eurer Generation jetzt die Trez Puntos und die Les Surenas nicht mehr gibt, sondern wir zu einer Familia geworden sind, gelten die gleichen Regeln. Ciro und du, Leandro, Damian, Miguel und Sami sind die Anführer von euch.

Wenn du diese Rolle erfüllen willst, hast du auch Pflichten und eine deiner ersten Pflichten ist es, alles für die Familia zu tun und ihr nicht zu schaden. Wir brauchen Frau Anoltzas, die Familia braucht sie als Ärztin, oder sollen wir ab jetzt bei allen Verletzungen in ein örtliches Krankenhaus gehen? Eine neue Ärztin suchen, wieder Vertrauen aufbauen? Du kannst das für ein bisschen Spaß mit Celestine nicht kaputt machen, davon hängt zuviel ab.«

Sanchez sieht zu Boden. Auch wenn ihn seine Worte wütend machen, weiß er, dass er recht hat.

Sein Vater versteht seine stumme Zustimmung.

»Du bist jetzt einer der Anführer, also handle auch danach!«

Sanchez geht und dieses Mal hält ihn auch niemand davon ab. Er hört, wie seine Mutter ihm noch leise und traurig hinterherruft, doch er steigt in sein Auto. Sein Vater wird wissen, dass Sanchez sich seine Worte zu Herzen nimmt und er weiß, dass er recht hat. Er rast, das Blut kocht in seinen Adern, es war das erste richtige Date was er hat-

124

te, alles andere davor war nur zum Spaß haben und es hätte nicht beschissener enden können.

Er hält vor dem Haus der Ärztin. Überall ist das Licht aus, nur in einem Zimmer brennt es noch und er erkennt den Schatten von Celestine am Fenster. Sie sitzt auf einer Fensterbank und schüttelt sich vor Weinen. Sanchez flucht, legt den Kopf zurück an seine Autolehne und sieht zu ihr hinauf. Er braucht sich keine weiteren Gedanken über seine Gefühle für sie zu machen. Das einzige was er machen kann, für sie und für seine Familia, ist, alles was zwischen ihnen war oder nicht war zu vergessen.

Noch einmal blickt er zu ihr hinauf, bevor er Gas gibt und wegfährt. Er weiß, er tut das Richtige, egal wie falsch es sich anfühlt.

Kapitel 12

Dilara öffnet die Augen, ihr ist kalt. Sie sieht sich verwirrt um, braucht einen Moment um zu bemerken, dass sie auf der Couch von Jennifer liegt. Sam und sie waren noch sehr lange mit Jennifer am Abend zusammen, um sie etwas auf die Trauerfeier vorzubereiten, die morgen stattfinden wird. Ihre Eltern sind in der Zeit noch mit Paco und Bella einige Vorbereitungen treffen gewesen und holen die Eltern von Paco, Rodriguez und Ramon vom Flughafen ab.

Dilara muss eingeschlafen sein, sie hat ein weiches Kopfkissen unter ihrem Kopf und eine Decke aufgelegt. Seit die Männer wieder da sind, hat sie fast jede Nacht hier im Haus verbracht.

Sie sieht auf die Uhr, es ist nach zwei Uhr morgens, die Trauerfeier ist nur noch ein paar Stunden entfernt und es ist gespenstisch ruhig im Haus. Leise geht sie die Treppen hinauf, an Samis Zimmer vorbei, sie hört ein leichtes Schnarchen daraus. Bei Jennifer muss sie gar nicht nachsehen, sie weiß, dass sie momentan noch Schlaftabletten braucht, um wenigstens etwas Schlaf zu bekommen. Als sie dann zu Miguels Zimmer geht, atmet sie tief ein, bevor sie es betritt.

Es war ein Schock für sie, Miguel nach fast zwei Jahren wiederzusehen. Er, der Älteste und Stärkste unter ihnen, mit seinen dunklen wilden Augen und den schwarzen Haaren, er sieht seinem Vater sehr ähnlich, hat das gleiche Lächeln wie sein Onkel Paco. Er hatte ein Selbstbewusstsein, das für drei gereicht hätte, seinen Körper hat er täglich trainiert und er war schon mit fünfzehn mehr als bereit die neue Generation anzuführen.

Dilara weiß, wie sehr es ihn genervt hat, dass er noch nicht viel mit eingebunden wurde und wie stolz er war, als er mit nach Kolumbien durfte. Nun ist er gebrochen, redet kaum noch, ist dünn geworden, sein Körper ist übersät von Wunden. Auch wenn einige davon bereits heilen, erkennt man, dass einige Narben zurückbleiben werden.

Sie weiß nicht, was ihm dort alles passiert ist. In der ersten Nacht konnte sie nicht schlafen und hat an seinem Bett geweint, sie hat gesehen, wie er bei allen Berührungen weggewichen ist, selbst als Leandro oder Sami ihn anfassen wollten.

Er hat sie aber neben sich schlafen lassen und als sie nachts geweint hat, weil sie dachte, dass der alte Miguel weg ist, gebrochen, getötet und neben ihr nur noch seine Hülle liegt, hat er sich trotz seiner Schmerzen zu ihr umgedreht. »Komm her, Guapita.« Er hat sie an sich gezogen und ihre Locken geküsst. Sie ist die Einzige, die er so nah an sich heranlässt.

Dilara sieht in den dunklen Raum und bekommt eine Gänsehaut. Miguels Bett ist leer, er darf sich noch nicht viel bewegen, Panik überkommt sie sofort. Sie sieht im Bad nach, geht in die anderen Zimmer und wieder zurück in seinen Raum. Sie muss klar denken, der Schlaf hängt noch zu sehr über ihren Gedanken. Im Bad spritzt sie sich Wasser ins Gesicht und sieht in den Spiegel, ihre langen schwarzen Locken liegen verwirrt um ihr Gesicht. Dilara versucht sich zu konzentrieren.

Soll sie jetzt alle wach machen und Panik verbreiten? Er kann nicht gut laufen, hat noch Schmerzen, er kann also nicht weit sein, erst da kommt ihr die erlösende Idee. Sie eilt in den dritten Stock, der hier im Haus ein kleines Kino ist.

Sie geht in die angrenzende Kammer, die früher immer nur Miguel und sie benutzt haben, wenn sie heimlich rauchen waren. Als sie die Leiter sieht, die zum Dachfenster aufgestellt ist, schüttelt sie den Kopf. Seine Schmerzen müssen weniger werden, wenn er dafür bereits wieder die Kraft hat.

Dilara klettert die Leiter zum Dach hinauf und öffnet die Luke, um auf das Dach zu steigen. Sobald sie hinaustritt, sieht sie Miguel, der auf dem schrägem Dach sitzt und zu ihr blickt. Dilara muss aufpassen, hier kann man sehr leicht abstürzen. Als sie bei Miguel ankommt, setzt sie sich erleichtert hin. »Was tust du hier? Du solltest im Bett liegen bleiben.«

Miguel zieht an einer Zigarette. »Mir geht es besser!« Dilara sieht auf seine vielen Wunden und schüttelt den Kopf.

»Du solltest rein gehen, es ist kühl hier.« Miguel durchbricht ihre Gedanken und mustert sie von der Seite. »Wirst du mir sagen, was dir

128

in Kolumbien passiert ist?« Dilara sieht ihn nun auch an. Beim Blick in seine Augen sind sie so unheimlich dunkel, es fehlt das Funkeln darin, das Lebendige.

»Nein, diese Sachen bleiben in Kolumbien. Es ist besser so.« Es ist besser so, wie oft hat sie das schon aus seinem Mund gehört. Dilara legt ihr Kinn auf ihre Knie und sieht in den Sternenhimmel. »Morgen ist die Trauerfeier, wirst du das hinbekommen?« Sie spürt, dass er sie weiter ansieht. »Natürlich werde ich das.« Sie lacht bitter auf.

»Bisher hast du noch nichts dazu gesagt, keine Regung dazu gezeigt, dass dein Vater tot ist, wieso redest du nicht mit mir? Früher konntest du das doch auch?«

Miguel greift an ihre Wange und schiebt einige ihrer dicken Locken nach hinten. »Ich will nicht, dass du irgendetwas mit dem, was in Kolumbien passiert ist, zu tun hast, ich will dich nicht mit diesem Wissen belasten.«

Dilara will nach seiner Zigarette greifen, doch Miguel hält sie weg. »Du sollst nicht rauchen!« Jetzt wird sie wütend. »Hör auf, mich wie ein kleines Kind zu behandeln!« Miguel lacht leise. »Ich bin der älteste Cousin, ich muss auf euch …« Sie rückt näher zu ihm und spürt, wie er zusammenzuckt.

Tränen sammeln sich in ihr. Miguel ist nicht mehr da, sie weiß nicht was passiert ist, doch es hat den alten Miguel getötet. Dieses Mal hebt sie ihre Hand und Miguel zuckt einen Moment zurück, dann aber hält er still, als müsse er sich daran erinnern, dass sie es ist, die neben ihm sitzt. »Was haben sie mit dir gemacht?« Die Tränen verlassen qualvoll ihre Augen, sie streicht über eine Wunde an seiner Wange und über eine kreisförmige Narbe an der Augenbraue.

»Lass es einfach gut sein, Guapita, es ist besser, wenn du es nicht weißt. Es hat mich nicht getötet, aber den alten Miguel gibt es nicht mehr, je schneller du das akzeptierst, desto leichter wird es.«

Dilara schüttelt den Kopf und legt ihren Kopf an seine Brust. Sie schließt die Augen, inhaliert seinen Geruch und fühlt die vertraute Wärme seiner Haut. Es ist ihr Miguel, einen Moment versteift er sich, doch dann umfassen seine Arme sie und er legt sein Kinn auf ihren Kopf. Vielleicht glaubt er selbst nicht daran, doch sie wird alles dafür geben, dass sie wieder den alten Miguel zurückbekommt, dass er sich selbst wiederfindet.

Rodriguez atmet tief durch, es wird einer der schwersten Gänge in seinem Leben. Er fummelt noch einmal am Kragen seines Hemdes, das Gefühl, zu wenig Luft zu bekommen, will einfach nicht besser werden. Er fühlt sich eingeengt in seiner Haut. »Alles in Ordnung?«

Er sieht zu Jennifer, die direkt neben ihm steht. Auch wenn man der Frau von Ramon ihre Trauer deutlich ansieht, ist sie noch immer wunderschön. »Es geht schon und bei dir?« Jennifer sieht nach vorne. Gerade geht Paco in den Pavillon, der zur Zeit als Kirche genutzt wird, solange bis die neue Kirche erbaut wird. Er stützt ihre Mutter, ihr Vater läuft ebenfalls an ihrer Seite. Rodriguez dreht sich um und sieht Sami in die Augen, der direkt nach ihnen kommt, neben ihm ist Miguel, der zwar sehr langsam läuft, doch immerhin konnte er sich einen schwarzen Anzug überziehen und schafft den Weg alleine. Als er wieder zu Jennifer blickt, sieht er Tränen in ihren Augen, doch dann atmet sie durch.

»Nein, eigentlich ist nichts in Ordnung!« Rodriguez lächelt und reicht ihr seinen Arm, bei dem sie sich einhakt. »Wir werden das schon überstehen.« Nun müssen sie den Pavillon betreten und augenblicklich herrscht gespenstische Stille, obwohl gerade noch viel Gemurmel zu hören war. Jennifer drückt Rodriguez' Arm und er ist froh, dass er ihr eine Stütze sein kann, es gibt nicht viel was er sonst tun kann, wenigstens das kann er.

Der Pavillon ist voll, hinten stehen einige Leute aus der Stadt, eine Menge Menschen haben Ramon sehr gemocht. Etwas weiter vorne sitzen Freunde wie Gabo, der ihm respektvoll zunickt. Rodriguez weiß, wie viel er den Jungs geholfen hat sie zu befreien und wird ihm das nie vergessen. Auch andere Anführer und Geschäftspartner sitzen dort, um Ramon den letzten Respekt zu erweisen.

Danach kommen ihre Familias, die Les Surenas und die Trez Puntos, sie alle sind da und tragen Trauer. Er sieht in vielen Gesichtern, dass sie erst jetzt wirklich realisieren, dass Ramon nicht mehr wiederkommt und ihm geht es nicht anders. Es war so ein Durcheinander, so viel was geschehen ist, dass sie erst jetzt langsam dazu kommen all das zu begreifen. Die Frauen sitzen weiter vorne, Bella und Melissa sehen besorgt zu Jennifer, die stur nach vorne sieht. Rodriguez bewundert ihre Stärke und ihren Mut. Er hat sich noch nicht gewagt nach vorne zu sehen, doch jetzt muss er es und er bleibt eine Sekunde stehen.

Es sind vier große Bilder aufgestellt. Eines zeigt Ramon, Paco und ihn als wilde kleine Jungs. Wie immer steht Ramon in der Mitte, hat seine zwei jüngeren Brüder fest im Griff. Daneben ist ein Bild von der Hochzeit. Jennifer und Ramon strahlen in die Kamera. Rodriguez muss fast loslachen, als er sich daran erinnert, wie Paco und er immer gesagt haben, dass sie diesen Schritt niemals gehen werden. Dann kommt ein weißer Grabstein. Da Ramon schon beerdigt werden musste, steht dieser jetzt an Stelle des Sarges und Rodriguez ist froh darüber, seine Mutter bricht genau in dem Moment davor zusammen und weint laut und anklagend. Jennifer neben ihm verkrampft sich und er hört, wie einige Frauen in den Sitzreihen ebenfalls zu weinen beginnen.

'Ramon Surena,
wir werden nicht eine Minute aufhören an dich zu denken.
In großer Trauer
deine Eltern, deine Frau, deine Kinder,
deine Familie und die Familia '

Darunter ist die Plaka der Les Surenas eingraviert.

Der Stein ist sehr schön geworden. Neben dem Stein steht das Bild, das jeder von ihnen in seiner Wohnung hat, das Bild der Les Surenas, der wilden Surenas. Rodriguez erinnert sich. Das Bild ist entstanden, als Ramon gerade Jennifer kennengelernt hat, an Melissa oder Bella war da noch gar nicht zu denken. Sie waren so wild, so durstig nach Macht und so ohne Verantwortung.

Auch Jennifer an seiner Seite ist stehengeblieben, sie sieht nun genau wie er zu dem Bild, von dem Rodriguez noch nicht einmal wusste. Es muss das letzte Bild sein, das es von Ramon gibt. Rodriguez erkennt, dass es am Flughafen ist, am Tag wo sie aufgebrochen sind nach Kolumbien. Er erinnert sich, dass Lucia ihre neue Kamera ausprobiert hat, so muss das Bild entstanden sein. Auf dem Bild steht Ramon, stolz und stark wie immer. Neben ihm seine Söhne.

Rodriguez' Augen beginnen zu brennen, als sein Blick auf Miguel fällt. Man kann ihm das Glück, dass er sie begleiten durfte, im Gesicht ansehen, nichts von dem Bild trifft mehr auf den jungen Mann zu, der langsam hinter ihm läuft. Sami sieht etwas sauer in die Kamera, wahrscheinlich weil er nicht mit durfte, auch wenn er sich nie richtig beschwert hat. Rodriguez kann keinen Schritt mehr gehen, er starrt auf das Bild.

Er würde alles, wirklich alles dafür tun, um zu diesem Zeitpunkt zurückzukehren mit seinem jetzigen Wissen. Alle davon abhalten die Flieger zu besteigen, ihre Familien hätten nie diese Qualen mitmachen müssen, Ramon würde noch leben und es gäbe noch Miguel wie auf dem Bild. »Geht's?« beschämt kehrt Rodriguez ins Hier und Jetzt zurück. Sie müssen jetzt für ihre Mutter und Jennifer eine Stütze sein und nicht selbst zusammenbrechen. Rodriguez nickt und führt sie auf das Podest, wo Paco ihre Mutter vom Grabstein hochzieht.

»Wieso, Gott? Nimm mein Leben statt das meines Sohnes! Wie kannst du eine Mutter so bestrafen? Man sollte seine eigenen Kinder nicht begraben müssen. Wieso nimmst du meinen Enkeln ihren Vater, wieso?« Melissa und Bella kommen nach vorn und bringen Ihre Mutter vom Podest, sie hat nicht die Kraft dafür, den Rest noch durchzustehen, auch Jennifers Griff um seinen Arm wird immer schwächer, als ihre Söhne vor die Bilder ihres Vaters treten. Der Padre spürt, dass es an der Zeit ist das Wort zu ergreifen und beginnt etwas von Ramons Leben zu erzählen.

Rodriguez hört nicht genau hin, er sieht auf das letzte Bild und wie Miguel stur daraufschaut, ohne einmal mit der Wimper zu zucken. Ihr Vater steht vor dem Grabstein und sieht zu Boden, als würde er sich weigern wollen all das anzusehen. Dann trifft er das erste Mal auf den Blick von Paco und erkennt darin den Schmerz, den er zur selben Zeit fühlt. Rodriguez atmet durch, als der Padre endet, was nun kommt, wird noch schwerer. Der alte Mann tritt an den Grabstein und zieht ein weißes Tuch hervor. Rodriguez und alle anderen wissen, dass diese Sachen, die Ramon abgenommen wurden und als Erinnerung für die Überlebenden dienen soll, in stundenlangen Prozeduren geweiht wurden.

Er zieht eine Kette aus dem Tuch, die goldene Kette mit dem Kreuz, die Ramon immer getragen hat und legt sie mit einem Gebet Miguel als ältesten Sohn in die Hand. Jennifer neben ihm kann sich nun nicht mehr zurückhalten und beginnt bitterlich zu weinen, als sie auf die Kette sieht. Rodriguez zieht sie enger an sich, ihre tiefen verzweifelten Atemzüge gehen durch seinen ganzen Körper.

Als der Padre seinem Vater das Portemonnaie und einige Bilder gibt, wischt sich dieser beschämt Tränen aus den Augen. Rodriguez blickt zu Boden. Noch nie hat er seinen Vater weinen gesehen. Dann geht der Padre zu Paco. Er ist nun der älteste Bruder. Als er Paco das Armband in die Hand legt, ringt auch Rodriguez einen Moment mit dem Atem. Es ist das gleiche goldene Armband, das ihr Vater trägt, das Paco und er tragen und das sie gerade vor zwei Tagen für Miguel, Sami, Leandro und Damian haben anfertigen lassen.

Das Armband tragen die Anführer ihrer Familia. Es trägt die Gravur von der Geburt bis zum Tod für die Surenas. Noch nie war der Spruch so real, wie in diesem Augenblick. Sie wussten, dass sie dieses Armband heute erhalten werden, doch es raubt ihnen trotzdem den Atem, es wirklich überreicht zu bekommen. Das Armband, was Ramon all die Jahre getragen hat, liegt nun in Pacos Hand.

Als der Padre die Hand seines Bruders schließt und ein leises Gebet spricht, schließt auch Paco die Augen. Rodriguez sieht die stummen Tränen seines Bruders, hört die verzweifelten Atemzüge von Jennifer und das klagende Weinen seiner Mutter und begreift, dass egal wie oft er sich wünscht, das all dies nie geschehen ist, es wirklich wahr ist.

Ramon ist von ihnen gegangen und sie werden ihn nie wiedersehen.

Dann will sich der Padre an Jennifer wenden, aber sie weicht einen Schritt zurück, lässt Rodriguez aber nicht los. Der Padre hebt das Tuch und als letztes liegt Ramons Ehering auf dem goldenen Kissen. Jennifer weicht weiter zurück. »Nein … nein!« Rodriguez schließt die Augen, als Jennifer neben ihm weinend davonlaufen möchte, bei ihnen bekommt die Witwe den Ehering und trägt ihn über ihrem, damit dieses Symbol der Liebe sie auch über den Tod hinweg vereint lässt. Rodriguez spürt, dass Jennifer keine Kraft mehr hat und nimmt sie ganz in den Arm, wo sie immer wieder zwischen den Schluchzern ein Lautes 'Nein' herausbringt.

Rodriguez hört, wie nun endgültig alle übrigen im Pavillon ihre Stärke verlieren, er hört Bella, Melissa, Dilara, sie alle weinen und fühlen mit Jennifer. »Ich nehme das für meine Mutter.« Sami tritt vor und nimmt den Ehering entgegen, vielleicht ist er, der Jüngste von ihnen allen, momentan am stärksten. Danach bekommt Rodriguez alles nur noch halb mit, da Jennifer sich in seinen Armen befindet und nichts mehr sehen will.

Er küsst seine Schwägerin und flüstert ihr Worte des Trostes zu, auch wenn ihm bewusst ist, dass es nichts gibt, was ihr diesen Schmerz nehmen kann. Der Grabstein wird auf den Friedhof getragen von den engsten Mitgliedern der Surenas, aber auch Juan und die Trez Puntos helfen, da es keine zwei Familias mehr gibt. Er bleibt mit Jennifer und seiner Mutter etwas abseits, als sich jeder noch einmal am Grab verabschiedet und sich der Friedhof langsam leert.

Sie nehmen keinen Abschied, da sie jeden Tag herkommen werden, jeder von ihnen. Eigentlich wollen sie die Ärztin rufen, doch Jennifer ist so erschöpft, dass sie bei der Mutter auf der Couch einschläft. Rodriguez bleibt lange bei ihr, genau wie Paco. Sami und Miguel sitzen schweigend bei ihnen. Es fühlt sich merkwürdig an zu wissen, dass sie bereits am nächsten Tag weitermachen müssen, sie haben das erste Treffen und die restlichen Frauen kommen übermorgen zurück. Eigentlich ist es immer so, die offizielle Trauerzeit, nachdem Ramon beerdigt wurde, ist bereits vorbei, Rodriguez erlebt all das nicht zum ersten Mal, doch das erste Mal trifft es ihn so sehr, dass er nicht einmal mehr den nächsten Schritt gehen möchte.

Erst mitten in der Nacht geht er hinüber in sein Haus, er sieht in Damians Zimmer, das leer ist, dann erinnert er sich, dass sie Miguel und Sami abgeholt haben, vielleicht sind sie im Cielo. Es wird seinen beiden Neffen gut tun, besonders Miguel, der sich kaum aus dem Bett bewegt hat die letzten Tage. Dilara ist mit Melissa früh nach Hause gegangen, sie haben irgendwann Essen gebracht und nach Jennifer gesehen, sind aber zurück nach Hause.

Als Rodriguez die Tür zu Dilaras Zimmer öffnet, liegt Dilara schlafend im Bett.

Als er ins Schlafzimmer kommt, steht seine Frau am Fenster und sieht in ihren Garten. Sie wendet sich zu ihm um, als er die Tür schließt. Rodriguez öffnet sein Hemd und trifft ihren mitfühlenden Blick, Melissa kennt ihn in- und auswendig, sie muss ihn nicht fragen, ob alles in Ordnung ist, sie weiß, dass es nicht so ist.

»Schläft Jennifer?« Rodriguez nickt müde und streift sein Hemd ab. Melissa trägt eines seiner Shirts, sie hat es von Anfang an getan und niemals damit aufgehört. Für einen kurzen Moment denkt Rodriguez darüber nach, was sie wohl in New York getragen hat, sie wird sicherlich nicht seine Sachen mitgenommen haben. Sie mussten sich fast alles neu kaufen, da ihre Kleidung hiergeblieben ist und benutzt wurde von irgendwelchen Hunden, die sich in ihrem Haus breit gemacht haben.

Melissa kommt zu ihm, ihre dunklen Haare sind noch etwas feucht. Sie muss gerade erst geduscht haben, ihre blauen Augen strahlen ihm wie immer entgegen, doch er sieht auch Angst darin, egal was er alles probiert hat, seitdem er wieder da ist, diese Angst verliert sie nicht. »In dem Moment wo Bella Pacos Anruf bekam, wussten wir, dass Paco lebt, gleichzeitig haben alle gespürt, dass etwas nicht stimmt.« Tränen steigen in die schönen Augen seiner Frau und Rodriguez legt seine Arme um ihre Taille, doch sie deutet ihm an ihr zuzuhören. »Als wir ihr Gesicht gesehen haben, wussten wir, dass etwas mit einem von euch nicht stimmt und für einige Sekunden dachte ich, dass du es bist. Ich habe gedacht, dass du tot bist und dieses Gefühl, ich ... hätte damit nicht einen Tag leben können, ich weiß nicht wie Jennifer das schafft.«

Die ersten Tränen verlassen Melissas Augen. Rodriguez will sie trösten, doch sie lässt es nicht zu. »Nein, bitte, hör mir zu, es liegt mir schon so lange auf dem Herzen.«

Rodriguez setzt sich auf das Bettende und sieht zu ihr hoch. »In New York wusste niemand von uns, wie lange das gehen wird, ob wir euch jemals wiedersehen werden. Manchmal mussten wir darüber reden was wir tun, wenn dies der Fall ist, was sollten wir tun? Weiterleben? Einen neuen Mann finden? Es war schmerzhaft und keiner wollte es, aber manchmal mussten wir verschiedene Situationen durchgehen und in dieser Zeit habe ich viel über uns nachgedacht. Wie lange wir zusammen sind, wie du Dilara als deine Tochter angenommen hast und wie Damian zur Welt kam.«

Melissa hebt ihre Arme. »Ich habe da gespürt, dass all das nicht zählt. Es ist für mich nicht von Bedeutung, wie lange wir zusammen sind, es ist keine Sache der Gewohnheit oder wegen der Kinder. Ich liebe dich heute genauso wie am ersten Tag und egal was gekommen wäre, es wäre niemals anders gewesen. Ich hätte niemals aufgehört auf dich zu warten oder einfach weitergelebt, weil ich es nicht kann. Du bist alles für mich und wenn, dann ist meine Liebe zu dir nur stärker geworden, aber sie ist niemals der Gewohnheit oder sonst etwas anderem gewichen ...«

Rodriguez kann nicht anders und unterbricht seine Frau, sie lässt all ihre Ängste heraus und er umarmt sie und legt seine Stirn an ihre. »Das weiß ich und bei mir ist es genauso. Du weißt, dass du mein Leben bist und dass sich das niemals ändern wird.« Er lächelt und küsst ihr eine Träne weg. »In dem Gefängnis musste ich oft nachts nachdenken, wenn ich nicht schlafen konnte. Ich musste daran denken, wie ich dich am Anfang nicht gemocht habe. Wie du mich in den Wahnsinn getrieben hast und ich mich gleichzeitig jeden Tag mehr in dich verliebt habe.«

Melissa lächelt nun auch bei diesen Erinnerungen. »Das zwischen uns war und ist etwas ganz Besonderes und ich werde nie wieder zulassen, dass du Angst um mich haben musst.« Melissa nickt, er sieht in ihren Augen aber die Zweifel und noch immer Angst, es wird Zeit brauchen. All das zu verarbeiten wird Zeit brauchen.

»Ich liebe dich, meine verwöhnte Prinzessin.« Melissa lacht leise, als er sie so nennt, wie er sie früher immer verflucht hat. »Ich liebe dich auch, mein Herz.«

Kapitel 13

Leandro sieht ungeduldig zu Sanchez.

»Jede Frau ist schneller als du.« Statt einer Antwort bekommt er einen Finger gezeigt, doch immerhin zieht sich sein Cousin endlich ein T-Shirt über. Damian, Dine und Nesto warten schon, als sie aus dem Cielo kommen. »Sami, Rico, Kasim, bewegt euch!«

Nun wird auch Sanchez ungeduldig, keiner von ihnen ist nach der Trauerfeier gestern und der sehr alkoholreichen Nacht danach im Cielo besonders gut drauf, doch Sanchez' schlechte Laune hat noch einen anderen Grund. Leandro weiß, dass es etwas mit Celestine zu tun hat. Auf seine Nachfrage hat Sanchez nur gemurrt, dass nichts zwischen ihnen ist und ihn nach Dania gefragt, was dieses Gespräch schnell wieder beendet hat.

Nach und nach erscheinen alle. Sami hat die tiefsten Falten unter den Augen und Leandro klopft ihm auf die Schulter. Sie lassen die Autos stehen und gehen zu Fuß ins Punto-Haus. Dort eingetroffen erschlägt Leandro der Anblick fast. Es ist zu lange her, dass es so voll hier war. Er erinnert sich, als sie das Punto-Haus völlig verwüstet vorgefunden haben, davon ist nichts mehr zu sehen.

Um den großen Tisch mitten im Garten sitzt sein Vater, Rodriguez, Chico, Ramos, Mano, Hernandez und Josir. Der Platz zwischen Paco und Rodriguez ist frei, er wird auch für immer leer bleiben. Niemand wird es wagen, diesen Platz einnehmen zu wollen. Auf der anderen Seite sitzen Juan, Miko, Raul, Pepo, Tito und Santana. Es ist wie immer, nur dass jetzt zwischen beiden Familias einige Stühle stehen, die noch leer sind.

»Die erste Besprechung mit den Trez Surentos und die Herren verpennen!« Chico sieht sie mahnend an und da begreift Leandro es erst. Leandro, Sami, Sanchez, Kasim, Damian, Nesto und Rico setzen sich auch an den Tisch. Leandro blickt seinem Vater einen kurzen Moment in die Augen, bevor die Aufmerksamkeit zu Ciro, PJ und Saul wandert, die nun ebenfalls zu spät mit Miguel erscheinen. Auch sie setzen sich an den Tisch, alle anderen Männer nehmen auf Bänken

Platz und auf dem Rasen, verteilt um sie herum. Leandros Blick wandert, Stolz erfüllt seine Brust.

Sie sind sicherlich zweihundert Männer und jeder hier ist absolut loyal zu ihnen, was er selbst an Avilio und den Männern gemerkt hat, die ihnen geholfen haben, Sierra wieder für sich zu gewinnen. Alle reden miteinander, bis sein Vater das Wort ergreift. Sofort ist es ruhig und jeder hört gespannt zu, was in nächster Zeit passieren soll.

»Die Zeit, die uns gestohlen wurde hier in Sierra mit unseren Familien, alle die wir verloren haben, alles was zerstört wurde, lässt sich nicht rückgängig machen. Wir müssen damit leben und unser Bestes geben, sodass langsam alles wie früher wird. Wer von euch noch Hilfe oder sonst etwas braucht mit der Familie oder den Häusern, kann uns nachher Bescheid sagen, wir kümmern uns darum. Wir haben zu fast allen Geschäftspartnern wieder Kontakt und in drei Tagen werden wir wieder ganz normal mit den Geschäften beginnen.

Die ersten Lieferungen kommen heute Nachmittag, Chico und Miko verteilen sie und teilen auf, wer sie wohin bringt. Wir fahren mit unseren Söhnen die nächsten Tage zu allen Geschäften und Firmen, die wieder unter unseren Schutz gestellt werden wollen. Von da an übernehmen sie diesen Bereich, ab sofort sind sie dafür verantwortlich.«

Sanchez neben Leandro schnalzt zufrieden die Zunge. Dass sie mehr Verantwortung bekommen, hat sich Leandro gedacht, dass sie jetzt aber schon die Hälfte der Geschäfte übernehmen sollen, überrascht ihn doch etwas. »Ich habe gestern mit Gabo gesprochen, aus privaten Gründen verlässt er Puerto Rico demnächst, weshalb er uns seine Geschäfte anvertraut. Das bedeutet, wir werden fast doppelt soviel zu tun haben, was aber kein Problem darstellt, so bekommt wenigstens keiner hier Langeweile.« Sein Vater grinst frech in die Runde, auch Leandro muss lächeln. Nach alldem tut es gut, ihn wieder so zu sehen und zum Alltag zurückzukehren.

»In Sierra ist fast alles wieder beim alten, es hat sich herumgesprochen, dass wir zurück sind, trotzdem möchten wir, dass alle noch sehr wachsam sind. Eine Familia war erst vor kurzem noch hier und ist auf Bella und Sara gestoßen, deshalb geht nach dem Treffen zu Pepo und lasst euch neue Waffen geben. Keine andere Familia hat ohne unser Wissen hier etwas verloren, macht das jedem klar.«

Leandro hat von dem Zwischenfall gehört und dass seine Mutter und seine Tante nur davongekommen sind, weil andere eingegriffen haben. Die Frage, die er stellen will, wird aber von einem der anderen Männer gestellt. »Was ist mit den Tijuas? Sollen sie das Stück von Sierra behalten? Dieser Adàn scheint ein ziemlich vorlauter Kerl zu sein.« Juan lehnt sich zurück und antwortet dieses Mal.

»Sie haben unseren Frauen geholfen. Dadurch haben sie natürlich etwas gut bei uns, aber die Sache ist noch nicht geklärt. Wir haben diesen Teil Sierras nie genutzt und kein Interesse daran, solange sie sich dort ruhig verhalten, kann es so bleiben. Allerdings werden wir das erst noch persönlich mit Adàn besprechen. Bis dahin bleibt jeder aus unserer Familia von dem Teil der Stadt weg. Solltet ihr einen von den Tijuas auf unserem Gebiet treffen, bringt ihn zu uns! Morgen kommen die restlichen Frauen und Kinder, wir wollen nicht gleich Panik verbreiten, aber wie gesagt, jeder von euch hält seine Augen und Ohren offen.«

Rodriguez räuspert sich. »Nun zum Wichtigsten, wir haben uns umgehört und erfahren, dass Garcias nächste Woche hier in Puerto Rico ist. Vielleicht ist er jetzt bereits da, doch nächste Woche hat er ganz sicher einen Termin in San Juan in einer Klinik, die auf Herz-krankheiten spezialisiert ist. Zudem bekommen wir bald alle Namen der Personen, die noch mit der Sache in Kolumbien zu tun hatten.

Die zwei wichtigsten haben die Jungs schon beseitigt, wir bekommen aber selbst die Namen derjenigen, die dafür bezahlt haben, dass wir in Gefangenschaft bleiben. Stellt euch darauf ein, dass diese Angelegenheit nächste Woche ein für allemal geklärt ist. Und wenn es das Letzte ist, was wir tun werden, niemand, der mit alldem zu tun hat, wird davonkommen.« Zustimmendes Gemurmel.

»Was ist mit dieser anderen Familia? Den Mara Nuestra, die in Sierra gelebt haben und so getan haben, als wären sie wir?« Leandro sieht in Richtung des auffordernden Blickes seines Vaters. Er weiß am besten, was mit ihnen ist. Leandro blickt zu Dine, der etwas abseits von allen anderen sitzt. Er spürt, dass ihm gegenüber viel Misstrauen herrscht. Das allererste Mal ist es nun Leandro, der zu allen spricht als einer der Anführer.

»Die Mara Nuestra gibt es so nicht mehr. Wir haben die meisten Männer beseitigt, Dine hat uns von Anfang an geholfen und war von Gallardo gezwungen worden für ihn zu arbeiten. Er hat sich unser Vertrauen verdient und wird auch euch noch davon überzeugen.« Juan nickt, Leandro weiß, dass keiner der Älteren davon begeistert ist, aber sie respektieren es. »Dine, du wirst uns die nächste Zeit viel begleiten, damit wir uns selbst ein Bild davon machen können. Wenn unsere Söhne dir vertrauen, werden wir uns das zumindest einmal genauer ansehen.« Dine ist diese Aufmerksamkeit sichtlich unangenehm, doch er nickt dankbar.

»Gut, das war es fürs Erste. Holt euch Waffen und eure Einteilungen und ...« Alle blicken sich um, als eine zarte Gestalt ganz in schwarz gehüllt den Rasen betritt. Sie sind es höchstens gewohnt, von Leandros Mutter unterbrochen zu werden, doch noch nie hat er Jennifer hier gesehen. Es ist ihr sichtlich unangenehm und Paco erhebt sich.

»Es tut mir leid, ich wollte euch nicht stören es gibt nur etwas, was ich euch sagen wollte und ...« Es ist ganz still, als Paco Jennifer an Ramons Platz bittet und ihr versichert, dass es in Ordnung ist. Ihr Anblick reißt wieder bei jedem die Wunde auf, die nie verheilen wird. Leandro sieht zu Sami und Miguel. Sami blickt zu seiner Mutter, während Miguel den Kopf gesenkt hält. Jennifer atmet tief durch und sucht offenbar nach den richtigen Worten.

»Erst einmal möchte ich mich bei euch bedanken, bei allen, die mir und meinen Söhnen durch diese Zeit geholfen haben. Das gestern war sehr schwer und trotzdem auch schön, weil ich gespürt habe, wie sehr ihr alle Ramon geliebt habt.« Nun blickt nicht nur Miguel zu Boden, fast jedem hier fällt es schwer Jennifer dabei zuzusehen, wie sie gegen die Tränen ankämpft.

»Ich liebe diese Familie und die Familia, aber ich hoffe ihr versteht, dass ich so nicht weiterleben kann, alles hier, jeder Millimeter trägt Ramon in sich und ich brauche etwas Abstand. Deswegen werde ich zurück zu meiner Familie nach Schweden gehen ... Zusammen mit meinen Söhnen.« Leandro blickt auf. Sami starrt seine Mutter verwundert an, Miguel zeigt noch immer keine Regung. Noch immer herrscht Stille, keiner weiß so recht etwas zu sagen. Dann bricht Sami das Schweigen. »Mama, wie stellst du ...«

Paco unterbricht ihn. »Sami, wir werden das später genau klären, aber fürs Erste verstehen wir natürlich, dass du dich erst einmal zurückziehen möchtest. Jennifer, du sollst aber auch wissen, dass das hier auch dein Zuhause ist und du immer und jederzeit herkommen kannst. Egal was ist, wir werden dir mit allem helfen und dich unterstützen.«

Nun kann sie ihre Tränen nicht zurückhalten und umarmt Leandros Vater. »Ich weiß, ich weiß, aber ich kann hier zur Zeit nicht atmen, es tut zu sehr weh.« Paco umarmt Jennifer lange, während Juan alle anweist, sich ihre Sachen abzuholen. Als Paco und Jennifer aufstehen, sieht er seine Neffen und seinen Sohn an.

»Rodriguez und ich bringen sie nach Hause. Damian, Leandro, Sami und Miguel, holt eure Sachen und kommt dann ebenfalls hinterher!« Sie gehen. Sami ist wütend, als er sich von Pepo zwei Waffen geben lässt. Als Leandro vor seinen Onkel tritt, schüttelt dieser den Kopf.

»Früher hast du mich immer nach Eis gefragt, und heute?« Leandro muss lachen, als Pepo aufsteht, ihm zwei der besten Waffen gibt und gleichzeitig auf die Wange küsst.

»Tue das, wozu du geboren wurdest!«

Keine halbe Stunde später halten sie vor dem Surena-Anwesen, da der gesamte Innenhof gerade mit Tischen und Stühlen vollgestellt wird. Als sie das Gelände betreten, sind Dilara, Marina, Adora und Latizia gerade dabei die Tische abzuwaschen. Es stehen einige Tüten herum, irgendwo werden auch die Frauen herumschwirren und alles für morgen vorbereiten.

Leandro sieht auf die Tüten. »Ich hoffe, ihr habt schon gehört, dass ihr in nächster Zeit etwas aufpassen sollt, bleibt nur in Sierra und sagt immer jemandem Bescheid, wenn ihr unterwegs seid. Das Gebiet südlich ist für euch absolut tabu. Es gehört jetzt den Tijuas und ihr sollt euch davon fernhalten.«

Wie es zu erwarten war, verschränkt Dilara genervt die Arme, aber auch seine Schwester zuckt bei seinen Worten zusammen. »Übertreibt mal nicht. Denkt ihr, dass ihr uns jetzt herumkommandieren könnt?« Bei allem Stress beginnt Sami zu lachen, als Dilara sie herausfordernd anblickt. »Wir übernehmen jetzt einige Aufgaben der Familias und dazu gehört auch, euch unter Kontrolle zu bekommen, Dilara. Wenn wir euch bitten etwas aufzupassen, wird das schon seinen Grund haben!«

Damian setzt sich auf einen der Stühle und Marina drückt ihm einen Schwamm in die Hand. »Super, da könnt ihr gleich eine neue Aufgabe mit übernehmen und uns helfen, für morgen alles vorzubereiten.« Als Damian den nassen Schwamm zu ihr zurückwirft, trifft er ihr Shirt, das sofort klatschnass ist. »Du bist so bescheuert!« Sie wirft ihm den Schwamm an den Kopf. Nun ist Damian nass und Sami lacht laut los. Bevor das Ganze zu einer Wasserschlacht ausartet, greift Leandro ein. Es wird nicht ihre schwerste Aufgabe sein, sich um die Geschäfte zu kümmern, sondern für die Sicherheit ihrer Schwestern und Cousinen zu sorgen.

»Denkt einfach daran!« Dilara wendet sich ab. »Mir ist das egal!« Dieses Mal schaltet Miguel sich ein, so schweigsam er auch geworden ist, bisher war er der Einzige, auf den Dilara wenigstens etwas gehört hat. »Dilara, wir meinen es ernst. Passt in nächster Zeit gut auf und gebt uns Bescheid, wenn ihr unser Gebiet und Sierra verlassen müsst.« Dilara wendet sich zu Miguel um und sieht ihn an, als könne sie nicht glauben, dass er sich in dieser Sache nicht geändert hat.

»Wir müssen nachher nur noch auf den Wochenmarkt, ein paar Sachen für das Essen besorgen.« Latizia ist wie immer die Ruhigste und Vernünftigste und schaltet sich ein, bevor Dilara etwas zu Miguel erwidern kann. Leandros Herz schlägt schneller, er hat vergessen, dass heute und morgen der Markt ist. Sofort kommt in ihm wieder eine bittere Wut hoch. Dania hat erwähnt, dass sie dort einen Stand haben werden.

»Das erledigen Damian und ich!« Sein Cousin blickt ihn von der Seite an. »Was? Wieso das?« Rodriguez erscheint in der Tür zu Jennifers Haus und unterbricht das Ganze. »Kommt endlich!« Er sieht zu dem nassen Damian und Marina und beginnt zu lächeln. Sie folgen ihm, doch schneller als die Mädchen reagieren können, schnappt sich Sami einen Eimer und schüttet ihn in ihre Richtung aus. Nun sind alle vier nass und schreien laut auf, allerdings ist Sami so schnell im Haus, dass sie sich nicht rächen können. In letzter Zeit wünscht sich nicht nur Leandro immer öfter ihre unbeschwerten Tage zurück, wo sie alle nur Unsinn im Kopf und noch keine richtigen Sorgen hatten.

Sobald sie das Haus betreten, ist das wieder vorbei, sie sind in der Realität und verteilen sich im Wohnzimmer, wo Paco und Rodriguez neben Jennifer sitzen und auch ihre Oma und ihr Opa anwesend sind. Sie unterbrechen ihr Gespräch, als die Jungs hereinkommen. Leandro sieht zu den Armbändern, die auf dem Tisch vor Paco liegen. Es sind die gleichen Armbänder, die sein Vater, sein Onkel Rodriguez und sein Opa tragen und welches auch sein Onkel Ramon getragen hat. Er kennt dieses Armband in- und auswendig, früher hat er es stundenlang bei seinem Vater betrachtet und sich vorgestellt wie es ist, wenn er es endlich bekommt. Er hat nicht damit gerechnet, dass heute dieser Tag sein wird.

Sami und Miguel allerdings haben gerade ganz andere Sachen im Kopf. Sami setzt sich zu seiner Mutter und nimmt ihre Hand. »Mama, wegen vorhin. Ich kann es absolut nachvollziehen, dass du zurück nach Schweden willst, aber du musst doch wissen, dass Miguel und ich nicht mitkommen können. Wir bleiben hier in Sierra ...« Leandro senkt den Blick, als Jennifer müde um sich sieht. »Ich werde morgen fliegen und ich möchte, dass ihr beide mitkommt, ich will nicht auch noch einen von euch verlieren. Miguel ist noch nicht richtig gesund und ich werde euch nicht hierlassen, um dann zurückzukommen und eure Beerdigung mitzuerleben.«

Rodriguez und Paco tauschen einen Blick aus, doch Sami kommt ihnen zuvor. »Was denkst du denn, was wir in Schweden tun sollen? Schafe hüten? Mama, wir sind hier geboren und werden weiter für die Familia da sein, wir können dich besuchen kommen und du kommst zu uns, doch ich will hier nicht weg.« Miguel sagt nichts zu all dem.

Leandro ist flau im Magen, er kann sich nicht vorstellen, dass Sami und Miguel Sierra wirklich verlassen werden. Rodriguez mischt sich ein. »Jennifer, ich verstehe dich wirklich gut, aber ich denke auch, dass Sami und Miguel hierbleiben sollten, es würde sie nicht glücklich machen hier wegzugehen.« Jennifer beginnt zu weinen und nickt. »Das weiß ich, mir fällt es selbst schwer Puerto Rico zu verlassen, aber momentan kann ich hier nicht bleiben. Ich kann aber meine Söhne auch nicht zurücklassen ...«

Ihre Oma bekommt selbst Tränen in den Augen und setzt sich zu Jennifer. »Das musst du, meine Liebe. Was denkst du, wie schwer es mir gefallen ist, Ramon, Paco und Rodriguez hier zurückzulassen, als wir nach Florida gezogen sind? Und sie waren noch viel jünger, als Miguel und Sami es heute sind. Aber ich wusste, das sie hierher gehören und ich daran nichts ändern kann. Ramon hätte das auch so gewollt, ich bin mir sicher, er hätte gewollt, dass seine Söhne hier bleiben.«

Jennifer wirkt verzweifelt. »Das weiß ich, aber ich kann doch nicht ... Jetzt zu gehen und sie hierzulassen, fühlt sich falsch an.« Paco sieht zu Miguel. »Du lässt sie nicht alleine hier. Du weißt, dass Sami und Miguel wie meine eigenen Söhne sind, Rodriguez und ich lieben sie wie unsere eigenen Kinder und wir werden genauso auf sie achten.«

Ihr Opa nimmt die Armbänder und macht sie jedem von ihnen am Arm fest. Erst Miguel, dann Sami, Leandro und dann Damian. »Es ist Zeit, dass ihr ebenso die Führung der Les Surenas übernehmt. Ich habe schon länger darüber nachgedacht. Es ist mir damals sehr schwergefallen, die Führung an meine Söhne zu geben, ich musste wegziehen, sonst hätte ich das nicht geschafft. Euren Vätern fällt es auch schwer euch loszulassen, deswegen habe ich mir überlegt, dass ihr das Haus von eurer Oma und mir bekommt.

Ich habe von den Trez Surentos gehört und denke, es ist besser so. Wenn wir zu Besuch kommen, schlafen wir meistens bei Jennifer im Haus. Unser Haus steht schon lange leer und ihr sollt es haben. Ihr vier könnt darin leben und eure Treffen abhalten.«

Leandro hofft, dass er sich nicht verhört. Das Haus ihrer Großeltern steht auch auf dem Surena-Anwesen, aber etwas weiter abseits. Paco zieht die Augenbrauen hoch. »Ich weiß nicht, ob ihre Mütter das so gut finden werden, aber von mir aus können die Jungs darin leben.«

144

Damian und Leandro schlagen ein, sie ziehen in ihr eigenes Haus. Es wird wie das Cielo, nur viel besser und wenn Sanchez und die anderen davon erfahren, wollen die garantiert mit einziehen.

Selbst Jennifer lächelt und gibt sich offenbar in der Sache mit Miguel und Sami geschlagen, vielleicht wusste sie auch von Anfang an, dass sie sie nicht von hier wegnehmen kann. »Na, das wird ja was.« Sie einigen sich darauf es so zu probieren. Jennifer kehrt vorerst zu ihrer Familie zurück, um etwas Abstand zu gewinnen, Sami und Miguel bleiben bei ihnen und sie ziehen alle in das vierte Haus auf dem Surena-Anwesen, sobald es renoviert ist. Am Ende lächelt Jennifer immer mehr, nachdem Damian verkündet hat, schon in ein paar Wochen mit Miguel und Sami zu Besuch nach Schweden zu kommen. Er hat gehört, dort gäbe es die schönsten Frauen.

Als Leandros Mutter dann zu ihnen kommt, beschließen sie, dass es morgen ein Begrüßungs- und Abschiedsfest wird und sie den Tag richtig genießen werden. Sie bindet Jennifer gleich mit ein. Leandro ist sich sicher, dass es seiner Tante gut tun wird. Als seine Mutter erfährt, dass er ausziehen wird, verkneift sie sich einen Kommentar, aber sicherlich nur, weil sie weiß, dass er noch in der Nähe bleibt.

Bevor Jennifer und Bella hinausgehen, steht Leandro auf. »Damian und ich fahren auf den Markt, was sollen wir besorgen?« Seine Mutter sieht ihn an, als wäre er verrückt geworden und Damian rückt tiefer ins Sofa. »Das war doch vorhin nicht dein Ernst?« Leandro wirft den Autoschlüssel zu ihm. »Doch, ich muss da noch etwas klären.« Nun steht Damian doch auf und seine Mutter zuckt die Schultern. »Tomaten, Melonen und Salat müsst ihr besorgen!« Leandro nickt und verlässt mit Damian das Haus, die Sache mit Dania ist noch immer nicht erledigt für ihn und er weiß, er wird sie auf dem Markt antreffen.

Kapitel 14

Am Marktplatz angekommen sieht sich Leandro gleich um, noch hat er keinen richtigen Plan was er tun will. Er musste diese Chance aber nutzen, um Dania noch einmal zu sehen und ihr zeigen zu können, was er davon hält, wie sie sich verhalten hat.

Er entdeckt ihren Stand allerdings nicht. Sie stehen vor einem Stand mit mehreren Sorten Tomaten und Damian verdreht die Augen. »Kauft Tomaten, wie lustig.« Auch Leandro sieht etwas durcheinander auf die unterschiedlichen Sorten, sagt dem Verkäufer allerdings, dass er ihnen welche der besten einpacken soll und so machen sie es auch bei dem Salat. Sie halten vor einem Stand mit Süßigkeiten, Leandro kauft einige der Leckereien, die er früher immer bekommen hat, als er mit seiner Mutter oder einer seiner Tanten auf den Markt ging. Sein kleiner Bruder kennt diese Süßigkeiten überhaupt nicht, da es sie nur in Puerto Rico gibt und er kauft ihm welche davon. Er vermisst Lando und freut sich, dass er ihn morgen wiedersieht.

Plötzlich werden ihm die Augen zugehalten und ein weicher Frauenkörper drängt sich an ihn. Für einen Moment schlägt Leandros Herz schneller, doch dann riecht er das Parfüm der Frau und hört ihre Stimme. »Sieh an, wer wieder in Sierra ist.« Leandro wendet sich um und begrüßt die beiden Frauen, mit denen Sami und er seinen Spaß hatten, als sie nach Sierra zurückgekehrt sind und auf die Dilara so eifersüchtig reagiert hat. »Seid ihr jetzt endgültig zurück?« Leandro nickt. »Ja, die Familias sind zurück.« Die, mit der er sich vergnügt hat, deren Namen er aber immer wieder vergisst, lächelt ihn an. Sie ist hübsch und ihr Interesse an ihm scheint nicht weniger geworden zu sein.

»Bist du noch mit dieser ...« Leandro stoppt sie, er will es gar nicht erst hören. »Ich habe keine Freundin, was macht ihr zwei hübschen heute Abend?« Ihre Freundin kommt nun ebenfalls näher. »Ist Sami auch zurück?« Leandro lächelt. Sami wird Ablenkung gebrauchen können. »Ja, das ist er, alle sind zurück! Wir geben heute Abend eine kleine Feier, kommt doch vorbei und bringt ein paar Freundinnen mit!« Die beiden sind sofort einverstanden.

Sie bringen den Einkauf zum Auto, bevor sie sich mit den beiden Frauen zusammen um die Melonen und noch einiges für ihre eigene kleine Feier im Cielo heute Abend kümmern. Damians schlechte Laune ist auch verflogen bei der Aussicht, dass sie später Freundinnen mitbringen. Als sie danach zum Auto zurückkehren, entdeckt Leandro denselben Stand, den er schon in Safia gesehen hat. Er steht nicht direkt auf dem Markt, weswegen er ihn wahrscheinlich nicht sofort bemerkt hat. Nur dieser Alberto steht dahinter und unterhält sich gerade mit mehreren Jugendlichen aus Sierra.

Leandro legt seinen Arm um die Frau und schlendert mit ihr zum Stand. Damian und die andere folgen ihnen. Leandro bleibt stehen und beobachtet genau, wie Alberto die Jugendlichen darüber informiert, dass sie im Auftrag der Kirche da sind und sie bewirken wollen, dass mehr Jugendliche zurückkehren zum Glauben. Er stellt einige Projekte vor, dabei sieht er ziellos umher. Dania hat gesagt, er sei blind. Irgendetwas in Leandro will das nicht glauben, auch wenn es ganz so aussieht.

Leandro hat genug gehört. »Wieso habt ihr einen Stand in Sierra? Hier sind alle gläubig genug und unsere Kirche hat diese Probleme nicht, hinzu kommt, dass ich mich nicht erinnern kann, dass ihr um Erlaubnis gefragt habt, hier sein zu dürfen.« Alle blicken sich zu ihm um, auch Damian sieht ihn fragend an. Die Frau streckt sich zu ihm und flüstert Leandro ihre Bedenken ins Ohr. »Sie sind von der Kirche, lass sie doch!« Leandro denkt nicht dran, er hat damit gerechnet Dania zu treffen, dass sie nun Sierra komplett meidet, macht ihn nur wütender.

Alberto wendet sich in seine Richtung, auch wenn er ihn nicht direkt ansieht. »Bruder, wir planen hier nichts Böses, im Gegenteil, wir wollen nur dem Glauben noch mehr Kraft geben und solange ich Gott hinter mir habe, brauche ich keine Erlaubnis.« Leandro schnauft auf und beugt sich vor. »Hör zu, ich bin sicherlich alles andere als dein Bruder und ...« Alberto grinst selbstgefällig. »Wir alle sind Gottes Kinder und somit Geschwister.« Leandro würde ihn am liebsten über den Tisch zu sich ziehen und das spüren die anderen Leute, die hier versammelt sind und entfernen sich.

»Wenn du vorhast, hier in Sierra ...« Weiter kommt er nicht. »Was soll das, Leandro?« Wie konnte er vorhin nur für eine Sekunde denken, es wäre Dania, die ihn überraschen wollte, jetzt wo sie wirklich hinter ihm steht, spürt er ihre Präsenz sofort. Er versucht, so gelassen wie nur möglich zu sein, als er sich zu ihr umdreht, den Arm noch immer um die andere Frau.

»Ich habe deinem Freund nur klargemacht, dass er hier bei uns nicht machen kann was er will, gerade du solltest es doch wissen.« Dania sieht ihm in die Augen. Leandro bildet sich ein, Verletztheit darin zu erkennen, bis er sich selbst daran erinnert, dass er sie nie gebeten hat zu gehen, im Gegenteil. Er sieht auch den Blick, den sie auf die Frau neben ihm wirft und ein Stich durchfährt ihn.

Egal wie sexy alle Frauen hier um ihn herum sind und im Kontrast dazu Dania, die ihm in einem langen bunten Rock mit einem einfachen weißen T-Shirt gegenübersteht, keine Frau kommt in seinen Augen auch nur ansatzweise an sie heran. Diese Erkenntnis trifft ihn bitter, umso mehr erwartet er jetzt einen Schlagabtausch mit ihr, irgend etwas, was ihm Befriedigung gibt. Doch nachdem sie ihn schweigend angesehen hat, schüttelt sie nur den Kopf.

»Wieso tust du das?« Leandro lächelt. »Weil ich es kann!« Anstatt ihm irgendein Konter zu geben, nickt sie dann. »Ok, wir werden es uns für das nächste Mal merken.« Leandro ist nicht zufrieden und will noch etwas sagen, doch Damian hält ihn ab und nickt Dania zu, als er Leandro weiterzieht. »Warne mich das nächste Mal, wenn du vorhast, dich wegen Dania auch noch mit einem Geistlichen anzulegen.« Die Frauen neben ihm beginnen zu tuscheln. »Hast du ihre Arme gesehen? Wie schrecklich.«

Leandro beachtet es nicht weiter, sie haben keine Ahnung davon, wie viel mehr Dania ist. Noch frustrierter als ohnehin schon fahren sie zurück. Sie geben den Einkauf ab und sagen allen wegen abends Bescheid. Leandro sollte nicht noch einmal so dumm sein und glauben, dass ein Streit mit Dania ihn sich irgendwie besser fühlen lässt.

Er muss sie sich jetzt einfach aus dem Kopf schlagen, heute Abend wird er dafür schon einen großen Schritt machen.

Als sie im Cielo den Grill anwerfen, kommen langsam alle herüber. Sanchez hat auch noch ein paar Frauen angerufen und sogar Miguel taucht irgendwann mit Sami auf. Kurz bevor die Frauen kommen, stehen allerdings plötzlich sein Vater, Hernandez und Miko im Cielo, um ihnen einige Details für die nächste Woche mitzuteilen. Als dann aber wirklich die Frauen eintreffen, verabschieden sie sich lachend. Miko seufzt und erinnert die beiden anderen an ihre Jugendzeit, doch sie lassen ihre Söhne in Ruhe ihren Spaß genießen und nichts anderes wird Leandro heute machen.

Sie bleiben eine Weile im Garten. Die Frau vom Markt macht es sich auf seinem Schoß bequem, während sie Tenaz streichelt. Trotzdem sieht sich Leandro um, ob nicht noch etwas Besseres zu haben ist, doch er stellt fest, dass sie wohl für heute Nacht ihm gehört. Es dauert nicht lange und fast jeder seiner Cousins hat sich eine ausgesucht, bis auf Ciro, der sich wegen seines Bruders noch etwas zurückhalten will. Leandro hat sich nicht getäuscht, Sami braucht Ablenkung und ist einer der ersten, der mit einer der Chicas verschwindet.

Unauffällig beobachtet Leandro wie sich Miguel verhält, er und Damian wissen als Einziges, dass ihm mehr als nur Schläge als körperliche Qual angetan wurden, doch auch sie kennen keine Einzelheiten. Während er mit Sanchez und Rico Karten spielt, wird er von einer Blonden geradezu umworben. Er sieht nicht so aus, als hätte er wirklich Interesse, doch immerhin lässt er irgendwann zu, dass sie sich auf seinen Schoß setzt. Es wird besser, die Zeit heilt wie man sagt alle Wunden, auch Sanchez verkrümelt sich bald mit einer Chica, wenngleich Leandro weiß, dass ihm die Sache mit Celestine noch schwer im Magen liegt.

Es wird Zeit dafür zu sorgen, dass er vergisst. Deshalb führt auch er die Frau auf seinem Schoß bald in eines der Schlafzimmer. Er will gar nicht erst groß anfangen nachzudenken und zieht ihr schnell ihr Top aus. Seine Erinnerungen waren richtig, sie hat eine traumhafte Figur, doch als sie ihm sein T-Shirt auszieht und seine nackte Brust küsst, muss er sich konzentrieren, um mit seinen Gedanken nicht abzudrif-

150

ten. »Du hast mir richtig gefehlt, ich liebe deinen Geruch.« Sie küsst sich immer weiter nach unten, streicht vorsichtig über seine frischen Narben und knöpft seine Jeans auf. Leandro wummert das Wort Liebe im Ohr. Sie kommt schnell zur Sache und nimmt ihn ganz in den Mund. Leandro stützt sich an der Wand ab. »Ich liebe es«, genüsslich leckt sie sich die Lippen und Leandro flucht auf und zieht sie hoch und aufs Bett. »Denkst du, wir können das in Zukunft öfters haben?«

Sie versucht Leandro zu küssen, doch er stoppt sie. »Hör zu, ich bin ganz ehrlich, wir können Spaß zusammen haben, aber die Wörter Liebe und etwas Ernstes solltest du bei mir streichen.« Sie blickt ihn erst fragend, dann verstehend an. »Ist es noch wegen dieser Dania? Ich dachte, das Thema wäre gegessen, ich meine, ich habe ja heute selbst ihren Körper gesehen.« Damit wäre das Thema Spaß haben wohl komplett erledigt, Danias Namen aus ihrem Mund hat dann auch Leandros Körper gezwungen einzusehen, dass es nicht klappt. »Lassen wir das Thema.«

Der Schrei einer Frau lässt Leandro hochfahren und alles andere vergessen. Alle Alarmglocken schlagen in seinem Kopf, als er sich die Boxershorts hochzieht und auf den Flur tritt, genau wie Sami im gleichen Augenblick. Alle anderen sind noch im Garten und haben es nicht mitbekommen, doch als zwei Zimmer weiter etwas umfällt, stürmen Leandro und Sami in das Zimmer. Sie beide halten ein bei dem Bild, was sich ihnen bietet. Miguel steht über einer Frau am Bett, er hat sein Shirt nicht mehr an und sein ganzer Körper bebt, während die Frau sich unter ihm zusammenkrümmt und duckt.

Erleichtert registriert Leandro, dass sie noch komplett bekleidet ist. «Was ist hier los?« Sami sieht von der Frau zu Miguel, der diese regelrecht niederstarrt und sie gar nicht zu bemerken scheint. Erst als Leandro sich zwischen ihn und die Frau stellt, scheint Miguel wieder zu sich zu kommen. »Er war ganz scharf auf mich, hat mich geküsst und hierhergebracht. Als ich ihn dann küssen wollte, ist er vollkommen ausgerastet und hat mich aufs Bett geschmissen.« Ein Lachen von hinten unterbricht die angespannte Situation. Die Frau, die gerade noch unter Leandro lag, muss ihnen gefolgt sein und lacht nun amüsiert. »Was ist daran so schlimm? Wenn du keinen härteren Sex magst, darfst du nicht auf solche Feiern kommen.«

Leandro ist froh, als die Frau sich sauer erhebt und den Raum verlässt und auch Sami seinem Bruder lachend das Shirt zuwirft. Leandro allerdings spürt noch immer Miguels Zittern, er hat gesehen wie weggetreten er war und er ahnt, dass sie rechtzeitig da waren, um Schlimmeres zu verhindern. Ab jetzt muss er Miguel richtig im Auge behalten. Immerhin ist er so allem entkommen. Er bietet sich an Miguel nach Hause zu fahren, auch er hat keine Lust mehr. Die ganze Fahrt über schweigen sie, erst als sie vor ihren Häusern halten, sieht Leandro ernst zu seinem Cousin.

»Was ist da mit dir passiert, Miguel?« Sofort wendet dieser seinen Blick ab. »Lass es gut sein!« Leandro nickt, er würde wahrscheinlich auch nicht darüber reden wollen. »Schön, aber versprich mir, dass du das, was gerade passiert ist ... Pass einfach auf und Miguel, wenn du dich nicht unter Kontrolle hast, solltest du Dilara nicht so sehr an dich heranlassen. Nicht dass du plötzlich nicht mehr weißt was du tust und ...« Jetzt sieht Miguel zu ihm. »Ich würde Dilara niemals wehtun, egal was ist, das solltest du wissen.«

Leandro nickt und sie steigen aus. Leandro klopft ihm auf die Schulter, vorsichtig, da er weiß, wie tief seine Wunden noch sind. »Lass uns das Essen für morgen plündern, ich hab Hunger.« Es fällt ihm ein Stein vom Herzen, als Miguel dann lächelt und nickt. »Ich könnte einen Bären verdrücken.« Es ist sein Cousin Miguel, doch irgendetwas muss in ihm zerstört worden sein. Leandro wird ihn nicht nur beobachten, sondern auch dafür sorgen, dass es wieder repariert wird.

Zuerst handeln sich beide aber Ärger ein, als seine Mutter sie am nächsten Morgen vollgegessen vor laufendem Fernseher schlafend im Wohnzimmer vorfindet. Trotzdem ist noch genug Essen da, sie fahren zum Flughafen, um den Rest der Familie abzuholen. Alle sind aufgeregt. Neben Adriana, Juana, Eva, Danijela und Lucia kommen auch die Kinder zurück, die noch jünger sind und Lando als Jüngster kommt das erste Mal in seine Heimat Puerto Rico und sieht seinen Vater. Auch ihre Oma und deren Schwestern kommen, doch niemand ist so nervös wie sein Vater.

Paco ist unruhig. Leandro kann es verstehen, er weiß noch nicht lange, dass er einen Sohn hat. Alle sind gespannt auf ihn, aber nur die Männer, deren Frauen zurückkommen, begleiten sie, Rodriguez, Juan und die anderen müssen warten, bis sie nach Sierra kommen. Als der Privatflieger landet, sehen alle gespannt auf die Tür. Zuerst kommt Adriana heraus mit Jesus und Omar. Chico kann nun endlich nach fast zwei Jahren seine Familie begrüßen und sie lassen ihnen diesen Moment. Juana und Eva erscheinen als nächstes mit Adora und Estefania, Ramos und Raul schließen sie in ihre Arme.

Tito wird immer nervöser, bis endlich Lucia erscheint und direkt hinter ihr seine Oma, die Mutter von Bella und auf ihren Armen sitzt Lando und sieht müde auf Puerto Rico hinaus. Seine Mutter beginnt zu weinen, Leandro weiß, wie schwer es für sie war, von Lando getrennt zu sein. Sie küsst Lucia, bevor sie Tito um den Hals fällt, dann nimmt sie ihrer Mutter Lando ab, der plötzlich laut anfängt zu weinen und Mama schluchzt. Auch für ihn wird es schwer gewesen sein.

Bella küsst seine weichen Wangen und Paco geht zu ihnen. Leandro sieht weg, als er bemerkt, dass sein Vater Tränen in den Augen hat, nachdem Bella ihm Lando auf den Arm gibt und seinem kleinen Bruder erklärt, dass er sein Vater ist. Vielleicht spürt Lando es, verstehen wird er es nicht, aber auf dem Arm seines Vaters beruhigt er sich und sieht ihn aus großen Augen an, während Paco seine Wangen küsst und die Augen schließt. Leandro lächelt, langsam schließen sich viele Wunden, er kann seinen Bruder erst im Auto begrüßen, wo er ihn freudig mit seinen kleinen Händen auf die Wangen haut und »Androoooooo« vor sich hin brummelt.

Bei Latizia im Arm schläft er ein und kaum sind sie zuhause, wird Lando von Rodriguez und allen anderen durchgeknuddelt. Jeder verfällt ihm sofort, auch Miguel behält ihn lange bei sich, bevor er in ihrer Einfahrt hinter Sena und Tenaz her rennt und sie zu essen beginnen. Leandro wusste nicht ob es klappt, ob sie wirklich alle so unbeschwert zusammensitzen können, nach allem was gewesen war, doch es ist wirklich entspannt. Selbst Jennifer lächelt und irgendwann schläft Lando auf dem Arm seines Vaters ein. Gerade will Leandro sich zurücklehnen und erleichtert seine Familie genießen, da hält eines ihrer Fahrzeuge vor dem Tor, die Männer, die Wache gehalten haben, steigen aus.

»Wir haben jemanden am Cielo gefunden. Soviel ich weiß, ist es die Tochter von diesem Gallardo, sie wollte zu dir, Leandro.« Alle blicken vom Essen auf, als die Wachen unsanft Dania aus dem Auto holen. Leandro flucht auf. »Lasst sie los, ich kümmere mich darum!« Leandro steht sofort auf, ihm ist bewusst, dass wirklich alle, seine komplette Familie, alle Männer der Familia anwesend sind und zwischen ihm und Dania hin- und hersehen.

Sein Vater neben ihm räuspert sich kurz. Leandro flucht, bevor er ohne weiter auf jemanden zu achten zu Dania geht, der das Ganze mehr als unangenehm ist. Sie steht zwischen den Männern und klopft sich den Staub von ihren Jeans. Heute hat sie ihre langen schwarzen Locken offen. Leandro könnte sich selbst dafür erwürgen, dass trotz der Situation noch immer sein Herz schneller schlägt bei ihrem Anblick.

Die Männer machen Platz, als er zu ihnen tritt und Dania blickt an ihm vorbei zu seiner Familia. »Tut mir leid, ich wusste nicht, dass ihr eine Feier habt oder dass ich mittlerweile so unerwünscht bin.« Sie zeigt zu den Männern, die sie hergebracht haben. »Sie kennen dich nicht, deshalb haben sie so reagiert.« Er sieht, wie sie zu jemandem hinter seinem Rücken lächelt und ist sich sicher, dass sie Dine entdeckt hat. »Was ist los? Du hast dir bestimmt nicht umsonst die Mühe gemacht, mich aufzusuchen und deinen Platz bei Alberto zu verlassen.«

Die ganze Sache mit Dania trifft ihn viel zu sehr um so zu tun, als wäre alles in Ordnung. Nun blickt Dania ihn an. Leandro spürt, dass sie beobachtet werden, doch wenigstens kann niemand sie hören. »Darum geht es ja, ich wollte mit dir darüber reden. Seit du gestern am Stand warst, ist keiner mehr gekommen. Die Leute denken, ihr verbietet es und kommen nicht mehr. Wir werden auch in Zukunft hin und wieder in Sierra sein, wenn ich dich so störe, werde ich mich ab jetzt fernhalten, aber bitte mache es den Mitarbeitern nicht so schwer und lasse sie deswegen leiden. Es ist eine wirklich gute Sache und nur weil du mich jetzt so sehr hasst, soll das nicht darunter leiden. Ich werde mich ab jetzt davon zurückziehen.«

Er wollte sie provozieren, vielleicht ist er dabei zu weit gegangen. »Ich hasse dich nicht, Dania.« Sie blickt zu Boden. »Es tut mir leid wie alles gelaufen ist, aber ich bitte dich, dass jetzt nicht an Alberto und der Kirche auszulassen.« Leandro nickt. »Du brauchst dich nicht von Sierra fernzuhalten, ich habe verstanden, dass du mich verlassen hast und wie du es gesagt hast, sollte es nicht alles an anderen rausgelassen werden. Von mir aus macht euren Stand, wenn es dir so wichtig ist, ich halte dann Abstand von dem Markt.«

Dania hebt ihren Arm. »Ich habe dich nicht … Leandro so ist das alles nicht, ich dachte wirklich, du würdest es verstehen.« Er sieht zurück zu seiner Familie. »Glaub mir, ich verstehe. Bist du mit dem Auto hier?« Dania schüttelt den Kopf. »Sie warten am Markt auf mich, ich wollte erst noch mit dir reden und bin zu euch gelaufen.« Leandro greift in seine Jeans und merkt, dass sein Schlüssel im Haus ist. »Warte, ich fahre dich.« Dania verschränkt die Arme.

»Das musst du nicht, bleib bei deiner Familie, ich laufe zurück.« Leandro geht zurück zum Haus. »Ich bin gleich da.« Wie stur diese Frau ist, als könnte sie sich nicht denken, dass der Tag nun eh für ihn gegessen ist. Als er am Tisch vorbeikommt, grinst ihn Chico frech an. »Alles klar oder brauchst du Hilfe?« Leandro sieht zurück zu Dania, die unsicher am Tor stehen bleibt. »Ich bin gleich wieder da.«

Pepo lehnt sich zurück. »Die Tochter von Gallardo, wie dein Vater nimmt man sich nur die komplizierten Frauen.« Damian lacht. »Gestern hat er sich fast mit der Kirche angelegt, das wird sicher nicht gut enden.« Leandro ignoriert sie und holt den Autoschlüssel. Als er zurückkommt, sieht er seine Mutter und Sara bei Dania stehen und flucht. »Ich wollte sie aufhalten, aber du kennst deine Mutter ja.« Sein Vater zeigt auf sie und Leandro geht schnell zu den drei Frauen.

»Wir haben Dania gefragt, ob sie zum Essen bleiben will, aber sie muss leider schon los.« Leandro zeigt Dania, welches Auto sie nehmen. »Ich bin gleich wieder da.«

Er gibt Gas, nachdem sie eingestiegen sind. Kaum sitzen sie, vernimmt er wieder ihren süßen Geruch und will sie so schnell es geht absetzen, um nicht alles zu vergessen und schwach zu werden. »Deine Familie ist sehr nett, deine Mutter ist wirklich hübsch.« Leandro schweigt und Dilara sieht aus dem Fenster. Als sie kurz darauf am Marktplatz halten, steigt sie allerdings nicht gleich aus, sondern blickt zu ihm.

»Leandro, ich habe dich nicht verlassen, weil ich dich nicht mehr wollte, sondern weil ich das Gefühl hatte, ich bin dir nur eine Last, und du bist ein zu guter Mensch, um das zu sagen. Ich weiß momentan nicht, ob ich glücklich oder wütend sein soll, darüber, wie du dich jetzt verhältst. Ich hätte gedacht, dass du erleichtert bist wenn ich weg bin, dass du jetzt so sauer bist, zeigt mir, dass ich mich vielleicht doch getäuscht habe und ich dir nicht so egal war, wie ich es angenommen habe. Gestern warst du aber mit den Frauen und ich weiß momentan auch nicht was ich denken soll.«

Leandro lacht bitter auf. »Etwas spät, es wäre besser gewesen, einfach mal direkt nachzufragen, statt einfach zu handeln. Du warst mir alles andere, Dania, aber niemals egal.«

Sie schweigt und sieht ihm in die Augen. Es wäre so leicht sie jetzt einfach zu küssen, doch Leandro kann nicht vergessen, dass sie gegangen ist und als es hupt, kommt er wieder in der Realität an. Alberto winkt in ihre Richtung aus einem Auto mit Anhänger, noch jemand sitzt bei ihm. »Geh in dein neues Leben zurück, das war es doch, was du die ganze Zeit wolltest.«

Dania öffnet den Mund um etwas zu sagen, doch dann schließt sie die Augen und schnallt sich ab. »Machs gut, Leandro.«

156

Kapitel 15

»Lando, warte!« Latizia eilt ihrem kleinen Bruder durch den Garten hinterher. Er findet das alles hier toll, in New York hatten sie nur eine Wohnung, hier rennt er schon den ganzen Morgen im Garten herum und Latizia hat alle Mühe, ihn vom Wasser fernzuhalten. Ihr Vater war heute morgen schon mit ihm im Pool, er ist total vernarrt in Lando und kann ihm jetzt schon keinen Wunsch abschlagen. Es hat gut getan die beiden zu beobachten und zu sehen, wie glücklich ihre Mutter darüber war, dass sie nun alle beisammen sind.

»Wir besorgen ein paar neue Möbel für unser Haus.« Leandro kommt mit Damian in den Garten und fängt Lando ein. Latizia murmelt nur ein Ok, sie findet es ungerecht, dass die ganzen Jungs ausziehen und die Mädchen momentan keinen unbewachten Schritt machen dürfen. Sie wollte vorhin mit ihrer Mutter darüber reden, doch sie musste los, um mit ihrem Vater, Rodriguez, Melissa, Sami und Miguel ihre Großeltern und Jennifer zum Flughafen zu bringen. Lando bleibt bei Latizia, aber ihre Mutter hat versprochen sich später Zeit zu nehmen.

Damian küsst Lando auf seine Wangen, Latizia mustert ihren Bruder, solange der sich in der Küche noch ein Brötchen schmiert, er ist gerade erst aufgestanden. »Diese Dania? Werden wir sie jetzt öfter sehen?« Latizia war mehr als erstaunt, als sie gestern aufgetaucht ist und ist sich sicher, dass sie der Grund für Leandros wechselhafte Launen ist. Damian lacht leise und Leandro dreht sich zu ihr um. »Wohl kaum und ich will über dieses Thema nichts mehr hören.«

Damian gibt ihr Lando auf den Arm und lacht leise. »Ich habe das Gefühl, wir werden davon noch so einiges hören aber jetzt lass uns erst einmal abhauen.« Leandro verkneift sich einen weiteren Kommentar, dann gibt er Lando einen Kuss, während Damian schon hinaus geht. Er will gehen, doch blickt Latizia noch einmal an. »Ist alles in Ordnung bei dir?« Latizia nickt, vielleicht viel zu schnell, doch er gibt auch ihr einen Kuss auf die Wange und geht dann.

Erst vor zwei Tagen hat ihr Vater lange mit ihr geredet, er macht sich Sorgen, wie sie all das Geschehene verkraftet. Alle sagen, sie hat sehr abgenommen, ihr fällt das allerdings nicht so sehr auf. Ihre Eltern achten jetzt sehr darauf, dass sie mehr isst, doch Latizia bedrückt etwas ganz anderes. Sie hatte nie vor ihre Familie zu belügen, doch sie hat es getan und dann auch noch für jemanden wie Adán.

Egal wie sauer sie ist, weil er sich am Ende ihres gemeinsamen Abends so verhalten hat, er geht ihr nicht aus dem Kopf. Irgendetwas an ihm fasziniert sie und zieht sie an. Und das ist es, was sie am meisten bedrückt. Sie hat immer über die Frauen gelächelt, die sich in Idioten verliebt haben und jetzt hat sie das Gefühl, eine von ihnen zu sein.

Latizia verdrängt diese Gedanken schnell wieder, je weniger sie an ihn denkt, desto besser, sie ist sich absolut sicher, dass er noch am selben Abend seinen Spaß mit einer anderen Frau hatte. Wenn er auf solche Frauen steht, ist er es eh nicht wert, einen weiteren Gedanken an ihn zu verschwenden.

Sie zieht Lando etwas Richtiges an und überlegt zu wem sie gehen soll, sie hasst es alleine im Haus zu sein. Als ihr Handy klingelt, hat sie sich bereits entschlossen, Sanchez zu bitten sie abzuholen, damit sie zu ihrer Oma kann. Sie hat gehört, dass sie trotz all dem, was sie gemacht haben, damit ihr, wenn sie wieder nach Sierra kommt, nicht zu sehr auffällt, dass jemand in ihren Häusern war, nur am Putzen ist. Sie wird ihr helfen und sich so ablenken. Ihr Onkel Juan wird Lando dann eh nicht mehr aus dem Arm geben.

Als Latizia aber sieht, dass mit unterdrückter Nummer angerufen wird, kribbelt es in ihrem Magen. Sie hat nicht daran gedacht, dass Adán sich noch einmal melden würde, allerdings ist er der Einzige, der seine Nummer öfter nicht sendet. Einen Moment überlegt sie nicht abzunehmen, doch dann meldet sich wieder dieses kleine verbotene Stimmchen in ihrem Kopf, welches ihr schon so einigen Ärger eingebrockt hätte, wäre sie erwischt worden.

»Hallo?« Latizia hört dummerweise auf diese Stimme, weil nur sie ihren Magen so schön kribbeln lässt.

»Hey.« Er ist es und Latizia schließt die Augen.

»Was willst du?« Sie hört, dass um ihn herum viel Lärm ist.

»Ich bin in Sevilla und suche schon seit einer Weile nach dir. Wo wohnst du, ich will kurz mit dir reden.« Sofort steigt Panik in ihr auf, genau deswegen wollte sie nie lügen, weil das niemals gut ausgeht.

»Ich wüsste nicht, was es noch zu bereden gibt, wie kommst du dazu, einfach nach mir zu suchen?« Adán räuspert sich und Latizia sieht ihn wieder vor sich, seine mächtige und gefährliche Präsenz und seine überhebliche Art passen so gar nicht zu seinen Worten.

»Es dauert nur ein paar Minuten und ich muss etwas loswerden, mach es mir nicht so schwer, Latizia, ich werde nicht aufhören nach dir zu suchen, bis ich dir das gesagt habe, was ich zu sagen habe.«

Das ist gar nicht gut, überhaupt nicht, denn irgendwann kann er auf jemanden treffen, der ihm womöglich sagt, dass sie nicht in Sevilla sondern in Sierra lebt. Und wenn er so offensichtlich nach ihr sucht, wird das früher oder später sicherlich jemand aus ihrer Familia mitbekommen.

»Wo bist du genau? Ich komme kurz, aber suche nicht mehr nach mir.« Sie hört ein Grinsen aus seiner Stimme und geht schnell mit Lando auf dem Arm die Treppen hinunter. »Ich bin gerade in der Nähe des Krankenhauses in einem Park mit einem riesigen Brunnen.« Latizia kennt die Stelle. »Okay, aber es kann dauern, ich muss hier noch kurz etwas klären.« Sie legt auf und rennt förmlich in das Haus nebenan.

Sie klopfen oder klingeln nie und als sie eintritt, steht Dilara gerade in der Küche und trinkt Orangensaft. »Schön, ich wollte gerade zu dir, ist es nicht unglaublich, dass unsere Brüder einfach ...« Latizia eilt zu ihr und drückt ihr Lando auf den Arm. »Dilara, du musst kurz auf ihn aufpassen, ich beeile mich und ich brauche dein Auto.« Dilara küsst Lando, der sofort beginnt an ihren Locken zu ziehen. »Was hast du vor?« Latizia ist noch nicht dazu gekommen ihrer Cousine zu erzählen, dass sie Adán wiedergesehen hat, nein, falsch, sie hat sich noch nicht getraut es zu tun. »Ich muss etwas klären, ich beeile mich auch, versprochen.«

Dilara holt ihren Autoschlüssel und sieht ihre Cousine fordernd an. »Hat es etwas mit den Typen zu tun, die wir auf keinen Fall wiedersehen dürfen?« Latizia will sich den Schlüssel schnappen, doch Dilara denkt nicht dran. »Ja, ich erzähle dir später alles, versprochen, aber ich muss jetzt los!« Dilara gibt ihr den Schlüssel und schüttelt den Kopf. »Latizia, mittlerweile weiß jeder über die Tijuas Bescheid, es ist viel zu gefährlich.« Latizia atmet einmal durch. »Denkst du, das weiß ich nicht, ich kümmere mich darum, versprochen, halte mir einfach den Rücken frei und ich erzähle dir später alles.«

Sie spürt Dilaras besorgten Blick noch in ihrem Rücken, als sie sich schnell in ihr Auto setzt und davonfährt. Sie braucht normalerweise zwanzig Minuten bis nach Sevilla, jetzt schafft sie es in zehn. Latizia hält direkt vor besagtem Park und beeilt sich zu dem Brunnen zu kommen, dabei sieht sie sich immer wieder um. Auch wenn sie nicht in Sierra ist, ist es niemals ausgeschlossen, nicht von jemandem aus ihrer Familia gesehen zu werden, dafür gibt es viel zu viele von ihnen.

Sie hört erst auf sich umzusehen, als sie direkt am Brunnen Adán entdeckt. Er sitzt auf einer Bank davor und telefoniert. Als er sie bemerkt, steckt er sein Handy aber augenblicklich weg. Latizia bleibt stehen. Auch wenn ihr Bauch sich sofort mit Schmetterlingen füllt, als sie auf ihn blickt, fühlt es sich doch falsch an, wieder in seiner Nähe zu sein und das hat mehrere Gründe.

Adán war beim Frisör, seine Haare sind etwas kürzer und selbst aus dieser Entfernung kann sie seine dunklen Augen in ihre Richtung funkeln sehen. Er steht auf und da sie sich nicht weiter auf ihn zubewegt, kommt er zu ihr. Dabei lässt sie ihren Blick nicht von ihm, sie mustert seine dunklen Jeans und sein Muskelshirt, was seine dunkle Haut und seine Muskeln in der Sonne aufblitzen lässt. Sie bemerkt auch, dass er humpelt, was er bei ihrem letzten Treffen noch nicht getan hat.

Er lächelt nicht, als er auf sie zukommt, doch auch sein Blick ruht auf ihr, nicht einmal wendet er sich ab, trotzdem kann sie keinerlei Emotionen in seinem Blick feststellen. Ist er glücklich, wütend, sauer, ungeduldig? Man kann es unmöglich einschätzen. Latizia trägt eine Jogginghose und ein schwarzes bauchfreies Top, sie hatte ja nicht ein-

160

mal die Möglichkeit sich umzuziehen und ärgert sich, nicht wenigstens im Auto ihre Haare aus dem Zopfband gelöst zu haben. Aber was macht sie sich vor? Mit den Frauen, mit denen er sonst zu tun hat, ist sie eh niemals zu vergleichen, auch wenn er es getan hat. Das lässt sie sich wieder daran erinnern, wieso sie ihn das letzte Mal hat stehen lassen.

»Hey, ich hoffe, ich habe dich nicht von irgendetwas abgehalten.« Nein, Latizia hat nur fast einen Herzinfarkt und mindestens drei Unfälle verursacht. »Nein, aber ich verstehe nicht, was das Ganze hier soll?« Adán zeigt zu der Bank und fragt, ob sie sich nicht setzen wollen. Eigentlich nicht, da die Bank aber etwas mehr abseits steht als sie es gerade tun, geht sie voraus und setzt sich auf die Bank. Adán lächelt, als er sich neben sie setzt und Latizia versucht zu übersehen, wie sehr dieses Lächeln sein sonst so hart wirkendes Gesicht verändert. Sie mag sein Lächeln.

»Du bist wirklich sauer, oder?« Das hat er richtig erkannt. »Ja, und noch einmal, ich verstehe nicht, was ich hier soll.« Adán stützt seine Ellenbogen auf seinen Beinen ab und reibt sich die Hände, als wären sie kalt, was bei sicherlich mindestens 33 Grad schlecht sein kann. Er wirkt unsicher und Latizia sieht abwartend zu ihm. »Ok, du wirst es mir nicht so einfach machen. Das mit letztens, nachdem du weg warst, die ganzen Tage danach … Also wie soll ich es sagen, ich weiß, dass du nicht eine dieser Frauen bist.«

Er sieht zu ihr hoch. »Nein, das bin ich nicht. Wenn du dachtest, dass du mich gleich ins Bett bekommst, hast du dich schwer getäuscht und ich bin sauer, dass du so etwas überhaupt gedacht hast.« Adán hebt eine der Hände, die er gerade noch gerieben hat, wobei Latizia wieder bemerkt wie groß sie wirken. »Ich habe das nicht von dir gedacht, Latizia, ich denke es immer noch nicht, aber um ehrlich zu sein, bin ich es einfach gewohnt so mit Frauen umzugehen, ich wollte dich damit nicht beleidigen, ich hatte einfach noch nicht … ich wollte in dem Moment einfach nicht, dass du schon gehst.«

Latizia ist etwas überrascht von seinen Worten und muss sich ein Lächeln über sein süßes Eingeständnis verkneifen. Gleich fällt einiges von der Wut, die sich in ihr gesammelt hat, von ihr ab. »Das hättest du mir aber auch anders sagen können.« Er setzt sich nun ganz auf und blickt sie an. Wenn sie jetzt hier mit ihm ist, kann sie zu leicht vergessen wer er ist, er wirkt auf sie einfach nur liebevoll und unsicher, nichts erinnert mehr an den Anführer der Tijuas, obwohl sie weiß das er es ist, aber nicht ihr gegenüber. Genau das aber lässt sie gerade dahinschmelzen, auch wenn sie es ihm nicht zeigen möchte.

»Es tut mir wirklich … leid, Latizia, ich würde es gerne wieder gutmachen, diese Sache hat mich die ganze Zeit nicht in Ruhe gelassen.« Er lächelt dabei ungläubig. »Wieso lächelst du so dabei?« Sie schafft es immer noch ernst zu bleiben. »Weil ich mich noch niemals bei irgendeinem Menschen entschuldigt habe, niemals. Das war gerade mein erstes Mal und es fühlt sich komisch an, aber nicht falsch.«

Jetzt muss sie lächeln. »Wenn es so ist und du es wirklich ernst meinst, nehme ich die Entschuldigung an. Du solltest jetzt aber daran denken, mich nicht so wie die anderen Frauen zu behandeln, weil es sich für mich nicht gut anfühlt.« Adán greift nach ihrer Hand und Latizia lässt es zu, als er mit seinem Daumen über sie streicht. »Wie gesagt, bisher hatte ich nur Frauen, mit denen ich umgehen konnte wie ich wollte, versuch nicht zu streng zu mir zu sein.« Latizia nickt und begreift erst da, was hier gerade passiert. Ohne dass sie es gemerkt hat, ist etwas zwischen ihnen entstanden, als wären sie jetzt ein Paar, oder zumindest auf dem Weg dahin und egal wie sehr Latizia weiß, dass es falsch, ja nicht nur das, gefährlich ist, fühlt es sich einfach zu gut an.

Adán holt ihnen etwas zum Trinken und sie bleiben noch eine Weile auf der Bank sitzen. Er fragt Latizia aus, was sie die letzten Tage gemacht hat und sie erzählt ihm ehrlich, dass sie eine große Feier hatten und dass ihr kleiner Bruder wieder bei ihnen ist, der mit seiner Oma in Amerika war. Zu ihrem Glück hakt Adán nicht weiter nach. Es fühlt sich eigenartig gut an, so über ihre Familie reden zu können, auch wenn sie aufpassen muss was sie sagt.

Dann muss Latizia los, sie hätte gar nicht so lange bleiben dürfen. Adán sagt ihr, dass er in zwei Tagen Geburtstag hat, seine Leute werden eine Feier für ihn geben, er würde Latizia aber auch gerne sehen. Natürlich sollte sie nein sagen, verdammt, sie dürfte gar nicht mit ihm zusammen vor ihrem Auto stehen und seine Hand halten. Doch wieder schaltet sich diese kleine fiese Stimme in ihrem Kopf ein und wie sehr auch alles in ihr nach Ablehnung schreit, sie will ihn auch wiedersehen. Also verspricht sie ihm, am Abend zu ihm zu kommen, auch wenn ihr noch nicht klar ist, wie sie das anstellen soll.

Adán ist zufrieden und tritt näher an sie heran, bevor sie einsteigen kann. Latizia sieht in sein Gesicht, in seine dunklen Augen, auf die feine helle Narbe und sein schönes Lächeln und spürt, sie ist dabei, sich in ihn zu verlieben. »Ich hoffe, du verstehst das jetzt nicht falsch.« Adáns Hand legt sich auf ihre Wange und die andere auf ihre Taille, während er sich langsam zu ihr hinunterbeugt. Latizia schließt die Augen, als sich ihre Lippen berühren und die Schmetterlinge in ihrem Bauch das erste Mal in ihrem ganzen Leben wie wild zu fliegen beginnen.

Adán ist vorsichtig, er liebkost ihre Lippen und ihre Wangen. Latizia liebt seinen Geschmack und als er dann ihre Lippen mit seiner Zunge teilt und sie ihm das erste Mal richtig nah ist, legt auch sie ihre Arme um ihn und schmiegt sich an ihn. Latizia könnte ihm ewig so nah sein. Und trotz aller Verbote fühlt es sich richtig an. Sie vergisst, wie eilig sie es eigentlich hat, auch als sie den Kuss beenden, bleibt sie in seiner Umarmung.

»Das habe ich nicht falsch verstanden.« Latizia lächelt und als er ihr sein süßes Lächeln schenkt, beugt sie sich zu ihm hoch, um ihn noch einmal zu küssen. Es dauert noch weitere Minuten, bis sie sich endlich von ihm lösen kann und er ihr einen Kuss auf die Stirn gibt und ihr sagt, dass er sich melden wird.

Latizia beeilt sich nach Hause zu kommen. Dilara erwartet sie bereits in der Einfahrt, Lando ist auf ihrem Arm. Beide waren offenbar schwimmen. »Kurz? Vor zwei Minuten hat mein Vater angerufen um zu fragen, was für Pizza er mitbringen soll, sie sind in zehn Minuten da. Weißt du, was für ein Glück du hast, dass niemand etwas mitbekommen hat?« Latizia ist noch nicht einmal dazu gekommen auszusteigen, doch als sie es dann tut, stockt Dilara.

»Wieso strahlst du so? Nein, verdammt, das darf nicht wahr sein, du strahlst vor Glück … das ist eine verdammte Katastrophe!« Dilara schlägt sich die Hände vor die Stirn, während Latizia nicht aufhören kann zu lächeln und Lando begeistert in die Hände klatscht.

Kapitel 16

»Mach das noch mal!« Die Frau zögert nicht und kreist erneut ihre Hüften gekonnt zur Musik, wobei sie sich immer wieder auf Sanchez' Schoß setzt. »Geht auf ein Zimmer!« Leandro kommt an ihnen vorbei und wirft ihm sein Shirt zu, was ihm die nette Dame erst vor einigen Minuten ausgezogen hat. Es ist später Nachmittag, einige der Frauen sind gestern Abend zum zweiten Mal vorbeigekommen, ihnen gefällt es hier offensichtlich und Sanchez stört sich nicht daran.

»Du hättest die Nacht hier verbringen sollen, dann wärst du nicht so schlecht gelaunt.« Leandro setzt sich genervt zu Kasim, der entspannt am Pool liegt. Damian und Nesto stemmen Gewichte, Rico ist mit irgendeiner Frau im Schlafzimmer, sie sind heute morgen nur kurz herausgekommen. Sie alle wissen, was sie die nächsten Wochen erwartet, deswegen genießen sie die paar Tage Ruhe noch.

»Meine Freundin langweilt sich, soll ich sie zu deinem Cousin schicken, vielleicht hebt sich dann seine Laune?« Sanchez umfasst dieses Mal ihre Hüften, sodass sie auf seinem Schoß bleibt. »Nein, lass mal, der hat momentan andere Sachen im Kopf.« Sanchez weiß genau, was Leandro so schlechte Laune macht, versteht ihn aber in keinster Weise.

Das ist der Unterschied zwischen ihnen, Leandro bedrückt die Sache mit Dania, genau wie Sanchez auch noch ständig an Celestine denken muss. Selbst jetzt, wo die andere Frau auf ihm sitzt, würde er gerne tauschen und sie lieber bei sich haben, doch es geht nicht. Und im Gegensatz zu seinem Cousin kann Sanchez das akzeptieren und lenkt sich ab, statt über Sachen nachzudenken, die eh nicht sein werden.

Sanchez' Körper reagiert, als die Frau sich so hinsetzt, dass sie genau spüren kann, wie sehr es ihn erregt. Bisher hat er zwar andere Frauen genossen, es aber noch nicht übers Herz gebracht, mit einer im Bett zu landen, was er nun ändern wird. Das allerletzte was er will, ist so zu werden wie Leandro. Und je schneller er sich wieder mit anderen vergnügt desto besser. »Lass uns verschwinden.« Seine Stimme wird rauer, als sie sich an ihn schmiegt und auch noch ihre Hand an seine Erregung führt. »Genau das wollte ich hören!« Sanchez drückt sie von sich um aufzustehen, doch genau in diesem Moment erscheinen Dine und Josir im Garten.

»Hört ihr auch nochmal auf zu feiern?« Sein Onkel sieht streng zu ihm und auf die anderen beiden Frauen, die auf Liegestühlen liegen, doch Sanchez weiß, dass er nie etwas sagen würde, er ist der einzige Onkel ohne Frau und nicht viel besser als sie. »Ja, genau nachdem ich noch kurz etwas erledigt habe.« Sanchez sieht, wie Dine verschämt wegblickt bei so viel nackter Haut. Die Frauen hier tragen alle nur einen Bikini, einen sehr knappen Bikini.

»Schön, aber warte noch kurz, morgen Nachmittag fahren wir los zu unseren Geschäftspartnern, wir haben euch aufgeteilt, damit jeder schon mal welche kennengelernt hat. Du fährst mit Miko und mir, also schlaf dich heute Nacht aus.« Sanchez salutiert und Josir wirft ihm das Shirt hin, was Leandro schon nach ihm geworfen hat, bevor er sich mit Dine zu Leandro und Kasim setzt. Genau jetzt kommen auch Damian und Nesto heraus. »Macht die Musik leiser, hört ihr das Klingeln nicht? Du hast Besuch, Sanchez.«

Er erstarrt förmlich, als plötzlich hinter Damian Celestine erscheint und ihn und die Frau anstarrt. »Was tust du hier?« Celestine hat ihre Haare offen, sie sind leicht gelockt, dazu trägt sie ein helles Sommerkleid, sie hat sich offenbar zurechtgemacht. Erst als er ihren schockierten Blick sieht, fällt ihm wieder ein warum und er nimmt den Arm von der Frau.

Es ist ruhig im Garten, alle sehen zu ihnen. Als sich dieses Mal Celestines Wangen rot färben, weiß er, dass es zwar auch seinetwegen ist, aber nicht wie sonst und es trifft ihn, als sie sich schnell wegdreht.

»Du hast recht, ich sollte gar nicht hier sein. Ich wusste nicht, dass du so beschäftigt bist.« Die Frau auf ihm lacht leise. »Scheiße, hast du eine Freundin, so ein Drama von so einem Mauerblümchen.« Celestine geht hinaus und Sanchez flucht. Er zieht sich schnell sein Shirt über und tötet Damian mit seinen Blicken, als er an ihm vorbeigeht und Celestine hinterher eilt. »Ich wusste doch nicht, dass du grad so beschäftigt bist!«

»Celestine, warte!« Als Sanchez vor das Haus tritt, ist sie schon halb aus der Einfahrt bei ihrem Auto. Sie reagiert nicht, Sanchez muss rennen um sie einzuholen, er hält sie am Arm zurück. Als er sie zu sich dreht, sieht er, dass sie weint. »Celestine, es tut mir leid, ich wollte nicht, dass du das siehst, aber was tust du auch hier? Du solltest nicht hier sein, deine Familie will das nicht.«

Da hebt sie ihren Blick und sieht ihm direkt in die Augen. »Nein, mir tut es leid, Sanchez, ich hätte mir nichts … ich meine, ich wusste ja, dass ich an solche Frauen nicht herankomme, aber irgendwie habe ich mir eingebildet, dass da etwas zwischen uns wäre und war so dumm zu glauben, dass du dich trotz allem, was passiert ist, melden würdest. Als du das nicht getan hast, wollte ich einfach gucken, ob … ich weiß auch nicht, es war dumm von mir, aber wenigstens habe ich jetzt meine Antwort.«

Sanchez fühlt sich beschissen. »Nein, so ist das nicht, das da im Haus ist gar nichts, es bedeutet mir nichts. Ich habe mich nicht gemeldet, weil es nicht gut wäre, nicht für dich und auch nicht für meine Familie, mir fällt es auch nicht leicht, aber denk nicht, dass das, was du gesehen hast, irgendwie mit dir zu vergleichen ist.«

Celestine lacht bitter auf und reißt ihren Arm aus seiner Hand. »Ich habe gesehen, wie schwer es dir fällt. Weißt du, dass ich meine Mutter angefangen habe zu hassen dafür, dass sie das getan hat, doch jetzt verstehe ich sie. Sie wollte mich nur schützen und sie hat recht!« Auch wenn ihre Stimme fest ist, weint sie immer mehr, als sie sich umdreht und geht. Dilara kommt die Einfahrt hoch und sieht zu der weinenden Celestine.

Sanchez sollte ihr hinterher, ihr sagen, dass auch er ständig an sie denken muss und er es ernst meint, dass diese Frau ihm nichts bedeutet, doch er weiß, dass es besser so ist. Soll sie ihn hassen, so wird es leichter für sie beide. Als Anführer der Familia muss er an die Familia denken und sie können nicht auf die Ärztin verzichten. Und wenn das bedeutet, dass er stattdessen verzichten muss, dann ist es seine verfluchte Aufgabe, genau das zu tun.

Celestine steigt ins Auto und rast in dem Augenblick davon, als Dilara an Sanchez vorbeigeht und ihren Kopf schüttelt. »Du bist ein Arsch!«

Sanchez sieht weiter hinter der Arzttochter her, dann blickt er Dilara wütend an. »Es ist besser so!« Dilara geht ins Haus, ihr tut Celestine leid, sie sah wirklich verletzt aus. »Es ist besser so, ist aber auch eine Standardantwort von euch Männern.« Sie gehen zusammen in den Garten. »Hast du deine Tage?« Dilara schlägt Sanchez auf die Brust, bevor sie auf die halbnackten Frauen sieht.

Damian will gerade mit einer abhauen. »Ich wusste nicht, dass ihr vorhabt aus dem Cielo ein Bordell zu machen.« Josir lacht, Dilara hatte ihn bisher nicht gesehen. Dine, der neben ihm und Leandro auf einer Poolliege sitzt, scheint das Ganze unangenehm zu sein. Wenigstens einer, der noch etwas Moral hat.

»Falls du denkst, wir wären Nutten, täuschst du dich. Wir könnten dich genauso fragen ...« Egal wie Sanchez und sie sich gerade angezickt haben, er geht scharf dazwischen. »Vorsichtig, wie du mit ihr sprichst, sie gehört zu uns und ich denke, für heute hatten alle genug Spaß. Wir müssen uns um andere Dinge kümmern, ruft an, bevor ihr das nächste Mal kommt.«

Dilara lächelt die Frauen zuckersüß an, während sie ihre paar Sachen nehmen und eingeschnappt gehen. Trotzdem weiß sie genau wie die Männer hier, dass die wiederkommen werden. »Was machst du eigentlich hier?« Ihr Bruder kommt zurück in den Garten, nachdem nun auch die Frau, mit der er sich zurückziehen wollte, gegangen ist. »Meinen Bruder vor ansteckenden Krankheiten bewahren, außerdem habe ich Latizia hergebracht zu Sara und sie meinte, dass ihr alle kaum noch aus dem Cielo herauskommt, da wollte ich gucken, was es hier gibt ... nun weiß ich es.«

Damian verdreht die Augen. »Wo ist eigentlich Miguel?« Leandro zuckt die Schultern und sieht von einem Blatt hoch, was zwischen ihm und Josir hin- und hergeht. »Zuhause, wo soll er sein?«

Dilara schüttelt den Kopf. »Nein, ich habe vorhin Sami getroffen, sie haben ihn gestern Nachmittag hier am Cielo abgesetzt, nachdem sie Jennifer zum Flughafen gebracht haben, seitdem war er nicht zuhause.« Kasim steht auf und geht in Richtung Küche. »Hier war er nicht, ich war die ganze Zeit da.« Dilaras Bauch rumort.

»Soll das heißen, er ist seit gestern Mittag weg?« Nun wird auch Josir hellhörig und wendet sich um, Sanchez setzt sich. »Lasst ihn mal in Ruhe! Er ist erwachsen und ihr spielt alle seine Babysitter.« Dilara wird sauer, sie spürt, dass etwas nicht stimmt und holt ihr Handy heraus. »Er war zwei Jahre eingesperrt, wurde gefoltert und ist immer noch schwer verletzt, sein Vater wurde gerade erst getötet, da kann man schon mal nachfragen, wo er steckt!«

Miguels Handy ist aus. Josir steht auf. »Hat keiner von euch ihn gestern oder heute gesehen?« Alle schütteln den Kopf. Dann holt auch er sein Handy aus der Tasche, offenbar versucht auch er ihn anzurufen, dann wählt er eine andere Nummer. Er redet mit Paco, Dilara wird immer unruhiger. »Sie haben ihn auch nicht gesehen, sie dachten er wäre hier. Paco geht zu Sami und guckt nochmal überall nach.«

Leandro steht auf. »Ich werde hier mal herumfahren, ich wette, er sitzt bei irgendwem zuhause, er kann erst seit ein paar Tagen wieder laufen, ohne dabei zu starke Schmerzen zu haben. Es ist klar, dass er sich herumtreibt.«

Ihr Bauchgefühl sagt ihr, dass etwas nicht stimmt. »Ich komme mit dir.«

Nach einer Stunde verlassen sie das Punto-Gebiet. Sie waren überall, haben bei jedem nachgefragt, niemand hat Miguel gesehen. Jetzt sind auch alle anderen auf der Suche nach ihm. Leandro spürt Dilaras Anspannung und fasst ihr an die Schulter. »Wir finden ihn schon, versuch dich ein bisschen zu entspannen.« Daran ist gar nicht zu denken. »Du weißt, dass Miguel schon immer mal hin und wieder weggewesen ist.«

Dilara sieht ungläubig zu Leandro, der gerade an einer Ampel hält. »Das war, bevor er in Gefangenschaft war, du hast ihn doch selbst da herausgeholt!« Leandro nickt, sagt aber nichts weiter. Dilara sieht aus dem Fenster. »Nur Damian, Paco, mein Vater und du haben gesehen, wo er gefangengehalten wurde, das stimmt doch, oder?« Leandro spürt, worauf sie hinaus möchte und sieht sie an.

»Ja, und es ist besser so, Dilara, glaub mir einfach, du willst keine Einzelheiten darüber wissen, vertrau mir!« Nein, das wird sie nicht, denn so kann sie nicht verstehen, was Miguel gerade durchmacht und das will sie mehr als alles andere. Sie spürt aber, dass es sinnlos ist Leandro auszufragen, er wird nichts preisgeben, da ist sie sich absolut sicher.

Als sie im Surena-Anwesen ankommen, steigen Rodriguez und Paco gerade in ein Auto, auch Juan und Miko sind da und im Begriff loszufahren. »Wir suchen Miguel, solltet ihr etwas hören, sagt uns sofort Bescheid.« Sami setzt sich zu Leandro ins Auto, sein Gesicht ist angespannt. Bella kommt zu Dilara und legt die Arme um sie. »Das machen wir, findet ihn.« Als sie alle losgefahren sind, küsst Bella Dilaras Kopf. »Sie finden ihn.« Latizia kommt heraus und Dilara geht in Jennifers Haus. »Da drinnen ist er nicht, Paco hat zweimal nachgesehen.«

Dilara hört nicht auf ihre Tante und Latizia folgt ihr. Nur sie kennt ihr Geheimversteck, wieso hat sie daran nicht früher gedacht? Sie geht in die kleine Kammer, Latizia folgt ihr ohne nachzufragen. Als sie die Leiter holt und aufs Dach steigt, sieht

170

ihre Cousine sie zwar verwundert an, doch sie sagt noch immer nichts.

Er ist nicht auf dem Dach. Tränen schießen in Dilaras Augen, es muss ihm etwas passiert sein, wo steckt er? Latizia wartet unten, als Dilara wieder vom Dach steigt und nimmt sie in den Arm. »Beruhige dich, ich wette, er kommt jeden Moment zurück, du darfst dir nicht zu viele Sorgen machen.« Dilara wischt sich die Tränen weg, sie geht direkt in Miguels Zimmer. Das Bett ist unberührt, was bedeutet, dass er wirklich die ganze Nacht weg war. Dann sieht sie die Tablettenpackungen auf dem Nachttisch.

Gerade als Bella zu ihnen stößt, um nachzusehen, was sie hier machen, hält Dilara die Packungen hoch. »Er ist seit gestern Mittag verschwunden, ohne die Tabletten, die er nehmen muss gegen die Entzündungen in seinem Körper und gegen die Schmerzen? Frau Anoltzas hat gesagt, er kann ohne die Tabletten nicht aufrecht stehen vor Schmerzen, selbst mit ihnen hatte er noch Schmerzen. Irgendetwas stimmt nicht!«

Nun sieht auch Bella besorgt zu ihr. »Das bringt jetzt nichts, kommt rüber zu uns, wir essen erst einmal etwas.« Dilara will nicht, sie hat keinen Hunger, doch sie kann gerade nichts anderes tun als abzuwarten. Sie warten Stunden, das Haus von Bella füllt sich immer mehr, es ist bereits dunkel und alle Männer sind unterwegs, um Miguel zu suchen. Dilara hat das Gefühl durchzudrehen. Die Frauen diskutieren, ob sie Jennifer anrufen sollen, keiner traut sich allerdings ihr zu sagen, dass nun auch noch Miguel vermisst wird, also warten sie alle weiter ab.

Es vergehen Sekunden, Minuten, Stunden, Dilara sitzt neben Latizia auf der Couch und beobachtet das hektische Treiben, als das Telefon klingelt. »Sie haben ihn! Juan ist in zehn Minuten hier mit ihm.« Bella strahlt alle an, bevor sie weiter zuhört. Als sie auflegt, streicht sie sich besorgt über die Stirn. »Sie haben ihn in Sevilla gefunden und das nur, weil ein Mann in einer Bar ihn erkannt und Miko angerufen hat. Er scheint seit gestern unterwegs gewesen zu sein, gestern hat er sich wohl mit irgendwem geprügelt und jetzt ist er so betrunken in der Bar, dass er nicht einmal mehr stehen kann.«

Dilara weiß nicht, ob sie erleichtert oder wütend sein soll, sie hat sich schon die allerschlimmsten Sachen vorgestellt, die ihm passiert sind und er hat sich einfach nur volllaufen lassen. »Der arme Junge, es war klar, dass er all das nicht so einfach wegsteckt.« Bella seufzt und Sara läuft unruhig im Raum herum. »Vielleicht sollten wir einen Therapeuten einschalten. Es ist normal, dass er das nicht verkraften kann und es wird sicher nicht das letzte Mal sein, dass wir uns seinetwegen Sorgen machen müssen.«

Lucia gießt sich noch einen Kaffee ein. »Hast du versucht mit ihm zu reden, Bella, wie hat er das ohne Schmerzmittel die zwei Tage ausgehalten?« Dilaras Tante lacht leicht auf. »Alkohol lässt einen auch keinen Schmerz mehr spüren, wenn man genug getrunken hat. Ich habe es versucht, aber er redet nicht mit mir darüber, mit Paco oder Rodriguez auch nicht, er wird niemals mit einem Fremden reden, ich denke er braucht Zeit, irgendwann wird er uns an sich heranlassen.« In diesem Moment quietschen Reifen und sie alle gehen schnell zur Haustür.

Juan und Miko steigen aus, langsam und unsicher auf den Beinen, nach ihnen Miguel. Sein T-Shirt ist dreckig, unter seinem rechten Auge ist eine neue Wunde. Dilara sieht sofort, dass er einige seiner Verbände entfernt hat, doch er strahlt sie alle überglücklich an. »Sieh mal Juan, alle begrüßen mich, sie haben mich vermisst.« Juan tritt neben ihn und hilft ihm, weil sich Miguel wirklich kaum gerade auf den Beinen halten kann. »Miguel, was soll das, wo warst du? Du bist noch zu verletzt um unterwegs zu sein.«

Bella hält sich sichtlich zurück und Juan winkt ab. Er will seiner Schwester zeigen, dass sie es gut sein lassen soll, doch Miguel hat sie gehört und bleibt stehen. Blitzschnell zieht er eine Waffe aus der Hose und schießt in die Luft. Dilara zuckt zusammen, so schnell ist alles gegangen. »Ich brauche nur die und nichts kann mir passieren.« Miko nimmt ihm die Waffe aus der Hand und schüttelt den Kopf. »Du brauchst Schlaf und ich würde dir raten, schnell ...«

Nun kommen weitere Autos angerast, Paco und ihr Vater steigen am schnellsten aus. »Was zur Hölle soll der Scheiß, Miguel, wo warst du und was hast du dir dabei gedacht?« Nun steigen auch Sami und Leandro aus, Miguels jüngerer Bruder kocht ebenfalls vor Wut. »Lass es, Paco, er ist zu betrunken, warte bis morgen damit.« Juan ist immer noch dabei Miguel zu seinem Haus zu bringen, doch der wendet sich zu allen um.

»Weißt du noch, Onkel Paco, als du mir einmal die Ohren langgezogen hast, weil ich Sami im Schrank eingesperrt hatte? Ich bin kein Kind mehr.« Er will weitergehen, doch dann wendet er sich noch einmal um und grinst. »Und übrigens habe ich das nur getan, weil er meine Playstation in den Pool geschmissen hatte, er hat sie dann mit Schokolade abbezahlt und deswegen habe ich das niemals gesagt! Tut mir leid, Sami, aber irgendwann kommt immer die Wahrheit heraus.«

Latizia neben Dilara lacht leise. Miguel ist unmöglich, wenn er betrunken ist, selbst Sami schüttelt nur noch den Kopf, Paco allerdings sieht nicht weniger wütend aus. Nun tritt Leandro an Miguels Seite. »Komm, du brauchst eine Dusche und Schlaf!« Miguel lässt sich von Juan und Leandro ins Haus bringen, dabei küsst er Leandros Wange. »Du bist mein Lieblingscousin, wusstest du das? Ich liebe dich, Leandro. Wirklich!«

Nun muss auch Leandro schmunzeln, Miguel wendet sich noch einmal um. »Damian, dich liebe ich auch und Sanchez und ... Scheiße, Mann, das Haus bewegt sich, ihr könnt mich da nicht hineinbringen.« Juan lacht. »Ist schon okay, jetzt guck, wohin du läufst.« Sie verschwinden ins Haus und die restlichen Männer bleiben in der Auffahrt stehen. Sie besprechen sich. Dilara geht erst zurück in Bellas Haus, bevor sie kurze Zeit später mit ihrer Mutter zu sich hinübergehen.

Miguel ist wieder da. Alle sind erleichtert und doch auch nicht, da jeder bemerkt, dass Miguel noch lange nicht auf dem Weg der Besserung ist. Sie haben beschlossen, vorerst noch nichts zu Jennifer zu sagen, damit sie nicht noch mehr belastet wird.

Leandro hilft Miguel unter die Dusche, er wartet im Badezimmer für den Fall, dass er sich nicht selbst aufrecht halten kann. Juan verlässt das Haus wieder. Es dauert lange bis Miguel sich eine Boxershorts übergezogen hat und ins Bett fällt.

Leandro will sein Zimmer verlassen und ihn schlafen lassen, doch er hört Miguels schmerzvolles Aufstöhnen. Er hört den Namen Sarita.

Leandro weiß, dass Miguel betrunken ist und nicht klar denken kann, doch er muss darauf eingehen. »Wer ist Sarita?«

Miguel lacht leise und erzählt ihm, wie er aus dem Gefängnis auf eine Drogenfarm gebracht wurde.

Er erzählt etwas wirres Zeug, vermutlich ist er noch viel zu betrunken, doch Leandro hakt immer weiter nach, vielleicht ist das die einzige Chance die Wahrheit herauszufinden.

Nüchtern würde er nie so offen reden. »Und diese Sarita war also die Frau von diesem Roan und dann deine Geliebte?« Miguel lacht leise. Leandro merkt, wie seine Augen schwerer werden, doch er darf jetzt noch nicht einschlafen. »Ich mochte sie und ich habe sie gevögelt, außerdem hat es mir Vorteile für meine Gefangenschaft gebracht.«

Leandro nickt, er darf nicht zu sehr auf das Erzählte reagieren, damit er weiterredet. »Ist sie jetzt noch immer da, wir haben dort keine Frau gesehen?« Miguel schüttelt den Kopf. »Ich wollte fliehen, nachdem das mit Jakup war, sie hat versucht mir zu helfen und als wir erwischt wurden, war Roan so gnädig und hat sie genau vor meinen Augen erschießen lassen.« Leandro atmet tief ein. »Das tut mir so leid, dass ...« Miguel hebt die Hand.

»Nein, das war gut so. Weißt du, manchmal ist der Tod eine geringe Strafe, alles was er danach mit mir gemacht hat, war ... Ich

174

wünschte, er hätte mich erschießen lassen, es wäre so viel besser gewesen.« Leandro schüttelt den Kopf. »Nein, sag das nicht, du hast es doch überlebt. Am Ende hast du gewonnen.«

Miguel sieht ihn an. »Er konnte mit keiner Frau mehr schlafen und er war sauer, weil ich es konnte. Er hat mich leiden lassen, weil ich seiner Frau das gegeben habe, was er nicht mehr konnte! Er hat ständig neue Frauen gebracht, es waren Frauen von neuen Arbeitern, sie waren verängstigt, hatten Todesangst, doch Roan hat sich einen Spaß daraus gemacht alle zu quälen.

Ich musste mit ihnen schlafen, ich konnte es nicht, ich wollte nicht. Mein Körper hat nicht mitgespielt, aber er hatte eine Salbe und danach konnte er tun was er wollte. Ich wurde gefesselt, die Frauen mussten mit einer Waffe am Kopf auf mir sitzen und mit mir schlafen. Stundenlang, bis Roan genug hatte, dann hat er sie jedes Mal erschossen, noch während sie auf mir saßen. Mich hat er dann wieder ins Loch schmeißen lassen, bis zum nächsten Tag. Ich denke, es waren mindestens zehn Frauen, die gequält und umgebracht wurden, er war ein kranker Mistkerl.«

Miguel sieht ihn schon lange nicht mehr an und es ist gut so. Leandro kann seine Tränen nicht zurückhalten, als er hört, wie sehr Miguel und all die anderen gequält wurden, seine körperlichen Wunden sind nichts, zu dem, was ihm noch angetan wurde.

Er hört wie Miguel schwerer atmet und will das Zimmer verlassen. »Hey!« Noch einmal hält er ein. »Das wird unter uns bleiben oder?« Leandro nickt. »Das schwöre ich dir bei meinem Leben!«

Kapitel 17

Sanchez lehnt sich zurück, er ist müde, doch er hört zu, wie sich sein Vater mit Paco über Miguel unterhält. »Ihr solltet ihn nicht zu streng behandeln, er ist über zwanzig. An seiner Stelle hättest du dir das damals auch nicht bieten lassen.«

Lando wurde durch den ganzen Tumult wach und liegt jetzt wieder friedlich schlafend in Pacos Armen. »Ja, das stimmt, ich hätte auch getan was ich wollte, aber es war immer Ramon da, um mich am Ende zu stoppen und das ist jetzt bei Miguel meine Aufgabe!« Die Haustür fällt ins Schloss und Leandro kommt zu ihnen, er war gerade noch bei Miguel und sieht so müde aus wie Sanchez sich fühlt. »Er schläft, ich denke nicht, dass er vor morgen Mittag wieder aufstehen wird.«

Leandro will sich gerade zu ihnen setzen, da klingelt sein Handy. Sanchez sieht auf die Uhr, es ist nach zwei Uhr morgens. Auch sein Vater und Paco sehen auf, Leandro kneift wütend seine grünen Augen zu, nimmt das Gespräch aber an. Sobald er hört wer dran ist, steht er wieder auf und verlässt das Zimmer. So eine Reaktion lässt Sanchez auf Dania tippen.

Allerdings kommt sein Cousin nach nicht einmal einer Minute herein und sieht Sanchez angespannt an. »Das war Dania, sie ist im Krankenhaus, Celestine war bei ihr und hatte auf dem Rückweg einen Autounfall. Sie musste operiert werden, doch es geht ihr etwas besser. Ihre Mutter ist auch da, Dania wusste nicht, ob sie dir Bescheid sagen soll, da Celestine ihr gesagt hat, dass ihr keinen Kontakt mehr habt. Celestine hat aber wohl in der Aufwachphase öfter deinen Namen gesagt, sodass auch Frau Anoltzas dafür war dich zu verständigen.«

Sanchez steht auf, sofort kommt ihm das verletzte Gesicht von Celestine vor die Augen. »Welches Krankenhaus?« Leandro greift nach seinem Autoschlüssel. »Ich bring dich.« Sein Vater steht auf. »Es geht ihr gut und du weißt, was ich dazu gesagt habe, ihr solltet erst einmal schlafen, bevor ihr dahin fahrt.«

Sanchez denkt nicht daran. »Ihre Mutter hat nichts dagegen, da somit keine Gefahr für die Familia besteht, fahre ich!« Paco lacht. »Hast du nicht gerade noch gesagt, sie sind alt genug?« Er hört ihr weiteres Gespräch nicht, da sie das Haus verlassen. Erst im Auto kann Sanchez wieder klar denken. »Ihr geht es wirklich gut?« Leandro nickt und startet das Auto.

»Laut Dania ja, sie ist zusammen mit den Eltern bei ihr im Krankenhaus. Sie meinte, sie kam heute ganz aufgelöst zu ihr nach Safia. Ihr hattet wohl Streit und als sie gefahren ist, war sie immer noch ganz fertig. Dann hatte sie den Unfall, ihre Eltern wussten nicht wo sie war.« Sanchez nickt. »Es ist meine Schuld. Sie hat mich im Cielo gesehen ... ich war nicht alleine.«

Leandro sieht ihn kurz an, sagt aber nichts, sondern fährt schnell zum Krankenhaus. Es dauert nur fünfzehn Minuten, da um diese Uhrzeit die Straßen leer sind. Sie fahren in den ersten Stock und begegnen schon Dania und dem Vater von Celestine im Flur. Sanchez muss daran denken, wie der Vater Celi geohrfeigt hat, auch jetzt wirkt er nicht glücklich, als er Sanchez nur leicht zunickt und ihm sagt, dass er ins Zimmer gehen kann.

Sein Cousin sagt ihm, dass er draußen warten wird und Dania nickt ebenfalls nur leicht in seine Richtung. Sanchez fühlt sich schuldig, als er in das kleine Krankenzimmer eintritt, in dem nur ein Bett steht, an dem Frau Anoltzas sitzt. Sie blickt zu ihm und steht auf, erst dann kann er Celestine sehen, die an mehrere größere Kissen angelehnt ist und sofort bei seinem Anblick errötet.

»Sanchez? Was tust du hier?« Frau Anoltzas sieht zwischen ihrer Tochter und ihm hin und her. »Du hast von ihm geredet, Dania dachte, es wäre gut ihn zu holen, ich lasse euch einen Moment alleine. Dein Vater und ich werden noch die Formalitäten klären.« Als Celestines Mutter aus dem Raum geht, wirft sie Sanchez einen Blick zu, der ganz klar sagt, dass dies eine Ausnahme ist.

»Sie hätten dich nicht rufen sollen, wäre ich bei klarem Verstand gewesen, hätte ich es nicht zugelassen.« Sanchez muss lächeln, als er sich an ihr Bett setzt. »Was ist genau passiert? Was fehlt dir?« Celestine zeigt auf ihren verbundenen Arm. »Ein Motorradfahrer hat mich

178

ausgebremst, es war nicht so schlimm. Ich habe einen Bruch, der gleich operiert wurde und einige blaue Flecken, ich hatte offenbar Glück.«

Sie lehnt sich auf ihrem Kissen zurück. Ihre Haare sind wieder hochgebunden, sie ist blass. Sanchez streicht mit seiner Hand über die zarte Haut an ihrer Wange. »Lass das.« Celestines Stimme ist leise. Sanchez setzt sich zu ihr auf das Bett. »Celestine, du hast das alles falsch verstanden. Es bedeutet doch nicht, dass du mir egal bist. Um ganz ehrlich zu sein, bist du die erste Frau, mit der ich mir mehr hätte vorstellen können. Ich weiß nicht, ob es funktioniert hätte, aber ich bin mir sicher, unter anderen Umständen hätten wir es probieren können.

Leider haben wir diese Möglichkeit nicht, deine Mutter kennt unser Leben genau, sie hat viel gesehen und sie möchte das für ihre Tochter nicht, was du ihr aber nicht vorwerfen kannst. Ich habe jetzt Verantwortung und kann eben nicht darüber nachdenken, ob es was werden könnte oder nicht. Aber das bedeutet auf keinen Fall, dass du mir egal bist. Wir waren dabei uns besser kennenzulernen und es soll vielleicht nicht sein, aber das ändert nichts an meinen Gefühlen für dich.«

Celestine wirkt fast schon trotzig, als würde sie nicht wissen, ob sie sauer auf ihn sein soll oder nicht. »Wie sind deine Gefühle für mich, wo wir schon so offen sprechen?« Sanchez beugt sich vor und küsst sie. Es ist ein Risiko, sie könnte ihn auch abweisen, doch das tut Celi nicht. Als er sie küsst, lässt sie es zu. Er ist ganz vorsichtig und küsst sie nur kurz, danach küsst er ihre Wangen. Er liebt ihren frischen und reinen Geruch, sie trägt selten Parfüm und ist so natürlich, wie er es selten erlebt hat.

»Das war keine Antwort.« Sie öffnet nur langsam die Augen. »Für mich schon, ich kann es nicht in Worte fassen, ich mag es mit dir zusammen zu sein, dich, deine Art, alles an dir, aber es ist noch nicht so, dass ich jetzt vor dir auf die Knie gehen und mit dir durchbrennen würde und meiner Familia damit schaden würde. Ich übernehme jetzt einen Großteil der Geschäfte und mein Leben wird sich ohnehin sehr ändern. Ich weiß nicht einmal, ob ich überhaupt Zeit für so etwas wie eine feste Beziehung hätte.«

Für einen Augenblick muss er an seine Mutter denken. Wie oft hat sie zu Ciro und ihm gesagt, dass sie hofft, sie werden nicht wie ihr Vater Juan und würden solche Bindungsängste bekommen. Er mag Celestine wirklich, aber er hat keine Ahnung, ob er wirklich bereit für etwas Festes ist, was Celi sicherlich haben möchte.

Celestine zieht ihre Augenbrauen hoch, auch wenn sie leicht schmunzeln muss. »Dir ist schon bewusst, dass es zwischen 'ich mag dich' und 'ich will dich heiraten' ein paar mehr Stufen gibt? Und dass du dich gleich mit anderen Frauen ablenkst, ist nicht grad ein Zeichen dafür, dass du mich magst.« Sanchez lacht und nimmt ihre gesunde Hand. »Ich habe dir gesagt, das bedeutet nichts, lass uns abwarten und tue mir den Gefallen und mach es deiner Mutter nicht so schwer. Wer weiß, vielleicht ändert sie ihre Meinung irgendwann, heute sollte ich ja auch kommen.«

Celestine betrachtet ihre beiden Hände. »Es geht dabei ja nicht nur um dich, aber sie kann mir nicht alles vorschreiben. Und da sind einige Dinge, die wir zu klären haben, das weiß sie aber auch.« Celestine gähnt. »Wann kommst du raus?« Sie zuckt die Schultern. »Meine Mutter will mich morgen nach Hause mitnehmen, sie kann sich ja gut um mich kümmern. Du siehst übrigens auch nicht gerade fit aus.«

Sanchez reibt sich die Augen. »Es war etwas anstrengend die Nacht. Vielleicht werde ich dir mal ein paar Blumen schicken und gleich ein paar für deine Mutter dazu, damit sie etwas gnädiger wird.« Celestine lächelt. Sanchez will aufstehen, doch dann sieht er zur Tür und setzt sich wieder. »Ich warte noch etwas, die Beiden da draußen sollten sich dringend einmal aussprechen.« Celestine nickt. »Das stimmt.«

Als er wieder nach ihrer Hand greift, lässt sie es erneut zu. Er weiß nicht, ob etwas Festes zwischen Celestine und ihm entstehen wird, er ist sich aber sicher, dass es nicht jetzt passieren wird. Er hat nicht gelogen, er mag sie wirklich, doch sein Leben ist momentan nicht das, worauf sie Hoffnungen auf eine Zukunft zusammen haben sollten.

Celestines Mutter kommt aus dem Zimmer, ihr steht der Schock noch ins Gesicht geschrieben. Sie sieht zu Dania und dann zu Leandro. »Du bist auch hier, gut. Wir müssen ein paar Sachen ausfüllen, ich werde Celestine morgen nach Hause holen, wir sind gleich wieder da.« Sie sieht auffordernd zu ihrem Mann. »Denkst du, dass ist eine gute Idee?« Er deutet auf das Zimmer, in dem jetzt Sanchez bei Celestine ist. »Es ist besser als sie ganz zu verlieren, komm jetzt bitte.«

Leandro sieht den Beiden hinterher. »Die sind ja ganz begeistert von Sanchez.« Dania setzt sich auf einen der Stühle. Sie trägt nur einen Jogginganzug und ein Top. Ihre Haare hat sie offen und sie hat keinerlei Make-up im Gesicht. Sie war sicherlich schon im Bett, als sie vom Unfall erfahren hat. Er erinnert sich, wie gut es sich angefühlt hat neben ihr zu schlafen. Durch seinen Blick schaut sie nach oben, ihre braunen Augen sehen ihn müde an.

»Ich denke, sie machen sich nur Sorgen um ihre Tochter.« Leandro findet es nicht gut wie sie mit Sanchez umgehen, einerseits steht Frau Anoltzas seit Jahren an ihrer Seite, aber andererseits sind sie nicht gut genug, um sich enger auf ihre Familie einzulassen. »Celestine ist nicht mehr zwölf, irgendwann sollten Eltern einsehen, dass man eigene Entscheidungen trifft.« Dania lacht leise auf und reibt sich die Arme.

»Das hat Celestine vorhin auch gesagt, bevor sie wieder losgefahren ist und den Unfall hatte, tut mir leid, ich sehe das anders. Ich hatte nie Eltern, die sich um mich gesorgt haben. Ich würde mich freuen, wenn ich Eltern wie sie hätte.« Wenn Leandro an all das denkt, was Dania schon passiert ist, zieht sich sein Magen zusammen, doch es geht ihn nichts mehr an. Er wollte für sie da sein, sie ist gegangen und als er jemanden gebraucht hat, war sie nicht da. »Das ist etwas anderes. Es ist normal, dass du so denkst.«

Dania sagt nichts mehr, sie streicht weiter über ihre Arme und sieht zu Boden. Es ist zwar mitten in der Nacht, aber noch immer ist es sehr heiß, Dania wird einfach nur müde sein. »Ist dir kalt? Es gibt sicher eine Decke für dich in dem Zimmer.« Abrupt hört sie auf, ihre Arme zu streicheln und lächelt. »Nein, nein, das ist es nicht, ich nehme etwas und das brennt ein wenig auf der Haut.«

Leandro erkennt, dass ihre Haut an der Stelle, wo die Jacke des Jogginganzugs etwas nach oben gerutscht ist, rot ist. »Was ist das?« Ohne auf eine Reaktion von ihr zu warten, nimmt er ihren Arm in die Hand und zieht die Jacke nach oben. »Nein.« Sie will ihn stoppen, doch es ist zu spät. Leandro flucht auf. »Was hast du getan, Dania?« Sie zieht wütend ihren Arm weg und ist plötzlich hellwach, wütend funkelt ihre Augen ihn an. »Es ist nicht das, was du denkst. Du akzeptierst wohl kein Nein.«

Er weiß worauf sie anspielt, er hat sie gezwungen, ihm die Wahrheit zu zeigen. Das, was sie immer vor allen versteckt und dann hat sie alles von sich gezeigt. Leandro hat gesehen, dass sie sich selbst verletzt hat und die vielen Narben, die ihr zugefügt wurden, doch das, was er gerade gesehen hat, war etwas anderes. Er antwortet nicht und sie steht auf. »Ich habe eine Frau kennengelernt, die mit Kräutern versucht, meine Narben verschwinden zu lassen, das ist alles. Ich gehe jetzt!«

Leandro will nicht, dass sie geht. »Wieso tust du das? Es ist offensichtlich, dass es nicht funktioniert und es bereitet dir Schmerzen. Als ich dich in Safia gesehen habe, hattest du sogar ein T-Shirt an. Ich dachte, du hast gelernt damit zu leben.« Dania bleibt stehen und dreht sich zu ihm um. »Damit zu leben? Wie sollte ich damit leben? Nur weil ich aufgehört habe meinen Körper zu verstecken, heißt das nicht, dass ich damit leben kann und ich würde alles versuchen, damit ich diese Erinnerungen loswerde.«

Er steht auf. Sie versteht es nicht, doch er beginnt immer mehr es zu begreifen. »Verstehst du es nicht, Dania, du wirst diese Erinnerungen niemals loswerden. Du kannst einen komplett neuen Körper bekommen und trotzdem werden sie noch da sein, weil all das, was dir passiert ist, neben diesen Narben, noch etwas viel Schlimmeres hinterlassen haben und das sind die Narben in deinem Herzen und auf deiner Seele.

Sie können besser werden, aber sie werden nie verschwinden, auch wenn die äußerlichen Narben weg sind. Ich weiß, dass ich mich sicherlich manchmal nicht richtig verhalten habe, aber hast du auch mal daran gedacht, in was für einer Situation das alles passiert ist?

Du bist von der Familie, die sich in unseren Häusern breit gemacht hat, ich war gerade dabei etwas zu tun, von dem das ganze Glück meiner Familie und von allen anderen abhing.

Aber mittlerweile bin ich mir sicher, es ist vollkommen egal, wie ich mich verhalten habe, ich hätte tun können was ich will, dein wirkliches Problem ist, dass du selbst dich nicht akzeptierst. Deswegen ist es unmöglich zu glauben, dass ich oder überhaupt irgendjemand anderes es kann und das dich jemand sogar liebt, mit allem was dich ausmacht. Weißt du, es ist vollkommen egal wie ich mich verhalten habe, du kannst es nicht sehen oder spüren, weil du dich selbst nicht liebst, wie sollst du es von jemand anderem akzeptieren?«

Dania wollte die ganze Zeit dazwischen gehen, doch am Ende wurde sie starr, nun sieht sie ihn einfach an. Leandro wollte sie nicht so angehen, aber er beginnt sie langsam zu verstehen. Zu verstehen, wieso sie denkt, sie wäre für ihn nur eine Last gewesen und er hätte nur nicht den Mut gehabt, ihr das zu sagen.

Sie hören Schritte im Flur und das unverwechselbare Klappern von Frau Anoltzas Absätzen, genau in dem Moment geht auch die Tür auf und Sanchez kommt heraus. »Alles klar, lass uns gehen oder wollt ihr noch …?«

Es erscheint die Ärztin mit ihrem Mann, doch sie sind nicht alleine, dieser Alberto kommt auch auf sie zu, langsam, neben ihm der Mann, den er schon mit ihm im Auto gesehen hat. »Dania, wir haben erfahren, dass du hier bist, wir haben uns Sorgen gemacht, wieso hast du uns nicht Bescheid gegeben?« Die Ärztin sieht zu Dania. »Ich bin ihnen gerade unten begegnet.«

Leandro kann nur noch müde lächeln, es ist wirklich nicht zu übersehen, dass da mehr ist zwischen Dania und ihm. Vielleicht hat er sich auch getäuscht, die Liebe eines Blinden kann Dania akzeptieren, da er ihre Narben, die sie so sehr hasst, nicht sehen kann. Dania steht noch immer unverändert da und sieht ihn an, doch Leandro hat genug und sieht zu Sanchez. »Nein, es ist alles gesagt, lass uns gehen.« Die Ärztin hält sie jedoch noch auf. »Sanchez, eine Sekunde nur … ich hoffe nur, dass du es nicht falsch verstanden hast, dass ich Celestine schützen wollte. Ich will sie deswegen aber auch nicht verlieren.«

Sanchez bleibt stehen, auch wenn Leandro spürt, dass er es nicht gern macht. »Das werden sie nicht, es wäre aber vielleicht sinnvoll gewesen nachzufragen, was überhaupt zwischen uns ist und ob sie mir eventuell etwas bedeutet, bevor sie etwas verhindern, von dem sie nicht einmal genau wissen, was es ist.« Sanchez geht. Leandro will ihm folgen, doch er hält noch einmal und sieht zu Dania, bei der jetzt Alberto und der Mann stehen, die beide auf sie einreden. »Tun sie mir einen Gefallen, sehen sie sich bitte Danias Arme an.«

Als er und sein Cousin einige Minuten später den Parkplatz verlassen, ist bereits der nächste Tag angebrochen. Leandro ist müde und kaputt. Dieses Mal sind die Straßen mehr als voll und sie halten und essen erst einmal etwas. »Frauen bereiten nur Probleme, sobald man anfängt eine ernst zu nehmen, diese ganze Beziehungssache in Erwägung zieht, wird alles kompliziert.« Leandro kann Sanchez nicht widersprechen, er hat absolut recht. Es dauert, bis sie bei sich zuhause ankommen und als sie sehen, wie viele Autos da parken und dass sich einige versammelt haben, stöhnt Leandro müde auf.

Sie fahren zu den Geschäftspartnern, er hat es total vergessen, auch Miguel kommt gerade mit Sami aus dem Haus. Er sieht aus wie Leandro sich fühlt. Als sie aussteigen, sehen Josir und Paco zu ihnen. »Ich habe euch gestern noch gesagt, ihr sollt euch ausschlafen, da müsst ihr jetzt durch, willkommen in der Welt der Familia.« Er grinst sie frech an, auch Leandros Vater lacht leise, als er seinem Sohn den Arm umlegt, doch Leandro lässt ein paar Mal die Schultern rollen. Sanchez stellt sich gerade hin.

»Wir sind bereit!«

Kapitel 18

»Ich halte es immer noch für eine mehr als schlechte Idee!« Dilara hebt einen von Latizias Röcken an ihre Beine und sieht sich im Spiegel an. Latizia legt den Lipgloss zurück und wendet sich zu ihrer Cousine um. »Ich weiß, es ist auch ein Risiko und ich bin dir umso dankbarer, dass du mir den Rücken freihältst.«

Dilara lässt den lila Rock fallen und sieht Latizia an. »Das ist selbstverständlich, du hast mir schon mehr als einmal geholfen. Du siehst einfach nur … wow aus.« Latizia lächelt und sieht selbst in den Spiegel, sie hat ein himmelblaues Sommerkleid ausgesucht, es geht bis kurz vor den Knien, es ist aber das einzige Kleid, das sie hat, was ihre Brüste wenigstens etwas hervorhebt, was schon schwierig genug ist.

»Ja, es ist kein Wunder, dass Adán sich in dich verliebt hat, du bist etwas ganz Besonderes.« Latizia öffnet den geflochtenen Zopf, den sie die Nacht über bis jetzt getragen hat. »Ich bezweifle, dass Adán schon in mich verliebt ist, wir mögen uns, wir wissen selbst, dass daraus nichts Ernstes werden kann und ich werde mich an das halten, was du gesagt hast.«

Dilara tritt hinter sie und hilft ihr die Locken auseinanderzuziehen. »Geh heute noch einmal zu ihm, genießt den Abend, aber verliebe dich nicht in ihn, Latizia, es ist besser, wenn du ihn heute das letzte Mal siehst.« Latizia nickt. »Ich werde kein zu hohes Risiko eingehen, aber ich würde ihn einfach gerne noch einmal wenigstens …« Dilara lacht. »Ich weiß und ich decke dich, aber versuche ihm auch klar zu machen, dass er dich dann in Ruhe lassen muss.«

Es klingelt, Latizia sieht durch den Spiegel erschrocken zu Dilara. »Wer ist das? Die Männer sind unterwegs und unsere Mütter wollten heute bei Sara sein, sie meinten, sie wären nicht vor zweiundzwanzig Uhr zurück.« Dilara zuckt die Schultern und sie gehen schnell nach unten. Sollte es jemand aus ihrer Familie sein, werden sie misstrauisch werden, weshalb sich Latizia so zurecht gemacht hat, wiederum klingelt niemand aus ihrer Familie an der Tür. Dilara reißt die Haustür förmlich auf.

Sie sehen die Frau, die schon mal hier war und Leandro gesucht hat, Dania. Latizia hat von Damian gehört, dass ihr Bruder es ziemlich ernst mit ihr gemeint hat und sie ihn verlassen hat, während sie nach Kolumbien geflogen sind. »Hi!« Dilara erkennt sie auch und tritt zurück, sodass Latizia weiter nach vorn kommen kann. Dania ist eine hübsche Frau, Latizia kann verstehen, wieso sich ihr Bruder in sie verliebt hat, wenn es wirklich so ist, wie Damian es erzählt hat.

Sie hat lange dunkle Locken, ihre braunen Mandelaugen stechen aus ihrem dunklen Gesicht heraus, sie hat eine gute Figur und ein süßes Lächeln und sie wirkt überhaupt nicht billig oder künstlich, wie die meisten Frauen, die sonst um ihren Bruder und ihre Cousins herum sind. Sie trägt eine schwarze Leggins und ein langärmliges Oberteil, Latizia fand sie das letzte Mal schon sehr sympathisch, aber ihr Bruder hat nicht vor sie seiner Familie vorzustellen, es muss einiges zwischen den beiden passiert sein.

»Hallo, du musst Leandros Schwester Latizia sein, es tut mir leid, ich wollte nicht stören, ich würde nur gerne kurz mit Leandro sprechen.« Latizia und Dilara antworten zeitgleich. »Du störst nicht!« Das war etwas zu schnell um nicht auffällig zu wirken, aber niemand soll wissen, dass sie etwas planen. Dania zieht ihre Augenbrauen hoch und lächelt. »Okay, kann ich dann kurz mit ihm sprechen?«

»Nein, es tut mir leid, er ist nicht da, sie sind heute Vormittag alle weggefahren, um einige Sachen zu erledigen, ich schätze, sie kommen heute Nacht, eher morgen früh wieder. Hast du ihn nicht angerufen?« Man sieht Dania die Enttäuschung an. »Ähm, nein, sein Handy ist aus, okay, dann … Könntest du ihm sagen, dass ich da war, oder … Ich werde es einfach später noch einmal auf seinem Handy probieren.« Latizia nickt. »Okay, ich sage es ihm aber auch.« Dania lächelt noch einmal zu Dilara und ihr und verabschiedet sich dann.

Nachdem Latizia die Tür geschlossen hat, sieht sie zur Uhr. »Ich muss langsam los!« Sie nimmt das Geschenk, was sie für Adán besorgt hat und sieht Dilara zweifelnd an. »Er wird es bestimmt bescheuert finden.« Dilara geht in die Küche und nimmt sich einen Apfel. »Wird er nicht und wenn, dann ist er bescheuert. Also denk daran, wir sind im Kino, ich bin weg, bevor unsere Mütter kommen und wir treffen uns um dreiundzwanzig Uhr vor dem Kino. Wenn irgendetwas sein sollte, ruf an und gehe nur an dein Handy, wenn es meine Nummer ist.«

Latizia atmet tief ein, als Dilara ihr ihre Autoschlüssel gibt. »Genieße den Abend, aber nicht zu sehr und versuche Adán klar zu machen, dass du ihn magst, ihr euch aber besser nicht mehr sehen solltet, es wird schon schiefgehen.« Latizia gibt ihrer Cousine einen Kuss und geht aus dem Haus. Sie weiß nicht, weshalb ihr Magen mehr kribbelt, weil sie Adán wiedersehen wird oder weil es gefährlich und verboten ist, was sie da gerade tut.

Die zwei Tage hat Adán ihr hin und wieder eine Nachricht geschrieben, allerdings eher zurückhaltend gefragt, ob alles in Ordnung sei und ob sie sich heute wirklich sehen und es klappt. Sie weiß nicht, was dieser Kuss zum Abschied bedeutet hat. Dilara hat ihr gesagt, dass es heute nicht mehr bedeutet, dass man zusammen ist, wenn man sich küsst oder etwas Festeres möchte, wie für Latizia, die ja keine Erfahrungen hat. Und da es erst ihr zweiter Kuss war, bedeutet es natürlich sehr viel, doch sie weiß, dass sie es nicht zu hoch bewerten darf.

Wenn sie jetzt an den Kuss denkt, wünschte sie wirklich, dies wäre ihr erster Kuss gewesen. Auch wenn sie weiß, dass es mit Adán keine Zukunft hat, hat es sich echt angefühlt und es war schön. Ihr erster Kuss verschwindet dagegen immer mehr in der Kategorie der Sachen, die niemals hätten passieren dürfen. Es dämmert langsam, als Latizia Sierra umfahren hat. Sie muss anders fahren, aus der Stadt raus und einen Umweg nehmen, um in den Teil der Stadt zu kommen, in dem nun die Tijuas herrschen. Zum einen, damit ihre Familie nicht sieht, wohin sie unterwegs ist, zum anderen, damit Adán nicht sieht, aus welcher Richtung sie wirklich kommt.

Es ist mehr als verrückt, sie leben in einer Stadt, doch Adán wird es hoffentlich niemals herausbekommen. Obwohl es keine sichtbaren Grenzen gibt, sind die nicht sichtbaren, aber durch die Familias gezogenen, so ernst und undurchdringbar, dass sie sich darum keine Sorgen machen braucht. Trotzdem schlägt ihr Herz bis zum Anschlag und sie blickt sich immer wieder um, bis sie in das Gebiet einfährt.

Es steht ein Auto am Anfang des Gebietes und dieses Mal wird sie angehalten. Ein Mann, den sie noch nie zuvor gesehen hat, schaut in ihr Auto. »Wohin willst du?« Latizia hat angenommen, Adán hätte es geregelt, dass sie einfahren kann oder dass er sie hier abholt. Sie haben eine Uhrzeit vereinbart, allerdings keinen festen Treffpunkt wie sie jetzt bemerkt. »Ich bin mit Adán verabredet.«

Der Mann hebt die Augenbrauen hoch. »Das kann ja jeder behaupten, ich weiß nichts davon.« Er will gerade sein Handy herausholen, doch Latizia ist schneller. Es ist ihr unangenehm und der Mann sieht so aus, als würde er sie am liebsten geradewegs wieder aus dem Gebiet schmeißen. Nach zweimal Klingeln geht Adán schon ran. »Hi, ich stehe hier und werde nicht durchgelassen.« Es ist kurz ruhig an der anderen Seite. »Ich bin eingeschlafen, es tut mir leid, wir haben reingefeiert, gib mir denjenigen, der bei dir ist.«

Latizia hält dem Mann ihr Handy hin. Er nimmt es und hört Adán zu. Dann lächelt er und gibt ihr das Handy wieder. »Entschuldige, normalerweise erwartet er keinen Frauenbesuch, wir haben davon mehr als genug. Soll ich dich zu seinem Haus bringen oder weißt du, wo es ist?« Latizia legt ihr Handy wieder in die Tasche, einen Moment denkt sie daran umzukehren, sie hat Angst, es kann viel zu viel passieren. Sie hat bereits ein neues Handy und eine neue Nummer, ihrer Familie sagte sie, sie hätte das alte verloren. Sie könnte hier und jetzt mit Adán und allem, was diese Gefahr mit sich bringt, abschließen, der Kuss würde für immer eine schöne Erinnerung bleiben, doch als hätte er ihre Gedanken gespürt, klingelt ihr Handy noch einmal.

»Soll ich kommen oder findest du den Weg?«

»Nein, ich komme, bin gleich da.«

Latizia sagt nichts weiter zu dem Mann und fährt in die Richtung, in der sich das Haus von Adán befindet. Das Gebiet der Tijuas ist soviel kleiner als ihres und es ist sofort klar, dass hier niemand über viel Geld verfügt, doch man sieht, dass Adán und seine Leute schon einiges hier verändert haben. Obwohl es ein Teil von Sierra ist, haben sie diesen Teil selten betreten, Latizia ist nur öfter durchgefahren auf dem Weg in eine andere Stadt.

Ihre Mutter und ihre Tante Sara waren wohl nach ihrer Entführung durch die La Hondez, so wie sie es mitbekommen hat, nie wieder hier. Das ist sicherlich auch der Grund, weshalb ihre Familie diesen Teil Sierras meidet. Latizia sieht das einfache Steinhaus, das zwar unter allen Häusern heraussticht, doch trotzdem relativ schlicht ist. Zwei Männer sitzen vor dem Haus, in der gesamten Straße liegen leere Flachen herum. Es fliegen Pappteller und Becher, und noch immer ist ein gewisser Grillgeruch in der Luft. Sie müssen wirklich gut gefeiert haben in der Nacht.

Latizia hält und steigt aus, sie kommt sich fehl am Platz vor mit ihren blauen Kleid. Sie dachte, es würde noch gefeiert werden und hat auch an etwas anderes gedacht als an die Straßenparty, die hier offenbar stattgefunden hat. Einer der Männer vor dem Haus blickt auf und sie erkennt Musa, der sie freundlich anlächelt. »Latizia, wie geht es dir? Wo ist deine Cousine? Du hättest sie gerne mitbringen können.«

Latizia geht die zwei Steinstufen auf die Veranda des weißen Steinhauses und lächelt ebenfalls. »Sie hat zu tun, aber ich soll dich grüßen.« Nun strahlt Musa und im selben Moment erscheint Adán in der Tür. Alle Bedenken und jede Reue sind vergessen, als sie ihn anblickt und er ihr ein Lächeln schenkt. Adán muss wirklich gerade aufgestanden sein, er sieht verschlafen aus. Seine dunklen Augen sind noch etwas zusammengekniffen, doch trotzdem blicken sie Latizia so an, dass sie darin erneut versinken könnte, während sein Lächeln ihre Schmetterlinge im Bauch herumfliegen lässt.

»Hallo meine Schöne.« Seine Schöne, Latizia lacht leise, als er kommt und ihr einen Kuss auf den Mund gibt. Sie hat die ganzen letzten zwei Tage nur an ihren Kuss, seine Lippen und wie zärtlich er zu ihr war, denken können und als er sie jetzt kurz küsst, kommt all das wieder hoch. »Herzlichen Glückwunsch zum Geburtstag, Adán.« Er legt seine Arme um sie und küsst ihre Wange. »Es freut mich, dass du gekommen bist.«

»Adán, Adán, in meinen wildesten Träumen hätte ich nicht gedacht, dass du so zu einer Frau sein kannst.« Musa und der andere Mann sehen sie ungeniert an und grinsen frech. Adán wirft ihnen ein Handtuch entgegen, was er gerade noch in der Hand hatte und nimmt Latizia an der Hand in sein Haus. Als er die Tür hinter ihnen beiden schließt, hört sie Musa noch fragen, wann sie wieder gestört werden dürfen, doch Adán reagiert nicht, sondern sieht Latizia in die Augen, während er sie eng an sich zieht.

»Ich hoffe, du bist nicht sauer wegen gerade, ich war bereits wach und wollte einige Sachen vorbereiten, allerdings hat die Nacht mir doch mehr zugesetzt, als ich es gedacht hatte.« Latizia würde so gerne mehr erfahren, trinkt er? Nimmt er irgendwelche Drogen, waren Frauen da und hatte er seinen Spaß? Wenn sie nur an die Partys ihrer Cousins denkt, wird ihr schlecht, doch Latizia lächelt und legt ihm die Arme um den Nacken. Sie hat kein Recht zu viele Fragen zu stellen, sie ist diejenige, die lügt, darüber, wer sie ist, wie alt sie ist, eigentlich weiß er nichts von ihr außer ihrem wahren Namen.

Sie sollte den Abend genießen, ihm aber nicht noch näher kommen als nötig. Adán trägt eine Jeans und ein graues Shirt, er sieht so lässig und doch so unverschämt sexy aus. »Kein Problem, ich hoffe, du hattest eine schöne Feier.« Adán streicht ihr ihre Locken aus dem Gesicht. »Ich habe die ganze Zeit auf diesen Teil der Feier gewartet.« Latizia entzieht sich ihm. »Oh, mein Geschenk, es liegt noch im Auto … Ich hole …«

Sie will raus aus dem Haus, doch Adán ist schneller und hält sie zurück. »Du bist da, das reicht und es kann warten, komm lass uns schwimmen gehen.« Latizia stockt, sie hat ja mit allem gerechnet, aber nicht damit. »Wir gehen was?« Adán zieht sich Schuhe über und geht in die Küche, Latizia folgt ihm. »Schwimmen, kennst du den Bacha-See?«

Latizia ist etwas überfordert. »Nein, ich habe nichts zum Schwimmen dabei und es ist bereits dunkel draußen.« Adán geht zum Kühlschrank. Er stellt einige Getränke raus, Obst, einen Teller mit kleinen Leckereien, von denen Latizia lieber nicht wissen möchte, wer diese zubereitet hat. »Das ist, weil du nicht weißt, von welchem See ich spreche, vertrau mir, es wird dir gefallen und ich würde dir diese Stelle gerne zeigen.«

Latizia sieht zu, wie Adán etwas unbeholfen um sich blickt. Er scheint ein Picknick machen zu wollen, aber so wie er sich anstellt, ist

190

mehr als deutlich, dass er das noch nie getan hat. Er sieht eine Trainingstasche auf dem Boden, leert sie aus und verstaut alles darin. Latizia findet eine blaue Decke und reicht sie ihm. Zufrieden stopft er sie auch in die Tasche und Latizia muss sich das Lachen verkneifen, als er nach einer Waffe greift, sie in seinen Hosenbund steckt, noch eines seiner Shirts vom Wäscheständer nimmt und ihr erneut die Hand hinhält.

»Komm, ich zeige dir meinen Lieblingsort in meiner Welt!«

Latizia bleibt gar nichts anderes übrig, als ihm zu folgen, sie stellt sich auf einen längeren Fußmarsch ein. Doch direkt hinter Adáns Haus beginnt ein kleiner Waldabschnitt, sie gehen hinein und keine vier Schritte weiter sind sie auf einer Lichtung. Auch hier muss gestern Abend gefeiert worden sein. Latizia beachtet das Chaos nicht weiter, sie sieht direkt auf einen kleinen See der von Felsen umgeben ist. Er geht noch ein ganzes Stück weiter, doch hier bei ihnen ist es fast wie am Strand. Sie kann alles sehen, da der Mond genau über ihnen im Himmel strahlt, als wolle er nur ihnen Licht spenden.

Sie können flach ins Wasser gehen, ein Stück weiter weg gibt es sogar einen kleinen Wasserfall. Das Wasser ist ganz klar, Latizia sieht sich ungläubig um und sie hat sich gefragt wie Adán es ohne Pool aushält. Sie hatte keine Vorstellungen davon, dass es hier in Sierra so einen kleinen unentdeckten Schatz gibt. Latizia streift die Schuhe von ihren Füßen und geht ein paar Schritte ins Wasser.

Es ist angenehm warm. »Es ist wunderschön hier.« Latizia dreht sich um und sieht, wie Adán die Sachen auf einen flachen großen Felsen legt. »Habe ich dir doch gesagt, aber das Schönste hast du noch nicht gesehen.« Er legt seine Waffe ab und zieht sich seine Hose aus. Latizia wendet ihren Blick schnell ab. Gut, jetzt kommen sie wieder zu dem Teil, wo es eine schlechte Idee ist hier und jetzt schwimmen zu gehen.

»Hast du keine Angst ohne deine Waffe?«

Es kommt ihr fast so vor, als würde sie Adán grinsen hören, als sie sich so abrupt wegdreht, doch keine zwei Sekunden später steht er hinter ihr und hält ihr sein Shirt hin, was er noch mitgenommen hat. Latizia hat ihn schon ohne T-Shirt gesehen, doch erneut verschlägt es ihr für einen Moment die Sprache. Er ist so durchtrainiert, im Mondschein wirkt seine Haut noch viel dunkler und seine Augen sehen sie fordernd an. »Um ehrlich zu sein, habe ich vor nichts und niemandem Angst, dafür brauche ich keine Waffe. Willst du das T-Shirt überziehen?«

Latizia denkt an ihre schwarze Unterwäsche, eine Panty und einen Spitzen-BH, der ihre Brüste etwas anhebt. Auch wenn sie weiß, dass sie in einem Bikini nicht viel anders aussehen würde, will sie nicht, dass Adán sie so sieht. »Ok, ich probiere es.« Nun grinst er, dreht ihr aber den Rücken zu. Latizia zieht schnell das Kleid aus und lässt es auf den Boden fallen, bevor sie sich das T-Shirt anzieht, was ihr dann bis fast auf die Knie geht.

»Gestern sind hier mindestens zwanzig Frauen gewesen, die meisten hatten nur einen String an, ich weiß nicht, wieso manche Frauen einen Unterschied machen, ob sie Bikinis oder Unterwäsche tragen.« Er dreht sich um und Latizia runzelt die Augenbrauen. »Na, das war ja gestern Nacht scheinbar eine aufregende Party.« Adán sieht sie an und lächelt. »Meine Shirts stehen dir.«

Latizia ist etwas sauer, als sie Adán ins warme Wasser folgt, obwohl sie keinen Grund hat, sie sind nicht zusammen und sie hat nicht vor, ihn nach dem heutigen Tag noch einmal zu sehen. Es ist nicht seine Schuld, dass sie etwas verklemmt ist und es sich eklig anfühlt, das nasse Shirt an der Haut zu haben.

Adán bleibt stehen und sieht zu ihr. Als sie ihn erreicht hat, ist sie fast bis zur Brust im Wasser, sie zieht sich das T-Shirt aus und gibt es ihm in die Hand. Er lässt es einfach los, ohne sich darum zu kümmern ob es wegschwimmt, dabei scheinen seine dunkle Augen sie an sich binden zu wollen, keine Sekunde lässt er den Blick von ihren Augen.

»Bist du bereit?« Latizia fühlt sich nackt, doch nicht verloren, als sie in Adáns Augen blickt. Eine Sekunde denkt sie daran, wie viel Mühe sie sich mit den Haaren und allem anderen gegeben haben und wie entsetzt Dilara jetzt wäre, würde sie Adán und sie jetzt hier sehen, sie muss lächeln und nickt.

Wenn es ihre letzte Zeit mit Adán ist, sollte sie all das loslassen und es einfach nur genießen. Er beugt sich zu ihr und gibt ihr einen leichten Kuss auf den Mund, dabei streift seine Hand ihre nackte Hüfte. Auch wenn sie im Wasser sind, hinterlässt es auf ihrer Haut eine heiße Spur.

»Dann los!«

Kapitel 19

»Bist du dir sicher, dass es hier keine Tiere gibt?« Je näher sie zum Wasserfall schwimmen, umso dunkler wird das Wasser. Adán hält kurz vor dem Wasserfall und bleibt stehen. »Nein, du kannst hier auch stehen.« Latizia will sich vor ihn stellen, doch erreicht den Boden nicht. Adán lächelt. »Zumindest ich kann hier stehen.« Seine Arme umfassen ihre Taille und er hält sie.

Auch wenn sie sich bisher noch nicht so nah gekommen sind, fühlt es sich nicht komisch an für Latizia, im Gegenteil. »Ich wette, das ist deine übliche Masche, die Frauen hierher bringen und sie dann verführen.« Latizia legt die Arme um seinen Nacken, ihre Beine umschlingen fast schon automatisch seine Hüften, doch Adán nutzt diese Gelegenheit nicht aus, sondern umfasst nur ihre Oberschenkel um ihr Halt zu geben. »Ich würde das nicht abstreiten, allerdings ist es bei dir etwas anderes.«

Latizia lacht und ihre Gesichter sind nur noch Millimeter voneinander entfernt. »Wieso ist es das?« Adán lächelt noch immer, trotzdem liegt ein gewisser Ernst in seiner Stimme. »Weil ich nicht noch einmal riskieren will, etwas falsch zu machen.« Latizia wird jetzt auch ernst, seine Worte dringen direkt in ihren Bauch, wo die eh schon aufgescheuchten Schmetterlinge überhaupt nicht zur Ruhe kommen.

»Du wirst nichts falsch machen, Adán, ich vertraue dir.« Er streicht über ihre Oberschenkel, aber in keiner Weise fordernd, eher nachdenklich, während er in ihre Augen sieht. »Ich weiß nicht, ob das so klug ist.« Nichts von alldem was sie hier tut ist klug. »Ich tue es aber.« Adán überbrückt die letzten Zentimeter, sodass sich ihre Lippen wieder vereinen. Latizia hält sich an seinem Nacken fest, während seine Hände auf ihren Rücken wandern und sie noch enger an ihn binden.

Der Kuss wird augenblicklich intensiver. Latizia entfährt ein Keuchen, als sie sich kurz darauf trennen, nur um kurz Luft zu holen, bevor sie sich wieder vereinen. Auch wenn sie spürt, wie fordernd ihr Kuss wird, ist Adán in jeder Sekunde zärtlich zu ihr. Latizia spürt, dass sie es absolut ernst gemeint hat, Adán würde ihr niemals wehtun wollen.

Latizia beendet den Kuss und küsst seine Schulter, als sie sich an ihn lehnt. Sie hätte sich niemals vorstellen können, dass ihr erster so enger Kontakt zu einem Mann solche Gefühle in ihr auslöst. Wieder fällt ihr das Tattoo an seinem Herzen ins Auge.

'Ich werde niemals vergessen', sie streicht über seine helle Narbe, die auf seiner rechten Gesichtshälfte ist, im Wasser und mit nassen Haaren, erscheint sie noch viel deutlicher auf seinem schönen Gesicht. »Ist diese Narbe von dieser Nacht, wo du deine Familie verloren hast?« Adán sieht sie eine Sekunde verwirrt an und nickt dann. »Ich bin nicht daran gewöhnt, dass jemand so viel darüber weiß, nicht einmal meine engsten Freunde wissen Genaues.«

Latizia lächelt, aus einem Impuls heraus küsst sie die Narbe vorsichtig. »Sie erinnert mich daran, ich bin froh, dass ich eine Narbe davongetragen habe, so werde ich jeden Morgen daran erinnert, was passiert ist. Am Anfang habe ich Rache geschworen, doch seitdem ich weiß, dass die Personen nicht mehr leben, staut sich diese Wut oft auf. Es wäre soviel einfacher, hätte ich sie rächen können. Ich war so sauer, dass ich es nicht konnte, dass ich sogar daran gedacht habe, mich bei denen zu rächen, die sie getötet haben, nur um irgendetwas machen zu können, aber die Leute waren nicht mehr da!«

Automatisch schafft Latizia etwas Abstand zwischen ihnen, sobald ihre Familia angesprochen wird. Er hat nach ihnen gesucht, als sie in New York waren, ihr Vater und Juan waren es, die alle Mitglieder der La Hondez umgebracht haben, aus Rache für die Entführung, darunter muss auch der Mörder der Familie von Adán gewesen sein. »Ich denke nicht, dass man sich durch Rache besser fühlt, vielleicht für einen Augenblick, aber es ändert nichts an den Dingen die geschehen sind. Diese Narben werden nicht verschwinden, aber sie werden kleiner und man lernt mit ihnen zu leben.« Latizia muss an ihre Familie denken. Sie weiß, dass sie sich an Garcias rächen wollen, nächste Woche soll es soweit sein, sie kann es verstehen, doch sie hat Angst davor und kann sich nicht vorstellen, dass sich einer von ihnen danach besser fühlen wird. Ramon wird immer noch tot sein und die Zeit, die ihnen gestohlen wurde, bekommen sie so auch nicht wieder.

»Ich bin mir sicher, ich hätte mich danach besser gefühlt.« Latizia rückt wieder näher zu ihm und küsst seine Wange. »Wenn du an etwas hängst, gibst du wohl nicht so leicht auf.« Sie lächelt, um von dem ernsten Thema abzukommen und Adán geht darauf ein. »Nein, aber um ehrlich zu sein, damals habe ich alles verloren, danach habe ich mir nie etwas besorgt oder zu nah an mich herankommen lassen, was mir wirklich etwas bedeutet. Ich will nie wieder in die Gefahr kommen, etwas verlieren zu müssen, was mir wichtig ist.«

Latizia versteht jetzt, warum sein Haus nicht den Hauch einer persönlichen Note hat, nichts, aber auch gar nichts ist darin, was einen emotionalen Wert haben könnte, keine Bilder, nichts. »Du wirst aber nicht verhindern können, dass dir irgendwann wieder jemand etwas bedeutet.« Adán streicht über ihre Arme, die noch immer um seinen Hals geschlungen sind und sieht ihr dabei in die Augen. In diesem Moment bekommt Latizia trotz der Wärme ihrer Umarmung und des warmen Wassers eine Gänsehaut. »So wie es im Moment aussieht, kann ich das wirklich nicht.«

Bevor Latizia etwas erwidern kann, gibt er ihr einen kurzen Kuss. »Bist du bereit?« Latizia ist noch ganz perplex über sein verstecktes Geständnis. »Bereit wofür?« Adán lacht leise. »Du hast gesagt, du vertraust mir, schließe die Augen und halte dich fest, du Klammeräffchen.« Latizia lächelt und rückt noch näher an Adán, der ihre Oberschenkel umfasst, ihr so Halt gibt, während er läuft. »Augen zu!« Latizia hört auf ihn und wird im nächsten Moment klitschnass. Er ist mit ihr direkt in den Wasserfall gelaufen. »Wenn ich sage, ich vertraue dir, bedeutet das, dass ich nicht ertränkt werden ...« Sobald sie aus der auf sie herabfallenden Wasserflut heraus sind, öffnet sie die Augen und will sich beschweren, doch ihre Worte verstummen vor Staunen. Hinter dem Wasserfall ist eine kleine Höhle, sie muss irgendwann in den Felsen geschlagen worden sein, es ist genug Platz für mehrere Personen. Latizia lächelt.

»Das ist wirklich eine clevere Verführungsidee.« Adán lacht und setzt sie in die Höhle, auch er klettert hinein. Doch während Latizia am Anfang sitzen bleibt und noch die Beine im Wasser baumeln lässt, setzt er sich tiefer hinein und lehnt sich gegen den Stein. Latizia hat so etwas vorher noch nie gesehen, sie sind vollkommen umgeben vom herabfallenden Wasser. »Es ist wunderschön.« Latizia dreht sich zu Adán um, der sie aufmerksam beobachtet. »Du bist wunderschön.«

Auch wenn sie spürt, dass sie etwas rot wird, steht sie auf und geht die paar Schritte zu ihm. Es ist ihr egal, dass er sie nun komplett ansehen kann, sie stellt sich einfach vor, sie hätte einen Bikini an und keine Komplexe wegen ihres zu zarten Körpers.

Adán öffnet ganz selbstverständlich seine Beine, sodass sich Latizia zwischen sie setzen kann, mit dem Rücken an seine Brust, sie lehnt ihren Kopf an ihn und er küsst ihre Wange. »Es ist, als wären wir hier in einer geheimen Welt, niemand kann uns sehen und wir sehen nicht, was da draußen alles für Dinge passieren.«

Latizia könnte anfangen zu träumen, Adán streichelt über ihre Arme. »Komm schon, ich denke nicht, dass du aus deiner Welt fliehen musst. Ich habe schon gemerkt, dass es dir und deiner Familie sehr gut gehen muss, ich wette, du bist eine kleine verwöhnte Prinzessin.« Latizia schließt die Augen und lächelt. »Das heißt nicht, dass ich nicht weiß was Schmerzen sind und noch nichts Schlimmes erlebt habe.« Adán streicht noch immer über ihre Arme. »Ich würde ja gerne sagen, dass du jetzt meine Prinzessin bist, aber ich schätze, ich kann dir nicht soviel bieten, wie du es zuhause bekommst.« Sie hört sein Lächeln in seiner Stimme, auch wenn sie die Augen noch geschlossen hat. »Guck wo wir sind, du bietest mir gerade sehr viel.« Weiche Lippen küssen über ihre Wangen und über ihre Nase, Latizia lässt ihre Augen weiter geschlossen.

»Ich liebe deine Haut, sie ist wie Porzellan, bist du eine ganze Puertoricanerin?« Jetzt öffnet sie ihre Augen wieder. »Ja, meine Mutter ist auch sehr hell, meine Oma auch, es ist selten, aber auch uns gibt es in Puerto Rico, meine Mutter hat sogar ...« Sie bricht ab, sie kann ihm nicht sagen, dass ihre Mutter grüne Augen hat, sie aber die Augen ihres Vaters hat. Er stand ihrer Mutter schon einmal gegenüber, so selten wie das in Puerto Rico ist, würde er sich vielleicht daran erinnern.

»Okay, dann bist du meine puertoricanische Prinzessin.« Latizia schließt wieder zufrieden die Augen. »Ich könnte ewig hier drinnen bleiben.« Adán legt jetzt seine Arme ganz um sie, was nicht schwer ist, er ist so breit gebaut und sie so zierlich, er könnte sie ohne Probleme zerquetschen. Doch er ist behutsam, als wäre sie wirklich aus Porzellan. »Ich habe bei dir das Gefühl, es wäre besser, einfach mit dir hierzubleiben.«

»Wieso?«

»Ich weiß nicht, ich habe das Gefühl, ich bin mir nicht sicher, ob ich dich noch einmal sehen werde, du bist wie ein Geheimnis, als wäre es sehr schwer, dich bei mir halten zu können.« Latizia öffnet die Augen, ist sie so leicht zu durchschauen? Sie will nicht, dass er so denkt, auch wenn es der Wahrheit entspricht.

»Du widersprichst mir nicht einmal.«

»Ich wünschte, ich könnte es, aber mein Leben ist vielleicht doch nicht so unkompliziert wie es scheint. Ich kann mich nicht so einfach mit dir treffen und wenn ich klug bin, würde ich es sein lassen, um keine Probleme heraufzubeschwören.« Latizia versucht es ihm zu erklären, ohne sich zu verraten. »Es ist bestimmt, weil du aus einer reichen Familie kommst, die ausrasten würde, wüssten sie, dass du gerade in den Armen eines Anführers einer Familia liegst, der eine Waffe am anderen Ufer hat und keine Probleme damit hat, jeden zu erschießen, der dich schief anguckt.«

Latizia muss sich zurückhalten, um nicht hysterisch loszulachen, ob ihre Familie ein Problem mit Familias hat? »Nein, nicht so ganz, es ist komplizierter, ich kann es dir nicht erklären, auch wenn ich es gerne würde.« Latizia dreht sich jetzt so zu ihm, dass sie ihre Stirn an seine Brust vergraben kann. Es tut ihr von Herzen leid, dass sie ihm keine Antworten geben kann. Er scheint es zu spüren und küsst ihren Kopf. »Ok, lassen wir es auf uns zukommen. Aber jetzt gerade fühlst du dich wohl bei mir und bereust es nicht?«

Latizia sieht hoch und in seine Augen. »Sehr wohl und nein, ich habe noch keine Sekunde bereut hier zu sein.« Sie gibt ihm einen Kuss auf sein Tattoo, dass er nie vergessen wird, was er an seinem

Herzen trägt. Sie schwört sich gedanklich, dass, was auch kommen mag, sie diese Stunden mit ihm auch niemals vergessen wird.

»Du frierst, komm wieder ins Wasser.« Latizia und er liegen noch eine Weile so verträumt da, bis Adán bemerkt, dass Latizia zu frieren beginnt. Sie schwimmen zurück zum Ufer und erst da bemerkt sie, dass sie mittlerweile hungrig ist. Sie bleiben in Shorts und Unterwäsche, als sie sich auf den glatten Stein setzen und etwas essen und trinken. Statt sich auf die Decke zu setzen, legt Adán sie um Latizia herum, doch nachdem sie etwas zu sich genommen haben, wird Latizia etwas mutiger.

Sie haben nicht mehr viel Zeit, aber sie will noch soviel wie möglich von ihm diesen Abend mitnehmen. Adán empfängt sie in seinen Armen, als sie sich mit der Decke auf seinen Schoß setzt und sie beide darin einhüllt. Latizia küsst ihn, seine Hände fahren wieder ihren Rücken entlang, doch dieses Mal ist es anders, sie spürt seine Erregung an sich und es schreckt sie nicht ab, im Gegenteil.

Sie beendet den Kuss, seine Lippen fahren ihren Hals entlang und ihr Atem geht schneller. Latizia hat noch keine Erfahrungen, doch sie wird ihm das niemals zeigen. Als seine Hand tiefer rutscht und ihren Po umfasst, drückt sie sich automatisch fester an ihn und seine Erregung, was ihn leise aufstöhnen lässt. Adán küsst sie so fordernd wie noch nie zuvor, doch noch immer sehr zärtlich. Im nächsten Moment knipst er ihren BH auf und als sich ihre nackte Brust an seine lehnt, wird auch sie fordernder.

Es verwirrt sie, all diese neuen Gefühle, doch es fühlt sich zu gut an, um davor zurückzuschrecken. Sie keucht auf, als er den Kuss abbricht und ihre Brüste liebkost. Sie weiß nicht, ob sie ihm überhaupt gefällt, die Erregung an ihrer Mitte sollte aber Antwort genug sein. »Komm her, Prinzessin.« Er legt sie zurück und achtet darauf, dass sie auf der Decke liegt und nicht auf dem kalten Stein.

Er hockt über ihr und sieht auf sie hinunter. Latizia muss lächeln, so gefährlich er aussieht, so erfahren wie er ist, sieht er so zärtlich auf sie herab, dass sie ihre Arme nach ihm ausstreckt und er ihrer stummen Aufforderung sofort nachkommt. Genau als er sie wieder küsst, um ihr aufregendes Spiel fortzusetzen, hören sie auf einmal eine Stimme.

200

»Adán, wo steckst du?« Adán flucht leise und küsst Latizias Wangen, die sich sofort verkrampft.

»Wir sind hier, komm nicht näher oder ich muss dich töten, wenn deine Augen meiner Prinzessin zu nah kommen.« Er lächelt auf Latizia herab und sie ist froh, dass er den Störenfried fernhält.

»Oh, okay, tut mir leid, aber wir haben jemanden erwischt, du musst kurz kommen.« Latizias Herz schlägt schneller, was meint er damit? Adán seufzt auf und hockt sich wieder hin, wobei er die Decke über sie legt, damit auch wirklich niemand sie sehen kann. »Ich komme gleich wieder.« Latizia rappelt sich schnell auf. »Nein, ich komme mit, warte!«

Sie weiß nicht, ob es eine gute Idee ist, als sie neben Adán wieder sein Haus betritt, doch sie muss sehen, was da vor sich geht. Erst als sie drei Männer mit dem Rücken zu sich sieht und zwei halten dem Mann in der Mitte eine Waffe an den Kopf, versteht sie, was mit 'einen geschnappt' gemeint war. Sie will sich schnell umdrehen und gehen. Wenn es einer von ihrer Familia ist, darf sie nicht gesehen werden, doch dann fängt sie an zu zittern. Wenn es einer von ihrer Familia ist, muss sie hierbleiben und ihm helfen. Adán hat mehr als deutlich gemacht was passiert, wenn noch einer von ihnen hier in das Gebiet kommt.

Genau in dem Moment drehen sich die Männer um und Latizia keucht erleichtert auf, sie kennt den Mann nicht, hat ihn noch nie im Leben gesehen. Adán geht zu ihm und sieht auf seine Hand, Latizia kann die Plaka nicht erkennen. »Was tust du hier?« Der Mann scheint keine Angst zu haben, ist aber sehr höflich. »Es tut mir leid, ich wusste nicht, dass dieses Gebiet tabu ist, ich will gar nichts von euch, ich suche jemanden und wollte nur hier durchfahren.«

Einer der Männer von Adán nickt. »Wir haben ihn am Anfang der Grenze geschnappt, er hatte wirklich keine Ahnung.« Der Blick des Mannes schweift zu Latizia und Adán hebt seine Waffe an die Nase des Mannes. »Sieh sie nicht an!« Latizia geht aus dem Raum, sie atmet tief ein. Sie weiß, dass Adán brutal ist, sie hatte bei der ersten Begegnung weiche Knie, doch es ist komisch ihn jetzt so zu sehen, obwohl sie doch so etwas gewohnt ist. Sie muss sich jetzt zusammenreißen.

Sie geht erst wieder in den Raum, nachdem die beiden Männer ihn mit dem anderen Mann verlassen haben. »Du hast so ein Glück, dass heute sein Geburtstag ist.« Adán ist schon halb bei ihr. »Alles in Ordnung?« Latizia lächelt, auch wenn ihr mulmig im Magen ist, diese Situation hat ihr gezeigt, auf welch dünnem Eis sie sich hier bewegt. »Ja, ich muss langsam los, meine … warte, ich habe dein Geschenk vergessen.«

Latizia verlässt das Haus und geht zu ihrem Auto. Vor der Tür hört man laute Musik aus einem der Nachbarhäuser und einige Männer sitzen auf der Veranda, auch zwei Frauen sind bei ihnen. Die eine hat sie schon einmal gesehen, das letzte Mal wollte sie sie verführen, jetzt schenkt sie ihr einen Blick, der tödlich sein könnte, auch die Frau neben ihr schaut sie nicht begeistert an.

Sie spürt Adáns Hand an ihrem Rücken und die Frauen blicken weg. Wieder bemerkt sie, wie unglaublich sexy diese Frauen sind und sie fragt sich, wie sie sich getraut hat, vor Adán in Unterwäsche zu sein. »Adán, wann fahren wir morgen los?« Latizia geht zum Auto und holt ihr Geschenk, dabei hört sie genau zu, wie die Männer besprechen, zum Flughafen zu fahren. Sie gehen zurück zum Haus.

»Wohin fahrt ihr?« Adán legt die Arme um sie. »Ich habe es vergessen dir zu erzählen, wir fliegen morgen für ein paar Tage nach Venezuela neue Ware holen, kommst du mit?« Latizia lacht leise. »Nein, das geht nicht.« Sie reicht ihm das Geschenk und sieht nervös zu, wie er es auspackt. Latizia weiß nicht, ob es eine gute Idee war, vielleicht hätte sie es nicht kaufen sollen.

Adán hatte ihr erzählt, dass er nur einmal mit seiner Familie geflogen ist, er durfte damals in das Cockpit und der Pilot hat ihm ein Spielzeugflugzeug der Fluggesellschaft geschenkt. Von da an wollte Adán Pilot werden, er hat das Flugzeug nie aus der Hand gelegt, nicht einmal zum Schlafen. Bis zu dem Tag, wo seine Familie ermordet und sein Zuhause zerstört wurde, danach hat sich alles für ihn geändert.

Latizia ist noch am selben Tag, an dem Adán sie zu seinem Geburtstag eingeladen hat, in das Spielzeuggeschäft gefahren, das besonders schönes, altes Spielzeug hat. Leider hatten sie dieses Flugzeug von der Fluggesellschaft nicht, doch der Mann hat ihr geholfen, etwas im

Internet gestöbert und es für sie bestellt. Heute Morgen hat sie es dort abgeholt, doch jetzt, wo Adán das Flugzeug in der Hand hält und es anstarrt, weiß sie nicht, ob diese Idee so gut war.

»Ich weiß nicht … Es ist sicher nicht so eine gute Idee gewesen.« Adán sieht zu ihr, dann küsst er sie. »Du bist etwas ganz Besonderes, Latizia.« Sie lächelt und gibt ihm auch einen Kuss. »Herzlichen Glückwunsch.« Sie will sich noch einmal zu ihm hochbeugen, doch ihr Blick fällt auf die Uhr. »Ich muss los, meine Cousine wartet auf mich.« Adán sieht sie fragend an, bringt sie aber zum Auto.

»Na ja, wie gesagt, es ist für mich nicht so leicht, mich mit einem Mann zu treffen und sie hält mir den Rücken frei.« Adán lacht leise und stützt sich an ihrem Auto ab, bevor sie einsteigen kann. »Dann frag deine Cousine, ob sie dir den Rücken freihalten kann, wenn ich zurück bin.« Latizia wird flau im Magen, nein, sie darf das nicht mehr. Sie sieht in seine Augen, das schöne Lächeln, was er ihr schenkt und es ist ihr egal, wer ihnen zusieht, als sie ihre Hände an sein Gesicht legt und ihn noch einmal küsst.

Adán ist kurz überrascht, doch dann erwidert er den Kuss. Latizia legt all ihre Gefühle in diesen Kuss, sie spürt ihre eigene Verwirrung, als sie sich lösen und legt ihre Stirn an seine. »Ich muss los!« Ohne eine Antwort abzuwarten, fährt sie davon, direkt zu dem Kino, vor dem Dilara sitzt und gelangweilt Popcorn kaut. Latizia hält und springt förmlich aus dem Auto. »Ist gut, du hast noch fünf Minuten, bevor ich dich töte … Wo sind deine Locken hin? Deine Haare sind nass … Was habt ihr gemacht?« Dilara sieht schockiert auf Latizia, die tief durchatmet.

»Latizia?« Sie wirbelt herum und sieht in Piedros Gesicht. »Oh mein Gott!!« Schneller als sie reagieren kann wird sie durch die Luft gewirbelt. »Wie lange seid ihr wieder da? Wieso hast du dich nicht gemeldet?« Latizia ist überfordert, aber küsst ihren Freund auf die Wangen. Wie sehr sie ihn vermisst hat. Sie durfte in New York keinen Kontakt zu ihm halten, es war alles so durcheinander, dass sie es noch nicht geschafft hat, sich bei ihm zu melden. »Du bist ganz nass, wo wart ihr denn?«

Dilara seufzt auf und begrüßt den hübschen Mann neben Piedro, während er Latizia etwas weiter weg zieht. »Es tut mir leid, hier war so viel los, ich bin so durcheinander, mein Leben steht Kopf und ahhhh.« Piedro lacht, doch dann wird er ernst. »Ich weiß, ich habe so einiges gehört. Wann können wir uns treffen und quatschen, ich habe dir auch so viel zu erzählen, meine Süße, meine Güte, bist du hübsch geworden.«

Latizia stockt. »Warte mal, wissen deine Eltern jetzt ... Ist er?« Sie flüstert und Piedro schüttelt enttäuscht den Kopf. »Nein, du bist immer noch die Einzige, die mich wirklich kennt und so wie es aussieht, steht er eher auf jemand wie Queen Dilara.« Latizia streichelt über Piedros Wange. Er hat ihr vor langer Zeit erzählt, dass er auf Männer steht, nur sie weiß es und es hat sie sehr zusammengeschweißt, sie vertraut ihm, neben Dilara, alles an.

»Wir müssen unbedingt reden, komm morgen zu mir, dann gehen wir aufs Dach und quatschen, du hast Glück, meine Cousins und mein Bruder sind sicherlich beschäftigt oder am Schlafen.« Piedro beißt sich auf die Lippen. »Du weißt, wie heiß ich sie finde, aber wenn ich nur deinen Namen in ihrer Gegenwart erwähne, drehen die durch.« Latiza muss lachen. Sie verabschieden sich, er wird sie morgen besuchen und sie kann ihm alles erzählen.

Als sie ins Auto steigen, kramt Latizia ihr Handy heraus. »Denk daran es wegzuschmeißen, du musst dein neues benutzen.« Latizia sieht eine Nachricht von Adán, ob sie gut nach Hause gekommen ist und antwortet ihm. Sie weiß nicht, ob sie es kann, sie muss es aber. Sie weiß nicht, ob sie ihn so einfach aus ihrem Leben verbannen kann. Es war so schön heute.

»Hast du mit Leandro geredet?« Dilara schüttelt den Kopf. »Hab mich nicht getraut, was hätte ich sagen sollen, wenn sie nach dir fragen. »Stimmt.« Sie wählt die Nummer ihres Bruders, doch sein Handy ist aus, er nimmt diese Termine sicher sehr ernst und schaltet das Handy ab. Sie weiß auch, wer nie etwas ernst nimmt und ruft Kasim an. »Hey, alles in Ordnung bei euch?«

»Ja meine Lieblingscousine.«

»Dilara ist bei mir.«

»Meine zwei Lieblingscousinen.« Latizia muss lachen.

»Ist Leandro bei dir?«

»Nein, aber wir treffen ihn gleich.«

»Okay, sag ihm bitte, dass Dania da war, sie wollte mit ihm sprechen.«

Kapitel 20

Eigentlich wollten Leandro und die anderen bereits am Morgen zurück sein, doch die vielen Termine mit den Geschäftspartnern haben lange gedauert. Außerdem war bereits wieder so viel Verkehr auf den Straßen nach ihrer Abfahrt, dass sie erst am Mittag wieder zuhause ankommen. Sie sind fast die Letzten und sein Vater klopft ihm auf die Schulter, als sie aussteigen und Lando zu ihnen gerannt kommt. »Ihr habt euch gut geschlagen, jetzt leg dich mal hin, du siehst aus, als würdest du drei Jahre Schlaf brauchen.«

Leandro sieht, wie Dilara ihren Vater und Damian begrüßt. »Wo ist Latizia?« Seine Cousine zuckt die Schultern. »Sie ist mit Piedro essen gegangen. Hat dir Kasim gesagt, dass Dania hier war?« Leandro nickt nur, begrüßt seine Mutter und geht dann direkt ins Haus, unter die Dusche, als er mitbekommt, wie sein Vater Dilara ausfragt, weshalb Latizia mit Piedro unterwegs ist. Seine Schwester ist von allen Frauen, die er je getroffen hat, die liebste, sie würde niemals etwas Dummes oder Unüberlegtes tun und er vertraut ihr.

Kaum spürt er den warmen Strahl auf sich, entspannt er sich etwas. Es waren zwei lange Tage und er will nur noch schlafen. Als Kasim ihm gesagt hat, dass Dania da war, hat er sein Handy angelassen. Etwas anderes kann er nicht tun, was ihn noch wütender hat werden lassen. Sie hat seine Nummer, weiß, wo er wohnt, doch sie ruft ihn jedes Mal an, ohne ihre Nummer zu senden. Er versteht nicht was das soll, wieso versucht sie ihn zu erreichen, will aber für ihn unerreichbar sein? Er hat lange genug versucht Dania zu verstehen, es reicht ihm. Wenn sie etwas Wichtiges von ihm möchte, wird sie sich melden, er ist müde, neben all dem, was in seiner Familie passiert, sich auch noch Gedanken um sie und ihr Verhalten machen zu müssen, überfordert ihn.

Er hat sie nicht gebeten zu gehen, im Gegenteil, er hätte sich gewünscht, sie wäre dagewesen, wenn er wiederkommt. Trotzdem hat er sie aufgesucht und gesehen, dass sie ein neues, glückliches Leben führt. Sie gibt ihm die Schuld dafür, dass sie ihn verlassen hat aber trotzdem spürt er, dass sie ihm viel bedeutet, wenn er ehrlich zu sich ist, dass er sie bereits sehr liebt, trotz allem. Doch Leandro hat gelernt, dass man Menschen verliert, die man liebt und er wird nicht noch mehr auf Dania zugehen. Er hat genug getan und was sie auch gestern von ihm wollte, wenn es ihr so wichtig war, wird sie sich noch einmal melden.

Im ersten Augenblick hat er darüber nachgedacht, direkt nach Safia zu fahren, aber sein Stolz ist zu groß geworden, er hat genug getan, um sie zu verstehen. Dass sie nicht einmal ihre Nummer sendet, hat ihm den letzten Stich gegeben, wenn sie ihm so wenig vertraut, soll sie es lassen, soll sie ihn ganz aus ihrem Leben streichen und nicht nur so halb, wie sie es gerade tut.

Leandro legt sich direkt schlafen, er schließt gerade die Augen, da klopft es an seiner Tür. »Leandro, willst du nicht erst etwas essen, ich habe gekocht?« Er hat nicht einmal mehr die Kraft, seiner Mutter richtig nein zu sagen, sondern dreht sich um und schläft sofort ein. Es wird Zeit, dass sie sich um die Renovierung des Hauses ihrer Großeltern kümmern.

Leandro schläft bis zum nächsten Tag durch. Als er es endlich aus dem Bett schafft, spürt er, dass er diesen Schlaf gebraucht hat. Immer noch verschlafen sieht er, dass er mehrere Anrufe verpasst hat, zwei von Sami, einmal Sanchez und einen ohne gesendete Nummer. Leandros gute Laune verfliegt schnell wieder, als er sofort an Dania denken muss. Er sieht sich um und pfeift, keine Minute später erscheint Tenaz und springt ihn an. Das kleine schwarze Wollknäuel wächst schnell, kein Wunder, so wie er von allen hier verwöhnt wird. Leandro hat sogar schon mitbekommen, wie Rodriguez ihn mitgenommen hat, als er einige Sachen zu erledigen hatte.

Er duscht in Ruhe, danach zieht er sich eine schwarze kurze Sporthose an und Turnschuhe, er steckt sich sein Handy ein und zieht ein Cap über. Es ist zu heiß, um sich ein Shirt überzuziehen und er hat nicht vor, das Surena-Anwesen zu verlassen, er will sich endlich um das Haus kümmern. Gerade als er mit Tenaz die Treppe hinuntergeht, kommt Latizia vollgepackt hoch.

»Auch mal wach?« Leandro nimmt seiner Schwester die Kiste ab und bringt sie in ihr Zimmer. »Was hast du vor?«

»Wir gehen ab Morgen wieder alle zur Schule, bzw. beginnt morgen mein erster Tag an der Uni. Mama sagt, ihr werdet nicht mehr gehen?« Er stellt die Kiste auf ihren Schreibtisch, Sena liegt vor Latizias Bett und Tenaz legt sich gleich faul dazu. »Nein, wir übernehmen ein Großteil der Geschäfte, ich muss übrigens bald zurück nach New York, um dort noch einige Konten aufzulösen und mich um noch ein paar Dinge zu kümmern, ich werde auch Gwen besuchen, wenn du willst, kannst du mitkommen.«

Latizia zuckt etwas zusammen und beginnt in der Kiste herumzukramen. »Mal sehen, irgendwie traue ich mich nicht Sierra zu verlassen, es ist, als hätte ich Angst, dass ich nicht wieder zurückkommen darf. Dass es noch einmal passiert … Du weißt schon.« Leandro muss lachen und küsst seine Schwester auf die Wange. »So etwas wird nie wieder passieren.« Als er halb zur Tür raus ist, bekommt sie eine Nachricht. Leandro bemerkt, wie sie ihr Handy schnell weglegt und sieht sie mit zusammengekniffenen Augen an.

»Ich hoffe, dieser Fleischersohn wird uns keine Probleme machen.« Latizia dreht sich zu ihm. »Er ist nur ein Freund, ich bin kein Kind mehr, das habe ich Papa gestern auch versucht zu erklären. Und wenn Damian und Kasim noch einmal so über einen Freund von mir herfallen wie gestern über Piedro, als er mich nach Hause gebracht hat, werde ich wirklich sauer. Sag ihnen, sie sollen das lassen, zum Glück macht es Piedro nichts aus, aber es ist nicht in Ordnung.« Leandro hebt unschuldig die Hände, er hätte dasselbe getan, aber wenn er nicht da ist, kümmern sich ihre Cousins darum.

»Du bist ihre Cousine und sie lieben dich, sie passen nur auf dich auf.« Er schließt lachend die Tür, bevor ihn das Kissen seiner Schwester trifft. Im Garten sitzt sein Vater mit Chico am Tisch, sie haben gerade gefrühstückt, auch sie werden lange geschlafen haben. Lando rennt einem Ball hinterher, seine Mutter scheint nicht da zu sein. »Na, wen haben wir da, Mister 5 % mehr!« Leandro setzt sich zu seinem Vater und Chico schiebt ihm den Teller mit Pfannkuchen über den Tisch.

Es haben sich zwei neue Kunden bei ihnen gemeldet. Sie haben genug Kunden, Leandro hat beschlossen, dass jeder, der ab jetzt etwas von ihnen will, mehr zahlen muss. Die zwei neuen Kunden waren sofort bereit und alle zufrieden. Seinem Vater ist der Stolz anzusehen. Lando kommt zu ihnen und nimmt sich auch einen Pfannkuchen, rennt aber sofort weiter.

»Gabo hat angerufen, er will seine Kunden abgeben und möchte gerne, dass du mit ihm losfährst um alle kennenzulernen.« Leandro nickt, als Chico ihm die Neuigkeiten berichtet. »Wir fahren zu Garcias, Leandro hat die Kunden und muss nach New York, wir können das auch abgeben!« Sein Vater will ihm nicht zu viel aufbürden, Leandro isst mehr als nötig, da er später noch mit Damian trainieren will, er muss seine Wut herauslassen.

»Nein, das geht schon, ich mache das vor New York und nehme Damian, Dine und Sanchez mit.« Sein Vater überlässt ihm die Entscheidung, Leandro kann im Moment gar nicht genug Ablenkung haben. Als er mit dem Frühstück fertig ist, geht er direkt hinüber zu Sami und Miguel. Sami schläft noch, aber Miguel war bereits bei ihnen frühstücken und steht jetzt mit Damian an dessen neuem Auto.

»Es sind Frauensitze, du Weichei!« Damian lacht und setzt sich hinein. »Du hast keine Ahnung!« Leandro ist froh, dass Miguel Stück für Stück wieder zu sich findet, auch wenn einige Narben nie verblassen werden. »Könntet ihr euch später weiter lieb haben, wir haben zu tun!« Sie folgen ihm in ihr neues Haus, das Haus, was ihre Großeltern an die neue Generation abgegeben haben. Die alten Möbel sind bereits entsorgt worden oder eingelagert und sie gehen durch das leere Haus.

Erst besichtigen sie den Garten. »Der Pool muss größer werden, dazu brauchen wir mehr Sitzgelegenheiten wie im Punto-Haus, um unsere Treffen abzuhalten. Die Hecken müssen höher werden, oder sollen unsere Eltern mitkriegen, wann wir jedes Mal Besuch bekommen und wie unsere Feiern aussehen?« Damian hat schon genaue Vorstellungen von allem, Leandro macht ein Bild vom Garten und schickt es mit den Wünschen zu dem Mann, der sich um ihre Häuser kümmert.

Sie entscheiden, dass im Eingangsbereich und im Wohnzimmer außer riesigen Sofas und Tischen nur ein Fernseher und alle Spielkonsolen sein sollen. Es gibt im Erdgeschoss noch zwei Schlafzimmer mit eigenem Bad, in die Sami und Kasim ziehen wollen, im dritten Stock soll neben ihrem Fitnessraum ein Innenpool, Whirlpools und ein kleines Kino entstehen. Im zweiten Stock sind fünf Räume mit Bad, hier werden Damian, Sanchez, Nesto, Rico und Leandro einziehen.

Er wollte auch, dass Dine bei ihnen einzieht, allerdings ist der in letzter Zeit viel mit Miko und Chico unterwegs und soll ein kleines Haus neben Miko bekommen. Er kann sich auch nicht vorstellen, dass Dine sonderlich glücklich wäre, ihr wildes Leben beobachten zu müssen.

Die Küche und die Räume im Keller sind für sie ziemlich uninteressant. Leandro nimmt sich ein Zimmer mit Balkon, er gibt dem Mann Anweisungen, wie er es ungefähr haben möchte und kann es nicht erwarten hier einzuziehen. Der Mann versichert ihm, dass die Arbeiten morgen beginnen werden.

Sie sind gerade im dritten Stock, als Leandros Handy klingelt. Er sieht, dass die Nummer unterdrückt ist und wartet, bis die anderen den Raum verlassen, bevor er abnimmt.

»Hi.« Er weiß, dass es Dania ist.

»Leandro, hallo, ich habe dich die letzten Tage versucht zu erreichen ...«

»Ja, das habe ich gehört, da ich deine Nummer nicht habe und du sie auch nicht sendest, konnte ich nicht zurückrufen.«

»Ich? Das wusste ich gar nicht, ich muss das einstellen, tut mir leid, ich bin momentan einfach durcheinander. Ich weiß ... Ich muss jede Minute an uns denken, an alles was passiert ist und ob ich falsch gehandelt habe, ich weiß gar nichts mehr. Das, was du mir im Krankenhaus gesagt hast, geht mir nicht mehr aus dem Kopf, ich weiß nicht mehr, was ich tun oder denken soll, deswegen war ich bei dir, um noch einmal mit dir zu reden.«

Leandro ist so sauer auf Dania, doch sobald er sie vor sich hat oder sie wie jetzt am Telefon hört, verschwindet diese Wut, nein, sie verschwindet nicht, aber sie ist nicht so stark wie das Bedürfnis, sie wieder bei sich zu haben. Er weiß nicht, wann genau es passiert ist, aber er spürt immer mehr, dass er Dania liebt, nur deshalb macht ihn diese ganze Sache auch so rasend.

Als er nichts sagt, räuspert sie sich. »Leandro?« Er setzt sich auf den Boden des leeren Zimmers, was schon bald ihr Fitnessraum sein wird. »Was soll ich dazu sagen, Dania? Ich kann dir dabei nicht helfen, du musst selbst deine Gedanken ordnen. Es sind deine Gefühle und im Gegensatz zu dir, sehe ich alles ganz klar.« Er hört, dass er die Worte sehr scharf ausspricht, aber als er hört, dass sie anfängt zu weinen, tut es ihm sofort leid. »Wo bist du?« Dania antwortet nicht gleich, sie will ihm offenbar nicht zeigen, dass sie weint, auch wenn er es längst gemerkt hat. Sie fasst sich kurz, bis ihre Stimme fest ist.

»Bei Celestines Mutter, sie hat mich auf meinen Arm angesprochen und ich habe ihr meine Narben gezeigt. Sie behandelt mich jetzt jeden zweiten Tag mit einer Salbe und Laser, die Narben werden nicht verschwinden, aber vielleicht etwas unauffälliger. Ich bin gerade fertig geworden.«

»Bleib vor dem Haus, ich bin in fünf Minuten da.«

Vielleicht ist es nicht besonders stolz und auch nicht besonders klug, als Leandro nach unten geht und zu seinem Haus. Seine Mutter ist wieder da, Miguel und Damian kommen mit seinem Vater und Chico die Treppe herunter, als er hinaufgeht. »War das Dania? Seid ihr nun zusammen oder nicht?« Damian kann seine Klappe nicht halten, Leandro hasst es, vor seinem Vater über so etwas zu reden. Er hat ihn schon öfter mit Frauen gesehen, doch noch nie etwas dazu gesagt, nun sehen ihn alle interessiert an.

»Keine Ahnung, ich bin weg, muss etwas erledigen.« Ohne die anderen zu beachten, geht er die Treppe hoch in sein Zimmer. »Die Frau wird ihn noch in den Wahnsinn treiben.« Er hört Damian noch lachen und dann Chico. »Wie oft ich das zu Bella gesagt habe, sie hat Paco verrückt gemacht.« Er bildet sich ein, ein Lachen von seiner Mutter zu hören, er wird Damian nachher dafür büßen lassen.

212

Leandro zieht sich nur schnell ein Shirt über und nimmt seine Auto-schlüssel, dann ist er auch schon wieder unten und geht schnell zu seinen Autos, ohne noch einmal verhört zu werden.

Dilara kommt gerade aus ihrem Haus und hat Pizza dabei. »Du bist ein Schatz.« Leandro nimmt sich ein Stück und steigt schnell in sein Auto. Dilara verdreht die Augen. »Ich will auch zu euch ins Haus zie-hen.« Sie grinst ihn durch das offene Fenster an und Leandro startet den Motor. »Niemals, das ist eine frauenfreie Zone!« Dilara lacht leise auf. »Das werde ich dann jedes Mal sagen, wenn ich die Chicas bei euch rausschmeiße.«

Leandro fährt ins Punto-Gebiet und zum Haus der Ärztin. Schon von Weitem sieht er Dilara vor dem Haus stehen. Sie trägt einen wei-ßen Rock bis zu ihren Knien und ein schwarzweiß gestreiftes langär-meliges Oberteil. Ihre Haare sind zu einem Zopf zusammengebun-den.

Unwillkürlich muss er an ihre letzte gemeinsame Nacht denken, wie nah sie sich waren. Leandro kann Dania noch genau vor sich sehen, nur noch im Slip, ihre wunderschönen Augen waren liebevoll auf ihn gerichtet, sie hat ihn wahnsinnig gemacht. Ihr Geschmack, ihre per-fekten Brüste, die von ihren langen dunklen Locken eingerahmt waren, die Lippen von seinen Küssen feucht, ihre Wangen rot von dem, was sie gerade das erste Mal gespürt hat, Leandro musste sich so sehr zusammennehmen, ihr Spiel nicht ganz zu beenden, doch da sie noch Jungfrau ist, wollte er, dass es etwas ganz Besonderes ist.

Nun im Hier und Jetzt bereut er, ihr damals nicht gesagt zu haben, dass er sie liebt, auch da hat er bereits so empfunden, vielleicht hätte es ihr ihre Zweifel genommen. Er hat sich nie an ihren Narben gestört, er war der erste Mensch, dem sie sich so gezeigt hat, verletzt und gebrochen.

Leandro legt die Hand an ihre Wange. »Ich komme zurück und dann wirst du das schönste erste Mal haben, welches du verdienst. Ich verspreche dir alles zu geben, damit ich zu dir zurückkomme.«

Das hat er wirklich, doch als er zurückkam, war sie nicht mehr da! Dania wendet sich seinem Auto zu. Als ihre schönen Mandelaugen ihn erblicken, scheint es fast so, als seufze sie verzweifelt auf. Leandro fährt zu ihr und öffnet die Beifahrertür. »Steig ein.« Sie setzt sich und Leandro fährt los, dabei greift er vorsichtig nach ihrem Arm und streift mit dem Daumen das Shirt hoch. Die Rötungen sind weg.

»Du hast der Mutter von Celestine gesagt, sie soll sich um meine Arme kümmern, oder?« Leandro sieht zurück zur Fahrbahn, er antwortet nicht und Dania fragt nicht weiter, sie hat die Antwort bereits begriffen. Sie fahren nicht weit, sie halten am kleinen Strandabschnitt im Punto-Gebiet. Er ist extra hierher gefahren, da hier selten jemand ist und sie auch, wie er es erwartet hat, alleine sind. Leandro setzt sich in den Sand und Dania sieht sich um, dann zieht sie ihr langes Shirt aus und setzt sich mit dem Top, was sie darunter getragen hat, zu ihm.

Er ist froh, dass sie sich trotz allem nicht mehr vor ihm versteckt. Er blickt sie von der Seite an, während sie aufs Meer hinaussieht. Wie kann sie selbst nur glauben, sie sei nicht schön. Beide schweigen, Leandro genießt ihre Nähe, momentan ist es einfacher zu schweigen als zu reden, doch sie werden nicht drumherumkommen. »Erkläre mir, was dich verwirrt!«

Dania schaut weiter zum Meer. Erst als sie sich zu ihm wendet und ihm in die Augen sieht, bemerkt er ihre Tränen, die sich darin sammeln. »Ich bin verwirrt, weil ... Es ist schwer zu erklären.« Sie stockt kurz. »Ich vermisse dich, Leandro, du fehlst mir so sehr, dass ich Angst habe, dass ich mir all das nur einbilde. Du weißt nicht wie sicher ich mir wahr, dass es das Rchtige ist zu gehen. Es .... Du warst so lieb zu mir, aber ich habe doch gemerkt, dass du nicht mit mir leben kannst ... Mit meinen Narben, ich weiß doch, dass du im Stripclub warst, ich habe doch gehört, dass es nicht nur mich gab. Du hast neben mir einer Frau versprochen, sie bald nach Puerto Rico zu holen, erinnerst du dich? Ich war bereit mit dir zu schlafen, ich lag nackt vor dir und du wolltest mich nicht.

Es ist mir klar, dass du ein viel zu guter Mensch bist, um mich abzuweisen oder zu bitten zu gehen, deswegen bin ich alleine gegangen. Ich war mir so sicher, dass du erleichtert bist, wenn du zurückkommst, doch seit du wieder da bist, flippst du regelrecht aus, wenn ich in deiner Nähe bin, als würde es dir wirklich etwas ausmachen,

214

dass ich gegangen bin. Und jetzt weiß ich nicht mehr was ich denken soll, ich weiß nur, dass du etwas Besseres verdient hast als mich. Und du hast sicherlich auch recht, dass ich meine Narben so sehr hasse, dass ich nicht in der Lage bin so etwas wie eine Beziehung zu führen, weil ich mich selbst nicht akzeptiere und niemals glauben kann, dass jemand anderes es tut, schon gar nicht du.«

Leandro ermahnt sich selbst ruhig zu bleiben. »Du hast das alles falsch verstanden, Dania. Wieso hast du mich nicht gefragt? Ich hätte es dir sofort erklärt. Ich war im Stripclub, aber hatte keine Frau dort, die Frau am Telefon war Gwen, so etwas wie meine Schwester in Amerika. Wenn ich eine andere Frau gewollt hätte, hätte ich sie genommen, doch ich will keine andere. Es ist im Grunde egal, was ich dir sage, weil du es nicht sehen willst, nicht verstehen kannst.« Dania nickt, nun weint sie wirklich. »Ich habe dir damals gesagt, dass ich kaputt bin und dich gebeten zu gehen, jetzt siehst du, wie kaputt ich wirklich bin.«

Leandro hebt seine Hand und streicht ihr die Tränen weg. Als sie bei seiner Berührung die Augen schließt, muss er lächeln. Ihr Handy piept. »Als du mir das damals gesagt hast, bin ich bei dir geblieben und auch jetzt bin ich hier!«

Kapitel 21

Dania öffnet die Augen, will etwas sagen, doch ihr Handy piepst erneut. »Ich hab Dine vergessen, ich habe ihm versprochen mit ihm essen zu gehen, er wartet auf mich, dort wo wir gewohnt haben. Können wir uns danach noch einmal sehen?« Leandro steht auf und hilft ihr ebenfalls auf. »Ich muss eh ins Cielo zum Trainieren, wenn ihr fertig seid, soll Dine dich wieder mitnehmen, ich bin dort.«

»Seid ihr wieder zusammen?« Leandro legt sich nach zwei Stunden Training müde auf die Couch im Cielo. »Lass es gut sein, Damian, ich weiß selbst nicht, was mit mir und Dania ist.« Natürlich haben alle mitbekommen, wie er Dania zu Dine gebracht hat. »Immerhin wärst du der erste von uns, der dann eine ernste Beziehung hat.« Sanchez schaltet die ganze Zeit von einem Sender zum anderen. »Beziehungen sind für den Müll, machen nur Probleme, unter fünfundzwanzig fange ich nichts Ernstes an.«

»Deshalb hast du heute Blumen zu Celestine schicken lassen?« Leandro muss lachen, Damian hat vor, heute Ärger zu verbreiten. Gerade als Sanchez versucht ihn sich zu schnappen, kommen Dine und Dania zurück. Dine wirkt etwas nervös. »Ich hatte heute das Gefühl beobachtet zu werden und hab auch öfter einen schwarzen Geländewagen gesehen, ein Mietauto, habt ihr irgendetwas gehört oder gesehen?« Damian lacht. »Nein, wäre etwas gewesen, wüssten wir davon, du brauchst eine Frau, du machst dir zu viele Gedanken. Sanchez, ruf mal Sami und Rico an, wir gehen in einen Club und Dine kommt mit!«

Leandro steht sofort auf, während seine Cousins ihn genau beobachten, deswegen verschwindet er auch sofort mit Dania, um sich irgendwelche Kommentare von ihnen zu ersparen. »Da war wirklich öfter ein Auto in unserer Nähe.« Sie setzen sich in Leandros Wagen. »Mach dir keine Gedanken, hier bemerken wir schnell wenn jemand da ist, der nicht hier hingehört.« Er fährt los. »Ja, aber wir waren beim Einkaufszentrum essen, hier habe ich auch gesehen, dass alles

bewacht ist, aber dort ... vielleicht haben wir uns das auch nur eingebildet. Ich muss den letzten Bus bekommen, ich habe morgen Mittag
einen Vortrag in der Kirche.«

Leandro will sie noch nicht gehen lassen. Auch wenn er keine Lust
hat, das Gespräch von heute Mittag weiterzuführen und er nicht
weiß, ob sie überhaupt noch eine Zukunft haben, will er sie einfach
nur bei sich behalten. »Ich bringe dich, ich muss nur schnell
duschen.«

»Das brauchst du nicht, der Weg ist zu weit, ich kann den Bus nehmen.« Leandro sieht zu ihr hinüber. »Soll ich nicht wissen, wo du dort
wohnst? Was ist genau mit dir und diesem Alberto?« Dania blickt ihn
nun auch an und lacht leise. Leandros Herz macht einen Hüpfer, als
er das erste Mal seit langem wieder ihr ehrliches Lachen sieht. »Was
hast du gegen ihn? Es ist gar nichts zwischen uns, wir arbeiten zusammen mehr nicht, ich könnte dich das gleiche fragen, was mit dir und
der Frau vom Markt ist.«

Leandro fährt in ihre Einfahrt, es ist niemand da, sein Vater, seine
Mutter Latizia und Lando waren vorhin noch bei Sara zuhause. »Die
Frauen bedeuten mir nichts, das solltest du mittlerweile wissen.« Sie
steigen aus. »Das weiß ich, aber hattest du wieder etwas mit ihnen?
Oder einer anderen ... nach mir? Ich meine, das geht mich nichts an,
aber ...« Leandro öffnet seine Haustür. »Nein. Mit niemandem nach
dir. Was ist mit dir? Alberto hat sich also nie an dich herangemacht?«

Er macht das Licht an und sieht sofort, dass Dania den Blick
abwendet. »Na ja, vielleicht etwas, aber er weiß, dass ich ihn nur als
Kollegen sehe.« Leandro weiß, dass das keinen Mann abhält. »Hat er
dich geküsst?« Dania sieht sich im Haus um, sie waren schon einmal
zusammen hier, es war kurz nachdem sie die Männer aus ihren Häusern vertrieben haben, sie kennt das Haus nur verwüstet.

»Er hat es probiert, ja, aber ich habe es nicht zugelassen.« Leandro
belässt es lieber dabei, solche Worte machen ihn nur wütend. Sena
und Tenaz begrüßen sie und Leandro erzählt Dania, wo er Tenaz
gefunden hat, sie fragt ihn weiter darüber aus, was in Kolumbien passiert ist, auch wenn sie einiges bereits durch Dine weiß.

»Das mit deinem Onkel Ramon tut mir sehr leid, ich war vorhin mit Dine auf dem Friedhof und habe Blumen zu ihm gebracht. Ich habe einen Fehler gemacht, ich hätte da sein sollen, als du wiedergekommen bist.« Leandro bringt sie in sein Zimmer. Er kann dazu nichts sagen, er hätte sich auch gewünscht sie wäre dagewesen. Leandro holt sich neue Klamotten und geht ins Bad, während sich Tenaz von Dania auf seinem Bett verwöhnen lässt. Unter der Dusche überlegt er, was all das nun bedeutet. Sie vermisst ihn und weiß, dass sie einen Fehler gemacht hat, doch noch immer glaubt sie nicht wirklich, dass er sie haben will und keine andere. Sie kann es nicht glauben, weil sie nicht an sich selbst glaubt.

Als er zurück ins Zimmer kommt, liegt Dania auf dem Bett, eine Hand auf Tenaz' Bauch und schläft. Es durchfährt ihn ein Stich, als er sie so daliegen sieht, verdammt, er hat sie auch vermisst. Er sollte sie wecken und nach Safia bringen, wo sie morgen etwas zu erledigen hat, aber Leandro ist in diesem Moment zu egoistisch, er will sie weiter bei sich haben und wenn es nur noch für ein paar Stunden ist. Er scheucht Tenaz weg und sagt ihm, er soll zu Sena gehen, zieht sich wieder bis auf die Boxershorts aus und legt sich leise zu Dania. Er macht das Licht aus und zieht Dania in seine Arme.

Als er ihren Atem auf seiner Brust spürt und ihre Haare ihn kitzeln, küsst er ihren wilden Lockenkopf. »Du hast mir auch gefehlt.«

»Wie spät ist es?« Leandro ist noch im Halbschlaf, als er merkt, dass sich Dania aufsetzt. Er öffnet müde die Augen und erkennt, dass es bereits hell ist. »Ich muss nach Safia.« Leandro muss lächeln bei Danias Anblick, so verschlafen hat er sie schon immer am meisten geliebt. »Ich sagte doch, ich bringe dich, nur nicht wann.« Er sieht nun aber selbst auf der Uhr, dass, wenn sie langsam losfahren, sie es noch zu ihrem Vortrag schafft. Dania blickt zu ihm hinunter und lächelt ebenfalls, sie steht auf und sieht nach, ob ihre Kleidung sehr zerknickt ist. Bevor sie ins Bad geht, dreht sie sich nochmal zu ihm. »Das hat mir auch gefehlt.«

Leandro beeilt sich nun ebenfalls. Auch wenn es ihm nicht passt, weiß er, wie wichtig es ihr ist ist in der Kirche zu arbeiten. Bevor sie das Zimmer verlassen, stockt er kurz. Leandro hat noch nie eine Frau mit nach Hause gebracht, er war immer mit ihnen im Cielo. Er weiß, dass er jederzeit eine Frau nach Hause bringen kann, da er es aber nie getan hat, werden alle wissen, was sie ihm bedeutet.

Als sie die Treppen hinuntergehen, stockt auch Dania kurz. Es ist laut unten, wie fast immer, doch da müssen sie jetzt durch. Sein Vater und Rodriguez wollten offenbar gerade losgehen, doch als sie zu ihnen schauen, zieht sein Vater verwundert die Augenbrauen hoch. Rodriguez neben ihm fängt an zu grinsen. »Dania, das ist mein Vater Paco und mein Onkel Rodriguez.« Nun muss er alle offiziell vorstellen. Beide reichen ihr die Hand und sein Vater lächelt zufrieden.

»Freut uns, wir haben schon viel von dir gehört.« Latizia rennt an ihnen vorbei. Sie küsst Leandro auf die Wange und lächelt Dania an. »Ich kenne sie bereits und sie ist wunderschön. Pass gut auf sie auf, Bruderherz!« Dania lacht und Leandro zeigt in die Richtung, in die Latizia verschwunden ist. »Das war meine Schwester.« Als seine Mutter mit Lando aus der Küche kommt, verabschieden sich sein Vater und sein Onkel.

Seine Mutter kennt Dania bereits und sie bleiben ein paar Minuten bei ihr sitzen und frühstücken. Dania hat Lando auf ihrem Schoß und unterhält sich mit seiner Mutter. Sie erzählt ihr was sie in Safia macht und Leandro erkennt, dass seine Mutter begeistert von Dania ist und sich freut, dass er ihr endlich einmal eine Frau vorstellt.

Allerdings muss Leandro daher den Weg nach Safia rasen, doch sie schaffen es rechtzeitig, er muss auch gleich wieder los und hält direkt vor der Kirche. Den ganzen Weg haben beide kaum geredet, vielleicht wollte niemand ansprechen, was offen im Raum steht, wie geht es nun mit ihnen weiter?

»Wann bist du wieder in Sierra?« Dania sieht ihn an. »In zwei Tagen.« Leandro nickt, Dania will noch etwas sagen, doch ein Padre kommt aus der Kirche und winkt, als er ins Auto sieht und sie erkennt.

»Ich melde mich später.« Sie steigt schnell aus. Leandro fährt zurück, doch es fühlt sich nicht gut an, sie hätten das nicht so unausgesprochen lassen sollen. Auch wenn er sie bei sich hatte und zufrieden sein sollte, fühlt es sich nicht gut an, sie jetzt so gehen zu lassen.

Den ganzen Weg über fühlt es sich falsch an. Eigentlich sollte er mit Damian zu einem weiteren Kunden fahren, doch nachdem er zurück ist, merkt er, dass etwas nicht stimmt.

»Es gibt eine Planänderung, Garcias soll bereits da sein. Wir fahren morgen früh los. Pack einige Sachen zusammen, es kann sein, dass wir ein paar Tage weg sind.« Sein Vater steht in der Einfahrt und belädt einige Autos. Leandro nickt und sieht, wie seine Mutter versucht nicht zu weinen. Er kann verstehen, dass die Frauen Angst haben, wenn sie wieder losgehen und auf Garcias treffen, doch das müssen sie tun, für Ramon, für ihre Rache.

Sein Vater stemmt die Arme in die Hüften und sieht seiner Mutter hinterher, als sie ins Haus geht. »Wer kommt alles mit?« Leandro nimmt Lando auf seinen Arm. »Nur die engsten Kreise, fahr ins Cielo und sorge dafür, dass auch jeder Bescheid weiß. Stellt für die Tage einen Plan zusammen, wer von den hier bleibenden Männern die Gegend bewachen sollen. Einige Männer müssen noch zu zwei Kunden fahren, es ist jetzt alles durcheinander, Miko soll dir helfen. Ich muss mit deiner Mutter sprechen.« Latizia kommt niedergeschlagen die Treppe herunter.

»Ich komme mit ins Cielo.« Sie verlassen das Haus, um ihre Eltern alleine zu lassen. »Wenn noch einmal etwas passiert ... Mama wird das nicht verkraften, keiner hier wird das. Stell dir vor, Papa passiert etwas ... oder dir, irgendeinem... « Leandro lässt Lando zum Auto laufen. »Es wird nichts mehr passieren!«

Er hofft es, er hofft es wirklich. Doch keiner von ihnen weiß, was sie erwartet und womit sie zu rechnen haben. Leandro setzt sich gleich mit Miko zusammen, nachdem er seinen Cousins Bescheid gegeben hat. Dine und Sanchez übernehmen die Kunden. Leandro ist wirklich froh, dass alle so schnell gespürt haben, dass man dem Mann aus dem Libanon vertrauen kann. Mitten in ihren Planungen klingelt Leandros Handy. Es ist eine unbekannte Nummer und er lächelt, als sich Dania meldet.

Ihr Vortrag ist vorbei, Leandro kann nur knapp fragen, wie es gelaufen ist, sie müssen noch einiges tun. Er erklärt ihr was los ist und dass er morgen sehr früh losfahren wird. Dania schweigt, sicherlich hat

Dine ihr erzählt was sie vorhaben und auch, wie wichtig ihnen allen das ist. Er verspricht ihr, sich später noch einmal zu melden und kümmert sich um die Einteilungen. Sie werden erst fertig, als es bereits dämmert, Nesto bringt etwas zu essen vorbei und sie lehnen sich zurück. »Es ist soweit!« Miguel ist mittlerweile auch bei ihnen.

»Jeder Einzelne, der etwas damit zu tun hat, wird dafür büßen, ich habe die Liste mit den Adressen gesehen, es waren viele, aber das war klar, sonst hätten sie es nicht so perfekt hinbekommen.« Leandro sieht in die Gesichter seiner Cousins, sie mussten einige Schritte bewältigen Sierra zurückzukommen, ihre Väter und Onkels zu befreien. Nun folgt der letzte Schritt, Rache an jedem zu nehmen, der dafür verantwortlich ist.

Sie alle haben gelitten, ihre Familien wurden auseinandergerissen, sie haben einige Männer verloren, Ramon ist ermordet worden und Miguel wurde gefoltert. Leandro weiß nicht, wie all das gerächt werden kann, aber auch wenn sich all das nicht ungeschehen machen lässt, vielleicht lässt es sie alle etwas freier atmen. Sein Handy klingelt, es ist wieder Dania. Er wollte sie eigentlich in Ruhe von zuhause anrufen, doch er geht ran.

»Leandro, wo bist du gerade?«

»Im Cielo, was ist los?«

»Mein Bus hält in fünf Minuten, ich muss dir noch etwas sagen, es ist wichtig.«

Verblüfft fährt er sofort los, um Dania von der Bushaltestelle abzuholen. Als er hält und aussteigt, kommt der Bus aus Safia gerade an. Dania ist die Einzige die aussteigt, sie hat sich umgezogen, trägt eine Jeans, ein Top und eine dünne Strickjacke. »Wieso bist du extra hergekommen? Ich hätte dich abholen können, was ist los?« Der Bus fährt weiter und nun beleuchtet nur noch das kleine Licht an der Bushaltestelle Danias Gesicht.

»Ich konnte nicht anders, ich musste dir sagen, dass … auch wenn es noch nicht klar ist, was nun mit uns beiden ist, wenn du vielleicht denkst, ich bin nicht in der Lage dazu, weil ich so durcheinander bin …« Dania wischt sich eine Träne aus dem Auge. Leandro will zu ihr, doch sie zeigt ihm an, dass er ihr zuhören soll, ihr scheinen diese

Worte sehr wichtig zu sein, auch wenn es nicht leicht für sie ist diese auszusprechen.

»Wenn du wiederkommst, Leandro, werde ich dieses Mal da sein, ich weiß nicht, ob du das überhaupt noch willst, aber ich werde da sein, vielleicht in Safia, aber ich werde auf dich warten und ich hoffe, dass du das nach allem überhaupt noch willst, ich kann verstehen, wenn es dir alles zuviel ist ...«

Leandro stoppt sie, indem er seine Hände an ihr hübsches Gesicht legt und sie küsst. Er schmeckt ihre Tränen auf den Lippen und spürt wie sie zittert, als sie seinen Kuss erwidert. Es ist schöner als das Gefühl, als er sie zum ersten Mal geküsst hat, sie schmeckt süßer als jemals zuvor, als sie sich für ihn öffnet. Leandros Gefühle sind heftig, als er sie wieder so nah bei sich hat, seine Hand fährt ihren Körper herunter unter ihr T-Shirt und ihren Rücken entlang.

Dania legt ihre Arme um seinen Hals und seufzt leise auf, als er sich langsam, sehr langsam von ihren Lippen trennt. Er küsst ihre kleine Nase und ihre nassen Wangen, die vollen Wimpern heben sich. Als ihn ihre Mandelaugen anblicken, lächelt er.

»Wie kannst du fragen, ob ich es will? Egal wie kompliziert es ist oder sicherlich noch werden wird, mein Herz hat uns beide nie aufgegeben, weil ich dich liebe, Dania.« Seine Stimme ist rauer und leiser als sonst, doch es ist neu für ihn und ungewohnt, so zu empfinden wie er es gerade tut, einer Frau zu sagen, dass er sie liebt, er hat es noch nie getan. Doch wo nun ihre Augen wieder feucht werden und auch sie endlich lächelt, kann er gar nicht anders. Er küsst noch einmal ihre Lippen. »Merk dir das, wenn dir die nächsten Zweifel gekommen, egal weswegen, ich liebe dich, damit musst du jetzt klarkommen.«

Dania lacht leise. »Ich liebe dich auch, Leandro, so sehr, dass ich versuchen werde mit allem zurechtzukommen, was noch auf uns zukommen wird.« Dieses Mal küsst sie ihn und er erwidert es sofort.

»Leandro, du Schlingel, was treibst du hier?« Pepo ruft aus einem vorbeifahrenden Auto und Chico neben ihm hupt. Leandro löst sich von Dania und lacht, sie sind hier mitten in ihrem Gebiet, hier bleibt nichts geheim. »Ich muss noch packen, bleibst du bei mir?«

Das tut sie, sie muss erst am nächsten Tag wieder in Safia sein. Leandro zeigt ihr das Haus, in das sie ziehen werden. Es sind noch einige Arbeiter dabei die ersten Zimmer herzurichten. Als sie in Leandros Raum sind, legt er den Arm um Dania, während er einem der Männer erklärt, dass der Kleiderschrank etwas größer ausfallen soll.

Wie es in Zukunft aussehen soll, da Dania nun ja in Safia lebt und dort arbeitet, weiß er noch nicht, aber dass er sie so oft es geht bei sich haben möchte, wird er sicherlich nicht verheimlichen.

Auch wenn er sie nun bereits öffentlich vorgestellt hat, gehen sie noch etwas essen, bevor er sie mit zu sich nimmt. Es ist schon spät, Latizia schläft sicherlich bereits, er sieht das bei seinen Eltern noch Licht brennt und sie sind etwas leiser, bis sie in seinem Zimmer sind. Es wird Zeit, dass er auszieht. Er schmeißt einige Sachen für die nächsten Tage in eine Tasche, während Dania duscht. Als sie aus der Dusche kommt, blickt er auf.

Sie trägt nur ein Handtuch an sich und er kann erneut ihre Kurven betrachten. Er übersieht die Narben auf ihrer Haut, es gehört zu ihr, sie schrecken ihn nicht ab. Mittlerweile liebt er alles an Dania zu sehr und sie gehören zu ihr, auch wenn es ihr selbst schwer fällt damit zu leben.

»Ich habe nichts zum Schlafen hier.« Leandro nimmt eines seiner Shirts und wirft es ihr zu, ohne Scheu lässt sie ihr Handtuch fallen und fängt es auf. »Nein, nicht.« Leandro hebt die Hand, als Dania nun ganz nackt vor ihm steht. Bisher hat er zwar schon einiges von ihr gesehen, aber noch nicht alles. »Komm her.« Bevor sie dazu kommt sein Shirt überzuziehen, setzt er sich auf die Bettkante und fordert sie auf zu ihm zu kommen.

Leandro hat noch nie etwas Schöneres gesehen, als Dania in diesem Moment. Sie ist komplett nackt und lächelt ihn entspannt an. Er weiß, dass sie den Kampf mit ihrem Selbstbewusstsein noch nicht gewonnen hat wegen ihrer Narben, doch hier und jetzt bewegt sie sich frei vor ihm. Ihre Brüste sind perfekt, ihre längsten Locken streifen beim Laufen ihren Bauchnabel und ihre Mitte ist für ihn ein kleines süßes Geheimnis.

Als sie bei ihm ist, zieht er sie auf seinen Schoß, er kann nicht anders und nimmt ihre Brüste vorsichtig in seinen Mund. Er weiß, dass sie darauf stark reagiert und als sie aufstöhnt, presst sie sich gleichzeitig so an ihn, dass er sich kaum noch beherrschen kann. Seine Hände umfassen ihren Po, als er sich von ihren Brüsten zu ihren Lippen hocharbeitet. Dania stöhnt in den Kuss hinein. »Du hast mir so gefehlt.«

Leandro hat das Gefühl zu platzen, als sie sich an ihm reibt. Seine Finger folgen ihrer Forderung und sie stöhnt erneut auf. »Du mir auch, mein Schatz.« Dania beißt sich auf ihre feuchten Lippen, als ihr erneut ein Stöhnen entfährt. »Leandro, deine Eltern sind auf der anderen Seite des Flurs. Das gehört sich nicht.« Er hat komplett alles um sich herum vergessen und lacht leise, seine Finger bleiben trotzdem wo sie sind. »Dieses Mal hast du mich abgehalten.«

Dania lacht und legt ihren Kopf zurück, als er sie weiter massiert. »Es wird dein erstes Mal und soll etwas Besonderes werden, doch das heißt nicht, dass wir keinen Spaß haben können, ich muss auch noch duschen.« Ohne sie loszulassen steht Leandro auf, er trägt sie, seine Hände wandern wieder an ihren Po und ihre Beine verankern sich hinter seinem Rücken. Als er sie küsst und ins Bad trägt, streift er gleichzeitig seine Boxershorts ab.

Egal wie unerfahren und keusch Dania sonst ist, bei ihm wird sie immer mutiger. Als er sie hinunterlässt und das warme Wasser über ihnen beiden aufdreht, lächelt sie. Sie umfasst seine Erregung und Leandro flucht auf, als sie sich dieses Mal küssend ihren Weg nach unten bahnt.

Nach ihren gemeinsamen Stunden fällt es Leandro umso schwerer, am Morgen aufzustehen. Er küsst ihre Wangen, stellt den Wecker für sie und muss Dania zurücklassen. Latizia und Lando schlafen auch noch, nur seine Mutter ist mit ihrem Vater unten. »Lass uns los.« Seine Mutter gibt ihm einen Kaffee und ein Croissant in die Hand und er gibt ihr einen Kuss auf die Wange. »Passt auf euch auf.« Leandro lächelt. »Immer doch und Mama ... Dania ist oben, nur damit du Bescheid weißt.«

Sie nickt, auch wenn er ihre Überraschung darüber sieht, diese Situation ist für sie alle neu. Leandro geht schon hinaus zu den Autos, Rodriguez steigt gerade zu Miguel, Sami und Damian ein. Damians Kopf liegt an der Scheibe, er ist schon wieder eingeschlafen, wer weiß, was die gestern noch gemacht haben.

Sein Vater kommt heraus, er hat eine Trainingstasche in der Hand und steckt sich seine Waffe in den Hosenbund.

»Lasst uns fahren!«

Kapitel 22

»Hey, guck mich an, Cariño!« Müde blickt Bella ihn an, sie haben beide wenig geschlafen in der letzten Nacht. »Du weißt, dass es sein muss.« Bella senkt ihren Blick wieder. »Du bist gerade erst zurückgekommen, ich will nicht das Gleiche erleiden wie Jennifer, ich will das einfach nicht.« Paco nimmt sie in seine Arme. Auch wenn er schon einige Zeit wieder da ist, kann er immer noch nicht genug von ihrer Nähe bekommen, die fast zwei Jahre ohne sie waren die Hölle.

»Ich komme zurück, Bella, vertrau mir.« Er weiß, dass seine Worte umsonst sind, er kann ihr diese Angst nicht nehmen, sie sitzt zu tief. Es quält ihn, dass er sie jetzt damit zurücklassen muss, doch es geht nicht anders. Lando wird wach. Paco küsst Bella, sie beginnt zu weinen und geht schnell die Treppen zu ihrem Sohn hoch. Paco sieht ihr nach und flucht, dann nimmt er sich seine Waffe und die Tasche mit den anderen Waffen, die sie vielleicht brauchen werden und geht schnell aus dem Haus, sonst wird er nicht gehen können.

»Lasst uns fahren!« Sie wollen mit so wenig Autos wie möglich unterwegs sein, also steigt Leandro zu ihm, die anderen geben schon Gas. Paco ist froh, ein wenig Zeit mit seinem Sohn alleine zu haben. Als sie zum Punto-Gebiet fahren, fädeln sich zwei weitere Autos bei ihnen ein mit Chico, Ramos und Josir, im anderen sitzen Mano, Hernandez, Nesto und Kasim. Unmittelbar nach ihrer Einfahrt in das Punto-Gebiet kommen drei weitere Autos dazu. Juan fährt mit Sanchez, Raul und Tito, Miko und Pepo haben noch Rico und Saul dabei.

Es fühlt sich mächtig an, als sie alle hintereinander Sierra verlassen mit dem einen Ziel: Rache.

Paco ärgert sich darüber, dass sie nicht den normalen Weg nehmen können, sondern das südliche Gebiet Sierras umfahren. Sie sollten ihre Zeit jetzt nicht darauf verschwenden, sich mit den Tijuas auseinanderzusetzen, das werden sie aber noch.

»Ist das mit dir und Dania jetzt etwas Festes?« Es ist das erste Mal, dass Paco ihn auf seine Freundin anspricht. Sein Sohn ist ein Mann geworden. Das hat er schnell gemerkt, als er ihn aus dem Gefängnis geholt hat, als er ihn jetzt aber mit Dania beobachtet hat, hat er auch festgestellt, dass er ein guter Mann geworden ist. Er sieht, wie er sie ansieht, wie verrückt er offenbar nach ihr ist.

Paco hat auch die Narben auf Danias Armen gesehen und kann sich vorstellen, dass es nicht leicht für Leandro ist, Zugang zu Dania zu finden und dass da noch viel mehr dahintersteckt. Umso stolzer macht es ihn, wie er damit umgeht. »Ja, ich denke schon. Es ist etwas kompliziert, aber … Sie gehört jetzt zu mir.« Paco muss leise lachen. »Es liegt in unserem Blut, sich komplizierte Frauen zu suchen. Deine Mutter hat mich wahnsinnig gemacht, ich habe wochenlang dagegen angekämpft, etwas für sie zu empfinden, aber du bist ja der Beweis, dass es nicht geklappt hat.«

Sein Sohn blickt ihn an und lacht ebenfalls. »Meine Liebe zu deiner Mutter hat fast beide Familias zerstört, doch am Ende ist alles gut geworden, und dein Onkel Rodriguez ist mehrere Male fast getötet worden, bevor er Melissa für sich gewinnen konnte, Ramon hatte es auch nicht leicht … Also wieso solltest du es leicht haben?«

Leandro lacht. »Wirklich? Das mit Rodriguez wusste ich nicht.« Dann wird sein Sohn ernst und räuspert sich. Sie haben nicht oft solche Gespräche, aber Leandro weiß, dass er mit allem zu ihm kommen kann und dass Paco immer für ihn da ist. »Sie hatte es nicht leicht und es wird auch nicht leichter für uns, besonders dadurch, dass sie Gallardos Tochter ist. Als wir in sein Haus eingedrungen sind, habe ich sie erst richtig kennengelernt.

Ihr Vater hat ihre Mutter damals im Wald ausgesetzt und den Wölfen zum Frass vorgeworfen, um sich eine neue Frau zu nehmen, die Dania ihr ganzes Leben gequält hat. Sie wurde schlimmer als ein Tier gehalten, Schläge waren das Wenigste, was sie ertragen musste. Ihr Vater wollte sie verkaufen, um an Geld zu kommen. Als sie Windpocken hatte, hat ihre Stiefmutter ihr etwas gegeben, dass sie sich fast ihre gesamte Haut aufgekratzt hat, davon hat Dania überall Narben und von dem Versuch sich das Leben zu nehmen.

Mich stört es nicht, aber sie. Und deswegen fällt es ihr schwer mir zu glauben, dass ich es ernst mit ihr meine. Ich weiß nicht, ob sie all

228

das jemals überwindet.« Paco hatte sich gedacht, dass einiges passiert sein muss, doch dass es so schlimm war, hat er nicht geahnt.

»Du wirst Geduld mit ihr haben müssen und versuchen ihr Vertrauen zu gewinnen. Guck dir Miguel an, es wird auch Zeit dauern, bis er wieder der alte ist und er hat nur einige Wochen Qualen erlebt, sie über Jahre. Einige Narben, die wir tragen, verblassen oder bleiben auf unserer Haut, doch wir werden lernen mit ihnen zu leben. Die Narben, die tief in die Seele geritzt sind, sind schwerer zu überwinden, doch ich denke, dass man auch das kann, du wirst ihr helfen können sie zu heilen.«

Paco sieht zu seinem Sohn, der aus dem Fenster guckt. »Ich hoffe es wirklich für Dania, Miguel, Sami und Jennifer.« Paco lächelt. »Ich habe gestern mit Jennifer geredet, es tut ihr sehr gut bei ihrer Familie zu sein, sie hat dort angefangen, in einem Heim für Flüchtlinge zu arbeiten und es geht ihr gut. Sami haut so schnell nichts um. Miguel ist wieder bei uns und wird sich auch wieder fangen. Dania hat jetzt dich und dadurch auch uns hinter sich, es wird ihr guttun, von einer richtigen Familie umgeben zu sein. Ich wette, deine Mutter wird sie heute nicht gehen lassen und ausfragen.«

Leandro lacht und nickt. »Sie ist sehr hübsch, Leandro, du wirst schon das Richtige tun, immerhin bist du mein Sohn.« Die Autos vor ihnen blinken, um auf eine Tankstelle zu fahren. »Ich wette, Juan hat verpennt zu tanken«, grummelt Paco, als er auch die Ausfahrt nimmt. Leandro streckt sich. »Kaum zu glauben, dass du und Onkel Juan mal verfeindet wart, ihr seid fast schon unzertrennlich geworden.« Paco lacht, als er sieht wie Juan sein Auto volltankt, während alle anderen aussteigen. »Die Zeiten ändern sich.«

Als sie weiterfahren, schläft Leandro auf dem Beifahrersitz ein. Paco lehnt sich zurück und denkt daran, wie er ihn als kleinen Jungen immer auf seinem Arm hatte, wie oft er im Arm seines Vaters eingeschlafen ist. Wie oft ist er nachts zu ihnen ins Bett gekrochen. Wenn Paco die Decke hochgehoben hat, hat Leandro sich an seine Brust gelegt und ihm von wilden Monstern erzählt, die ihm den Schlaf geraubt haben. Wie schnell die Zeit vergangen ist. Und nun führt Paco ihn zu echten Monstern, die sie zusammen töten werden.

Wenn er jetzt Lando bei sich hat und Leandro ansieht, denkt er oft an diese Zeit zurück und vermisst seine Nähe. Auch wenn sie nun eine andere Beziehung haben, fehlt es ihm, er ist ein Mann und Paco kann sehr stolz auf ihn sein.

Paco sieht zweimal hin, als sie auf das riesige Gelände der Privatklinik zufahren, in der sich Garcias aufhalten soll. Er weckt Leandro, sie halten vor den Toren, überraschen den Mann in dem Wachhaus und zeigen ihm mehr als deutlich, dass er das Tor öffnen und niemanden warnen soll. Josir bleibt bei ihm stehen, als sie auf das Gelände gehen. Es ist nichts zu erkennen, man würde nicht ahnen, wer sich hier gerade behandeln lässt, würde nicht am Eingang der Klinik ein Mann auf einem Stuhl sitzen und Zeitung lesen, der sicherlich nicht zum Klinikpersonal gehört.

Da sie direkt auf ihn zugehen müssen und sie niemanden aufschrecken wollen, benutzt Paco eine Waffe, die leise und schnell ist und den Mann außer Gefecht setzt, bevor es jemand mitbekommt. Da sie nicht wissen, wie viele Leute Garcias noch hier hat, rennen sie zum Eingang der Klinik.

Es ist gespenstisch ruhig in dieser Privatklinik, im ersten Stockwerk begegnen sie niemandem. Erst auf der Treppe kommt ihnen eine Krankenschwester entgegen, die bei ihrem Anblick sofort zu schreien anfangen will. Rodriguez ist schneller und hält ihr den Mund zu. »Wenn ihr alle ruhig bleibt, passiert keinem etwas. Wir suchen nach Garcias, wo steckt er und wie viele Männer sind von ihm hier?«

Langsam lässt er seine Hand von dem Mund der Frau und sie zeigt nach oben. »Er ist im zweiten Stock, Raum 205, er ist der einzige Patient, er hat vor Monaten die Klinik für diesen Zeitraum für sich allein gebucht. Er ist heute Morgen operiert worden von zwei Spezialisten. Er steht noch unter Narkose. Die Ärzte sind schon weg, es sind nur noch drei Schwestern hier. Vor seinem Zimmer sitzen drei Wachen, sie lösen sich alle paar Stunden ab, unten ist immer einer, manchmal auch zwei, mehr Leute sind nicht hier. Bitte, ich habe Kinder, ich habe mit all dem nichts zu tun.«

Chico nimmt die Frau am Arm und bringt sie nach unten, er muss bei ihr bleiben um sicherzugehen, dass sie niemanden ruft. Juan und

Miko sind schon dabei, die Treppe weiter nach oben zu rennen, da fallen sofort die ersten Schüsse. »Gibt es eine zweite Treppe?« Paco sieht zu der Krankenschwester, die Chico gerade wegbringt. »Eine Nottreppe, dahinten die weiße Tür.«

Paco muss sich beeilen, er rennt wieder hinunter, Hernandez, Damian und Sanchez folgen ihm. Auch wenn vor Garcias Raum nur drei Wachen sind, sind die Schüsse im ganzen Haus zu hören. Nun brauchen sie auch nicht mehr darauf zu achten leise zu sein. Da sie die Treppen hochkommen und entdeckt wurden, sind sie in einer schlechteren Position und können leicht getroffen werden. Paco beeilt sich, um von der anderen Seite anzugreifen. Er stößt die Tür zur zweiten Etage auf und überrascht zwei Männer dabei, wie sie sich ducken und die Treppe beschießen, einer hält sich bereits die Schulter.

Gezielt trifft er diesen und geht im Treppenhaus in Deckung. »Einer ist erledigt.« Sanchez ist außer Puste, aber nickt. Die Schüsse gehen weiter. »Leandro!« Diese Worte lassen Pacos Blut gefrieren, ohne an das Risiko zu denken, öffnet er die Tür wieder. Der andere Mann steht noch immer und beschießt die Männer, die versuchen hochzukommen. Als er ihn bemerkt, reagiert er blitzschnell, doch Paco war schneller, er geht zu Boden, Paco weicht seiner Kugel aus, die er noch abfeuern konnte.

Er rennt zur anderen Treppe. Sein Herz schlägt ihm bis zum Hals, als er sieht, dass auf der Treppe Leandro liegt, Rodriguez und Miguel sind über ihn gebeugt. »Es ist okay, er hat nur einen Streifschuss abbekommen.« Paco flucht, als er auf Leandro sieht, der sich langsam wieder aufsetzt. »Die Schulter wurde die letzten Monate zu oft getroffen, langsam ist das nicht mehr witzig.« Paco beugt sich zu seinem Sohn und sieht sich die Wunde an. »Ist alles okay, Papa? Du bist ganz blass.« Paco nickt und sieht, dass es wirklich nur eine kleine Wunde ist, die Wucht des Schusses wird Leandro ins Straucheln gebracht haben. Er muss nicht wissen, was für Gefühle Paco gerade durch den Körper gegangen sind, als er ihn hier liegen gesehen hat.

»Zwei Männer und sie halten uns so lange auf.« Juan geht die Treppe hinauf, da erst bemerkt er es. »Wo ist der dritte Mann, von dem die …« Wieder fallen Schüsse und Paco flucht erneut auf. Er hört jemanden keuchen, wieder fallen Schüsse. »Sagt der Krankenschwester, sie soll sofort diese Ärzte zurückrufen, sofort!« Leandro steht schon wieder und zusammen rennen sie nach oben.

Juan und Hernandez beugen sich über den am Boden liegenden Raul, unter ihm bildet sich Blut. Rico und Rodriguez rennen wieder nach unten. »Besorgt Handtücher, er verliert viel Blut.« Juan ist voll von Rauls Blut, auch Paco kniet sich zu ihnen. Raul hat die Augen noch offen, als Paco sein Hemd zerreißt, um sich die Wunde anzusehen. »Habt ihr ihn gefunden?« Raul sieht sie alle an, Paco sieht, wo er getroffen wurde, es ist in der Nähe des Schlüsselbeins. »Halte still, wir müssen dich kurz anheben.«

Ganz vorsichtig heben sie ihn an, Hernandez sieht hinten nach und schüttelt den Kopf, es ist kein Durchschuss, die Kugel steckt noch. »Wo bleibt der Arzt?« Rodriguez kommt wieder zu ihnen. »Er ist in zwei Minuten da, ich hoffe, er war so schlau und seine Angestellten sind ihm so wichtig, dass er auch wirklich kommt.« Zwei Krankenschwestern kommen mit Rico wieder hoch und schreien auf, als sie all die Männer am Boden sehen. »Wo ist euer OP?« Sie zeigen auf eine große Tür.

»Beiß jetzt die Zähne zusammen, hörst du?« Zu viert nehmen sie Raul hoch, sie versuchen ihn so wenig wie nur möglich zu bewegen, als sie ihn mit den Schwestern in den OP tragen. »Sie dürfen hier nicht alle hinein, es muss steril bleiben.« Als sie ihn auf eine Liege gelegt haben, bereiten die Schwestern schon alles vor. Raul keucht auf. »Was ist mit Garcias? Kümmert euch darum!« Paco streicht Raul die Haare aus dem Gesicht. »Tun wir, du musst jetzt durchhalten, hörst du? Denk an Eva und Estefania.« Ein Mann kommt in den Raum und sieht sie alle an.

»Hören sie, behandeln sie diesen Mann, als wäre es ihr eigener Sohn, ich bleibe bei ihnen und beobachte jeden Schritt, wenn alles gut läuft, bekommt ihre Klinik einen großzügigen Scheck und all das hier ist nie passiert und jetzt los.« Der Arzt geht zu Raul und begutachtet die Wunde. »Er hat die Kugel an keiner lebensbedrohlichen Stelle abbekommen, wir müssen jetzt die Kugel entfernen und gucken, dass keine Knochen gebrochen sind. Legt ihn in Narkose, wenn sie dabei sein wollen, gehen sie mit der Schwester mit, alle anderen müssen draußen warten.

Juan sieht zu ihnen, bevor er der Schwester folgt. »Kümmert euch um Garcias!«

Allen ist der Schrecken anzusehen, als sie aus dem OP-Bereich kommen. Paco sieht noch einmal nach Leandros Schulter, dann gehen sie zum Raum 205. Es ist still, als sie den Raum betreten. Er ist riesig und es steht nur ein Bett darin. Eine der Schwestern ist ihnen gefolgt. Pacos Herz schlägt schneller, als sie zu dem Bett gehen. »Das ist nicht wahr, oder?« Der Mann, der da im Bett liegt, hat so fast gar nichts mehr von dem selbstsicheren Garcias, der sich jedes Mal vor ihnen aufgebaut und es genossen hat, sie wie Tiere einzusperren. Er ist abgemagert, blass, geschwächt von seiner Herzoperation.

»Es war eine schwere Operation, er muss noch an den Maschinen angeschlossen bleiben, sonst hört sein Herz auf zu schlagen. Ich weiß nicht, was sie von diesem Mann wollen, aber er kann ihnen nichts sagen.« Paco lacht und sieht auf Garcias hinunter. »Er braucht uns nichts mehr zu sagen, er hat es nicht verdient, am Leben gehalten zu werden.«

Miguel neben ihm flucht und zerschlägt den Apparat, der Garcais am Leben hält. »Das war's? Er hat meinen Vater hinterhältig umgebracht, uns fast zwei Jahre eingesperrt und Jakup, Soran und mich in die Hölle geschickt und all das endet so? Er weiß nicht einmal, dass wir hier sind.« Die Krankenschwester will zu Garcias. »Was haben sie getan? Er wird sterben.« Sami hält sie fest. »Nichts anderes hat er verdient. Vertrauen sie uns.« Miguel ist außer sich vor Wut und beginnt das Zimmer auseinanderzunehmen. Paco kann ihn verstehen, sie alle haben so wegen dieses Mannes gelitten und es ist einfach so vorbei. Paco sieht in Garcias Gesicht, es verzieht sich, fast, als würde er nach Atem schnappen, dann zeigt ein Monitor nur noch eine Linie, wo vorher ein Herzschlag zu erkennen war.

»Er ist auf dem direkten Weg in die Hölle!«

Niemand ist zufrieden, sie haben sich die Rache immer ausgemalt, jeden Tag, den sie gefangen waren, jedes Mal, wenn Paco am Grab seines Bruders stand, jedes Mal, wenn er Miguel ins Gesicht gesehen hat. Es war zu einfach, zu leicht und für niemanden befriedigend, doch vielleicht hat seine Frau recht gehabt, egal wie sie sich gerächt hätten, es hätte ihnen niemals das Gefühl gegeben, doch gewonnen zu haben, dafür haben sie viel zu viel verloren.

Nach all der Aufregung kehrt etwas Ruhe ein, sie helfen der Krankenschwester, alles wieder in Ordnung zu bringen, die armen Frauen verstehen nicht, was hier passiert. Danach warten sie, bis Juan und Raul aus dem OP kommen. Es ist gut gelaufen, die Kugel wurde entfernt, Raul muss einige Zeit einen Verband tragen und wird sobald er richtig wach ist mit Juan und Josir zurückfahren.

Sie stellen dem Krankenhaus einen Scheck aus und warten bis Raul so weit ist, um sich wieder ins Auto zu setzen oder eher zu legen. Frau Anoltzas und Eva wartet bereits in Sierra darauf zu übernehmen. Auch alle anderen Frauen sind geschockt, dass schon wieder etwas passiert ist. Paco hat Bella nichts von Leandros Wunde erzählt, sie ist zu aufgebracht und sollte keine Einzelheiten erfahren.

Sie fahren direkt in ein Hotel, wo sie etwas essen und dann schlafen gehen. Leandro schläft bei ihm und als Paco duscht, bekommt er mit, wie sein Sohn mit Dania redet. Es nimmt ihn immer noch mit, dass er für einige Sekunden dachte, Leandro hätte mehr als nur einen Streifschuss.

Er weiß, dass er nichts dagegen tun kann, nicht jedes Mal neben Leandro stehen kann, doch es hat ihm bewusst gemacht, warum sein Vater niemals mit seinen Söhnen zusammen gekämpft hat. Es ist Zeit wirklich zu akzeptieren, dass er Leandro loslassen muss und ihn als Anführer der Familias seinen Weg gehen lassen muss, auch wenn es ihm sehr schwer fällt.

234

Kapitel 23

»Entschuldigung, wo finde ich den Saal 43?« Latizia ist erst einige Tage an ihrer Uni und findet sich in diesem riesigen Gebäude nicht zurecht. Der Mann ihr gegenüber lächelt und zeigt in die Richtung, aus der sie gerade gekommen ist. »Du musst dort rechts abbiegen, es ist dann die zweite Tür und beeile dich, Professor Lopez wird nicht gerne unterbrochen, man sieht sich vielleicht mal in der Cafeteria.«

Latizia übersieht sein Zwinkern und bedankt sich schnell, bevor sie in die Richtung eilt. Für sie ist es ein wichtiger Abschnitt. Sie hat deswegen beschlossen, immer zurechtgemacht zur Uni zu gehen. Als sie jetzt mit ihren hohen Absätzen zu rennen versucht, bereut sie diesen Entschluss, auch wenn es nur ganz kleine Absätze sind, vermisst sie ihre Ballerinas jetzt schon. »Setzen und Ruhe!« Leider ist der Professor schon da, Latizia senkt ihren Blick und geht die Treppe hoch, um sich ganz nach oben in die hinterste Bank zu verkriechen. Sie muss auf der Treppe sitzen bleiben, da alle Tische bereits besetzt sind, was gut ist, denn es bedeutet, dass der Professor beliebt ist.

Als ihr Handy piept, holt sie es blitzschnell aus ihrer Tasche und stellt es auf lautlos. Dilara, sie schickt ihr schon wieder ein Bild von einem Studenten an ihrer Uni. Dilara geht auf die Uni in Sierra, auf der auch ihre Mutter und viele ihrer Tanten waren. Sie ist die Einzige, die in Sevilla zur Uni geht, da sie als Einzige in ihrer Familie in die Richtung Medizin gehen möchte.

Ihr Vater war davon überhaupt nicht begeistert, doch ihre Mutter stärkt ihr in solchen Dingen immer den Rücken, deshalb darf sie jetzt sogar offiziell mit dem Auto fahren. Sie hat in der Fahrschule zeigen müssen wie sie fahren kann und einen provisorischen Führerschein bekommen, trotzdem muss sie neben der Uni auch zur Fahrschule, aber sie kann jetzt jeden Tag zur Uni fahren. Latizia genießt es, hier ohne jemanden aus der Familie zu sein, das ist eine neue Welt, die ihr ganz allein gehört, auch wenn Dilara noch immer fest daran glaubt, dass sie zu ihr wechseln wird und ihr ständig Bilder schickt, wie toll doch die Uni in Sierra ist.

Hier kennt sie niemanden, sie hat nur zweimal die Tochter der Ärztin auf dem Campus getroffen, die hier auch zur Uni geht, sie besucht aber bereits höhere Klassen und sie werden sich eher selten begegnen. Einmal hat sie Dania getroffen, die Celestine abgeholt hat. Latizia mag die Freundin ihres Bruders. Als ihr Vater mit ihm vor drei Tagen weggefahren ist, hat sie bei ihnen geschlafen und am Morgen mit ihr und ihrer Mutter gefrühstückt.

Sie war am Anfang etwas schüchtern, doch schon nach ein paar Minuten ist sie aufgetaut und hat ihnen im Groben erzählt, wie Leandro und sie sich kennengelernt haben. Sie hat ihnen auch erklärt, dass sie Probleme mit sich hat wegen ihrer Vergangenheit und sie Leandro deshalb verlassen hat, sie sich jetzt aber wieder annähern.

Latizia kann die Narben auf Danias Armen nicht übersehen. Auch wenn ihre Mutter und sie nicht direkt danach gefragt haben, können sie sich vorstellen, wie schwer sie es gehabt haben muss. Es hat ihr ihren Bruder in einem anderen Licht gezeigt. Bisher waren alle Frauen, die sie an seiner Seite gesehen hat, einfach nur schön, dumm und willig. Sie findet es gut, dass er in Dania mehr sieht als nur die äußere Hülle.

Sie konzentriert sich auf den Kurs, macht sich Notizen. Und als der Professor ihnen eine Aufgabe erteilt, deren Lösung sie zu Hause erarbeiten sollen, weiß Latizia, dass sie die nächsten Tage für nichts anderes mehr Zeit haben wird. Sie muss noch ins Sekretariat, ein Kurs ist falsch eingetragen worden, doch auf dem Weg dahin klingelt ihr Handy, ihr anderes Handy, was sie eigentlich nicht mehr haben sollte, doch noch immer heimlich bei sich trägt.

Jeder hat ihre neue Nummer und sie benutzt auch nur noch das neue Handy. Es wäre so leicht, das alte einfach wegzuwerfen, es zumindest auszuschalten und nicht mehr anzusehen, doch Latizia kann es nicht. Jedes Mal wenn Adán ihr eine Nachricht schreibt aus Venezuela, klopft ihr Herz wie verrückt, ihre Schmetterlinge im Bauch sind noch nicht bereit darauf zu verzichten, obwohl sie es müsste. Nur Dilara und Piedro wissen von Adán, doch auch die beiden ahnen nicht, dass Latizia den Kontakt noch immer nicht vollkommen abgebrochen hat.

Dieses Mal ruft er an und Latizia nimmt das Gespräch an.

»Hi.«

»Hallo Prinzessin, wo bist du?« Latizia muss lächeln, als sie seine Stimme wieder hört.

»Ich habe dir doch geschrieben, dass ich in der Uni bin, wo bist du?«

»Ich habe hier einen Notfall, komm in zehn Minuten raus!«

Er hat aufgelegt und Latizia starrt auf das Handy. In zehn Minuten? Er sollte doch noch in Venezuela sein und was für ein Notfall? Genau das ist der Punkt, warum sie diesen Kontakt abbrechen muss, auch wenn sie in Sevilla sind, kann sie hier gesehen werden. Latizia eilt zum Sekretariat, lässt sich einen neuen Plan ausdrucken und verlässt dann schnell die Uni. Es ist voll und sie sieht nach, ob sie Celestine irgendwo entdeckt, doch sie kann sie zum Glück nirgendwo sehen.

Dafür sieht sie aber ihn. Wie kann sie nur so stark auf einen anderen Menschen reagieren? Adán steht lässig ans Auto gelehnt, er trägt eine graue Jogginghose und ein weißes ärmelfreies Shirt. Ein Verband ist um seinen gewaltigen Oberarm gewickelt und er trägt eine Sonnenbrille. Sein Lächeln lässt sie alles andere vergessen und zu ihm gehen. Ja, es ist verdammt falsch und gefährlich, aber noch nie hat sich für Latizia etwas so gut angefühlt wie seine Nähe.

»Hey, meine Hübsche.« Sobald sie bei ihm ist, zieht Adán sie an sich und gibt ihr einen Kuss auf den Mund, dabei lässt er seine linke Hand hinter seinem Rücken. »Ich dachte, dass ihr erst in ein paar Tagen zurück seid?« Latizia gibt ihm einen zweiten Kuss auf den Mund und er schiebt seine Sonnenbrille hoch, sodass sie ihm in die Augen sehen kann.

»Es ging schneller und ich musste dir sofort den Notfall bringen.« Er zieht seine Hand hervor mit der darauf eingekuschelten Babykatze. Latizia lacht und nimmt sie von seiner Hand in ihre. Sie ist winzig und muss noch ganz jung sein. Sie sieht haargenau so aus wie die Katze, die sie zusammen mit Adán im Tierheim gesucht hat.

»Du bist verrückt, woher hast du sie?« Adán sieht an ihr vorbei zu einigen Männern, Latizia spürt, wie sich seine Laune verändert. »Lass uns verschwinden, wenn du nicht möchtest, dass ich einigen hier versuche klarzumachen, dass man meine Freundin nicht so anzusehen hat.« Latizia wendet sich um. Seine Freundin? Er scheint das mit ihr wirklich ernst zu nehmen, was sie natürlich freut und zugleich traurig macht, doch sie steigt in seinen Wagen und sie fahren ein paar Straßen weiter zu einem Park, wo sie sich auf den Rasen legen. Die Katze rollt sich neben ihnen zusammen.

»Ich habe sie gefunden, sie saß ganz allein am Straßenrand. Ich musste an dich denken und dass du sicherlich sauer sein würdest, hätte ich sie sich selbst überlassen, deswegen habe ich sie mitgenommen.« Latizia streicht über das weiche Fell, ihre Eltern werden schon nichts dazu sagen. Dann setzt sie sich auf Adán, der im Gras liegt, die Arme hinter seinem Kopf verschränkt hat und ganz entspannt zu ihr sieht.

»Danke, weißt du, wie ich sie nennen werde? Luna, sie erinnert mich dann immer an den Mond und unsere Nacht an deinem Geburtstag.« Es gab kaum eine Minute, wo sie nicht daran gedacht hat. Als sie sich über ihn beugt um ihn zu küssen, zieht er eine seiner Hände hinter seinem Kopf hervor und legt sie an ihre Wange.

Latizia will ihn nur kurz küssen, doch das ändert sich schnell, als Adán sie zurück küsst. Latizia hat ihn vermisst, sie liebt seinen Geschmack, seinen Geruch, seine große Hand, die nun auf ihren Rücken wandert und über ihre Haut streicht. Als sie sich langsam löst, legt sie ihren Kopf an seinen Hals. »Du hast mir gefehlt.« Adán umfasst sie jetzt vollständig mit seinen Armen und küsst ihre Wange. »Du mir ehrlich gesagt auch.«

»Ich hatte schon gedacht, du würdest mich in Venezuela vergessen.« Er lacht und vergräbt seine Nase nun ebenfalls an ihrem Hals. »Nein!« Adán küsst sie erneut und Latizia wünschte sich, sie wären wieder alleine, in der kleinen versteckten Wasserfallhöhle bei seinem Haus.

Luna neben ihnen beginnt zu miauen. »Jetzt hab ich dir geholfen und du störst uns.« Latizia muss lachen, als Adán sauer zu dem Katzenbaby sieht, das sie anmauzt. »Sie hat bestimmt Hunger, ich muss sowieso nach Hause ...« Latizia sieht hoch und auf einen Mann, der mit einem Handy in der Hand den Park entlangläuft und jemanden

238

sucht. Ihr Herz rast, als sie im ersten Moment denkt, es wäre ihr Onkel Tito. Automatisch steht sie auf, bereit wegzulaufen, doch da wendet sich der Mann und sie erkennt, dass er es nicht ist. Natürlich ist er es nicht, sie sind gar nicht da, trotzdem war es ein Schock für Latizia.

Adán steht ebenfalls auf. »Was ist los?« Latizia nimmt Luna auf den Arm und greift nach ihrer Tasche. »Ich muss wie gesagt nach Hause.« Adán folgt ihr zu seinem Auto, jetzt ist die Panik total in Latizia ausgebrochen. Sie sieht sich ganz genau um, sagt kein Wort mehr, bis Adán vor der Uni hält, wo ihr Auto steht. Latizia sieht genau in die kleine Menge, die noch herumsteht, doch sie erkennt weder Celestine noch Dania.

»Könntest du mir jetzt bitte verraten was los ist?« Latizia sieht Adán an. »Komm jetzt bitte nicht auf die Idee zu sagen, dass nichts ist, du zitterst, vor wem hast du Angst? Ich bin bei dir, du brauchst vor niemandem Angst zu haben, verstehst du das?« Latizia atmet durch, sie muss das jetzt tun. Das gerade hat ihr gezeigt, dass es zu gefährlich ist, für sie und auch für ihn, denn wenn ihre Familie das herausfindet, werden sie auch ihn dafür zur Rechenschaft ziehen. Und all das nur, weil Latizia angefangen hat zu lügen und so egoistisch ist, auf das Glück, was sie bei Adán verspürt, nicht verzichten zu wollen.

»Adán, ich kann das nicht mehr, du wirst es nicht verstehen, aber es ist besser, wenn wir uns nicht mehr sehen. Es geht nicht, es tut mir wirklich leid, ich hätte das schon viel früher sagen sollen, aber ich … ich kann das alles einfach nicht.« Adán wendet sich nun komplett zu ihr um. Latizia würde am liebsten aus dem Auto springen, um diesem Blick von ihm zu entkommen.

»Was redest du da, Latizia, gerade sagst du mir noch, du hast mich vermisst und jetzt willst du mich nicht mehr sehen?« Latizia schließt die Augen um sich zu fassen. »Das hat mit wollen nichts zu tun, ich kann nicht, es tut mir leid.« Sie erwartet eine Antwort von ihm, doch als keine kommt, öffnet sie die Augen wieder. »Es ist wegen deiner Familie, oder? Sind sie so streng? Wenn du mir sagst was los ist, können wir überlegen …«

Latizia wünschte, sie könnte vor dem einfach fliehen, aber sie muss da jetzt durch. »Ich kann nicht mit dir reden, du würdest mich hassen, wenn du die ganze Wahrheit kennst und das will ich nicht. Obwohl du das jetzt sicherlich auch tust. Es tut mir leid, dass ich dir nicht alles genau erklären kann und wenn du mich jetzt hasst, kann ich das auch verstehen. Es wäre am besten, einfach das, was wir hatten zu vergessen und so zu tun, als wäre es niemals passiert. Denn es hätte nie passieren dürfen.«

Adán greift nach ihrer Hand. »Ich würde dich niemals hassen, Latizia, also sag es mir. Willst du mir jetzt etwa erzählen, dass du mich nicht mehr sehen willst, mit diesen Tränen in den Augen? Ich sehe doch, wie dich deine eigenen Worte quälen.« Latizia nickt und entzieht ihm ihre Hand. »Das tun sie, aber es geht nicht anders, es tut mir leid, Adán, aber es ist für alle besser so.« Er lehnt sich zurück. »Du meinst das wirklich ernst, nicht wahr?« Sie nickt. »Ich werde dir nicht hinterherlaufen, Latizia, wenn du mich nicht mehr sehen willst, ist es so, aber ich denke, du machst einen großen Fehler, du solltest einfach mit mir reden und mir alles sagen.«

Latizia spürt, wie er eine Mauer zwischen ihnen aufbaut, es tut ihr weh, aber es ist besser so. »Das kann ich nicht, es tut mir leid.« Adán nickt und sieht wieder nach vorne um loszufahren. »Mir auch, wenn du es dir anders überlegst, weißt du, wie du mich erreichen kannst.«

Latizia steigt aus und drückt Luna an sich, als sie zusieht wie Adán wütend davonrast. Sie kann froh sein, dass er nicht darauf bestanden hat alles zu erfahren, er hätte das Recht dazu gehabt. Den ganzen Weg nach Hause fragt sie sich, wieso es sich so beschissen anfühlt, wenn es doch das Richtige war. Als sie in ihrer Einfahrt einfährt, geht ihre Mutter gerade mit Melissa zu den Autos.

»Dein Vater und die anderen kommen heute Abend wieder. Wir gehen einkaufen, brauchst du noch etwas?« Latizia steigt aus, sie muss ihre Tränen krampfhaft zurückhalten. »Was ist das schon wieder, Latizia, kommst du deshalb so spät?« Ihre Mutter sieht sie streng an, während Melissa lacht und Luna krault. »Das ist Luna, sie braucht Futter für Welpen.« Ihre Mutter sieht nun auch auf die kleine Katze und nickt. »Du hast ein zu großes Herz, mein Schatz. Wir sind bald wieder da, Lando ist bei eurer Oma.«

In dem Moment kommt Dilara heraus und lehnt sich an die Marmorsäule vor ihrem Haus. Latizia wartet bis sie hört, wie das Auto vom Hof fährt, dann geht sie zu ihr, nicht mehr in der Lage ihre Tränen zurückzuhalten. Dilara kommt ihr entgegen, als sie Latizia so sieht. Sie hält ihr Luna entgegen. »Ich konnte ihn noch nicht aufgeben, doch jetzt habe ich es getan, du hattest so recht, ich hätte es gar nicht machen sollen, weil es jetzt so verdammt wehtut.«

Dilara nimmt Latizia in ihre Arme. »Es tut so weh, Dilara.« Sie hört Dilara leise aufseufzen und spürt, wie ihre Cousine sie fester an sich drückt. »Ich weiß, aber es wird besser und es geht einfach nicht anders, es tut mir so leid, Latizia, aber ich verspreche dir, dass es besser wird.«

»Du bist doch gerade erst angekommen?« Leandro steht auf und gibt seiner Mutter einen Kuss auf die Wange. »Ich muss los, ich bin morgen wieder da.« Er hat schnell etwas gegessen, bevor er sich wieder verabschiedet. Seine Mutter hat gekocht, auch Juan und Raul sind bei ihnen. Raul geht es schon viel besser, aber er wird eine Weile einen Verband tragen müssen.

»Vielleicht solltest du dich doch hinlegen, Latizia, du sieht wirklich blass aus.« Seinem Vater und auch ihm ist aufgefallen, dass Latizia sehr still und blass ist, doch sie sagt, ihr ginge es gut und dass sie nur müde wäre. Leandro kann es nicht erwarten, die Tage hat er nur mit Dania telefoniert.

Sie weiß nicht, dass er kommt, er hat sie extra in dem Glauben gelassen, sie bräuchten noch einen Tag. Er hat aber mittlerweile die Adresse, wo sie in Safia lebt und weiß, dass sie jetzt zuhause sein müsste. Er schreibt ihr zur Sicherheit noch eine Nachricht und sie schreibt ihm, dass sie jetzt baden wird und sich dann hinlegen will, da sie sehr müde ist.

Leandro braucht nicht lange nach Safia, die Straßen sind leer, doch es dauert, um einen großen Blumenladen zu finden. Er steuert direkt die Rosen an. Eine Verkäuferin stellt sich zu ihm. »Geben sie mir von den roten 25 und von den weißen 25 und von dem Rest machen sie bitte die Blütenblätter ab und packen sie mir die ein.« Die Verkäuferin hält in ihrer Bewegung ein. »Wie bitte?« Leandro zeigt auf die Blumen. »Von dem Rest brauche ich nur die Blütenblätter.«

»Es sind ganz besonders schöne Rosen, wir ...« Leandro holt einige Scheine hervor. »Ich brauche nur die Blütenblätter. Haben sie noch andere Sachen, so etwas wie Kerzen oder solche … Dinge.« Es dauert, bis er den Laden verlässt und er beeilt sich zum Auto zu kommen, ohne zu vielen Menschen zu begegnen. Er ist bepackt wie jemand, der viel gutzumachen hat, doch das hat er nicht, er hat sich nur umgehört, was Frauen unter einer perfekten Nacht verstehen.

Als er dann vor dem Haus steht, in das Dania gezogen ist, muss er lächeln. Es ist total heruntergekommen, er wird sich zusammenreißen müssen, um sie nicht sofort mit zu sich zu nehmen, doch sie hat es schon immer abgelehnt, seine Hilfe oder sein Geld anzunehmen. Er muss zweimal klingeln, dann öffnet sie ihm und blickt ihn verwundert über die Rosen an. »Was ...?« Leandro ist schneller, er küsst sie. Auch wenn die Blumen somit zu Boden fallen, umarmt sie ihn schnell und springt ihm förmlich in die Arme.

Leandro muss leise lachen, als ihr Bademantel aufgeht und er seine Hände um ihren nackten Körper legen kann. Dania haut ihm leicht auf die Brust und gibt ihm noch einen Kuss auf die Lippen. »Ich dachte, du kommst erst morgen?« Sie hebt den Strauß Blumen auf und riecht daran. »Ich habe mich beeilt.« Leandro sieht sich um, es ist zwar sehr einfach, aber Dania hat sich Mühe gegeben. Es gibt eine kleine Küche, ein kleines Bad und ein Zimmer, in dem ein großes Bett steht, um das sie mit lila Tüchern einen Betthimmel gespannt hat, es gibt einen kleinen Fernseher und einen Tisch.

»Das ist also dein Reich.« Dania bringt die Blumen lächelnd in die Küche, als könne sie seine Gedanken lesen, doch er wird sich zurückhalten. »Klein aber mein!« Als sie zurückkommt, schmiegt sie sich sofort wieder an ihn. »Hast du mich etwa vermisst?« Sie hat den Bademantel noch nicht geschlossen und Leandro fährt ihren Hals entlang.

»Ein klein wenig.« Dania zieht ihm sein T-Shirt aus und küsst ihn fordernd. Es ist soweit, er wird nicht lange widerstehen können und dirigiert sie zum Bett. Als sie sich genüsslich darauf legt, holt er die Kerzen, zündet sie an und verteilt sie um das Bett. »Was hast du vor?« Dania spricht leise, sie ahnt, was nun passieren wird. »Ich gebe dir das, was du verdient hast.« Er kommt zum Bett und stockt einen Moment bei diesem Anblick.

Dania liegt vollkommen nackt da, nur ihre Haare umhüllen ihren Körper und die Kerzen tauchen sie in einen leichten Schimmer. Es ist perfekt, sie ist perfekt. Leandro holt die große Kiste. Als er die tausend Rosenblätter auf Dania fallen lässt, lacht sie auf, sofort werden sie von dem Duft der frischen Rosen umhüllt. »Du bist verrückt.« Leandro legt sich vorsichtig auf sie. »Und du bist wunderschön, mein Engel.«

Sie sieht ihm in die Augen und lächelt, während sie nachdenklich über seine Wange streichelt. »Vor einem Jahr hätte ich niemals gedacht, dass ich jemals so ein Glück verspüren werde wie jetzt, ich weiß nicht, wie ich Gott jemals genug dafür danken kann, dass du in mein Leben gekommen bist.« Leandro küsst ihre Finger. »Ich werde auch nicht wieder so schnell daraus verschwinden.«

Erst jetzt bemerkt sie seinen Verband um die Schulter. »Daran werde ich mich wohl gewöhnen müssen.« Leandro nickt, sie küsst über seine Schulter und seine Brust. Er bekommt eine Gänsehaut, als er ihren Atem auf sich spürt. Seine Hände ziehen ihr Gesicht zu sich, sodass er ihre Lippen erobern kann und sie lässt sich sofort mitreißen. Jetzt sind es seine Hände, die ihren Körper erkunden. Als er in ihrer Mitte ankommt und spürt wie bereit sie für ihn ist, stöhnt er leise auf.

Dania öffnet seine Jeans, Leandro streift sie mit der Boxershorts von sich, ohne sich auch nur eine Sekunde von Dania zu lösen. Sie ist soweit, doch als Leandro vorsichtig in sie eindringt, hält er ein, als er spürt, wie ihr Bauch sich etwas verkrampft. Seine Lippen verlassen ihre und er sieht ihr in die Augen. Doch in ihrem Blick liegt soviel Liebe und Vertrauen, dass er sich kurz zurückzieht und erneut in sie eindringt, was sie die Augen schließen lässt und ihr dieses Mal ein

Stöhnen abringt, allerdings aus Lust. Leandro kann seine Augen nicht von ihr nehmen, er hat noch nie etwas Schöneres gesehen und gefühlt.

»Ich liebe dich.« Dania öffnet ihre Augen und lächelt, bevor sich ihre Lippen wieder vereinen. »Ich dich auch.«

Kapitel 24

Sanchez wartet vor der großen Uni und hofft, dass ihn Dilara nicht hereingelegt hat, sie hat so breit gegrinst, dass er nicht wirklich einschätzen kann, ob sie ihm die Wahrheit gesagt hat. Es sind so viele Leute hier, dass er schwer den Überblick behalten kann, doch dann entdeckt er Celestine, die sich gerade mit zwei Männern unterhält, einer von ihnen hat offenbar ihre Bücher getragen und gibt sie ihr jetzt zurück.

Er geht direkt auf die drei zu, die Männer sehen zu ihm und erkennen ihn vermutlich, denn sie verabschieden sich von Celestine, als sie sich überrascht zu ihm umdreht. »Sanchez ... Was tust du denn hier?« Sie haben sich seit dem Krankenhaus nicht mehr gesehen, er hat ihr zweimal Blumen geschickt und – als sie nicht reagiert hat – versucht sie anzurufen, doch offenbar geht sie ihm aus dem Weg. »Ich warte auf Latizia. Wie geht's, hast du meine Nachrichten erhalten?«

Celestine wirkt verändert, sie ist zwar immer noch sehr natürlich, doch sie trägt etwas Make-up, sie strahlt plötzlich etwas ganz anderes aus, auch wenn Sanchez es nicht richtig einordnen kann. »Doch doch, habe ich, vielen Dank für die Blumen, sie waren sehr schön, meine Mutter hat sich auch sehr gefreut.« Sanchez zieht die Augenbrauen hoch, irgendetwas stimmt nicht.

Er nimmt Celestines Arm und zieht sie etwas von den anderen weg. »Was ist los? Du bist so verändert.« Sie sieht von seiner Hand um ihren Arm in seine Augen und da färben sich ihre Wangen wieder leicht rot, Sanchez muss grinsen, da ist sie ja wieder. »Nichts ist los, ich habe nur viel über alles nachgedacht.« Sanchez lässt sie los. »Wieso fragst du das alles auf einmal und bist hier? Du meintest doch, deine Familia ist dir so wichtig und ob du etwas Festes suchst, weißt du auch nicht so recht ... und na ja ... und alles bei dir ist nicht so sicher.«

Sanchez muss lachen, als sie ihn nachahmt. »Ja, aber deine Mutter ist wieder freundlicher zu mir, ich habe das Gefühl, sie hat sich etwas beruhigt und genau so habe ich das nun auch nicht gesagt und gemeint.« Celestine legt ihren Kopf etwas schief, wobei Sanchez merkt, dass er sie vermisst hat. Er sieht ihr in die Augen und würde ihr am liebsten einen Kuss geben, doch irgendetwas in ihrem Blick sagt ihm, dass dies keine gute Idee wäre.

»Weißt du, meine Mutter hat mir nach meinem Krankenhausaufenthalt gesagt, sie macht sich nur Sorgen, sie sieht aber ein, dass ich alt genug bin und meine Entscheidungen und Erfahrungen selbst machen muss. Vielleicht hat mir das meine Augen geöffnet und meine Entscheidung ist, dass ich mich auf nichts einlassen werde, mit jemandem, der mich nicht wirklich haben möchte.«

Sanchez unterbricht sie. »Das habe ich nie gesagt.« Celestine hebt die Hand. »Nein, aber du hast es gezeigt und so formuliert. Ich will niemanden, der sich schnell mit anderen Frauen ablenkt und der gar nicht so recht weiß was er will und ob er bereit ist, Risiken für mich einzugehen, vielleicht einiges aufzugeben, das ist mir alles zu ungenau. Mittlerweile bin ich zu der Überzeugung gekommen, dass ich es verdient habe, dass mich jemand wirklich an seiner Seite haben möchte, mit allem was dazu gehört und dass er sich damit auch zu 100% sicher ist ... ich denke, ich habe das verdient!«

Celestine streckt sicher und selbstbewusst ihre süße Nase in die Luft und noch immer kann Sanchez nur schwer aufhören zu grinsen. Das ist also die Veränderung. »Okay, also dass jemand sich absolut sicher ist ... Hmm, okay, ich habe ja gesehen, dass es dafür ja jetzt einige Kandidaten zu geben scheint.« Celestine spürt, dass er es zu niedlich findet, was sie hier gerade versucht und zieht sauer die Augenbrauen zusammen. »Du denkst, ich meine das nicht ernst, oder?«

Sie will sich umdrehen, da hält Sanchez ihren Arm fest und beugt sich zu ihr. Als er seine Hand an ihre Hüfte legt, färben sich ihre Wangen wieder und er muss lächeln, während er sich zu ihrem Ohr beugt. »Ich nehme dich vollkommen ernst, Celi, und ich finde es süß, wie du mich versuchst aus der Reserve zu locken, aber du solltest wissen, dass ich auch gerne spiele und ich bin gespannt, wer am Ende das Spiel gewinnt. Denk daran, mein Cousin und deine beste Freundin sind jetzt zusammen, wir werden uns öfter sehen und ich kann es kaum erwarten.«

Sie atmet schwerer. Sanchez drückt ihr noch schnell einen Kuss auf den Mund, bevor sie ihn sauer wegschieben will. »Sanchez, was tust du hier?« Latizia taucht hinter ihnen auf und sieht verwirrt zwischen ihm und Celestine hin und her. »Meine Lieblingscousine abholen, was sollte ich sonst hier wollen?« Er zwinkert Celestine noch einmal zu, legt Latizia den Arm um die Schulter, die der Arzttochter nur noch schnell zum Abschied winken kann und geht mit Latizia zu seinem Auto, bevor Celestine die Chance bekommt, ihm die Augen auszukratzen.

»Ist irgendetwas passiert?« Latizia versteht das Ganze immer noch nicht und Sanchez muss lachen. Er gibt ihr einen Kuss auf die Wange und hält ihr die Tür auf. »Nein, ich wollte dich abholen, hast du Hunger?« Er fährt mit Latizia zu ihrer Lieblingspizzeria, als sein Handy piepst und er eine Nachricht von Celestine bekommt, jetzt schafft sie es plötzlich sich zu melden.

»Du willst spielen? … Gut, die Spiele sind eröffnet.« Sanchez muss laut loslachen. Seine arme Cousine denkt nun sicherlich, dass er vollkommen den Verstand verloren hat, doch das ist ihm egal, er freut sich auf die Spiele.

Latizia ist mehr als satt, als sie und Sanchez zurückfahren, er bringt sie nach Hause. Ihr erster Weg, ist wie jeden Tag, seit sie Adán gesagt hat, dass sie keinen Kontakt mehr haben können, an ihren Nachttisch, wo unter mehreren Büchern in einer Schublade ihr altes Handy versteckt ist. Luna versucht auf ihr Bett zu hüpfen, doch sie ist noch zu klein, daher hilft Latizia ihr hinauf, während sie das Handy anschaltet.

Es überrascht sie nicht, dass es keine Nachricht gibt, es ist jetzt eine Woche her und Adán hat sich nicht mehr gemeldet, was der Sinn des ganzen war und sie gleichzeitig so traurig macht. Sie vermisst ihn, es ist egal wie oft sie sich einredet, dass es besser so ist, dieses Gefühl vergeht nicht.

»Latizia!« Schnell packt sie ihr Handy weg und geht nach unten. Sena und Tenaz springen sie an, sie weicht ihnen aus, da sie nur eine kurze Shorts trägt und deren Krallen mal wieder geschnitten werden müssen. Sie lässt Luna hinunter und sofort springt sie in den Garten, Tenaz hinterher, auch Sena versucht mitzuhalten, doch sie ist vorsichtiger. Sie ist mit Katzen groß geworden, während Tenaz keine Ahnung hat und sich gerade wieder eine von Luna einfängt, als er versucht mit ihr zu spielen.

»Deine Katze sollte nicht ständig meinen Hund schlagen, irgendwann beißt er zu.« Erst jetzt sieht Latizia Leandro mit Miguel und Sanchez im Garten sitzen. »Das sollte er sich lieber gut überlegen.« Ihr Bruder war die letzte Woche kaum hier, er ist entweder bei Dania oder in dem neuen Haus, was fertiggestellt wird. Seine Freundin hat auch noch einmal hier geschlafen, Latizia mag sie, doch es zeigt ihr auch wie glücklich andere sind, während sie gezwungen ist, sich von dem Mann fernzuhalten, der ihr so gut tut.

Latizia geht in die Küche, wo ihre Mutter gerade Quesadillas macht und ihr einige auf einen Teller legt. »Hast du schon gegessen heute?« Latizia bringt den Teller zu ihrem Vater, der am Tisch sitzt und sich einige Papiere ansieht. Als sie ihm den Teller hinstellt, sieht er auf und Latizia erkennt die Sorgen in seinem Blick. Sie weiß, dass ihr Vater sie über alles liebt und sich ständig um sie sorgt. Als er jetzt auf ihre Arme sieht, weiß sie, was in seinem Kopf vor sich geht. Sie lächelt, egal wie schwer es ihr im Moment fällt. »Sanchez hat mich von der Uni abgeholt und wir waren essen.«

»Ohne mich? Würdest du endlich auf meine Uni gehen, würde so etwas nicht passieren.« Dilara kommt in die Küche, dieses Haus ist immer voll. »Ich will Medizin studieren, hast du mir das Buch aus der Bücherei besorgt?« Dilara kommt auch gerade erst aus der Uni und setzt sich neben Latizias Vater, der ihr die Quesadillas hinüberschiebt, die sie gleich isst. »Ja, erinnerst du dich noch an Sora aus der alten Schule? Sie ist in meinem Kurs und feiert am Wochenende ihren Geburtstag, du bist auch eingeladen.«

Plötzlich sind die Papiere für ihren Vater nicht mehr so interessant und Latizias Mutter fängt leise an zu lachen. »Das ist eine gute Idee, Latizia lernt nur noch, etwas Abwechslung wird ihr gut tun.« Miguel kommt in die Küche. »Von was redet ihr?« Er holt sich etwas zu trinken aus dem Kühlschrank. Dilara zwinkert Latizia zu. Sie weiß, dass ihre Cousine vorhat sie auf andere Gedanken zu bringen. »Nichts besonderes.« Doch Latizias Vater räuspert sich. »Die Mädchen wollen am Wochenende auf eine Party gehen.«

Latizia setzt sich zu Dilara. »Gut, was für Frauen werden da sein? Wir kommen mit!« Latizia sieht, wie ihre Mutter die Augen verdreht und Dilara den Kopf schüttelt. »Nein, auf keinen Fall, wenn wir da mit unseren wilden Cousins auftauchen, machen alle einen weiten Bogen um uns.« Lando kommt in die Küche und will bei seinem Vater auf den Schoß, sie alle sind viele, laut und verrückt, doch Latizia liebt diese Familie über alles. Miguel grinst zu ihrem Vater, Latizia ist so froh, dass er langsam wieder zu sich kommt, es wird immer seltener, dass er abwesend ist. Sami hat erzählt, dass er immer öfter nachts nicht mehr aufwacht und nun auch seine inneren Wunden zu heilen beginnen.

Er will gerade etwas erwidern, da kommt Rodriguez in die Küche, die Haustür scheint wie so oft offen zu stehen. Er hat das Handy am Ohr, klopft Miguel auf die Schulter, gibt Latizias Mutter, Dilara und Latizia einen Kuss und geht zu seinem Bruder. »Ich warte seit zwanzig Minuten auf Dine, hast du etwas von ihm gehört? Wir müssen die neue Ware abholen.« Ihr Vater schüttelt den Kopf und ruft Leandro, doch auch niemand von ihnen hat Dine gesehen.

Dilara und Latizia gehen in den Garten, ihre Cousine erzählt ihr von der Party, dass sie auf jeden Fall alleine dahin müssen und zeigt ihr Bilder von Männern, die dort sein werden. »Du bist gar nicht wirklich bei der Sache, ich will doch nur, dass du wieder glücklich bist. Versuch es doch wenigstens.« Latizia lächelt und blickt auf das grüne Gras. »Es geht noch nicht, ich denke ständig an ihn, aber wie du es bereits gesagt hast, es wird sicherlich bald besser werden … Es muss besser werden.«

Nach nicht mal zwanzig Minuten wird immer deutlicher, dass irgendetwas nicht stimmt, ihr Haus füllt sich immer mehr und niemand weiß, wo Dine ist. Er wurde heute Morgen das letzte Mal gesehen von Miko und wollte auf den Markt, um einige Sachen zu besorgen, danach hat ihn niemand mehr gesehen. Niemand kann ihn erreichen, es ist komisch, auch Latizia beginnt sich Sorgen zu machen.

Sie mag den frommen, stillen Mann, der so liebenswürdig und respektvoll zu ihnen allen ist. Er ist eigentlich mehr als zuverlässig, aber als sie nach einer halben Stunde immer noch nicht wissen was los ist, fahren die Männer los, um ihn zu suchen. Latizia hat ein merkwürdiges Gefühl im Bauch. Sie bleiben bei sich zuhause und versuchen sich abzulenken, doch das Haus füllt sich immer mehr mit Tanten. Dilara und sie flüchten schließlich ins Cielo, wo es jetzt sicherlich am ruhigsten ist.

Als sie da aber ankommen, sind sie nicht alleine, ihr Vater, Rodriguez, Leandro, Sanchez, Miko und Juan durchsuchen gerade Dines Sachen. Da sein Haus noch nicht fertiggestellt ist, lebt er noch im Cielo und sie hoffen dort irgendetwas zu finden, um herauszubekommen wo er ist. Latizia findet es nicht gut in seinen Sachen herumzuschnüffeln, auch wenn sie versteht, dass die Männer nur nach etwas suchen, um Dine zu finden. Dilara und sie ordnen die Kleider wieder, als plötzlich laute Stimmen vor dem Cielo zu hören sind und in der nächsten Sekunde hat Latizia das Gefühl, alles um sie herum beginnt zusammenzubrechen.

Sie erstarrt, als die Tür aufgeht und Adán eintritt, mit gezogener Waffe, fünf seiner Männer, Ciro, PJ und Chico, den er vor dem Haus getroffen haben muss. »Was zur Hölle soll das?« Ihr Vater neben ihr zieht ebenfalls seine Waffe, wie auch alle anderen im Raum, nur sie ist erstarrt und Dilara neben ihr flucht, als der mehr als wütende Adán zu ihnen sieht.

Es ist eine Sekunde, die er braucht um sie zu erblicken und genau da erstarrt auch er. Ihre Blicke treffen sich. Latizia erkennt, dass er nicht wegen ihr hier ist, er sieht von ihr zu ihrem Vater. Alle Männer, die mit Adán eben noch so schnell und wütend hineingekommen sind, halten ein, jeder von ihnen hat Latizia bereits gesehen und ihr kommen die Tränen, jetzt wird alles auffliegen.

»Was macht ihr hier?« Miko bringt sie alle aus der Starre, Adán sagt leise etwas zu seinen Männern, dann kommt er zu ihnen. Wenn Blicke töten könnten, wären sie alle bereits zum Untergang verdammt. Latizia hätte sich niemals vorstellen können, Adán einmal so wütend zu erleben, noch einmal treffen sich ihre Blicke, doch er sieht sie nur noch kalt an.

»Ich dachte, dass wir uns klar ausgedrückt haben, keiner eurer Männer oder Jungs hat etwas bei uns zu suchen, die beiden können von Glück reden, dass sie noch atmen, wir haben keine Zeit, den Babysitter für eure Jungs zu spielen.« Adán ist verdammt sauer, ihr Vater und Juan treten vor, jeder hat noch seine Waffe in der Hand. Juan deutet Ciro und PJ hinter ihn zu gehen und sie stellen sich zu Leandro und den anderen. Niemals hätte Latizia gedacht, dass sie und Adán sich eines Tages so gegenüber stehen werden.

Es ist nicht nur ein Verbot, das erste Mal spürt sie richtig die Feindschaft zwischen den Männern, genau wie Adán ist auch ihr Vater und ihr Onkel sauer. »Was hattet ihr bei ihnen auf dem Gebiet zu suchen?« Ciro zuckt die Schultern. »Wir suchen Dine, es interessiert mich nicht, was für Grenzen es gibt, wenn einer unserer Männer verschwunden ist, sehen wir auch da nach. Die Tijuas können dankbar sein, dass sie dort überhaupt leben dürfen.«

Adán lacht leise auf. Latizia wünschte, der Boden würde sich unter ihr auftun und sie verschlucken. Jedes Wort, das aus seinem Mund kommt, kann für sie jetzt den Untergang bedeuten. Es ist ein Wunder, dass noch niemand seiner Männer etwas zu ihr gesagt hat, doch ihre Blicke auf sich zu spüren ist eine fast noch schlimmere Qual. Sie sieht auf Adán, er trägt eine schwarze Shorts und ein blaues Hemd, das nicht zugeknöpft ist, seine Haare sind noch nass und ein weiteres ungutes Gefühl macht sich in ihr breit.

Er war garantiert gerade schwimmen und sicherlich nicht alleine, als Ciro und PJ so dumm waren und sich auf ihr Gebiet gewagt haben. Im selben Augenblick ermahnt sie sich selbst gedanklich, wie kann sie jetzt darüber nachdenken, wo gerade alles auffliegt und eine Katastrophe droht? »Wir können nicht froh sein, wir haben das Gebiet übernommen, als ihr nicht da wart und falls du kleiner Klugscheißer das nicht weißt, können zwei Frauen von euch UNS dankbar sein, denn hätten wir ihnen nicht geholfen, würden euch heute sicherlich zwei Frauen fehlen.«

Latizia würde am liebsten nach vorne gehen und ihren Vater zurückhalten, als der auf Adán losgehen will, doch Miko stellt sich dazwischen. »Paco, wir haben gerade andere Sachen zu tun, sie haben recht, Bella und Sara haben selbst gesagt wie gefährlich das damals war, vergiss das nicht.« Miko hat alle Mühe Paco zurückzuhalten, auch Juan ist näher zu Adán getreten, er ist aber noch etwas ruhiger als ihr Vater.

»Hör zu Adán, rede nicht so mit unseren Söhnen, du bist nicht viel älter als sie und egal was passiert ist, Sierra gehört den Trez Puntos und den Les Surenas, daran werdet ihr nichts ändern.« Adáns Männer kommen nun ebenfalls näher, Miko stellt sich nun komplett dazwischen. Auch Chico scheint einen ruhigen Kopf zu bewahren und stellt sich zu ihnen, da ergreift ihr Vater wieder das Wort. Latizia ist noch immer nicht aus ihrer Starre erwacht, sie sieht ängstlich zu, was da gerade passiert, Dilara greift nach ihrer Hand.

»Ich habe bereits gesagt, dass ihr dafür unseren Dank habt und wir euch das Stück von Sierra überlassen, da es für uns nicht von Interesse ist. Das gilt auch weiterhin, aber Adán merke dir eine Sache: Mein Wort und meine Dankbarkeit haben auch ihre Grenzen, komme nie wieder auf die Idee einfach hierher zu kommen, in unseren Teil der Stadt, in unsere Häuser, in denen unsere Töchter sind.« In dem Moment zeigt er auf Dilara und Latizia, Adán blickt zu ihnen, Leandro steht neben ihr. Er kennt ihn sicher als Pacos Sohn und als er von Paco zu Leandro und zu ihr sieht, beginnt er endgültig zu begreifen.

Latizia kann ihre Tränen nicht mehr zurückhalten und Adán wendet seinen Blick wieder Paco zu. Rodriguez, der nun auch nach vorne geht, wendet sich an Dilara und sie. »Geht nach hinten!« Latizia bleibt stehen, als Dilara sie wegziehen will. »Mich interessiert das alles nicht, es gibt klare Regeln, niemand von euch ...«, wieder blickt Adán zu ihr, »hat etwas auf unserem Gebiet zu suchen, es ist mir egal, wen ihr sucht. Das Auto, was vor einer Stunde durch unser Gebiet gerast ist, dürfte dann ja wohl auch zu euch gehören. Zwei meiner Männer sind dabei umgefahren worden, auch wenn ihre Kugeln das Auto durchsiebt haben. Einige Minuten später finden wir die beiden bei uns, was denkt ihr, wie wir da reagieren sollen? Hätte der Kleine nicht sofort gesagt wer sie sind, würden sie jetzt nicht mehr atmen.«

PJ tritt vor. »Das Auto war nicht von uns, keine Ahnung wer das war.« Dilara zieht Latizia in eines der Zimmer und lehnt die Tür an. Latizia bricht an der Wand zusammen und beginnt zu weinen, ihre Hände zittern, Dilara beugt sich über sie. »Ich muss lauschen gehen, bete, dass Adán schweigt und keiner seiner Männer etwas sagt. Ich wusste, dass es zu einer Katastrophe kommen wird.« Latizia versucht sich zu beruhigen, um auch noch etwas davon mitzubekommen was draußen passiert, immer wieder werden Adán und ihr Vater lauter, doch sie versteht keine Einzelheiten mehr. Dilara, die lauscht, kommt irgendwann zu ihr und nimmt ihre Hand.

»Sie gehen jetzt, Latizia, du kannst von Glück reden, dass sie kein Wort gesagt haben. Paco und Adán hassen sich, Miko musste mehr als einmal verhindern, dass sie sich nicht angehen. Verstehst du das? Unsere Familias tun ihnen nur nichts, weil sie damals Bella und Sara geholfen haben und sie wissen, dass wir auch noch im Haus waren, ansonsten hätten sie die Tijuas schon längst vertrieben.

Adán hat nicht viel Respekt vor unseren Vätern und unseren Familias, sie haben sich jetzt darauf geeinigt, dass keiner auf dem Gebiet der anderen etwas verloren hat. Ciro und PJ werden noch gewaltig Ärger bekommen. Würde irgendjemand das von dir und Adán wissen … Ein Funke kann schon Krieg zwischen ihnen bedeuten, es ist nicht einmal Frieden zwischen den Familias, nur geduldeter Waffenstillstand. Ein Funke und alles gerät außer Kontrolle und das mit dir und Adán ist kein Funke, das ist eine große Flamme, die zu einem Flächenbrand werden kann, verstehst du das Latizia? Das darf niemals jemand erfahren.«

Noch immer ist ihr Vater aufgebracht, Latizia hört es bis ins Zimmer. Stände sie nicht so unter Schock, würde sie die Augen verdrehen über Dilaras Vergleiche, doch sie hat ja recht, ihr viel zu schnell schlagendes Herz, ihre Tränen und ihre zitternden Hände zeigen, wie ernst diese Situation ist.

Ein Handy klingelt. »Sie haben Dine gefunden!« Dilara springt auf, auch Latizia steht auf, doch sie geht zum Fenster. Adán und seine

Männer steigen in ihre Autos ein. Einen Moment hält Adán ein, er sieht zurück zum Cielo. Latizia hält sich die Hand vor den Mund, um nicht laut zu weinen, als sie in sein Gesicht sieht. Es ist hart, voller Hass, die Augen, die sie mittlerweile so sehr liebt, blicken wütend auf das Haus und er schüttelt den Kopf, bevor er einsteigt und mit seinen Männern davonrast.

Kapitel 25

»Bringt ein paar Tücher!« Leandro dreht sich weg und muss tief einatmen. Sie sind einige Minuten von Sierra entfernt, kurz hinter dem Tijuas-Gebiet, wo Damian und Kasim Dine gefunden haben. Er liegt auf dem staubigen Boden, seine Hände sind gefesselt und sein Herz hat aufgehört zu schlagen.

»Er muss gefoltert worden sein, siehst du die ganzen Wunden? Diejenigen, die das getan haben, müssen irgendetwas probiert haben aus ihm herauszubekommen.« Leandro zwingt sich wieder hinzusehen, sein Vater und Miko sind über Dine gebeugt und sehen sich seine Wunden an.

Leandro blickt sich um. »Dieser Adán hat die Wahrheit gesagt, es ist ein Auto durch ihr Gebiet gefahren, guck hier die starken Bremsspuren. Sie wurden sicherlich getroffen von dem Beschuss, haben gehalten und nachgesehen, ob etwas mit dem Auto ist, dabei haben sie Dine aus dem Auto geworfen.« Leandro beugt sich nun auch über ihn und schließt Dines Augen.

Es sieht wirklich alles danach aus, dass er ausgefragt wurde, es gibt viele Familias, die das auf bestimmte Weise tun, sie quälen ihre Opfer so lange, bis sie das Gewünschte aus ihnen herausbekommen haben. Wenn sie es geschafft haben, ritzen sie ihnen ihre Initialen in den Bauch, wenn das Opfer geschwiegen hat, schneiden sie seine Zunge heraus. Dine muss geredet haben, er war ein tapferer Mann, jeder kann zusammenbrechen nach solcher Quälerei.

Lasst uns nachsehen wer es war. Juan schiebt das blutgetränkte T-Shirt nach oben und Leandro sieht zweimal hin: MN. »Die Mara Nuestra? Wir haben alle vertrieben, ich kann nicht glauben, dass extra welche zurückgekommen sind, um sich an Dine zu rächen, weil er uns geholfen hat.« Leandro reibt sich die Augen, bis Damian ihm endlich die Augen öffnet. »Was können sie von Dine herausgefunden haben wollen? Was wusste er, wonach sie gesucht haben können?«

Leandros Herz schlägt schneller. »Wohin führt diese Straße?« Sanchez legt Tücher über Dine. »Lambado, Safia...« Leandro rennt zu einen der abgestellten Autos. »Dania!«

Plötzlich wird ihm einiges bewusst. Er rast die Strecke nach Safia, die ihm mittlerweile so bekannt ist, auch wenn er nie diese Straße genutzt hat, weil er sie wegen des Tijuas-Gebietes umfahren hat. Dine hat ihnen schon vor einigen Tagen gesagt, dass er sich beobachtet fühlt, sie haben ihn nicht ernst genommen, gedacht, er bilde sich das nur ein. Auch Dania hat etwas bemerkt, vielleicht haben sie sie aus den Augen verloren, weil sie nicht mehr in Sierra lebt und deswegen von Dine ihren genauen Aufenthaltsort herauszubekommen versucht.

Leandro betet, dass er sich irrt, er hat sie heute Morgen schlafend in Safia zurückgelassen, weil er einige Dinge zu erledigen hatte, jetzt ist ihr Handy ausgeschaltet. Sein Handy klingelt immer wieder. Er sieht, dass ihm ein Auto folgt, doch er hat keine Zeit, den anderen zu erklären was er vorhat, er muss nachsehen, ob es Dania gut geht. Immer wieder wählt er ihre Nummer, auch noch, als er schlitternd vor ihrer Haustür hält, doch da merkt er, dass er zu spät kommt. Er hört viele Stimmen und rast in ihre Etage.

Eine Nachbarin steht vor der eingetretenen Tür und weint, als sie Leandro sieht, kommt sie zu ihm. »Es waren vier Männer, sie haben die Tür eingetreten und Dania an den Haaren herausgezogen, sie waren alle voller Blut, Dania auch. Ich konnte nicht erkennen, ob sie verletzt ist. Ich habe ihnen Geld geboten, sie angebettelt sie hierzulassen, doch sie haben mich fast die Treppe heruntergestoßen und mich angeschrien, dass ihr Vater auf sie warte.«

Alberto kommt aus der Tür von Danias Wohnung. »Was tust du hier?« Leandro schubst ihn beiseite und sieht in die Wohnung. Nichts steht mehr auf seinem Platz, alles ist umgeworfen, der Boden mit mehreren Blutflecken bedeckt. »Ich habe schon alles angesehen, es gibt nichts, keinen Hinweis, nichts, wir müssen zu Gott beten ...« Damian und Sanchez kommen ebenfalls hochgerannt, sie müssen Leandro gefolgt sein und fluchen auf, als sie das Chaos sehen.

Alberto sieht Leandro fest in die Augen. Ohne zu zögern schlägt Leandro ihm so fest ins Gesicht, dass Alberto umfällt. »Du hast gese-

256

hen? Plötzlich ist dir wohl ein Wunder passiert und du kannst wieder sehen, elender Betrüger.« Leandro wendet sich ab und Alberto merkt, dass er sich selbst verraten hat.

»Hast du eine Idee, wo sie sie hingebracht haben können?« Ein kleines Mädchen zupft an Leandros Hose. »Als ich meiner Tante geholfen habe aufzustehen, habe ich gehört, wie einer am Telefon von einem Flughafen gesprochen hat.«

Leandro gibt ihr schnell einen Kuss und dankt ihr, dann rennt er nach unten. »Sanchez, Damian, bleibt hier, schaltet den Computer an und seht nach, welche Flüge rausgehen. Der Vater wird versuchen Dania nach Chile zu bringen, um sie dort zu verkaufen, versucht den Flughafen lahm zu legen, es dürfen keine Flüge rausgehen.« Er hört ihre Antwort nicht mehr, sondern rennt zum Auto zurück. Von Safia ist es nur noch eine Stunde zum Flughafen, Leandro erinnert sich an Dines Erzählung, dass ihr Vater ein Geschäft mit einem alten Mann eingegangen ist, der Dania heiraten wollte.

Wenn Gallardo jetzt bereits das Geld ausgegangen ist, wird er seine Tochter an ihn übergeben, um so wieder an Geld zu kommen. Leandro hofft, dass es so ist und nicht, dass es einfach nur um Rache geht. So hat er die Gewissheit, dass sie Dania nichts antun, sie nur versuchen außer Landes zu bringen. Sollten sie dies aber schaffen, wird es unmöglich sein, Dania wiederzufinden. Leandro tritt noch mehr aufs Gas. Sein Telefon klingelt ununterbrochen. Als er Damians Nummer sieht, geht er ran. »Es gibt keine direkten Flüge nach Chile, allerdings können sie in jedem Flug sein und umsteigen. Ich habe ihnen ein Bild von Dania gefaxt und sie werden sich darum kümmern, dass sie nirgends an Bord geht, sobald sie sie entdecken, rufen sie an.

Die Frau meinte allerdings, dass es neben dem offiziellen Flughafen ja die private Landebahn für Privatflugzeuge gibt, wo auch wir landen und starten, da haben sie keinen Zugriff drauf und es sind für heute zwei Abflüge vorgesehen.« Leandro hält am Flughafengelände. »Okay, wenn sie Dania finden, ruf mich wieder an, ich gehe zuerst zu dem privaten Flughafen.«

Leandro rennt auf das Gebäude zu, was er nur zu gut kennt. Sobald er eintritt, steht ein Wachmann auf, dem dabei ein Hähnchenschenkel aus dem Mund fällt. »Hallo, entschuldigt, es wurde uns nicht gesagt, dass eines eurer Flugzeuge heute startet.« Leandro rennt zu ihm und zückt gleichzeitig seine Waffe, woraufhin der Mann sofort erblasst. »Wo sind Personen hier auf dem Gelände, die heute abfliegen?«

Der Mann deutet in einen der Warteräume. »Da sitzen welche, die noch auf weitere Personen warten, bis sie fliegen und andere sind vor einigen Minuten zum Flieger gegangen, der aber gerade noch aufgetankt wird.« Leandro rennt zu dem Raum, auf den der Mann gezeigt hat und stößt die Tür auf. Darin sitzen aber nur einige arabische Männer in weißen Umhängen, die ihn verdutzt ansehen.

Er rennt weiter auf das Startfeld der Flugzeuge, eine der Privatmaschinen hat arabische Schriftzüge an der Seite und er rennt zum anderen. Leandro ringt nach Luft, er fühlt sich wie in einem Alptraum, den er als Kind oft hatte, wo er alles gibt, seine ganze Kraft und doch nur ganz langsam vorwärts kommt, zu langsam. Als er näher an die Maschine kommt, sieht er den Tankwagen. Es ist seine einzige Hoffnung, auch wenn Gallardo kein Geld mehr hat, wird er das Privatflugzeug noch von früher haben, sie müssen darin sein.

Er sieht einen Mann die Treppe wegfahren, die einen in das Flugzeug bringt und deutet ihm an leise zu sein und die Treppe dazulassen. Der Mann zögert, doch Leandros Waffe überzeugt ihn, auf seine Forderungen zu hören. Er schleicht sich die Treppe hoch, was nicht so einfach ist, da sie aus Metall ist und viel Lärm macht. Genau am Eingang steht ein Pilot und redet auf englisch mit einem Mann, den er sofort als Mexikaner erkennt. Sie sehen sich einen Flugplan an und der Pilot seufzt auf. »Sobald wir landen, bekomme ich mein Geld?«

Leandro verhindert, dass der andere Mann antworten kann. Der Pilot schreit entsetzt auf, als der Mann vor ihm zusammensackt. »Verschwinden sie, schnell!« Der Pilot rennt die Treppen hinab, die er gerade heraufgekommen ist. Durch seinen Schrei sind nun alle alarmiert und zwei weitere Männer kommen angerannt. Leandro erschießt einen von ihnen sofort, der andere duckt sich hinter der Tür, die in den Flugzeugbauch führt. Leandro duckt sich ebenfalls, er atmet durch, wartet und als er sich etwas bewegt, fliegen die Kugeln nur so in seine Richtung. Eine Kugel trifft das Cockpit, was offen vor ihm liegt und die Kabel, die er getroffen hat, beginnen Funken zu versprühen. Sofort liegt leichter Rauch in der Luft.

Leandro zieht sich noch einmal zurück, als er das Klicken der nun leeren Waffe des Mannes hört. Er muss diese Chance nutzen, wer weiß, wie schnell der andere dabei ist sein Magazin zu wechseln oder eine andere Waffe zu ziehen. Leandro ist schneller und der Mann sackt zusammen. Jetzt endlich kann er aufstehen und in das Abteil des Flugzeuges gehen. Es ist nur mit wenigen Sitzplätzen einem Bett und einer Couch mit Fernseher ausgestattet, auf der Couch genau am Ende des Abteils sitzt Gallardo.

Leandro hat ihn bisher nur auf Bildern gesehen, er hatte nicht den Mut, sich ihnen von Angesicht zu Angesicht zu zeigen, doch nun ist es soweit. Er sitzt breitbeinig da und hat ein Maschinengewehr in der Hand, was er breit lächelnd an den Kopf seiner Tochter hält. Dania liegt vor ihm, er hat einen Fuß auf ihrer Seite abgestellt und hält die Mündung seines Gewehrs an ihrer Schläfe. Leandro hält ein, Dania ist voller Blut, sie hat die Augen geschlossen, er kann nicht einmal sehen, ob sie noch atmet.

Leandro will zu ihr, doch Gallardo hebt die Hand. »Tztztz, bleib wo du bist!« Leandro würde am liebsten losschreien. »Sie ist deine Tochter.« Gallardo lehnt sich entspannt zurück, sein krankes Lächeln wird immer breiter. »Meine verdorbene Tochter, die sich ein lästiges Anhängsel zugezogen hat. Wenigstens wird sie mir etwas Geld einbringen, ihr Ehemann wartet schon auf sie und für dich finden wir sicherlich auch Verwendung. Leg deine Waffe hin, oder du kannst ihre Einzelteile von der Wand abkratzen.«

Leandro legt seine Waffe auf den Boden, er traut diesem Mistkerl ohne weiteres zu abzudrücken. Dania ist ihm egal, Leandro sieht auf ihr Gesicht, versucht zu erkennen, ob sie noch atmet, doch der Rauch im Flugzeug wird immer dichter. Es kommen die ersten Flammen zu ihnen nach vorne. Seine Brust fühlt sich schwer an, er hat es versaut, er wird hier nicht mit ihr herauskommen. »Wo ist der Pilot? Wir nehmen den anderen Flieger, der hier auf dem Landeplatz steht oder noch besser, ihr habt hier doch auch sicherlich einige Maschinen, du hast doch nichts dagegen, oder? Schieb die Waffe zu mir!« Leandro schiebt ihm die Waffe zu, er will ihm in dem Moment, wo er sich nach seiner Waffe beugt, sagen, dass der Pilot sicherlich schon über alle Berge ist, da ertönt neben ihm ein Schuss und Gallardo sackt in sich zusammen, das Gewehr fällt zu Boden.

Sein Vater kommt zu ihnen ins Abteil und Leandro blickt ihn dankbar an. »Wir müssen sie hier rausbringen, schnell!« Leandro ist noch zu starr, sein Vater reagiert schneller, er ist vor ihm bei Dania und beugt sich über sie. Leandro spürt erst jetzt, dass er ganz weiche Knie hat, er hatte sich schon damit abgefunden, diesen Kampf verloren zu haben. »Atmet sie noch?« Sein Vater schiebt ihre Locken nach hinten und sieht ihr ins Gesicht. »Ja, ganz schwach.« Leandro beugt sich auch zu ihnen, überall ist Blut, aber das Blut kommt nicht von Dania.

Er schüttelt sie. »Dania, wach auf, hörst du mich?« Sein Vater steht auf und sieht in Richtung Cockpit. »Leandro, nimm sie, wir müssen hier raus.« Leandro schüttelt sie kräftiger, er sieht auf ihr hübsches Gesicht herunter, sie rührt sich nicht, Tränen steigen in seine Augen, vielleicht ist es der Rauch, der immer dichter wird, doch es macht ihn wahnsinnig, sie so leblos zu sehen, auch wenn er merkt, dass ihre Brust sich noch hebt und senkt.

»Leandro, sieh mich an!« Sein Vater kniet sich zu ihm. »Das Flugzeug kann jede Sekunde explodieren, wir müssen sofort hier raus.« Da erst kann er wieder reagieren, er nimmt Dania auf die Arme. Als sie in Richtung Ausgang wollen, merken sie, dass es zu spät ist, die Flammen schlagen immer höher und sie kommen nicht mehr durch. Leandro entdeckt eine Notausgangstür, er muss Dania ablegen. Zusammen mit seinem Vater gelingt es ihm die Tür zu öffnen.

»Verdammt!« Die Treppe ist am anderen Ausgang, aber das Flugzeug ist nicht so hoch. Ohne zu zögern springt sein Vater. Als er aufkommt, flucht er, er humpelt und muss sich beim Aufprall verletzt haben. »Warte da oben.« Sein Vater will zum Auto um die Treppe heranzufahren, doch da knallt es bereits im Flugzeug ohrenbetäubend. »Papa geh, verschwinde, das Flugzeug geht gleich in die Luft!« Er kann sich und Dania vielleicht nicht retten, aber er wird nicht zulassen, dass sich sein Vater auch noch opfert.

260

Der hört nicht. »Ich gehe nirgendwo hin ...« Leandro springt, er achtet so sehr darauf, Dania fest an sich zu drücken und sie zu schützen, dass er hart auf seinem Arm landet und ein brennender Schmerz ihn durchfährt. Schon ist sein Vater bei ihm und hilft ihm auf. »Weg jetzt hier!« Es knallt so laut, dass Leandro das Gefühl hat, seine Ohren platzen, doch es war nur die erste Explosion, noch steht das Flugzeug.

»Hier hinter und ducken.« Sie suchen Schutz hinter einer Steinmauer, die als Nische für die Autos dient. Leandro duckt sich über Dania und in der nächsten Sekunde explodiert das Flugzeug. Steine fallen aus der Mauer. Der Druck ist so stark, dass sie umgeworfen werden, er atmet viel Rauch ein, hört Stimmen, das Feuer erhellt die Nacht und Leandro spürt überall Schmerzen.

»Ich bin in einer Stunde zuhause.« Sein Vater legt auf, nach den Worten 'Flugzeug explodiert' musste er sich das Telefon weiter weg vom Ohr halten. Er lächelt müde zu Leandro. »Deine Mutter ist etwas besorgt.« Leandro sieht zu Dania, die langsam wieder zu sich kommt, sie hat keine schweren Verletzungen. Sie haben sie mit einem Betäubungsmittel in einem Tuch außer Gefecht gesetzt. Die Dosis muss sehr hoch gewesen sein, sie mussten ihr hier im Krankenhaus ein Gegenmittel spritzen, aber langsam kommt sie zu sich.

Kurz nach der Explosion haben Miko und Rodriguez sie gefunden und herausgeholt. Der gesamte Flugplatz wurde beschädigt, sie sind verletzt aber haben überlebt. Sie müssen sich jetzt einen neuen privaten Abflugplatz suchen. Sie alle warten draußen, Leandro ist noch immer ganz benommen von allem, es war zu knapp, er hat gedacht, sie schaffen es nicht. Sein Arm ist geprellt und das Bein seiner Vaters ist schwer verstaucht. Er humpelt zu ihm und Leandro steht von seinem Platz auf.

Er muss tief einatmen, als sein Vater ihn ansieht und besorgt mustert. Das ist es, was eine Familia ausmacht, er hat sie aus dem Gefängnis gerettet, sein Vater hat ihn und Dania das Leben gerettet. Sie sind alle für einander da und können sich auf den anderen verlassen, doch so gewaltig wie jetzt hat er dieses Gefühl noch nie in sich gespürt.

Trotzdem ist das noch einmal etwas anderes. Leandro blickt seinem Vater in die Augen.

»Wärst du nicht gekommen, Papa ...« Sein Vater nimmt ihn in den Arm und das erste Mal seit ewiger Zeit schließt Leandro seine Augen dabei und lässt sich von diesem vertrauen Gefühl einhüllen. Sie beide haben Verletzungen, überall ist Ruß und Rauch an ihnen, doch sie leben. Er erinnert sich daran, wie er seinen Vater wegschicken wollte, doch er ist nicht gegangen, er wäre ohne eine Sekunde zu überlegen mit ihm untergegangen. Paco legt seine Hand an den Hinterkopf von Leandro und küsst seinen Kopf, wie er es früher so oft getan hat.

»Es ist egal wie alt du bist und wie sehr du die Familias mittlerweile alleine führen kannst, vergiss niemals, dass, was auch immer passiert, ich immer hinter dir stehen werde, um dir den Rücken freizuhalten.« Leandro nickt an seiner Schulter. Als sein Vater ihm noch einen Kuss auf den Kopf gibt, löst er sich und lächelt schwach. »Kommt nach Hause, wenn sie entlassen wird, ich muss jetzt deine Mutter beruhigen gehen. Damian ist schon unterwegs und bringt euch neue Sachen.« Leandro nickt, sein Vater humpelt langsam zur Tür, er ist noch immer durchtrainierter als Leandro, aber auch so könnte man sie sicher eher für Brüder halten.

»Danke Papa.« Noch einmal blickt sein Vater sich um. »Ihr alle, deine Mutter, deine Schwester, du und dein Bruder, ihr seid mein Leben, mein Glück, vergiss das nie, Leandro. Und jetzt kümmere dich um unser neuestes Familienmitglied.« Leandro sieht nach hinten und bemerkt, dass Dania sie still beobachtet. Er geht zu ihrem Bett und hört, wie die Tür sich leise wieder schließt.

Dania hat Tränen in den Augen, doch sie lächelt. Leandro will ihr alles erklären, doch als er dazu ansetzen will, hält sie ihre Hand hoch.

»Als ich euch beide gerade beobachtet habe, ist mit etwas eingefallen. Weißt du noch, die erste Zeit, wo wir uns kennengelernt haben? Du standest am Berg und hast über Sierra geblickt und gesagt, dass es noch ein weiter Weg ist, dass noch viel zu tun ist, bis alles wieder gut ist.« Sie wischt sich eine Träne weg. »Ist es jetzt soweit, Leandro, ist alles geschafft, bist du jetzt am Ende des Weges angekommen?«

Leandro muss lächeln über ihre Worte, dann denkt er selbst über den langen Weg nach, wie sie Sierra befreit haben, die anderen Männer aus dem Gefängnis geholt haben, in Sierra wieder für Ordnung gesorgt und Rache genommen haben. Er denkt an Ramon und all die anderen Männer, die sie verloren haben, nun auch Dine. Miguel und wie er sich langsam erholt und Dania, die ihn nun so verletzbar ansieht, er nimmt ihre Hände in seine und küsst sie.

»Ja, mein Engel, der Weg war schwer und auch sehr bitter, doch jetzt sind wir endlich angekommen und alles kommt wieder in Ordnung.« Sie nickt und verschränkt ihre Finger miteinander. Da spürt Leandro, wie wahr seine Worte doch sind, sie sind am Ende des schweren Weges angekommen und er wird dafür sorgen, dass seine Familie und die Menschen, die er liebt, niemals wieder so einen Weg zu begehen haben und dass nichts und niemand mehr sich in den Weg der Familia stellt.

La Familia

Epilog

Zwei Wochen später:

Latizia tritt vorsichtig an den Rand des Daches der Uni in Sierra und blickt auf die Stadt hinunter. Ihre Mutter hat ihr erzählt, wie oft sie früher hier oben war, wie sehr ihr dieser Ort manchmal geholfen hat, ihren Kopf wieder neu zu ordnen und sie getröstet hat, wenn sie am Verzweifeln war.

Latizia muss lächeln, als sie daran denkt, dass ihre Mutter vor einigen Jahren genau wie sie hier stand. Sie hat recht, es tut gut, Latizia blickt auf Sierra hinab und wie das Leben sich dort unten fortbewegt.

Es ist gut, dass sie wieder hier sind, alle haben sich erholt. Es ist die Normalität zurückgekehrt, so normal zumindest, wie es in einer Großfamilie wie ihrer sein kann. Damian, Sami, Kasim und Miguel sind gerade bei Jennifer in Schweden, Miguel geht es immer besser, er hat sich dazu bereit erklärt zu einer Psychologin zu gehen, um mit ihr die Dinge aufzuarbeiten, die in seiner Gefangenschaft passiert sind.

Am Anfang wollte er nur seiner Mutter einen Gefallen tun, doch mittlerweile geht er freiwillig, was sicherlich auch an der hübschen Ärztin liegt. Alle sind erleichtert. Jennifer hat gestern lachend angerufen und gesagt, dass die Jungs hier alle Frauen verrückt machen und sie sie bald zurückschickt. Auch ihre Tante lernt mit dem Verlust zu leben und mit den Narben, die auf ihrer Seele bleiben werden. Es ist schön, sie alle wieder lachen zu hören.

Man spürt den Wechsel in ihrer Familie, ihr Vater, Juan und Rodriguez kümmern sich nur noch um die Sachen, die in der Nähe sind, alles andere übernehmen jetzt ihr Bruder und ihre Cousins. Ihre Mutter hat es richtig genossen, als ihr Vater eine Woche kaum das Haus verlassen konnte wegen seines Beines und der Verletzungen, die er sich zugezogen hat bei der Befreiung von Dania.

Jedes Mal wenn Latizia ihre Eltern beobachtet, wünscht sie sich nichts sehnlicher, als auch so ein Glück und solch eine Liebe zu finden.

Ihr Bruder scheint dieses Glück schon gefunden zu haben. Dania hat noch immer ihre Arbeit in der Kirche, nun allerdings in Sierra und nicht mehr in Safia. Sie hilft beim kompletten Neuaufbau, in einem Monat soll die neue Kirche auf dem Hügel schon fertiggestellt sein. Sie hat eine Wohnung in Sierra, allerdings verbringt sie die meiste Zeit bei Leandro und den anderen Jungs im Haus, das langsam bewohnbar ist.

Sanchez und Celestine liefern sich gerade täglich einen Beweis dafür, wie glücklich der andere ist Single zu sein. Es wäre sicherlich für alle, besonders für sie, die nun ständig von Sanchez abgeholt wird, einfacher, wenn die beiden einfach mal zusammenkommen würden, aber sie halten sich da heraus, Sanchez und Celestine müssen selbst den Weg zusammen finden.

Auf dem einen oder anderen Weg sind alle glücklich und zufrieden, es macht Latizia zufrieden das zu sehen, deren Glück ist auch ihr Glück.

Latizia konzentriert sich voll und ganz auf die Uni, ihre Eltern sind überzeugt, dass sie in Piedro verliebt ist, da sie sich momentan viel mit ihm trifft. Dilara und er sind die Einzigen, die von Adán wissen. Sie schweigt dazu, es ist tausendmal besser, ihre Eltern vermuten dies, als dass sie nur den Hauch einer Ahnung hätten, wer wirklich den ganzen Tag in Latizias Kopf herumschwirrt.

Sie seufzt leise auf und setzt sich an den Rand, ihr Blick fällt auf das Gebiet, das von ihrem abgegrenzt ist, auch wenn es noch in Sierra ist. Das Gebiet der Tijuas und von Adán.

Sie hat nichts mehr von ihm gehört. An dem Tag, wo er herausgefunden hat, wer sie wirklich ist und zu welcher Familia sie gehört, hat sie sicherlich hundert Nachrichten geschrieben, doch alle gelöscht und niemals abgeschickt.

Sie wollte sich entschuldigen, ihm sagen, dass er ja nun weiß, warum es nicht geht und noch vieles mehr, doch sie hat es nicht getan, es war nicht nötig. Sie hat in seinem Gesicht gesehen, dass er es begriffen hat, sofort, als er sie neben ihrem Vater gesehen hat.

Eigentlich sollte sie ihm einfach nur dankbar sein, dass er nichts gesagt hat und gegangen ist, doch gleichzeitig tut sein Schweigen auch

266

weh. Sie kann nicht so tun als wäre er ihr mittlerweile egal, wenn sie noch immer auf das Handy sieht, was sie gar nicht mehr haben sollte und sich jedes Mal ihr Herz zusammenzieht, wenn nichts da ist, keine Nachricht, kein Anruf, nichts.

Sie hat kein Recht darauf, es ist besser so, doch das ändert nichts daran, dass es ihr wehtut. Sie kann vor Dilara und Piedro so tun, als hätte sie es überwunden, aber sich selbst und ihrem Herzen kann sie nichts vormachen.

Er fehlt ihr. Latizia erinnert sich oft wie er ihr gesagt hat, dass er sie nicht hassen wird, sie ist sich absolut sicher, dass er das jetzt anders sieht. Sie hört oft zu, wenn sich die Männer unterhalten, ob das Thema Tijuas angesprochen wird, doch das wird es nicht. Die Grenzen sind gesetzt und die Feindschaft offen ausgesprochen, mehr gibt es dazu für alle nicht zu sagen.

Latizia ist nicht so naiv zu glauben, dass Adán noch oft an sie denkt, aber sollte er es tun, wird das Negative das Gute sicherlich übertreffen. Tränen steigen in ihre Augen, als sie daran denkt, wie schön es war ihm so nah zu sein, wie an seinem Geburtstag, doch ihr ist bewusst, dass es für sie eine andere Bedeutung hat als für ihn.

Sie war nicht seine erste und letzte Frau und er ist sicherlich schon längst mit einer anderen zusammen, für sie war es aber das erste Mal, dass sie solche Gefühle bei einem Mann hatte. Sie kann nur hoffen, dass sie darüber hinwegkommt und irgendwann jemand neues kennenlernt, jemand, der nicht verboten für sie ist, wo kein Krieg ausbrechen würde, wenn sie zu ihrer Liebe stehen und dass sie dann wieder so empfinden kann, wie sie es in Adáns Armen getan hat. Wenn es auch nur annähernd so schön ist, wäre sie dankbar dafür.

Latizia wischt sich die Tränen weg und steht auf, es fühlt sich so falsch an und doch weiß sie, dass es das Richtige ist Adán verloren zu haben. All das war auf Lügen aufgebaut und der Tatsache, dass sie für einige Stunden selbst verdrängt hat, wer sie ist und zu wem sie gehört.

Ihr Handy klingelt. Es ist Dilara. »Wo bist du, ich dachte, du holst mich heute von der Uni ab?« Latizia wischt sich die letzten Tränen weg. »Ich bin da, warte vor dem Eingang, ich komme gleich!« Dilara ist ganz aufgeregt. »Piedro ist auch bei mir … Oh, und Latizia, am Wochenende ist die Party des Jahres. Miguel, Sami, Kasim und Damian sind weg, Leandro ist zu sehr auf Wolke sieben, um irgendetwas mitzubekommen und die anderen werden wir schon los, dieses Mal können uns unsere Cousins nicht nerven …« Latizia muss lachen.

»Erzähle mir das gleich, ich komme!« Sie klappt ihr Handy zu und sieht noch einmal auf Sierra hinunter. Ihre Mutter hat ihr einmal versucht zu erklären, dass sie sich früher oft zerrissen gefühlt hat, zwischen dem, was sie an Sierra liebt und dem, was sie gehasst hat und das hat sie oft zum Verzweifeln gebracht.

Latizia hat das nie verstanden.

Jetzt genau in diesem Moment versteht sie es ganz genau. Sie liebt diese Stadt, ihre Familie, die Familia, doch gleichzeitig hasst sie es, weil sie genau diese Punkte, die sie so sehr liebt, von dem Mann trennen, der einfach nicht aus ihrem Herzen und ihren Gedanken verschwinden will.

Sie atmet tief ein, zwingt sich ein Lächeln auf und will zurück zur Tür des Daches, als ihr etwas auf einem der Schornsteine auffällt. Sie geht hin und sieht, dass mit einem schwarzen Filzstift ein Schmetterling darauf gemalt wurde. Die Zeichnung muss schon alt sein, doch man erkennt in einem Flügel des Schmetterlings ein P, Latizia muss lächeln, holt einen Stift heraus und zeichnet in den anderen Flügel ein A.

Als sie das Unidach verlässt, weiß Latizia, dass sie öfter herkommen wird, um einen klaren Kopf zu bekommen und um auf die Stadt hinabzublicken, die sie so sehr liebt und die sie gleichzeitig so unglücklich macht.

Nachwort

Ich beende dieses Buch mit gemischten Gefühlen. Natürlich bin ich traurig, da vorerst die Geschichte der Trez Puntos und der Les Surenas erzählt ist. Ich schreibe bewusst vorerst, da ich mich niemals endgültig festlege.

Ich habe es schon oft beschrieben, ob es jedoch wirklich jemals jemand nachvollziehen kann, weiß ich nicht. Ich setze mich niemals hin und suche die Geschichten in meinen Gedanken, diese ganzen Geschichten finden mich.

Es kann also durchaus passieren, dass ich einfach so im Alltag plötzlich eine Geschichte im Kopf habe, dann muss ich diese aufschreiben und werde das auch tun, nur jetzt und zu diesem Zeitpunkt ist diese Buchreihe für mich abgeschlossen.

Angefangen hat alles bei Paco und Bella, die ich für immer tief in meinem Herzen trage werde. Aus dieser Liebe ist eine kleine Welt entstanden, in die ich mich immer wieder gerne zurückgezogen habe. Egal was alles in der Zwischenzeit passiert ist, ich habe es vermisst, wenn ich zu lange nicht in Sierra zu Besuch war und euch davon berichten konnte.

Zum anderen Teil bin ich nicht nur traurig, sondern auch unendlich glücklich, wie all das passiert ist, was alles aus dieser kleinen Geschichte entstanden ist. Es bedeutet mir sehr viel, wie viele Menschen bereits diese Bücher gelesen, die Figuren in ihr Herz geschlossen haben und mir jedes Mal nach Puerto Rico gefolgt sind.

Es hat einen unschätzbaren Wert für mich, wenn ich höre, dass Menschen, die sich ansonsten nie für das Lesen interessiert haben, durch meine Bücher das erste Mal in die wunderbare Welt des Lesens eintauchen konnten, gelernt haben zu träumen und diese wundervolle Leidenschaft für sich entdeckt haben.

Wenn ich zurückblicke, ist so viel Unvorstellbares passiert. Meine Bücher wurden in Klassen vorgestellt, Bella und Paco haben es geschafft, ganze Klassen verstummen zu lassen, zuzuhören, zu träumen, eine Fähigkeit, die heutzutage viel zu selten mehr gebraucht wird.

Ich bin sehr zufrieden, hätte mir all das niemals erträumen lassen. Man kann in meinem Beruf nie einschätzen, wie es weitergeht, was in 2-3 Jahren mit meinen Büchern ist, wie viele Menschen sie noch lesen werden, doch zum Schluss erzähle ich euch von einem meiner Träume.

Bücher haben etwas unendlich Magisches an sich, das war schon immer so, sie überleben alles, alle Kriege, alle Zeiten. Ich wünschte mir, dass in vielen hundert Jahren, vielleicht einige Generationen nach uns, eure Ur-Ur-Ur-Enkel auf einem Dachboden spielen und eine alte Truhe finden. Sie öffnen diese Truhe und finden einige eurer größten Schätze und in all diesen Erinnerungen ist auch das Buch 'Weine aus Liebe', was so viele Mädchen aus dieser Generation so sehr geliebt haben.

Dieses Mädchen in Hunderten von Jahren setzt sich in ihr Zimmer, beginnt zu lesen und fliegt zurück in unsere Zeit und nach Sierra.

Das ist ein Traum von mir.

Alles was ich mir erhoffe, ist, eure Herzen zu erreichen und einige Fußabdrücke von mir auf dieser Erde zu hinterlassen, die auch lange nach uns noch einige Menschen sehen werden, deshalb hoffe ich, ihr bewahrt 'Weine aus Liebe' immer schön in eurem Herzen und auch in echt auf. Wie tief diese Fußabdrücke sein werden, wird die Zeit zeigen, doch sie sind gesetzt. Ich habe es erreicht, Menschen zu berühren und allein das ist unbezahlbar und alles, was ich mir mit dieser Geschichte erhofft hatte.

In Liebe

Jaliah

__Die Llora por el amor – Reihe__   __Sonderausgaben__

1. Weine aus Liebe
2. Verschiedene Welten
3. Hass und Liebe
4. Nueva era
5. De tal palo tal astilla
6. Cicatriz

1. Sonderausgabe zu Weine aus Liebe
2. Latizias Weg
3. Dilaras Glück

Das Schicksal hat viele Gesichter, es kann Gutes bringen oder sich deinen Plänen in den Weg stellen. Es ist kein Zufall, dass uns manche Menschen begegnen. Wir lernen und wachsen an unserem Schicksal. Es ist keine Frage, ob dich das Schicksal aufsuchen wird, sondern wie du dann damit umgehen wirst.
Für jeden Menschen stellt sich irgendwann die Frage ...

... Glaubst du an das Schicksal?